Sherry Thomas

Sherry Thomas est arrivée sur le territoire américain à l'âge de treize ans. Un an plus tard, grâce aux rudiments d'anglais acquis et à l'aide de son précieux dictionnaire anglais-chinois, elle dévorait des romances historiques. Titulaire d'un diplôme en économie de l'université de Louisiane, ainsi que d'un master en comptabilité de l'université d'Austin, elle a reçu de nombreux prix littéraires.

Le mystère de Stern Hollow

Aux Éditions J'ai lu

Arrangements privés
N° 9080
Délicieuse
N° 9331
Nous resterons ensemble
N° 9403
Celle que j'attendais
N° 9733
Lady Chance
N° 11018

LA TRILOGIE FITZHUGH

1 – Beauté fatale
N° 10168
2 – Elle, et aucune autre
N° 10518
3 – Par orgueil
N° 10604

LADY SHERLOCK

1 – Une étude en rose bonbon
N° 13169
2 – Conspiration à Belgravia
N° 13252

SHERRY

THOMAS

LADY SHERLOCK – 3

Le mystère de Stern Hollow

Traduit de l'anglais (États-Unis)
par Cécile Desthuilliers

J'AI LU

Titre original
THE HOLLOW OF FEAR

Éditeur original
Berkley,
an imprint of Penguin Random House LLC, New York

À mon agent, Kristin Nelson,
avec qui tout est toujours possible.

Prologue

— Bonsoir, grand frère, murmura Charlotte Holmes à l'homme qui l'aidait à descendre de voiture.

Celui qui jusqu'à présent s'était présenté comme Mott, valet et cocher de la famille Holmes, esquissa une petite courbette.

Tous deux se trouvaient dans le hangar à voitures derrière la maison de ville que sir Henry, le père de Charlotte, avait louée pour la saison. Ils avaient déposé leur sœur Livia devant la porte principale de la demeure. Toute la famille sauf Charlotte devait repartir dès le lendemain matin pour la campagne – à présent que juillet touchait à sa fin, il était de bon ton de quitter Londres.

— Puis-je vous offrir une tasse de thé ? proposa M. Myron Finch, son demi-frère, en ôtant ses gants de conduite.

Il semblait totalement indifférent au fait qu'elle ait découvert son secret. Bien sûr, il avait pris connaissance du message qu'elle avait glissé au creux de sa main quand il l'avait aidée à monter en voiture tout à l'heure, dans lequel elle lui demandait de conduire la voiture au hangar après avoir déposé Livia. S'il ignorait qu'elle avait eu l'intention de parler de sa véritable identité, du moins s'était-il préparé à *quelque chose*.

— Volontiers, répondit-elle.

Il l'entraîna vers un tabouret près d'une table pliante de guingois.

— Je crains de ne rien avoir de correct à manger, dit-il. Je partirai dès que j'aurai emmené votre famille à la gare, demain matin.

Sa famille à elle.

— Pas de souci. J'ai ce qu'il faut.

Elle ouvrit son sac et en sortit un petit paquet. Depuis qu'elle avait connu la faim au début de l'été quand elle s'était enfuie de la maison, elle ne quittait plus le logement de Mme Watson sans quelques provisions.

Le paquet contenait trois tranches de cake aux fruits confits.

— Puis-je vous en offrir une part, monsieur Finch ?

— Avec plaisir, répondit-il sur le même ton poli. Je vais allumer le réchaud Etna.

Le réchaud Etna, dédié aux voyageurs, était censé faire bouillir de l'eau en trois minutes chrono. Charlotte se contenta d'attendre en silence. Le fils illégitime de son père en fit autant.

Avec ses traits ni assez beaux ni assez particuliers pour attirer l'attention, c'était un homme d'apparence tout à fait banale. Toutefois, un regard attentif révélait des détails intéressants : une peau à la texture fine, de longs cils, une mâchoire solide.

— Comment avez-vous eu l'idée de vous cacher ici ? demanda-t-elle, une fois le thé infusé et servi.

Elle occupait l'unique siège. Quant à lui, il s'appuyait contre une colonne en briques, une tasse de fer-blanc cabossée dans une main, une part de gâteau dans l'autre.

— Quand nous avons compris dans quel pétrin nous nous étions fourrés… Jenkins et moi avons décidé de poursuivre notre chemin chacun de son côté.

Premier indice de son émotion, il avait marqué une pause avant de prononcer le nom de Jenkins. Celui-ci était son ami depuis l'école et tous deux avaient travaillé pour Moriarty, un homme aux sombres desseins. Ils avaient quitté son service en même temps.

Seulement, Moriarty punissait de mort les déserteurs. Jenkins avait déjà payé de sa vie. Myron Finch était encore de ce monde, mais pour combien de temps ?

— Il était raisonnable de penser que deux individus isolés seraient plus difficiles à pister que deux hommes voyageant et logeant ensemble, poursuivit-il. Pour moi, le mieux était de disparaître dans les entrailles de Londres, mais où serais-je le plus en sécurité ? Où les sous-fifres de Moriarty auraient-ils le moins de chances de me trouver ?

» Moriarty préférait recruter des jeunes hommes nés du mauvais côté du mariage. La question de nos pères revenait de temps en temps, et chaque fois je répondais que jamais je ne me présenterais à l'homme qui m'a engendré. Même si je devenais ministre de l'Intérieur ou riche comme Crésus, ce serait à *lui* de venir à moi, le chapeau à la main.

» On m'a cru parce que j'étais – et je reste – résolu sur ce point. J'ai décidé d'en profiter et de me retrancher dans le dernier endroit auquel il penserait.

Elle s'était demandé ce qu'il avait imaginé sur la famille Holmes et si leur père l'avait déçu, même s'il n'avait probablement rien attendu de particulier. Pour sir Henry, Myron Finch n'avait été qu'un inconvénient abstrait, géré par les avoués de la famille. Qu'avait ressenti M. Finch quand il s'était trouvé devant ce père qui ne connaissait pas son visage… et ne s'était jamais soucié de le connaître ?

— Nous ne sommes pas les employeurs les plus faciles, dit-elle.

— Avec Mlle Livia et vous, tout va bien.

Elles étaient capables d'un minimum de tenue et de respect. Leurs parents, en revanche…

Charlotte hocha la tête.

— Une excellente stratégie. Je pensais bien que vous étiez plus que vous n'en aviez l'air, mais c'est le cas de la plupart des gens. Je n'ai rien soupçonné, tout le temps que j'ai vécu ici.

— Quand avez-vous compris ? Et comment ? demanda-t-il.

Par sa nonchalance, ce frère lui ressemblait probablement plus que les sœurs avec qui Charlotte avait été élevée.

— Très récemment. Quand je me suis rendue à votre ancienne école pour voir des photographies des joueurs de cricket de votre promotion.

— Et d'où vous est venue une idée pareille ?

— C'est une longue histoire.

Elle lui résuma les manœuvres d'un acolyte de Moriarty pour le retrouver. Cette personne, qui était informée de la parenté de Charlotte et de Myron Finch et savait qu'elle enquêtait pour des clients sous le nom de Sherlock Holmes, avait engagé ce dernier pour retrouver l'insaisissable M. Finch.

Il l'écouta sans l'interrompre. À part le moment où il avait écarquillé les yeux quand elle avait mentionné qu'elle était Sherlock Holmes, on aurait dit qu'il demeurait indifférent.

Toutefois, quand elle se tut, il laissa échapper un soupir tendu. Il n'était pas libéré de la peur, comprit-elle.

— J'étais conscient que s'ils me retrouvaient je serais un homme mort, mais j'ignorais qu'ils avaient déployé autant d'efforts pour parvenir à leurs fins.

Si seulement il savait ! Elle ne lui avait pas révélé que l'acolyte de Moriarty n'était autre que l'épouse dont son ami lord Ingram Ashburton était désormais séparé. Celle-ci avait transmis des informations sensibles collectées en espionnant son époux, lui-même agent de la Couronne. En faisant appel à Sherlock Holmes, elle avait vu son propre secret dévoilé, de sorte qu'elle était désormais une fugitive et que ses enfants n'avaient plus de mère.

Au demeurant, les tribulations de lady Ingram n'étaient pas le problème de M. Finch. Il avait assez de soucis comme cela.

— Je crois comprendre que vous avez subtilisé quelque chose de précieux à Moriarty, dit Charlotte. Et je présume que, vol ou pas, il doit punir de façon exemplaire quiconque le trahit. Faute de quoi, d'autres subalternes pourraient être tentés de lui fausser compagnie.

— Dans l'ensemble, ils n'en ont pas envie. Et de toute façon, ceux qui y pensent ne le disent pas à haute voix. Jenkins et moi étions différents, parce que nous nous connaissions avant de jurer fidélité à Moriarty. Les autres étaient seuls quand ils sont entrés à son service.

— Et son organisation est devenue leur unique famille.

— Précisément.

Elle se demanda alors, et ce n'était pas la première fois, pourquoi il avait choisi de quitter cette « famille ». Était-ce le résultat d'années d'impatience croissante ? Ou avait-il pris sa décision en quelques minutes, un jour où sa situation s'était brusquement détériorée ?

Elle ne lui posa pas la question.

— Au risque d'être indiscrète, que faisiez-vous pour Moriarty, exactement ?

— J'étais son cryptographe.

Encore un point commun.

— Récemment, j'ai dû résoudre un chiffre de Vigenère[1], expliqua-t-elle. J'ai songé au suicide.

---

1. Chiffre de Vigenère : code élaboré par Blaise de Vigenère au XVIe siècle, dans lequel les signes n'ont pas toujours la même correspondance dans l'alphabet. *(N.d.T.)*

Il sourit, mais ne répondit pas.

Charlotte prit une gorgée de thé, un assam corsé sans lait ni sucre.

— Et maintenant, quels sont vos projets ?

— Disparaître de nouveau, comme vous l'avez déjà compris. Mais je présume que ce n'était pas votre question ?

— Exact, répondit Charlotte.

Elle mordit dans son cake aux fruits confits, qui avait honorablement résisté à toute une soirée dans un sac à main bien rempli.

— Ce qui m'intéresse, c'est ce que vous comptez faire de ce que vous avez dérobé à Moriarty.

— Je ne lui ai rien pris, se défendit M. Finch.

Charlotte arqua un sourcil.

Il lui décocha un léger sourire.

— C'est la version officielle. Il niera jusqu'à son dernier souffle qu'on ait pu lui prendre quelque chose sans y être autorisé. J'ignore comment vous avez eu cette information, mais certainement pas par l'un de ses agents habituels. À eux, il aura juste affirmé que nous étions des traîtres, une raison suffisante pour nous pourchasser et nous éliminer.

— Mes sources sont des gens qui s'appellent les Marbleton. Mme Marbleton était autrefois l'épouse de Moriarty. Ou peut-être devrais-je dire qu'elle l'est encore, puisqu'elle n'est pas morte comme on le croit en général.

— Quelle épouse Moriarty est-elle, au juste ?

— Je vous demande pardon ?

— Il y a trois défuntes Mme Moriarty.

— Autant que ça ?

— La première est morte en couches. La seconde a disparu dans un accident de ski dans les Alpes suisses. La troisième est décédée d'une embolie pulmonaire.

— Ce doit être la deuxième. Cela dit, elle n'est peut-être pas du tout Mme Moriarty, si la première est encore vivante quelque part. Y a-t-il une actuelle Mme Moriarty ?

— Pas que je sache. Il y a bien une maîtresse dont il a l'air très épris, mais il est résolu à ne plus se remarier, puisqu'il semble porter la guigne à n'importe quelle épouse.

— Comme c'est attentionné, murmura Charlotte.

— Quoi qu'il en soit, je vous en prie, poursuivez. La deuxième Mme Moriarty est donc quelque part, bien vivante.

— Et c'est par ses associés que j'ai appris que vous pourriez détenir quelque chose qui a de la valeur aux yeux de Moriarty.

— Je vais m'en tenir à la ligne officielle et répondre qu'il n'existe rien de tel.

Parce qu'il était préférable qu'elle ne sache rien ?

— Les Marbleton veulent vous rencontrer. Ils sont prêts à vous offrir un abri sûr. En échange, ils espèrent affaiblir Moriarty en exploitant l'objet que vous n'avez pas volé et ne détenez pas.

— Ils sont bien naïfs.

— Ils veulent passer à l'offensive pour assurer leur sécurité et leur bien-être, en faisant en sorte que ce soit Moriarty qui les craigne, et non le contraire.

M. Finch se massa les mâchoires.

— Je ne suis pas convaincu de l'existence de ce clan Marbleton. Quand on quitte Moriarty, on signe son arrêt de mort.

— D'après l'un des Marbleton, c'est précisément parce qu'ils ont échappé si longtemps à Moriarty que vous devriez unir leurs forces aux leurs. Ils peuvent vous aider à rester en vie plus longtemps que Jenkins.

Il garda le silence.

— Je ne suis que leur messagère, la décision vous appartient, ajouta-t-elle. Si vous acceptez leur offre, vous pouvez récupérer une lettre adressée à M. Ethelwin Emery, au bureau de poste de Charing Cross.

— Je m'en souviendrai.

— Et je dois vous avertir que la Couronne s'intéresse désormais à vos agissements. Ses agents ne souhaitent peut-être pas votre mort, mais à votre place j'éviterais de croiser leur chemin. Je ne jurerais pas qu'ils se montreraient particulièrement bienveillants à votre égard.

— J'ai entendu parler de lord Bancroft Ashburton. Me voilà prévenu.

Il pencha la tête de côté.

— Avez-vous accepté sa proposition, finalement ?

Il s'était trouvé là quand lord Ingram avait annoncé dans une pièce remplie d'hommes venus la ramener de force chez ses parents qu'elle avait reçu une demande en mariage de lord Bancroft et y songeait sérieusement.

— Non.

— Tant mieux.

Elle arqua un sourcil interrogateur.

— Pourquoi ? Estimez-vous qu'une lady Bancroft aurait aussi peu de chances de survie qu'une Mme Moriarty ?

— Ça, je n'en ai pas la moindre idée, mais quand sir Henry vous a demandé pourquoi vous n'aviez pas accepté l'offre de lord Bancroft, vous avez dit vous-même que l'idée ne vous enchantait pas.

— C'est tout ?

— Ce n'est pas une raison suffisante ?

Bien des gens se seraient indignés que, dans son exil et sa disgrâce, elle refuse un bon parti pour convenances personnelles, alors qu'elle aurait considérablement redoré son blason en épousant lord Bancroft.

Avant qu'elle ait pu répondre, il s'écarta du pilier contre lequel il était appuyé.

— Quelqu'un arrive !

Si elle en jugeait à la ride de contrariété qui barrait son front, c'était un importun. Charlotte se leva. Sur le mur, une applique vacilla. L'un des chevaux de l'attelage s'ébroua en fouettant l'air de sa queue. La main de la jeune femme se serra sur le bord de la table à la surface rugueuse et bosselée.

On frappa. Trois coups légers en rapide succession, puis deux plus forts et plus espacés.

Charlotte avait d'abord cru que c'était Livia, venue dire au revoir à M. Finch la veille de leur départ. Mais ce n'était pas elle.

Les coups se répétèrent, exactement selon le même motif.

Les lettres *s* et *m* en morse.

— Je crois savoir qui c'est, dit Charlotte.

Elle dégaina son Derringer à double canon, qu'elle portait toujours sur elle depuis le jour où son père avait tenté de l'enlever, et le tendit à M. Finch.

— Cachez-vous derrière la voiture, au cas où.

Il obtempéra.

Quand elle entrouvrit la porte du hangar, une femme se glissa à l'intérieur. Non, pas une femme. Stephen Marbleton vêtu d'une robe et d'une cape d'été pourpre.

La dernière fois qu'elle avait vu M. Marbleton, c'était une semaine plus tôt, quand sa sœur blessée et lui avaient passé la nuit au 18 Upper Baker Street pour échapper aux hommes de Moriarty. Ce jour-là, il avait arboré une barbe fournie. Aujourd'hui, il était bien rasé et la finesse de ses traits était soulignée par l'avalanche de rubans violet et crème ornant le chapeau de voyage doublé de velours qui complétait son déguisement.

— Monsieur Marbleton. M'auriez-vous suivie ?

Elle comprit aussitôt que ce n'était pas le cas. La dernière fois qu'ils s'étaient vus, elle venait de découvrir qu'il s'était fait passer pour M. Finch. Ni lui ni elle n'avaient alors la moindre idée de qui était le véritable M. Finch, ni de l'endroit où il se trouvait.

— C'est ma sœur Livia que vous suiviez, rectifia-t-elle.

Avait-il rougi ? Dans la faible lumière, difficile de le dire.

— On vous a suivie, mais ce n'est pas moi. Si vous êtes avec M. Finch, il ferait mieux de filer au plus vite.

Celui-ci sortit de derrière la voiture. M. Marbleton ouvrit des yeux ronds de surprise en reconnaissant le cocher.

— Où sont-ils postés, à présent ? demanda M. Finch. Les hommes qui ont suivi Mlle Charlotte jusqu'ici ?

— Il y en a un devant la maison. Et un à chaque bout de l'allée qui mène au hangar à voitures.

M. Finch rendit son Derringer à Charlotte et désigna le sac à dos qu'il portait.

— J'ai un revolver chargé là-dedans. Cela devrait aller.

— Un instant, dit Charlotte avant de se tourner vers M. Marbleton. Où étiez-vous ? Ces hommes vous ont-ils vu entrer ici ?

— Dans la maison voisine. Ses occupants ont déjà quitté la ville. Il est probable que les hommes postés dans l'allée m'aient vu, mais c'était inévitable.

— C'est même une bonne chose. Il y a peut-être une solution pour mettre M. Finch en sécurité en toute discrétion, mais je vais avoir besoin de votre aide, monsieur Marbleton.

Il lui adressa un sourire enjôleur.

— Et vous direz du bien de moi à votre sœur ?

— Certainement pas. Mais votre meilleure option est d'accepter de démontrer à M. Finch la sincérité – et les capacités – des Marbleton.

M. Marbleton regarda M. Finch, puis Charlotte. Il sourit de nouveau. Quand il prenait cet air insouciant, il devenait dangereusement séduisant.

— Bien, alors qu'attendons-nous ?

— Monsieur Finch, est-ce un problème de ne pas faire usage de votre arme ? s'enquit Charlotte.

— Au contraire, j'ai le sang et le bruit en horreur.

— Alors mon plan devrait vous plaire. Pour commencer, déshabillons-nous.

Livia descendit furtivement l'escalier et se dirigea sur la pointe des pieds vers la porte de service.

Alors qu'elle sortait en refermant le battant derrière elle, la mémoire lui revint. Qu'elle était sotte ! M. Mott était allé déposer Charlotte chez Mme Watson, il ne pouvait donc pas encore être rentré. Elle baissa les yeux vers le petit cadeau qu'elle tenait à la main. Elle pouvait le déposer près de la porte du hangar à attelages, mais si M. Mott ne le remarquait pas avant d'emmener la famille Holmes à la gare demain matin et de quitter définitivement leur service ?

Dans le hangar, une lumière était allumée. Était-il déjà de retour ?

Alors qu'elle hésitait, elle vit la lumière s'éteindre et la porte s'entrouvrir. On n'y voyait pas très bien dans la pénombre, mais n'était-ce pas le bout d'une cape d'été très ressemblante à celle que Charlotte portait ?

Charlotte était encore ici ?

Un fol espoir envahit le cœur de Livia.

Elles avaient évoqué les plans de Charlotte pour soustraire Livia et Bernardine à leurs parents, mais

Livia avait cru comprendre que ce n'était qu'un projet encore lointain. S'était-elle trompée ? Charlotte avait-elle eu l'intention de tout déclencher ce soir après avoir parlé à Mott, dont elle avait peut-être acheté les services ?

Charlotte sortit alors du hangar. Elle avait l'air... bizarre. Pourquoi avait-elle mis une cape plus foncée ? Sans parler de... Bonté divine, ce n'était pas Charlotte ! C'était Mott, habillé en femme !

Alors qu'elle le dévisageait, bouche bée, il croisa son regard et porta un doigt à ses lèvres pour lui faire signe de garder le silence. Puis il tourna la tête de droite et de gauche, traversa l'allée déserte et s'engagea dans le jardinet derrière la maison voisine.

Elle se rua vers la barrière qui séparait les deux jardins.

— Que se passe-t-il ? chuchota-t-elle. Où allez-vous, habillé comme ça ?

Il parut hésiter.

— J'ai des problèmes. À cause de gens malintentionnés que j'ai fréquentés avant de travailler ici. Maintenant ils sont à ma poursuite, et Mlle Charlotte m'aide à m'échapper. Je vais attendre dans cette maison inoccupée jusqu'à ce que l'horizon se dégage. Rentrez chez vous, et n'en sortez plus. S'il vous arrivait quoi que ce soit, Mlle Charlotte me tuerait.

S'il arrivait quoi que ce soit à Livia ? Et pas à Charlotte ?

Comme s'il avait entendu sa question, Mott poursuivit :

— Elle est accompagnée par un gentleman que vous connaissez toutes les deux. Je vous en prie, mademoiselle Livia, rentrez et restez à l'intérieur...

Elle était encore indécise.

La voix de Mott se fit plus pressante.

— Vite ! Il n'y a pas de temps à perdre.

Les genoux de la jeune femme se mirent à trembler. Comme elle détestait se sentir aussi inutile ! Mais Mott avait raison. Elle n'aiderait personne en restant les bras ballants.

Après un dernier regard vers le hangar, elle obtempéra.

— Vous auriez fait une jolie fille, dit Charlotte à M. Marbleton, qui portait à présent sa toque de soirée et sa cape de soie jaune pâle.

Il lui décocha un sourire espiègle.

— Merci. Je suis très fier de passer pour une femme séduisante, du moins au premier regard. Vous, en revanche, déguisée en homme, vous n'attireriez pas la moindre dame.

Charlotte baissa les yeux vers le Mackintosh de M. Finch qui lui tombait jusque sous les genoux. En dessous, elle portait son épais pantalon de laine par-dessus ses propres culottes longues.

— Peut-être m'éviteraient-elles jusqu'à ce qu'elles aient découvert mon génie, mais ensuite... il faudrait que je les chasse à grands coups d'*Encyclopædia Britannica*.

Leurs plaisanteries ne parvenaient pas à dissiper la tension qui régnait.

— Prête ? demanda M. Marbleton.

Elle hocha la tête.

Il l'aida alors à monter sur le siège du cocher, alla ouvrir les portes du hangar et monta en voiture. Charlotte fit sortir l'attelage et prit une profonde inspiration.

À ce stade c'était ici, dans l'allée, qu'ils avaient le plus de risques d'être capturés. Elle secoua les rênes pour mettre les chevaux à un trot rapide. Plus rapide que la prudence ne l'exigeait.

Charlotte était bonne conductrice, mais elle était plutôt habituée à diriger des véhicules à un seul cheval sur des petites routes de campagne presque désertes. La soirée était déjà bien avancée, mais on était à Londres et la saison n'était pas terminée : les principales artères seraient encore très fréquentées. Jamais elle n'avait conduit dans de telles conditions.

Au demeurant, elle n'en aurait jamais l'occasion si elle n'atteignait pas l'extrémité de l'allée.

Un homme se tenait là-bas, agitant les bras pour lui faire signe de ralentir. Elle accéléra. Il accentua son mouvement. Par-dessus le martèlement des sabots – et celui de son cœur – elle comprit vaguement qu'il aboyait un ordre.

À présent, l'attelage était lancé à pleine vitesse. L'homme bondit de côté. Elle fit brusquement tourner les chevaux à droite, puis de nouveau à droite... et la voiture serait entrée en collision avec une autre si celle-ci ne s'était pas écartée au dernier moment.

Elle poursuivit aussi vite que possible, louvoyant entre les véhicules, brûlant la priorité à d'élégants coupés qu'elle évitait de justesse en se faisant copieusement injurier par leurs cochers.

Depuis l'intérieur, M. Marbleton donna quelques coups. Devant eux, elle aperçut un grand omnibus garé le long d'un trottoir. Elle ralentit et passa près du véhicule. À peine l'avait-elle dépassé que M. Marbleton sauta sur la chaussée. Il était si accompli dans ce genre d'exercice qu'il réussit même à claquer la portière derrière lui.

Quand elle regarda de nouveau en arrière, il avait déjà disparu dans la nuit.

Elle avait presque atteint sa destination quand survint une nouvelle tentative pour l'arrêter, bien plus efficace que la précédente.

Elle fit halte immédiatement.

Un homme s'approcha de l'attelage.

— Monsieur Finch, veuillez nous suivre, s'il vous plaît.

C'était M. Underwood, le bras droit de lord Bancroft.

— Je ne suis pas M. Finch.

M. Underwood fronça les sourcils.

— Mademoiselle Holmes ! Vous êtes habillée comme un homme.

— Ne pensez-vous pas que c'est plus sûr pour conduire la nuit ? répliqua-t-elle en sautant de son siège. Je ne fais que rendre service à notre cocher, qui a fidèlement servi ma sœur cet été.

— Ah oui ?

— Tout à fait. Il s'appelle Mott. Il vient de me dire qu'il avait des démêlés avec des personnes peu fréquentables et devait s'en aller. Il m'a demandé de ramener l'attelage à la société où mon père l'avait loué, et je lui ai promis de m'en occuper.

Elle pencha la tête de côté et sourit.

— Voulez-vous bien me laisser poursuivre mon chemin, monsieur Underwood ?

Il l'observa, pensif.

— Il se fait tard, mademoiselle Holmes. Si vous nous laissiez nous charger de cela ? Je vais vous ramener chez vous.

Manifestement, il ne la croyait pas. Dans ce cas, il devait bien comprendre, et lord Bancroft également, qu'elle ne les aiderait pas à traquer M. Finch.

— Je vous confie volontiers l'attelage, monsieur Underwood, mais ne vous donnez pas la peine de me raccompagner. Je suis bien équipée pour une petite promenade.

Elle lui montra son Derringer à double canon.

— Dans ce cas, très bien, céda M. Underwood. Bonsoir, mademoiselle Holmes.

À la nuit tombée, Londres n'était pas agréable pour une femme seule. Même si elle empruntait des rues jalonnées de parcs et de superbes hôtels particuliers, Charlotte devait s'attendre qu'on la prenne pour une belle de nuit, une cible idéale pour les sifflements insolents et les mains baladeuses.

Une femme habillée en homme, même si elle n'était pas à l'abri d'authentiques criminels, s'épargnait au moins les invectives grossières et les sous-entendus libidineux.

En soi, c'était déjà une liberté appréciable.

Charlotte était toujours préoccupée par les événements de la soirée. Elle n'avait aucun moyen de contacter M. Finch, mais elle espérait qu'il lui enverrait un message une fois qu'il serait en sécurité. Quand elle songeait qu'elle avait failli le mettre en danger !

Alors qu'elle arrivait chez Mme Watson, une voiture se gara juste devant la maison.

Elle ne s'était pas particulièrement inquiétée d'être prise en filature par les subalternes de lord Bancroft – il savait déjà où elle résidait et travaillait – mais elle était restée prudente pendant tout le trajet de retour. Et elle était sûre qu'à aucun moment cet attelage ne l'avait suivie.

D'où venait-il ?

Une pluie fine s'était mise à tomber, aussi délicate qu'une brume. Le cocher, tout comme Charlotte, portait un grand manteau Mackintosh, et ses traits étaient invisibles. La portière de la voiture s'ouvrit.

— Mademoiselle Holmes ? Mademoiselle Charlotte Holmes ?

Elle s'approcha du véhicule et de son unique passager dissimulé dans l'ombre.

— Et vous êtes... ?

— Ravi de faire enfin votre connaissance, mademoiselle Holmes, dit l'homme.

Ses doigts pianotèrent sur sa canne. Sa voix douce mais sûre d'elle trahissait une pointe d'amusement.

— Mon nom est Moriarty.

1

Quelques mois plus tard

L'inspecteur Robert Treadles prit le chapeau, le casse-croûte et la canne que lui tendait son épouse, et lui adressa un sourire un peu contraint.

— Merci, ma chère.

Alice lui rendit son sourire, avant de l'embrasser sur la joue.

— Bonne journée, inspecteur. Allez défendre l'ordre et la loi.

Elle disait cela chaque matin depuis des années, mais dernièrement ces paroles le mettaient mal à l'aise. Si ce n'étaient pas les mots en eux-mêmes, c'était l'impression que dès l'instant où il se levait, elle attendait qu'il s'en aille.

À la fin de l'été, le frère de son épouse, Barnaby Cousins, était décédé. Comme il n'avait pas de descendance, et selon les dernières volontés de leur père, c'était Alice qui avait hérité de l'usine Cousins, l'entreprise qui assurait la fortune familiale.

Elle avait déclaré avec fermeté que cela ne changerait rien entre eux. Elle avait dit vrai.

Car si rien n'avait changé, c'était parce que tout avait *déjà* changé avant le décès de son frère. Treadles avait découvert qu'elle avait toujours voulu diriger l'entreprise familiale et que seul le refus catégorique de son père l'en avait empêchée.

Toutefois, il ne parvenait toujours pas à s'expliquer la confusion que cela avait éveillée en lui, sinon que jusque-là il avait toujours cru qu'ils formaient un couple uni. Désormais, ils n'étaient plus que deux individus vivant sous le même toit.

Elle l'accompagna à la porte, un sourire aux lèvres, et il se mit en chemin vers Scotland Yard. Une fois par semaine environ, alors qu'il partait pour son travail, il se postait à l'angle de la rue pour regarder derrière lui. Chaque fois, la voiture de son épouse arrivait devant la maison un quart d'heure après son départ.

Et la femme qui y montait, élégante, rayonnante et pleine d'une froide assurance, était une étrangère.

Non, ce n'était pas tout à fait exact. Alice avait toujours été volontaire et compétente dans ce qu'elle entreprenait. Et il avait toujours été très fier d'elle. Elle avait été sa plus belle réussite, l'envie de ses collègues, une femme qui, bien que née dans le meilleur monde, avait trouvé auprès de lui tout ce dont elle avait besoin.

Sauf que cela n'avait jamais été vrai, n'est-ce pas ? Elle avait eu besoin de plus. Et à présent, elle l'avait.

Il pressa le pas, soudain aussi impatient qu'elle devait l'être de s'éloigner du foyer conjugal.

La journée ne s'améliora pas quand il parvint à Scotland Yard. La femme Farr était de nouveau là, assaillant le sergent MacDonald.

— Je comprends, madame Farr, disait ce dernier d'un ton patient, mais la première chose que j'ai faite ce matin a été de consulter les rapports sur les personnes défuntes non identifiées, et aucune ne correspond à la description de votre sœur. Sans corps, nous ne pouvons pas conclure à un assassinat. En vérité, nous n'avons pas la moindre preuve que votre sœur est décédée.

— Mais si elle était vivante, jamais elle n'aurait manqué l'anniversaire de sa nièce !

— Sergent, j'ai du travail pour vous, lança Treadles en passant devant eux.

La femme Farr redressa la tête. L'un de ses yeux, d'un bleu laiteux, était aveugle et l'autre était d'un bleu sombre, presque pervenche. Elle avait peut-être été jolie autrefois, mais seuls quelques traits trahissaient sa gloire fanée.

Elle darda sur Treadles un regard ferme et sans expression, mais il devina le dédain qu'elle dissimulait. Comment ces femmes moins que respectables pouvaient-elles se croire assez supérieures pour vouer tant d'animosité et de mépris à un homme tel que lui ?

Alors qu'il quittait la pièce, il entendit le sergent MacDonald conclure, en baissant la voix :

— Je dois y aller, madame Farr. Réfléchissez à ce que je vous ai dit. Sherlock Holmes.

— Ne l'avions-nous pas dit ? s'exclama lady Holmes d'un ton triomphant.

Livia regarda autour d'elle, incrédule.

Elle s'était attendue au pire. Vraiment. Non seulement ses parents avaient toujours été dépourvus de jugement, mais ils étaient dépensiers et au bord de la banqueroute. Quand ils avaient informé Livia, au retour d'un mystérieux voyage, qu'ils avaient trouvé un endroit parfait pour leur deuxième fille, elle n'avait pas cru un mot de leur description de ce paradis sur terre.

Bernardine ne disait rien, ne répondait même pas quand on lui parlait. Elle quittait rarement sa chambre, où elle passait ses journées à faire tourner des bobines suspendues à un fil. Elle n'avait jamais été capable de s'occuper d'elle-même, et Livia n'avait aucun espoir qu'elle y parvienne un jour.

En vérité, toute l'existence de Bernardine plongeait Livia dans le désespoir. Si elle survivait à l'ensemble de la famille, qui prendrait soin d'elle ? Se sauverait-elle dans les bois pour devenir l'une de ces créatures sauvages autour de qui les adolescents inventaient des contes effrayants pour donner des cauchemars aux plus petits ?

Pourtant, en apprenant que Bernardine partirait bientôt pour une institution pour les femmes comme elle, Livia avait été choquée, en particulier par la satisfaction de ses parents devant la modicité des tarifs.

Bernardine ne mordait pas les bonnes et ne dérangeait pas les voisins. Elle n'avait jamais besoin de nouveaux vêtements et se nourrissait à peine. Certes, elle était une charge pour ses parents, mais Livia l'était également, de même que toutes les filles célibataires du pays. Il fallait s'occuper d'elle, mais ce n'était pas une raison pour l'expédier dans une maison de fous.

Toutefois, si la maison de fous ressemblait à *ceci*, alors Livia regrettait presque de ne pas s'y installer elle-même.

La demeure couverte de lierre était percée de vastes baies vitrées au rez-de-chaussée, et de profonds sièges de fenêtre garnis de coussins offraient un endroit idéal pour lire pendant des heures. Les jardins n'étaient ni trop grands ni trop formels, mais aussi soignés et accueillants que la maison, avec des hortensias et des pieds-d'alouette encore en fleurs. Ce qu'elle préférait, c'était l'étroite allée qui contournait le bâtiment, passait sous une longue pergola en forme d'arche et disparaissait au-delà d'une grille de fer forgé. Le chemin devait aboutir à un lieu banal, un potager ou une loge de concierge, mais Livia était libre d'imaginer que c'était un chemin magique qui menait à une nouvelle destination merveilleuse chaque fois qu'on l'empruntait.

L'intérieur de la maison était charmant et confortable, et il y régnait une atmosphère plus accueillante qu'ostentatoire. D'ailleurs, les résidentes ne semblaient pas particulièrement désaxées. Même si l'une tournait lentement sur elle-même dans un coin du salon, qu'une autre était assise sur un grand tapis oriental, les yeux rivés sur ses pieds nus, et qu'une troisième était occupée à empiler des livres à l'extrémité du tapis, aussi concentrée que si elle bâtissait le Colisée, avant de renverser la pile pour recommencer.

Livia observa la quatrième femme présente dans la pièce, qui allait sans doute se livrer à quelque étrange activité. Coiffée d'un bonnet amidonné et vêtue d'une longue robe noire, elle se tenait près de la femme qui pivotait sur elle-même, le dos tourné aux nouveaux venus. Il fallut un moment à Livia pour s'aviser qu'elle devait faire partie du personnel et veiller à ce que la femme ne tombe pas ou ne se blesse pas.

Les parents de Livia s'étaient déjà éloignés, entraînant une Bernardine maussade. Livia se hâta de les rattraper. Dans la salle suivante, qui faisait à la fois office de bibliothèque et de petite galerie de peinture, deux femmes étaient occupées à écrire, attablées devant des bureaux accolés. La scène semblait normale et paisible. Jusqu'à ce que Livia remarque que l'une des deux femmes ne faisait que tracer des lignes sur les pages, et que le feuillet de l'autre était couvert d'horribles crânes grimaçants.

Bernardine serait-elle heureuse ici, parmi ces femmes malades ?

De fait, on avait l'impression qu'elle venait de trouver son véritable foyer. Contre le mur le plus éloigné se tenait un grand support à cannes à pêche. Les cannes étaient reliées à des dizaines d'objets, non seulement des bobines mais aussi des engrenages et ce qui ressemblait à des ailes de moulins à vent miniatures.

D'ordinaire lente à se mouvoir, Bernardine traversa la pièce comme un éclair. Elle s'assit sur un banc installé là et se mit à faire tourner les objets les plus proches. Elle n'était pas seule. À côté d'elle se trouvait déjà une femme coiffée d'un turban qui faisait tourner les engrenages – et uniquement les engrenages – avec la même concentration passionnée.

— C'est une source de joie sans fin pour certaines de nos pensionnaires, commenta le Dr Wrexhall en hochant la tête d'un air approbateur.

Lui aussi était surprenant. Livia s'était attendue à voir un crétin pompeux, mais le Dr Wrexhall était un homme à l'air digne et aux paroles mesurées.

— Laquelle de vos patientes est la fille de la bienfaitrice ? s'enquit lady Holmes dont la curiosité sur les riches, et les très riches, n'avait pas de bornes.

Le Dr Wrexhall avait expliqué à Livia, qui n'avait pas accompagné ses parents lors de leur première visite, que Moreton Close était financé par la veuve d'un magnat de l'industrie. Elle n'avait eu qu'un enfant, une fille. Elle avait espéré que celle-ci ferait ses débuts dans le monde et épouserait l'un des meilleurs partis du pays, mais la maladie de la jeune femme avait mis un terme à ce rêve.

Toutefois, à Moreton Close, sa fille était et serait toujours en compagnie d'autres jeunes femmes issues des grandes familles du pays.

De l'avis de Livia, c'était un tantinet exagéré d'élever les Holmes à un tel statut. Ses parents, en revanche, semblaient considérer cela comme tout à fait naturel. Sir Henry bombait le torse et lady Holmes, pour la première fois depuis que Charlotte s'était enfuie, semblait très contente. Ici, enfin, on leur accordait la déférence due à leur rang.

Après qu'ils se furent délectés de l'attention respectueuse du Dr Wrexhall, Livia leur rappela qu'il était temps de retourner à la gare. À leur départ, Bernardine leur prêta aussi peu d'attention qu'ils lui en accordaient. Livia fut la seule à hésiter. Elle faillit poser une main sur son épaule, mais sa sœur aurait immédiatement repoussé le geste.

Finalement, elle dit à Bernardine qui lui tournait toujours le dos :

— Je reviendrai te voir quand je le pourrai.

Comme si elle n'avait rien entendu, Bernardine fit pivoter deux autres engrenages.

Le Dr Wrexhall les raccompagna.

— J'espère que vous comprendrez, sir Henry, lady Holmes, que nous restons discrets sur notre travail ici. Les villageois croient toujours qu'il s'agit d'une résidence familiale. Bien sûr, tout ce que nous faisons se fonde sur les dernières avancées scientifiques et les principes les plus humains, mais je crains que certaines personnes ne comprennent pas cela et refusent de cohabiter paisiblement avec nous.

Livia connaissait au moins deux de ces personnes-là : elles se tenaient face au Dr Wrexhall en cet instant. Ses parents auraient été outrés qu'une telle institution se trouve dans *leur* voisinage.

— Bien entendu, déclara lady Holmes. Nous comprenons parfaitement.

— Très bien, madame. Vous aurez un rapport chaque semaine.

— Nous les attendrons avec impatience, affirma sir Henry.

Menteur.

Il ne se donnerait même pas la peine de les lire, pas plus que lady Holmes. Enfin, ils avaient réalisé leur plus cher désir : se débarrasser de Bernardine d'une façon à peu près acceptable, et ne plus jamais avoir à se soucier d'elle.

Livia, elle, lirait les rapports avec soin. Elle viendrait ici quand elle le pourrait. Et elle ne permettrait pas qu'on oublie Bernardine.

Sinon, comment regarder de nouveau Charlotte dans les yeux ?

En général, Livia se réjouissait de sa visite annuelle à Mme Newell. Celle-ci était une cousine de sir Henry et, si les filles Holmes avaient leurs entrées dans le monde, c'était plus en raison de sa popularité que du rang dont leurs parents se targuaient.

Ces dernières années, Mme Newell s'était lassée de la ville, mais elle aimait se tenir au courant. En plus d'une abondante correspondance avec les gens qui comptaient, elle accueillait des parties de campagne une fois la saison terminée.

Sir Henry et lady Holmes n'y étaient presque jamais conviés, Mme Newell n'ayant aucun goût pour leur compagnie. En revanche, elle avait une certaine affection pour Livia et Charlotte. Cette année, pour la première fois, Livia se rendrait seule chez elle.

La jeune femme avait craint que ses parents ne l'autorisent pas à y aller, mais Mme Newell les avait pris de court en envoyant un billet de train déjà payé et en dépêchant sa propre bonne pour escorter Livia durant le voyage.

Toutefois, la jeune femme ne serait pas là quand arriveraient les deux premiers rapports en provenance de Moreton Close. Et rien ne garantissait que ses parents les conserveraient jusqu'à son retour, même si elle le leur demandait. Lady Holmes, par dépit de ne pas avoir été invitée chez Mme Newell, n'hésiterait pas à les jeter au feu. Quant à sir Henry, Livia le croyait capable de les détruire dès qu'ils auraient franchi la porte, lui qui avait honte depuis toujours d'avoir engendré une enfant telle que Bernardine.

Livia ne serait pas surprise qu'il efface toute trace de celle-ci.

Pourtant, alors qu'elle montait à bord du train, ce qui occupait le plus ses pensées n'était pas sa sœur, mais son soulagement que la bonne de Mme Newell ait un autre billet de train et ne voyage pas en sa compagnie.

Sans parler du petit paquet dans son sac à main et de la nausée d'anxiété qu'il lui causait.

Sir Henry ne s'occupait pas du courrier – qui consistait trop souvent en pénibles lettres de relance de ses créditeurs – avant midi, et lady Holmes se levait tard en raison d'une trop grande familiarité avec le laudanum, aussi Livia était-elle souvent la première à s'occuper de la livraison du jour.

Ce matin, elle s'était réveillée plus tard que d'habitude après une longue soirée à boucler ses bagages. À peine avait-elle vu les deux plis à son nom qu'elle avait entendu les pas pesants de sa mère dans l'escalier. Elle s'était empressée de les cacher sous sa jupe et avait dû rester à table une éternité afin de pouvoir s'en aller sans qu'on les remarque.

Ensuite, il lui était à peine resté le temps de s'habiller et de partir. À présent, elle était enfin tranquille.

Hélas, à peine venait-elle de se réjouir de cette solitude que l'épouse d'un gentleman de sa connaissance entra dans le compartiment avec sa fille. Livia fut contrainte d'engager une discussion polie. La lady était choquée que Livia, après ce qui était arrivé à Charlotte, voyage seule. La jeune femme eut beau expliquer qu'une bonne l'accompagnait, ses paroles tombèrent dans l'oreille d'une sourde. Ces deux dames, qui n'étaient que de lointaines connaissances, se déclarèrent prêtes à changer leurs projets pour chaperonner

Livia jusque chez Mme Newell, insinuant qu'elle n'était peut-être même pas vraiment en route vers la demeure d'une personne respectable.

Elle faillit pleurer de soulagement quand, trois stations plus tard, la bonne vint s'assurer qu'elle allait bien. Cela mit un terme aux ingérences de ses sauveuses, qui descendirent du train à contrecœur. Enfin seule dans le compartiment, elle eut besoin de quelques minutes pour se calmer avant de sortir la lettre et le paquet.

Elle ne reconnaissait pas l'écriture sur la première, ce qui indiquait probablement qu'elle était de Charlotte, capable de travestir la sienne. Elles avaient mis au point un stratagème : Charlotte lui envoyait des brochures avec parfois une lettre cachée entre deux pages collées l'une à l'autre.

Toutefois, s'il était toujours excitant de recevoir des nouvelles de sa sœur, c'est le petit paquet que Livia était le plus impatiente d'ouvrir.

Elle progressait dans l'art de ne pas trop penser au jeune homme qui était arrivé dans sa vie comme un cadeau, apportant de l'aventure, de la séduction et une pointe de mystère. Ils s'étaient rencontrés à trois reprises. Les deux premières avaient été aussi charmantes que joyeuses. Puis était arrivée la troisième et fatidique occasion, au cours de laquelle il s'était révélé être M. Myron Finch... leur frère illégitime.

Elle avait été ébranlée par cette découverte, et profondément choquée d'avoir éprouvé des sentiments pour ce jeune homme aussi intelligent que bien fait de sa personne.

Avant de manquer de s'évanouir de soulagement quand Charlotte lui avait envoyé un message indiquant qu'il n'était *pas* leur frère.

Tout cela était arrivé à la fin de la saison. Après cela, elle n'avait revu Charlotte qu'une seule fois, le soir avant que les Holmes quittent Londres. Et, de façon tout à fait délibérée, elle n'avait mentionné ni leur demi-frère illégitime, ni l'homme dont elle s'était éprise et qui n'était pas, le ciel soit loué, M. Myron Finch.

Ce manque d'intérêt affiché l'avait empêchée de questionner sa sœur à son sujet, mais Livia nourrissait d'autres espoirs. Peu avant cette rencontre avec Charlotte, il lui avait envoyé un superbe marque-page illustré à la main, figurant une femme en blanc en train de lire sur un banc dans un parc – la scène exacte de leur rencontre.

Cela laissait supposer qu'il lui écrirait à un moment ou à un autre mais, hélas, ce marque-page avait signé le début et la fin de leur correspondance.

Il avait disparu, et elle ignorait si elle devait l'attendre ou l'oublier.

Ou plutôt, elle savait qu'elle devait l'oublier mais n'y était pas parvenue – elle n'était même pas certaine d'avoir essayé.

Peut-être n'en aurait-elle pas besoin : cet envoi était rédigé de sa main.

Son cœur battit plus vite. Elle défit le paquet et, de ses mains tremblantes, ouvrit le petit sac de velours qu'il contenait.

À l'intérieur se trouvait un cabochon. Une pierre de lune. L'un des deux livres de Wilkie Collins dont ils avaient discuté lors de leur première rencontre s'intitulait *La Pierre de lune*. L'autre était *La Dame en blanc*, comme le rappelait le marque-page.

C'était bien lui, mais que cela signifiait-il ? Devait-elle y voir un signe encourageant… ou le début d'un nouveau silence interminable ?

Peut-être devrait-elle s'en ouvrir à Charlotte. Pourquoi avait-il tenté de se faire passer pour leur frère illégitime ? Qui était-il ? Et quelles étaient ses intentions envers elle, au juste ? Un marque-page était un cadeau acceptable de la part d'un ami de sexe masculin. Un cabochon, en revanche... S'il avait été monté en bague ou en pendentif, cela aurait été franchement incorrect. Un homme qui n'était ni son mari ni un parent ne pouvait pas lui offrir de bijou.

Tel qu'il se présentait, lisse et poli mais impossible à porter sur elle, le cabochon tombait dans une zone grise, aussi grise que le charbon.

Elle le garda dans sa paume pendant un long moment, puis le rangea dans le petit sac de velours, qu'elle plaça dans une poche intérieure de son sac à main.

L'été était passé depuis longtemps, mais l'hiver n'était pas encore arrivé. C'était l'époque de l'année où des semaines de morne pluie alternaient avec de rares journées froides et lumineuses. Dehors, le ciel était bleu et le soleil étincelait.

Livia avait rencontré son jeune homme sans nom sous le même ciel bleu et le même soleil étincelant.

Secouant la tête, elle prit la lettre.

Chère mademoiselle Holmes,

J'ai des nouvelles de votre sœur, Mlle Charlotte Holmes.

Livia sursauta. Qui était-ce ? Elle chercha la signature. *Caroline Avery.*

Lady Avery !

Sa sœur, lady Somersby, et elle étaient les pires commères de la bonne société. Depuis que Charlotte avait fugué, elles harcelaient Livia pour avoir de ses nouvelles. Naturellement, Livia n'avait révélé à personne que Charlotte résidait désormais dans une belle maison en face de Regent's Park et dirigeait son affaire sous le nom de Sherlock Holmes au 18 Upper Baker Street.

Que savait lady Avery ? D'où tenait-elle ses informations ? Le cœur serré par un sombre pressentiment, Livia poursuivit sa lecture.

Elles me sont arrivées de la façon la plus indirecte et la plus surprenante. J'ai séjourné il y a peu à Cowes, sur l'île de Wight. La veille de mon départ, ma bonne étant souffrante, j'ai engagé une domestique de l'hôtel pour m'aider à faire mes bagages.

Alors que je la surveillais pendant qu'elle emballait des articles fragiles, elle a remarqué un portrait dans un journal datant de plusieurs mois et déclaré qu'elle avait déjà vu ce gentleman. Il se trouve que la photographie représentait lord Ingram Ashburton et avait été prise à l'occasion de son dernier match de polo de la saison. La domestique était certaine de ne pas se tromper pour la bonne raison qu'on n'oublie pas facilement un homme tel que lord Ingram.

Elle a déclaré que pendant la saison elle avait travaillé dans un salon de thé de Hounslow. Un samedi, alors que la saison battait son plein, il y est venu, accompagné d'une femme dont il semblait très épris. Ce point a piqué ma curiosité, car ce ne pouvait pas être lady Ingram.

J'ai demandé à la domestique de me décrire la compagne de lord Ingram. Voici ses termes exacts : « Elle aurait pu poser pour la réclame du savon Pears si elle avait perdu une douzaine de livres au moins. »

Aussitôt, ma pensée s'est tournée vers Mlle Charlotte Holmes. Bien sûr, étant donné ma réputation de précision et de fiabilité, je ne pouvais fonder mes conclusions sur le seul récit de cette fille. Je suis donc rentrée chez moi, ai pris un album de photographies et suis retournée à l'hôtel de Cowes.

J'ai montré à la domestique un cliché pris il y a deux ans, lors d'une partie de campagne chez lord Wrenworth. Il y avait une quarantaine d'invités en tout, mais elle n'a eu aucun mal à identifier Mlle Charlotte comme la compagne de lord Ingram.

Je me suis assurée qu'elle les avait effectivement vus après le scandale autour de Mlle Charlotte. Cette fille a déclaré que plus tôt dans l'été elle ne travaillait pas dans cet établissement et ne pouvait donc les avoir vus qu'en juillet, soit longtemps après la fugue de Mlle Charlotte.

Si vous n'étiez pas informée de ces détails, je suis ravie d'être une messagère de bonnes nouvelles : votre sœur est bien vivante. Du moins, elle l'était la dernière fois qu'on l'a vue en compagnie de lord Ingram, et je n'imagine pas qu'il laisse le moindre mal lui arriver. Si vous le saviez déjà, je vous serais très obligée de confirmer ou de corriger ce que j'ai appris jusqu'à présent.

Bien à vous,

Caroline Avery

2

Quatre-vingt-dix minutes après le petit déjeuner, Mlle Charlotte Holmes attaquait sa seconde tranche de cake au citron.

Le cottage que Mme John Watson avait loué pour leur séjour à la campagne donnait sur un charmant paysage de collines vertes et de douces vallées, mais l'intérieur était vieillot avec des fenêtres toutes petites et bizarrement placées. Résultat : même les jours de soleil, le salon était sombre, presque triste. Aussi Mlle Holmes, dans sa robe ivoire aux manches abondamment brodées de pampres verts et de fleurs magenta, était ce qu'il y avait de plus lumineux dans la pièce.

Elle n'avait pas dit un mot depuis qu'elle s'était assise, une demi-heure auparavant. Ce mutisme lui était coutumier, et Mme Watson avait appris à savourer ses silences. À les considérer comme aussi paisibles qu'une colline couverte de fleurs sauvages, ou aussi reposants que des pâturages remplis de petits veaux.

Depuis le soir où Mlle Holmes avait aidé son frère à s'échapper, toutefois, ses silences avaient perdu leur sérénité. Ces derniers temps, quand elle était assise en sa compagnie, Mme Watson pensait plutôt au brouillard londonien, noir et opaque, aux brumes maritimes qui envoyaient les navires droit sur les falaises et même, à l'occasion, aux marécages et aux sables mouvants dont l'aspect inoffensif dissimulait un piège fatal pour les voyageurs innocents.

Même son appétit pour les pâtisseries semblait… moins joyeux. Elle mangeait plus – Mme Watson la voyait rarement sans un biscuit ou une génoise fourrée à portée de main – mais elle massacrait son cake au citron avec moins de gourmandise que de fébrilité machinale, un peu comme un homme nerveux aurait allumé une cigarette après l'autre.

Au cours des semaines qui avaient suivi l'évasion de M. Finch, Mme Watson aussi avait été tendue et inquiète. Mlle Holmes et elle avaient eu de fréquentes discussions sur les différents scénarios possibles et les mesures à prendre pour les contrer.

Toutefois, les mois s'étaient écoulés et il ne s'était rien passé. Mme Watson avait commencé à s'apaiser. Tôt ou tard, tout le monde commettait une erreur. Même Mlle Holmes, d'habitude imperturbable, pouvait avoir une réaction exagérée de temps à autre.

— Ma chère, dit-elle, nous sommes ici depuis trois jours et vous avez tout juste mis les pieds dehors. Que diriez-vous de visiter Stern Hollow, aujourd'hui ?

Stern Hollow était la propriété de lord Ingram, mais ce n'était pas pour cette raison qu'elles avaient loué dans la région. Elles étaient ici parce que Mme Newell, une cousine germaine éloignée au premier degré de Mlle Holmes, vivait non loin et que sa sœur Livia avait été conviée à sa partie de campagne.

Cela dit, Mme Watson aurait pu jurer que Mlle Holmes n'était pas du tout contrariée que lord Ingram se trouve si près.

— Nous n'avons pas besoin de nous présenter au maître des lieux ; nous pourrions juste demander à voir la maison, argua-t-elle. Et il nous croiserait par le plus grand des hasards, comme quand Elizabeth Bennet visite Pemberley.

Mlle Holmes loucha sur une troisième tranche de cake au citron, mais ne tendit pas la main dans sa direction, peut-être parce qu'elle approchait du Menton Maximum Tolérable, le point auquel elle commençait à réguler sa consommation de gâteaux et de puddings.

— C'est une référence littéraire ? demanda-t-elle.

— Vous n'avez pas lu *Orgueil et Préjugés* ? s'exclama Mme Watson, incrédule. Comment est-ce possible ?

— Dans la famille, c'est ma sœur qui dévore les ouvrages de fiction. Quand j'étais jeune fille, j'avais du mal à comprendre les romans. J'avais du mal à comprendre les gens. De temps en temps, je lisais une histoire quand elle insistait. Elle n'a pas insisté pour *Orgueil et Préjugés*.

— Dans ce cas, c'est peut-être moi qui devrais le faire. La scène que j'ai mentionnée, quand Mlle Bennet et M. Darcy se croisent par hasard, est tellement...

Mme Watson s'interdit de justesse de prononcer le mot. *Romantique*.

— Disons qu'elle contribue à tisser une fiction captivante.

Au demeurant, ce n'était peut-être pas la meilleure analogie pour décrire la situation de Mlle Holmes et lord Ingram. Mlle Austen était un auteur plein d'humour et de perspicacité, mais extrêmement respectueux des convenances. Qu'aurait-elle pensé de la situation actuelle de Mlle Holmes, une jeune femme qui n'était plus conviée dans les salons respectables, ou de celle de lord Ingram, qui restait un homme marié même si son épouse était absente ?

— Quoi qu'il en soit, s'empressa-t-elle d'ajouter, faisons l'effort de visiter sa propriété. J'ai cru comprendre qu'elle est superbe. De toute façon, lord Ingram sera probablement déjà chez Mme Newell.

— Il ne laisserait pas ses enfants pour assister à une partie de campagne, même si elle est toute proche.

— Oh, mais vous ne savez pas ? Non, bien sûr, vous ne pouvez pas en avoir entendu parler, puisque moi-même je ne l'ai appris que ce matin. Ses enfants sont partis avec lord Remington il y a quelques semaines.

Lord Remington était le troisième frère Ashburton. Il y avait onze ans de différence entre lui et lord Ingram.

Mlle Holmes leva les yeux de l'assiette de biscuits aux amandes qu'elle observait.

— Lord Remington est en Angleterre ? Le mouton noir de la famille ?

Lord Remington avait passé presque toute sa vie adulte à l'étranger. Mme Watson avait pour lui une tendresse cachée mais elle devait se ranger, du moins en partie, à l'avis de Mlle Holmes.

— Je pourrais l'appeler le plus gris du troupeau. Actuellement, en tout cas. Quand ils étaient jeunes, à l'époque où lord Ingram venait de naître, c'est lord Bancroft qui était considéré comme le mouton noir.

— Ah oui ?

L'interrogation de Mlle Holmes avait jailli d'une voix lente et semblait s'attarder dans l'air.

— Vous n'étiez qu'une enfant, à l'époque. Tout le monde savait qu'il était très dépensier. Le vieux duc a brisé plus d'une badine en le battant.

— Hum.

— Je sais. Comme les gens changent… On ne devrait jamais être jugé sur ses jeunes années. Voyons, où en étais-je ? Ah oui, lord Remington. D'après ce qu'on m'a dit, les enfants adorent leur oncle. Quand il leur a proposé de l'accompagner à la mer, il n'a plus été possible de les tenir.

— Je présume que dans ce cas, lord Ingram n'a aucune raison de se priver d'aller chez Mme Newell, commenta Mlle Holmes.

Elle fit main basse sur un biscuit aux amandes puis, se souvenant de sa résolution, le reposa et prit le courrier arrivé pour Sherlock Holmes.

Le détective privé avait fait savoir par voie de presse qu'il serait absent de Londres pendant quelque temps. Résultat, durant le mois précédent, Mme Watson et Mlle Holmes avaient été assaillies par un torrent de clients soudain très pressés de le consulter, à présent qu'il s'apprêtait à se faire rare.

Naturellement, il y en avait toujours qui ne lisaient pas les annonces avec attention. Et M. Mears, le fidèle majordome qui tenait la place à Londres, avait fait suivre le sac de courrier arrivé à la boîte postale de Sherlock Holmes.

Mlle Holmes ouvrit et parcourut rapidement les lettres. Elle en relut une, qu'elle tendit à Mme Watson.

Cher monsieur Sherlock Holmes,

Le sergent MacDonald de Scotland Yard m'a dit de vous écrire. Vous occupez-vous toujours des meurtres ?

Respectueusement,

Mme Winnie Farr

Les lettres, anguleuses et toutes en majuscules, avaient été tracées à l'aide d'une plume émoussée, appuyée avec assez de force pour déclencher une crampe dans la main qui écrivait. Le papier n'était pas fait à partir de matières premières neuves mais de fibres recyclées. Et l'enveloppe n'était qu'un prospectus publicitaire pour une potion miracle, dont on avait utilisé le verso non imprimé. L'adresse indiquée pour le retour du courrier était la poste centrale.

— Je suis sûre que vous avez déjà déduit que cette femme n'a probablement pas sept shillings pour une consultation, dit Mme Watson. Je présume que vous pensez qu'elle ne nous aurait pas écrit si elle ne croyait pas avoir quelque chose de valeur à offrir en guise de paiement ?

L'écriture compensait la maladresse et le manque d'élégance par une fierté qui confinait à l'orgueil.

— J'y compte bien.

— Et si cet espoir était déçu ?

Mlle Holmes projetait de retirer ses sœurs du foyer familial, moyennant le versement annuel d'une centaine de livres à leurs parents. Unique détective privée du monde, elle ne manquait pas de travail, mais en raison de la modicité de ses tarifs – et du fait que la plupart de ses clients lui présentaient des problèmes qui, bien que déconcertants, étaient sans grande importance – et malgré le flair de Mme Watson pour augmenter les prix si quelqu'un pouvait payer plus, il leur manquait encore cinquante livres pour atteindre ce but.

D'autant que Mlle Holmes insistait pour verser une contribution hebdomadaire pour le gîte et le couvert dès que ses revenus seraient devenus réguliers, en plus de la participation que touchait Mme Watson sur les honoraires de Sherlock Holmes.

Mlle Bernardine Holmes avait besoin que quelqu'un la surveille. Mlle Livia, qui se contentait d'un toit sur sa tête et de nourriture dans son assiette, coûtait nettement moins cher, mais Mme Watson savait que Mlle Holmes voulait aussi offrir à Livia des livres et des voyages à l'étranger. Quant à Bernardine, une bonne ne suffisait pas ; il lui fallait une infirmière bienveillante et expérimentée. En un mot, le fardeau était accablant pour une jeune femme qui ne pouvait compter que sur ses propres ressources.

Et aussi extraordinaires que soient ces ressources, elle ne disposait pas de plus d'heures dans une journée que n'importe qui d'autre. Consacrer du temps à Mme Farr, ce serait négliger des clients plus solvables.

— Il n'est pas certain que nous recevions d'autres nouvelles de Mme Farr, ni que nous puissions quoi que ce soit pour l'aider, déclara Mlle Holmes.

— Dois-je lui écrire pour demander plus d'informations ?

— Oui, s'il vous plaît, murmura Mlle Holmes. Et maintenant, madame, parlons de ce projet de visiter Stern Hollow.

Livia serrait la pierre de lune comme elle aurait tenu un talisman capable de la protéger contre tous les maux du monde.

Ou, du moins, contre la curiosité des invités, qui allaient sans doute conjecturer sans fin sur Charlotte et lord Ingram.

Elle savait à quelle conclusion tout le monde s'empresserait d'arriver dès que l'information de lady Avery se répandrait : Charlotte n'avait pas vraiment disparu ; elle était à présent la maîtresse de lord Ingram.

Bien entendu, ce serait profondément affligeant – Charlotte avait prouvé qu'elle était capable de se débrouiller, et jamais lord Ingram n'aurait proposé un marché aussi sordide en échange de son aide – mais ce ne serait pas plus pénible que ce que Livia avait déjà enduré pendant la saison, quand les mauvaises langues ricanaient dans son dos, voire devant elle.

Pourtant, elle était soulevée d'une nausée d'angoisse. Le mauvais pressentiment qui l'avait envahie dès qu'elle avait lu la lettre n'avait fait que s'alourdir. Ce qui était ridicule. Pour l'instant, l'affaire n'avait pas encore été révélée. Et même si elle l'était, ce ne serait qu'un cran supplémentaire dans un monde déjà désagréable.

Au fait, la propriété de lord Ingram ne se trouvait-elle pas dans le voisinage ? Si elle lui envoyait un mot, il lui rendrait visite, n'est-ce pas ? Et il lui promettrait que, quelles que soient les nouvelles que lady Avery pourrait révéler, ce ne serait qu'une nuisance passagère vite oubliée ?

Comme si l'univers avait entendu ses prières, lord Ingram descendit le perron du manoir de Mme Newell au moment où la voiture de Livia s'arrêtait.

Il n'était pas d'une beauté classique, mais les têtes se tournaient sur son passage. C'était le genre d'homme qui faisait courir un frisson électrique dans une assemblée rien qu'en se présentant sur le seuil d'une salle. Quand il se tenait immobile, il évoquait à Livia un cobra sur le point de bondir. Et quand il se mouvait, il lui faisait penser à une panthère rôdant sans bruit dans la jungle.

Il l'aida à descendre de voiture.

— Mademoiselle Holmes, quel plaisir de vous voir !

En général, elle le trouvait intimidant, mais aujourd'hui son aura pleine d'assurance était exactement ce dont elle avait besoin. Déjà, la peur panique se dissipait.

— Le plaisir est partagé, milord. Comment allez-vous ?

— Très bien. Mme Newell m'a dit qu'elle vous attendait.

— Elle a eu la bonté de m'envoyer une invitation. J'espère que lady Ingram va bien ?

Nul doute que le départ précipité de son épouse pour un sanatorium en Suisse, s'il n'avait pas eu lieu alors que la saison s'achevait, aurait encore plus alimenté les potins. Quand elle n'avait pu recevoir les dames qui lui avaient rendu visite comme c'était de coutume après un bal, on avait supposé que son dos la faisait de nouveau souffrir. Le simple fait de conserver un maintien gracieux pendant tout un été lui avait sans doute été très douloureux.

Ce n'est que lorsque la bonne société s'était dispersée à Cowes, en Écosse et dans des centaines de maisons de campagne à travers tout le pays, que les gens avaient reçu des courriers les informant que sa santé s'était soudain détériorée et qu'il avait été estimé prudent qu'elle se retire dans les Alpes, où elle serait suivie par une équipe de médecins allemands et suisses compétents.

Livia, comme tout le monde, n'avait appris ce dernier développement qu'après son départ de Londres. Elle en avait informé Charlotte dans l'une des lettres qu'elles échangeaient clandestinement. Plus tôt dans l'été, celle-ci lui avait demandé, de façon inattendue, ce qu'elle pensait du passé sentimental de lady Ingram, et avait même chargé Livia d'arracher aux dames Avery et Somersby des informations à ce sujet.

À l'époque, distraite par ce qu'elle prenait pour une inclination romantique désastreuse dans sa vie personnelle, Livia n'avait guère prêté attention à la requête de sa sœur. Puis, à la lumière du départ de lady Ingram, elle avait écrit à Charlotte pour lui poser une question : était-il possible que celle-ci ait eu raison et que lady Ingram ait finalement décidé de s'enfuir avec son amant d'autrefois ?

Sa sœur lui avait conseillé de s'abstenir de toute spéculation mais, à mesure que le temps passait, la conviction de Livia n'avait fait que grandir. Comme cette femme s'était montrée odieuse envers son époux !

— Ses médecins m'assurent que son état s'est stabilisé, répondit lord Ingram à sa question sur la santé de son épouse, mais elle a encore besoin de leurs compétences.

Cela signifiait-il qu'elle ne reviendrait pas ?

— Je suis ravie de l'apprendre, dit Livia, et j'espère que son rétablissement va se poursuivre.

— Merci, mademoiselle Holmes. Je suis sûre qu'elle sera touchée par vos bons vœux.

L'espace d'un instant, elle craignit qu'il ne la salue et ne s'éloigne, mais il jeta un regard vers sa gauche et demanda :

— Au fait, avez-vous vu les nouvelles fontaines de Mme Newell ?

Dieu soit loué ! Il aurait été inconvenant qu'ils poursuivent cette conversation sur le perron. Et ils ne pouvaient pas se cacher dans un coin discret du manoir ou du parc. Parfaitement visibles depuis la maison et l'allée, les fontaines conféreraient à leur échange une apparence convenable sans que quiconque puisse les entendre.

— Seulement de loin, j'en ai peur, répondit-elle. Si nous allions les voir plus en détail ?

Dès qu'ils furent suffisamment loin des oreilles indiscrètes, Livia alla droit au but.

— J'ai reçu une lettre détestable de lady Avery. Je présume que vous n'aurez pas eu la chance d'échapper au même genre de courrier.

Un sourire sans joie étira les lèvres de lord Ingram.

— En effet.

— Je ne sais que répondre. Je m'apprêtais à vous écrire dès mon arrivée ici. Avez-vous répondu ?

— Oui, pour dire à lady Avery que nous nous étions croisés par hasard.

Livia avait appris par Charlotte que lord Ingram et elle étaient restés en contact – bien sûr, Charlotte ne l'aurait pas laissé ignorant de son sort – mais Livia ne s'était pas attendue qu'ils se montrent en public.

— Donc, vous l'avez effectivement vue au lieu et à l'heure que lady Avery mentionne ?

— Je le crains, oui.

Et maintenant, la commère en avait une confirmation écrite de la main de lord Ingram.

— Les gens vont en tirer toutes sortes de conclusions de mauvais goût.

Ils avaient fait deux fois le tour de l'une des fontaines. Son compagnon l'entraîna vers la seconde.

— On n'y peut rien. Par chance, les potins ne peuvent pas blesser Mlle Charlotte.

Exact. À présent que celle-ci était une femme déchue, sa réputation ne pouvait guère être plus ternie qu'elle ne l'était déjà.

— Et vous, milord ?

— Moi ?

Il y avait une trace d'amusement dans sa voix. Ou peut-être d'ironie ?

— Je ne serai pas mis au ban de la société pour avoir rencontré votre sœur en public.

Cela, Livia le savait. Il aurait même pu faire bien pire et ne pas en être puni le moins du monde. Roger Shrewsbury, l'homme qui avait compromis Charlotte, avait toujours ses entrées dans la bonne société.

— Tout de même, j'espère que ça ne posera pas de problème.

Il lui effleura le coude.

— Cela posera des problèmes, mademoiselle Holmes, mais n'ayez crainte. À Noël, tout sera oublié. La vie continuera, pour Mlle Charlotte comme pour moi-même.

Sa sollicitude, sa confiance et cette approche pragmatique du chaos à venir... Livia n'aurait pu espérer un accueil plus bienveillant. En sa présence, elle se sentait ridicule de s'être autant alarmée et d'avoir fait une montagne d'une taupinière. Si bien que lorsqu'il prit congé, elle avait le sourire aux lèvres.

Hélas, à peine avait-il disparu que l'incertitude revint, accompagnée d'une terreur glaçante. « Cela ne finira pas bien », dit une voix dans sa tête.

Cela ne peut pas bien finir.

3

Mme Watson admira sans réserve la propriété de lord Ingram. Certes, elle admirait sans réserve tout ce qu'il faisait et disait, mais pour ce qui concernait Stern Hollow, elle refusait de croire que quiconque ayant posé les yeux sur ce petit paradis ne partage pas son opinion.

L'entrée était sans prétention, de sorte qu'à première vue le panorama ne différait guère de la campagne environnante : pâturages verdoyants, bosquets de hêtres et de peupliers, fermettes entourées de terres bien entretenues.

Toutefois, à chaque détour de l'allée, Mme Watson découvrait une vue superbe. Ici, deux cygnes qui s'encadraient sous l'arche d'un petit pont de pierre ; là, une statue d'Artémis près d'un sentier, son arc à la main ; au loin, une folie d'inspiration hellénique, blanche et élancée, perchée au-dessus d'une cascade qui retombait dans un ruisseau ensoleillé.

Elles parvinrent au sommet d'une côte. Dans la petite vallée nichée en contrebas se dressait une villa de type palladien aux proportions parfaites, entourée de vastes jardins et devant laquelle un superbe bassin étincelait dans la lumière de l'après-midi.

Dans un soupir comblé, Mme Watson porta une main à son cœur.

Mlle Holmes, en revanche, ne montra pas la moindre émotion qui aurait pu évoquer Mlle Elizabeth Bennet à Pemberley, délicieusement impressionnée... et affreusement déçue d'avoir laissé échapper M. Darcy au lieu de se battre bec et ongles pour lui quand elle en avait eu l'occasion.

Toutefois, Mme Watson avait noté que la robe de promenade gris tourterelle de Mlle Holmes s'ornait d'un nœud aussi énorme que superflu au bas des reins – une coquetterie dénuée de toute subtilité, à son avis.

Mlle Holmes étudia la carte de la propriété qu'on leur avait remise à la conciergerie. Mme Watson cessa de s'extasier pour laisser sa jeune amie concentrer son attention sur la conduite, mais quand elles gagnèrent la vallée et s'approchèrent des premiers massifs floraux, elle ne put s'empêcher de s'exclamer :

— Ces jardins ne sont-ils pas une merveille ?

Tout jardinier connaissant à peu près son métier pouvait faire jaillir une profusion de fleurs dans ses bordures au printemps ; c'était la saison qui le voulait. En revanche, ce tableau automnal digne d'un sonnet avait exigé du talent, de la préparation et une exécution méticuleuse. Ici, des érables du Japon formaient un arrière-plan tout en ors somptueux et en rouges vibrants, contre lequel se détachait un foisonnement de dahlias et de chrysanthèmes en fleur.

— C'est agréable à regarder, mais il n'y a rien de merveilleux. Vu la somme d'argent, de compétences et de travail que cela a dû exiger, lord Ingram ne pourrait se satisfaire de moins que cela.

C'était bien Mlle Holmes, d'éliminer tout romantisme de n'importe quelle situation pour ne considérer que les faits dans leur brutale nudité.

— Ma foi, il n'a assurément pas à se plaindre de cette... perfection.

Mlle Holmes observa le paysage.

— Oui. Je suppose que c'est parfait.

Ce compliment accordé à contrecœur ravit Mme Watson... jusqu'à ce qu'elle s'avise qu'il ne s'agissait pas d'un compliment, mais d'un reproche.

Pendant que Mme Watson se promenait dans les jardins, Charlotte se dirigea vers l'arrière de la demeure.

Une maison de campagne digne de ce nom n'était jamais isolée. Derrière le manoir à la majesté formelle, se trouvait un ensemble de bâtiments de moindre cachet : les cuisines, naturellement, un petit monde à elles seules ; les écuries, en général à quelque distance ; diverses additions telles que le pigeonnier, le poulailler et le chenil, sans parler des serres, en nombre variable selon que le maître des lieux exigeait ou non des fraises pour Noël et des ananas en janvier.

Le parrain de lord Ingram avait été l'un des hommes les plus fortunés du royaume. Et l'un des plus avisés. Ayant anticipé à juste titre qu'il serait de plus en plus difficile de garder des jeunes gens parmi son personnel, il avait préféré acquérir une propriété de campagne qui ne soit pas trop extravagante.

Pour autant, le fait qu'il n'ait pas acheté l'équivalent d'un Blenheim Palace ou d'une Chatsworth House ne faisait pas de son fief un lieu modeste, et Mme Watson aurait sans doute rêvé de visiter l'intérieur de la demeure. Toutefois, Charlotte était plus intéressée par les bâtiments des domestiques, où se déroulait l'activité du lieu.

— Charlotte Holmes ! Il me semblait bien que je vous trouverais ici.

C'était la voix de lord Ingram, mais légèrement râpeuse, comme s'il ne se sentait pas bien... ou se remettait d'une nuit de beuverie.

Lentement, elle pivota sur ses talons.

— Bonjour, Ash.

Un plaisir complexe, cet homme. En réalité, c'était leur amitié parfois tendue qui lui avait enseigné la notion de plaisir complexe, une joie entachée non seulement par des choix irréversibles mais aussi par de colossales incompatibilités.

Malgré tout, cela restait un plaisir fort, intense, presque douloureux.

Ils se serrèrent la main. Elle n'aurait su dire si c'était lui qui avait retenu ses doigts un peu trop longtemps, ou elle les siens. Quand ils se lâchèrent, un peu brusquement et au même moment, la peau de la jeune femme la brûlait sous son gant.

— Allez-vous bien ? demanda-t-il tandis qu'ils marchaient vers les jardins.

— Assez bien.

La plupart du temps ils entretenaient une correspondance régulière, mais il ne lui avait pas écrit depuis quelques mois. Et, ignorant s'il ne souhaitait plus recevoir de ses nouvelles ou s'il avait besoin de quelque chose qu'elle ne savait pas lui offrir, elle s'était également abstenue.

— Vous, en revanche, on dirait que vous n'avez pas dormi.

Vêtu de tweed et chaussé de bottes qui avaient vu de meilleurs jours, il était l'image même de l'aristocrate anglais dans sa campagne. Un aristocrate qui aurait veillé dans la nuit et se serait levé à l'aube.

— J'ai croisé votre sœur chez Mme Newell tout à l'heure, dit-il sans relever sa remarque.

— Comment va-t-elle ?

— Elle s'inquiète que vous vous attiriez des ennuis.

— Je préfère appeler cela des aventures. Les aventures de Charlotte Holmes, détective privée.

— Quels sont ces ennuis et ces aventures dont je vous entends parler ? demanda alors Mme Watson.

Lord Ingram et elle se saluèrent chaleureusement. La dernière fois qu'ils s'étaient trouvés ensemble tous les trois, Mme Watson était déguisée en Mme Hudson, domestique de Sherlock Holmes, et lord Ingram avait fortement désapprouvé le choix de Charlotte de frayer avec une ancienne actrice.

Aujourd'hui ils étaient eux-mêmes, alliés et amis de longue date.

Mme Watson fit l'éloge des jardins. Lord Ingram relata le combat de son chef jardinier pour se procurer des quantités astronomiques de guano de chauve-souris péruvienne. Mme Watson éclata de rire, tandis que les lèvres de Charlotte esquissaient un léger sourire.

Ces dernières années, leurs interactions privées avaient souvent été silencieuses et tendues ; parfois, elle oubliait cet autre aspect de lui. Pourtant, c'était un homme qui n'avait aucune difficulté à se montrer charmant et aimable en public, et pouvait présenter une apparence aussi parfaite que sa propriété impeccablement tenue.

Toutefois, quand ils eurent épuisé les sujets superficiels, son visage s'assombrit.

— Malheureusement, j'ai quelques inquiétudes dont je dois m'ouvrir à vous.

— Voilà qui est contrariant ! s'exclama Mme Watson, après qu'il leur eut fait part de la lettre de lady Avery et du courrier qu'il lui avait envoyé en retour.

— Étant donné qu'à plus d'une occasion j'ai profité de leur savoir encyclopédique, il m'est difficile de m'offusquer que sa sœur et elle tournent leur attention vers moi, répondit lord Ingram. Cela dit, c'est effectivement contrariant.

Charlotte ne s'était pas attendue à cette complication. La rencontre en question avait eu lieu des mois auparavant, loin des sphères de la haute société.

— Ma sœur en est-elle affectée ?

— Oui.

Il la regarda et ajouta :

— Vous, en revanche, ne semblez pas le moins du monde dérangée par cette nouvelle. Pas à titre personnel, en tout cas.

— C'est le bénéfice de l'infamie, répondit-elle d'un air modeste. Entre autres.

Il secoua la tête, mais ses lèvres s'étaient incurvées.

— Bien, mesdames ! Maintenant que vous avez entendu les mauvaises nouvelles, puis-je vous proposer une visite guidée ?

La visite ne concernait que le parc. Étant donné le petit scandale qui menaçait, la dernière chose qu'ils voulaient était qu'on apprenne que Mlle Holmes avait également été vue dans le manoir de lord Ingram.

En vérité, avait fait remarquer Mme Watson avec regret, elles n'auraient même pas dû s'approcher de lui, mais puisqu'elles se trouvaient sur son domaine, autant en profiter.

Si Mlle Holmes dédaignait l'inégalable perfection de Stern Hollow, Mme Watson était sous le charme. Ces ruisseaux pleins de minuscules poissons argentés qui filaient d'un seul mouvement ! Cette adorable balançoire suspendue à une branche noueuse ! Et là, tenez, une alcôve secrète derrière la cascade qu'elles avaient vue tout à l'heure, à laquelle on accédait depuis le temple grec par un escalier caché !

La conversation fut tout aussi plaisante. Elle raconta plusieurs cas que Mlle Holmes avait élucidés au cours des semaines précédant leur départ de Londres. Elle transmit également les salutations de sa nièce Pénélope, qui avait repris son cursus médical à Paris.

— Avec ses amis, elle envisage de visiter les catacombes très bientôt. La seule idée me fait frémir, mais elle affirme qu'elle brûle d'impatience.

— Pour quelqu'un qui pratique des dissections humaines, la vue de quelques millions de crânes entassés dans des souterrains obscurs sera peut-être décevante, commenta lord Ingram, pince-sans-rire.

— En revanche, le passage de sa lettre qui a vraiment secoué Mlle Holmes, c'est la description de son petit déjeuner quotidien. Elle a adopté le style de vie français et se contente d'un café-croissant le matin.

Lord Ingram jeta à l'intéressée un regard faussement détaché… mais assez intense pour faire monter la température ambiante de quelques degrés.

— Et sans doute Mlle Holmes a-t-elle été choquée par la sobriété de Mlle Redmayne. Pourquoi se contenter d'un seul croissant quand on peut en avoir trois ?

— Vous me connaissez trop bien, monsieur.

Mlle Holmes semblait distraite, comme si elle songeait à autre chose. Cette jeune femme était incompréhensible, estimait Mme Watson. Le désir qui couvait sous la bienséance vêtue de tweed de lord Ingram était si intense qu'elle en avait la tête qui tournait. Mlle Holmes, l'objet de cette puissante attraction physique, aurait dû être en pâmoison !

— Alors il fallait épouser mon frère, déclara lord Ingram d'un ton espiègle. Bancroft a engagé le chef de mon défunt parrain, et on dit que c'est un prince parmi les pâtissiers.

Lord Bancroft, qui avait été éconduit par Mlle Holmes à l'époque où elle était convoitée, avait réalisé l'incroyable exploit de demander de nouveau sa main *après* sa disgrâce. Au soulagement de Mme Watson, il avait ensuite retiré sa proposition. Lord Bancroft l'avait toujours mise mal à l'aise, et pourtant dans l'ensemble elle appréciait la compagnie masculine.

— Soyez assuré de mon immense regret, répondit Mlle Holmes d'un ton léger.

Un petit silence tomba. Mme Watson aurait juré que s'ils avaient été seuls – et si lord Ingram avait eu un peu moins d'empire sur lui-même – il aurait déjà plaqué Mlle Holmes contre un arbre pour lui voler un baiser torride.

— Comment vont vos enfants ? s'enquit celle-ci. Se portent-ils bien ?

Une bonne partie de l'électricité qui crépitait dans l'air se dissipa aussitôt.

Mme Watson s'était abstenue de s'enquérir des enfants. Aussi plaisante que fût cette conversation, personne n'ignorait le sujet qui n'avait pas été mentionné : l'absence de lady Ingram.

Lord Ingram ne répondit pas immédiatement. Devant eux, le manoir était de nouveau en vue, d'une beauté si exquise que, tout comme le Taj Mahal, il semblait flotter dans l'air. Le cœur de Mme Watson battit un peu plus vite.

— Mes enfants vont bien. Ils sont en vacances avec Remington, répondit-il finalement. À leur retour, je me ferai un plaisir de vous rendre visite avec eux. Si vous le permettez, bien entendu.

— Nous en serions ravies, déclara Mme Watson avec chaleur.

Elle les avait seulement croisés à Londres pendant la saison, un jour où lord Ingram les emmenait au parc pour leur promenade dominicale.

— Je ne suis pas certaine que nous resterons assez longtemps, dit alors Mlle Holmes, jetant de l'eau froide sur des projets fervents avec ce détachement qui n'appartenait qu'à elle. Le cottage n'est à notre disposition que pendant une quinzaine de jours.

Soit la durée du séjour de Mlle Livia Holmes chez Mme Newell.

Lord Ingram jeta un coup d'œil en biais à Mlle Holmes, puis il tourna de nouveau son regard vers leur destination : sa maison, que Mme Watson, encore l'instant d'avant, avait rêvé de visiter.

À présent, elle la voyait comme il devait la voir : un désert de solitude. Des couloirs où l'écho résonnait, des pièces vides, d'interminables journées silencieuses et des nuits encore plus interminables et silencieuses.

— Vous devriez passer plus de temps à la campagne, déclara-t-il. Il n'y a plus rien à Londres en cette saison, sinon la pluie, les fumées et la pestilence industrielle.

— Et le gagne-pain de Sherlock Holmes, ajouta Mlle Holmes, sa logique tranchant les sentiments de lord Ingram avec la froide précision d'un scalpel.

— J'oubliais, admit-il après quelques instants, tout en nouant les mains dans son dos. C'est bien entendu une considération déterminante.

Le silence qui s'ensuivit mit Mme Watson mal à l'aise. Elle ne le supporta pas plus d'une minute, avant de poser sans réfléchir une question sur l'état de son ruisseau à truites.

La conversation se poursuivit.

Mme Watson demanda qu'on lui présente le chef jardinier pour le complimenter et lui demander conseil à propos de vagues projets horticoles.

Lord Ingram la connaissait depuis l'enfance. Pendant toutes ces années, jamais elle n'avait manifesté le moindre intérêt pour la culture de ce qui avait des racines. Pour ce qu'il en savait, son goût pour la botanique commençait et finissait avec l'art de composer des bouquets.

Il parvint à ne pas arquer un sourcil dubitatif devant sa soudaine passion pour la composition du sol et les meilleures façons de diviser les bulbes. Elle était si transparente dans sa tentative d'accorder un peu d'intimité aux deux jeunes gens qu'ils n'avaient pas le droit de gâcher un si bel effort.

— Vous étiez derrière le manoir quand je vous ai aperçue tout à l'heure, dit-il à Holmes. Je présume que vous cherchiez le potager ?

— En effet. Puis-je le visiter ?

— Par ici, répondit-il en indiquant une direction.

La passion pleine de respect que témoignait la jeune femme envers ce qui finirait sur la table du repas – la sienne ou celle de n'importe qui d'autre, au demeurant – lui avait toujours paru en totale contradiction avec la froide férocité de son esprit. Il avait longtemps estimé qu'un individu était soit un penseur, soit un mangeur, mais pas les deux à la fois.

Un jour, il en avait fait la remarque à Mlle Holmes, alors qu'il était occupé à gratter de la terre incrustée sur une petite amphore qu'il venait d'exhumer. Assise à quelques pas de lui, elle avait écouté avec attention, un livre dans une main et une tartelette à la confiture dans l'autre – la quatrième consécutive, qu'elle avait sortie de son petit panier de pique-nique. Quand il avait fini de parler, elle l'avait regardé pendant un long moment, puis elle s'était remise à lire et à manger comme s'il n'avait rien dit.

C'était la première fois qu'il disait à une personne comment elle aurait dû se comporter. Cela avait également été la dernière. Il avait été mortifié par l'accueil qu'elle avait réservé à sa remarque, comme elle aurait considéré une fourmi s'étant aventurée sur sa tartelette à la confiture.

Des années plus tôt, alors qu'il commençait à courtiser sa future épouse et que celle-ci semblait sincèrement impressionnée par la moindre de ses paroles, il avait cru en ressentir une profonde gratitude. Cela s'était avéré de l'orgueil plutôt que de la gratitude : enfin, il avait rencontré une femme qui se savait se comporter comme telle. Au diable Charlotte Holmes et son insupportable indépendance !

À l'époque, il ne savait rien.

Il n'en savait pas beaucoup plus à présent, mais au moins il en était conscient.

Le potager entouré de murs occupait un espace non négligeable et produisait la totalité des fruits et légumes que l'on consommait dans la propriété, frais ou en conserve, tout au long de l'année. Le regard de la jeune femme alla directement vers les arbres fruitiers taillés en espaliers contre les murs de pierre : pommiers, poiriers, pruniers, pêchers et cerisiers, chacun dans différentes variétés.

— Il doit sortir des quantités phénoménales de confitures et de puddings de vos cuisines, commenta-t-elle d'un ton rêveur. Il y a même des figuiers ! Quelqu'un ici sait-il confectionner la tarte aux figues ? Avez-vous remplacé le chef pâtissier que lord Bancroft vous a volé ?

À propos de Bancroft...

— Que s'est-il passé entre mon frère et vous ?

Pour lord Ingram, l'époque où Bancroft courtisait Mlle Holmes avait été éprouvante. Certes, étant donné la situation de celle-ci, il ne pouvait guère lui conseiller de refuser l'offre de Bancroft, mais si elle l'avait acceptée, cela aurait été un cauchemar éveillé.

Quand elle lui avait avoué que Bancroft avait retiré sa proposition, il n'avait pas posé de question. Puisque le train s'était arrêté au bord du précipice, il ne voulait pas connaître les détails de l'affaire.

À présent, il n'en était plus aussi certain.

— Rien, répondit-elle avec une parfaite équanimité. Le néant absolu.

— Depuis que vous avez décliné sa seconde demande, il n'est plus le même.

Ils descendaient l'allée centrale du jardin, bordée de fleurs d'ornement destinées aux nombreux vases du manoir. Elle effleura un chrysanthème pourpre de la taille d'un grand pompon.

— Je ne l'ai pas déclinée. C'est lui qui l'a retirée.

— Pure sémantique.

— Vous accordez trop peu de crédit à lord Bancroft.

— Et vous ne vous en accordez pas assez en ce qui concerne votre capacité à tourmenter un homme.

Cela lui valut un regard pensif. Bien sûr, il en avait trop révélé sur lui-même...

— Vous dites cela parce que vous êtes un romantique. Vous seriez profondément perturbé si *vous* étiez éconduit deux fois de suite par celle que vous courtisez. Lord Bancroft est très différent de vous.

— Voilà bien longtemps que je n'ai plus rien d'un romantique.

— Une déception amoureuse ne change pas la nature fondamentale d'un homme. Vous devenez plus prudent, vous vous demandez si vous saurez un jour faire le bon choix, mais vous ne remettez pas en question la valeur intrinsèque de l'amour romantique. Et vous continuez de présupposer que les autres, comme lord Bancroft, aiment de la même façon que vous, de façon profonde et très protectrice...

Elle leva l'index pour l'empêcher d'objecter.

— ... avant que la voix de l'expérience vous rappelle qu'il n'en va pas ainsi.

Cette femme lui flanquait une sainte frousse. Un visage d'ange, une poitrine de madone... et une perspicacité qui mettait un homme à nu en quelques secondes.

Par chance, du moins aujourd'hui, elle ne semblait pas résolue à disséquer plus avant sa nature fondamentale.

— Quand avez-vous vu lord Bancroft ? demanda-t-elle. Étiez-vous à Londres ?

— Seriez-vous donc incapable de dire si je suis venu à Londres à un moment ou un autre au cours des trois derniers mois ?

Elle n'exerçait pas souvent son art de la déduction sur lui, mais depuis le jour où il lui avait suffi d'un regard pour faire remarquer d'un ton désinvolte « Je vois que vous avez perdu votre pucelage », il avait presque cru qu'il ne pourrait plus jamais émettre une seule pensée dont elle n'ait pas connaissance.

— Eh bien, rien qu'à vous voir, dit-elle sans même le regarder, les yeux tournés vers un carré de choux, je puis seulement affirmer que vous avez été très préoccupé et que vous ne souhaitez pas que je tente d'en savoir la cause. Toutefois, je m'aventurerai à dire que non, vous n'êtes pas venu à Londres, sauf peut-être pour prendre une correspondance ferroviaire quand vous avez ramené les enfants de la côte du Devon à la fin de l'été. Donc, lord Bancroft est venu vous rendre visite ici. Ce qui est plutôt rare, n'est-ce pas ?

En réponse à son affirmation sur sa virginité – ou plutôt la perte de celle-ci –, il avait répliqué de l'air le plus hautain qu'il avait pu se composer : « Je ne m'abaisserai pas à commenter ce point. » Toutefois, la satisfaction passagère d'avoir clos ce débat avait entraîné des années de perplexité. Comment Holmes avait-elle pu deviner ce qu'elle n'avait aucun moyen de savoir ?

— Qu'est-ce qui vous fait penser que je suis plus préoccupé que d'habitude ? reprit-il. Ma situation implique nécessairement un certain degré de préoccupation.

Cette fois elle l'observa, le parcourant de la tête aux pieds et inversement.

— Votre valet s'est absenté quelques jours et n'est revenu qu'avant-hier soir.

— Oui ?

— Vous préférez vous raser vous-même quand Cummings n'est pas là, plutôt que de confier ce soin à un autre domestique. Et vous avez toujours été compétent dans cette tâche. Je vous ai vu dans le Devon moins de deux jours après le départ de lady Ingram. Cummings n'était pas là. Ce jour-là, vous vous êtes rasé sans vous couper.

» Toutefois, en vous regardant maintenant, je remarque au moins trois estafilades, à différentes étapes de cicatrisation, ce qui indique que non seulement vous avez été fortement préoccupé, mais que cela ne s'est pas apaisé.

» Les écorchures ont cessé avec le retour de votre valet. Et vous, après avoir croisé ma sœur et appris que j'étais probablement dans le voisinage et tout à fait capable de me présenter chez vous sans me faire annoncer, que faites-vous ? Vous rentrez chez vous et, au lieu de remettre les vêtements que vous portiez avant de vous rendre chez Mme Newell, vous passez un vieux costume de tweed qui est resté au placard pendant longtemps – il est encore imprégné du parfum des sachets de lavande avec lesquels il a été rangé. De surcroît, vous allez jusqu'à mettre une chemise propre et une paire de bottes qui ne sont pas sorties depuis la dernière fois qu'elles ont été nettoyées, brossées et polies.

» Vous ne vous êtes jamais habillé pour m'impressionner. Et même si vous saviez probablement que je remarquerais vos choix vestimentaires, vous vous y êtes tenu. Vous avez préféré que je devine votre préoccupation plutôt que sa raison.

Elle ne le regarda pas en quête d'une confirmation ; elle savait qu'elle disait vrai. Il devait lui être reconnaissant de ne pas faire remarquer qu'il aurait pu rester à l'intérieur et éviter de la croiser.

Il avait préféré être vu en toute transparence, aussi inconfortable et mortifiant cela fût-il, plutôt que de ne pas la voir.

— Vous avez raison pour Londres, dit-il dans un soupir. Je n'ai pas quitté Stern Hollow depuis mon retour du Devon. Mes frères ont défilé ici tout l'automne. Même Wycliffe est venu.

Elle arqua imperceptiblement un sourcil, signe d'un immense étonnement.

— Wycliffe est venu *ici* au lieu de vous convoquer à Eastleigh Park ?

— Je sais. Moi non plus, je n'y croyais pas. Mon intendant a failli faire une attaque.

L'actuel duc de Wycliffe, frère aîné de lord Ingram, n'avait honoré Stern Hollow de sa présence qu'une seule fois dans le passé. Quelques jours après que lord Ingram avait hérité du domaine, il avait débarqué sans prévenir, ordonné à son cadet de l'accompagner pour une inspection de la maison et des terres, puis était reparti aussitôt avec pour seul commentaire : « Belle propriété. Prenez-en soin. »

— Sont-ils venus parce que lady Ingram est officiellement en Suisse pour raisons de santé ? Lord Bancroft n'a tout de même pas dit la vérité au duc ?

Le devoir de Wycliffe était d'assurer l'avenir de sa lignée et la prospérité de son duché ; contrairement à ses trois cadets, il ne s'était jamais sali les mains au service de la Couronne.

— Je ne suis pas certain de ce que Bancroft lui a dit. Wycliffe était presque… attentionné.

Elle hocha la tête avec lenteur, apparemment aussi stupéfaite qu'il l'avait été.

Elle n'avait pas été la seule à s'opposer à son mariage. Wycliffe avait protesté tout aussi énergiquement, surtout à cause de son extrême jeunesse à l'époque. Lord Ingram s'était attendu à un blâme ou une tirade sur le mode « Si seulement vous m'aviez écouté... », mais le silence de Wycliffe sur le sujet avait été en réalité bien plus humiliant.

Jamais il ne s'était senti aussi minable que ce jour où son aîné avait eu trop pitié de lui pour lui adresser des reproches.

— Et lord Remington ? Est-il revenu des Indes rien que pour s'assurer que vous alliez bien ?

— Non.

Le Ciel soit loué ! La dernière chose qu'il voulait, c'était qu'un de ses frères traverse la moitié du globe parce qu'il avait été incapable de diriger sa propre vie.

— Il a quitté Calcutta avant... que tout arrive.

— Je refuse de croire que vous lui ayez confié vos enfants. Que vous les ayez laissés hors de votre vue.

Si c'était Mme Watson qui avait dit « Je refuse de croire », cela aurait été une figure de style, mais c'est Holmes qui avait parlé. Et par ces mots, elle voulait dire exactement cela. Elle n'y croyait pas.

Toutefois, il choisit de répondre comme si la formule était de Mme Watson.

— Remington est comme le joueur de flûte de Hamelin : les enfants l'adorent et le suivraient n'importe où. Quand il a proposé de les emmener à la mer, ils ont sauté sur l'occasion.

— Quelle mer ?

— La côte du Devon, où est mon cottage, puis ils sont partis pour l'Écosse. Remington a le projet de visiter Cape Wrath, et peut-être même les Orcades. Il m'a assuré que le temps serait encore acceptable en cette saison.

Elle savait que Remington était son frère préféré et qu'ils étaient très proches, en dépit de la différence d'âge et des longues années que celui-ci avait passées à l'étranger. Pourtant, alors qu'ils longeaient les carrés d'artichauts, de choux-fleurs et de courges, son incrédulité était nettement visible... du moins pour lui, habitué depuis longtemps à observer son visage.

Près des châssis dans l'angle nord-ouest du potager, elle demanda :

— Puisque les enfants sont en voyage, pourquoi n'êtes-vous pas parti faire des fouilles ?

Il se rendait presque chaque automne sur un chantier et organisait ce déplacement bien avant le début de la saison. Après la disparition soudaine de lady Ingram, avec les enfants sous sa seule responsabilité, il avait renoncé à ce projet.

— Je n'ai pas pris de nouvelles dispositions. Et en toute franchise, pour l'instant je n'en ai pas envie. Voyez-vous cette structure hexagonale ?

Le potager clos était sur une pente orientée au sud afin de profiter d'un ensoleillement maximal. Depuis leur situation, ils avaient un point de vue imprenable sur la serre aux lavandes, qui n'avait jamais servi à faire sécher des fleurs depuis qu'il était le maître des lieux, ni même du temps de son parrain.

Des domestiques en sortaient, l'un portant un balai et une pelle, deux poussant une grande charrette à bras. Ils fermèrent la porte à clef et s'éloignèrent.

— J'ai commandé du matériel pour une expédition, mais quand il a été livré ce matin, je n'ai même pas eu envie de le regarder. On l'a entreposé ici, dans ces caisses.

Elle ne commenta pas cette réponse, signe qu'elle le croyait. Ou qu'elle ne le croyait pas, mais savait déjà tout ce qu'elle voulait savoir.

Il laissa le silence se prolonger. Ils marchaient à présent le long du mur du potager pour qu'elle observe les fruitiers en espalier qui avaient piqué sa curiosité. Après une minute ou deux, il la regarda. Il lisait parfois dans son mutisme aussi facilement que dans un journal. En cet instant, ce n'est pas lui qui occupait ses pensées, et probablement pas non plus l'absence des enfants. Ce n'était pas un silence distrait, et il en était vaguement mal à l'aise.

Il avait l'impression de se trouver à la proue d'un navire et d'observer le capitaine scruter l'horizon en guettant un désastre imminent que lui seul savait identifier.

Puis son mauvais pressentiment se dissipa comme la fumée d'une cigarette dans l'air. Son souffle s'accéléra. Il connaissait bien *ce* silence particulier – cette chaleur, cette faim, cet irrésistible besoin de contact.

— Vous avez mentionné tout à l'heure que vous apprécieriez que je prolonge mon séjour à la campagne, murmura-t-elle. Vous pourriez me graisser la patte.

— Oh ! s'entendit-il répondre. Combien par jour supplémentaire ?

— Il faudrait en discuter. Vous pourriez me rendre visite un de ces jours, quand Mme Watson fait sa sieste.

Oui ! Demain vous conviendrait-il ?

Il noua les mains dans son dos, et répondit à la place :

— Vous n'écrivez pas pendant trois mois, et vous pensez que je vais me soumettre docilement à vos demandes ?

Elle laissa échapper un rire sans joie.

— *Vous* n'écrivez pas pendant trois mois, et vous pensez m'amadouer sans vous soumettre docilement à mes demandes ?

Il ne put retenir un sourire.

Mme Watson entra dans le potager à ce moment-là – sans doute avait-elle épuisé son stock de questions au chef jardinier – et s'extasia devant les lieux et l'abondance qui y régnait encore en cette saison tardive. Il lui montra les serres et, quand elle voulut savoir comment elles étaient chauffées pendant les mois les plus froids, lui expliqua en détail le fonctionnement de la chaufferie située de l'autre côté du mur nord : durant l'hiver, l'une des deux chaudières profondément enterrées fournissait de la chaleur grâce à de l'eau chaude envoyée sous pression dans tout un réseau de tuyaux.

Les dames prirent congé peu après. Par discrétion, au lieu de les raccompagner jusque devant le manoir où leur voiture tirée par un poney les attendait, il leur souhaita le bonsoir à la sortie du potager. Mme Watson l'invita avec chaleur à leur rendre visite au plus vite à leur cottage de location.

— Nous serons ravies de vous voir.

Elle se tourna vers Holmes.

— N'est-ce pas, mademoiselle Holmes ?

— Bien sûr, répondit celle-ci, toute innocence, le regard limpide, comme si elle ne venait pas de faire de nouveau des propositions à lord Ingram. Nous vous attendrons avec une impatience fébrile.

En la regardant s'éloigner, pour la première fois depuis très longtemps, il ressentit quelque chose qui ressemblait au bonheur.

4

La bonne étoile de Livia avait toujours été capricieuse. Rien de catastrophique – à part le bannissement de Charlotte de la bonne société, du moins –, mais plutôt une cascade de petites contrariétés au fil des jours, voire au fil des heures. Les portes se fermaient en coinçant le bas de ses jupes ; de tous les sandwichs du panier de pique-nique, le sien était le seul à avoir été détrempé par la fuite d'un récipient ; et quand un magazine publiait un feuilleton qu'elle adorait, elle était assurée qu'au moins un exemplaire se perdrait, privant le récit d'un épisode.

Pourtant, c'était bien la première fois qu'une inondation la forçait à quitter une partie de campagne. Plusieurs citernes avaient été installées au grenier de chez Mme Newell afin que, grâce à la gravité, on dispose d'eau courante pour les baignoires et les toilettes. Au lendemain de l'arrivée de Livia, deux citernes se rompirent.

Par chance, personne ne fut blessé. Après quelques minutes de désarroi et d'incompréhension, Mme Newell se félicita que tout le monde soit indemne. Ses invités furent rassemblés dans la bibliothèque, qui avait échappé au déluge et où on leur servit de copieux cakes et des alcools forts. Pendant ce temps, des garçons d'écurie furent envoyés à la recherche d'hébergements dans le voisinage.

L'auberge du village n'avait plus que deux chambres libres et la maison la plus proche était fermée, son propriétaire étant parti à l'étranger, mais le troisième garçon d'écurie revint avec de meilleures nouvelles. Le maître de Stern Hollow mettait sa maison à la disposition de Mme Newell et de ses invités.

On soupira de soulagement. Bien sûr, lord Ingram offrait son assistance. Quelles que soient les rumeurs qui circulaient sur son ascendance, sa conduite avait toujours été admirable en tout point.

À l'heure du repas, tout le monde était installé dans le confort et le raffinement de Stern Hollow. Livia ouvrit des yeux ronds quand elle vit sa chambre. Avec le temps, elle s'était accoutumée aux chambres d'amis bizarres ou incommodes – certaines pièces au plafond à peine plus haut que sa tête, d'autres dont la fenêtre donnait sur un mur tout proche, d'autres enfin qui ne mesuraient pas plus de deux mètres dans leur plus grande largeur et étaient complètement biscornues pour s'adapter à un angle impossible.

Celle-ci, en revanche, était exquise. Spacieuse et lumineuse. Aux murs, des panneaux de soie vert céladon imprimés de fleurs de lotus. Sur le lit, une douce courtepointe couleur jade. La fenêtre donnait sur un jardin en carrés de buis, orné en son centre d'une fontaine simple mais gracieuse, le bassin soutenu par une fine colonne cannelée.

Mieux encore, il y avait des fleurs partout : un bouquet de roses thé sur le manteau de la cheminée, une orchidée en pot sur le secrétaire et, sur la table de chevet, un arrangement de pois de senteur dont elle admira les couleurs bigarrées.

Elle erra dans la pièce en effleurant les montants du lit à baldaquin, les cordons de rideaux et les cadres des peintures. Ses yeux s'embuèrent de larmes. On ne lui avait pas assigné cette chambre par hasard. Lord Ingram avait demandé qu'elle soit traitée comme une invitée de marque, parce qu'elle était la sœur de Charlotte.

Voilà donc ce que cela faisait d'être une personne estimée.

Une bonne vint lui apporter du thé et l'aider à défaire ses bagages. Décontenancée par cette sollicitude, Livia accepta le thé mais lui demanda de revenir plus tard. Pour l'instant, elle avait besoin d'être seule pour savourer tant de beauté et, par-dessus tout, tant de bienveillance.

Dire que Stern Hollow aurait pu être son foyer ! Si seulement lord Ingram avait épousé Charlotte...

Que la vie de Livia aurait été douce si elle avait passé les six dernières années ici plutôt que chez elle, auprès de parents dénués d'amour et de bonté ! Comme elle aurait chéri chaque heure de chaque jour et célébré dans le secret de son cœur une si bonne fortune !

Non, se rappela-t-elle avec fermeté. Charlotte n'aurait pas accepté que lord Ingram la courtise. Et de toute façon, il s'était épris d'une autre femme. Hélas, leurs choix à tous les deux s'étaient avérés désastreux. Alors, si seulement...

Si seulement.

La vie offrait parfois une seconde chance, n'est-ce pas ? Une occasion manquée dans le passé pouvait, par la suite, être saisie à pleines mains. À présent que lady Ingram avait disparu, lord Ingram et Charlotte pouvaient trouver un arrangement conjugal qui leur convienne à tous les deux. En tant qu'ami, il voudrait lui rendre sa juste place dans la société. Et Charlotte, aussi pointilleuse fût-elle sur de tels sujets, pourrait y consentir, ne fût-ce que par égard pour Livia. Sans sa sœur, Livia se fanait telle une plante oubliée dans l'ombre.

Son imagination s'envola, emportée toujours plus haut par l'image de journées paisibles et de soirées enjouées, de sécurité, de liberté *et* de respect. Elle pourrait écrire – ici, elle n'en doutait pas, une merveilleuse inspiration lui viendrait – et faire de longues promenades, qu'il pleuve, qu'il neige ou...

Ce château en Espagne s'effondra soudain, projetant alentour des éclats de rêve quand elle revint à la réalité. Que lady Ingram se soit enfuie avec un amant ou qu'elle soit confinée dans un sanatorium en Suisse, elle était absente et non pas morte. Lord Ingram était toujours un homme marié, et certainement pas capable d'offrir à Charlotte une position permanente et légitime.

Quant à Livia, elle devrait rentrer chez elle bien trop tôt, là où personne ne l'attendait.

Pourtant, que ce bonheur imaginé lui avait paru réel, tangible et infiniment lumineux !

Un quart d'heure avant le repas, tout son bonheur, réel ou imaginaire, avait disparu.

Les invités s'étaient retrouvés dans le salon. Mme Newell, assumant son rôle d'hôtesse, indiquait à chaque gentleman quelle dame il devait escorter jusqu'à la table. Livia observa la scène avec son habituelle anxiété. Son cavalier, au dîner de la veille, s'était montré bien plus intéressé par son autre voisine. Elle espérait que celui de ce soir serait plus attentionné.

Soudain, cette angoissante question perdit toute importance. Deux femmes couvertes de plumes et de bijoux venaient d'entrer dans le salon. Lady Avery et lady Somersby, les pires commères de la bonne société, s'étaient invitées à la fête.

Étant donné l'antipathie que Livia éprouvait pour ces femmes, elle avait du mal à comprendre qu'elles soient les bienvenues où que ce soit. Pourtant, elles étaient accueillies à bras ouverts dans bon nombre d'occasions, à tel point qu'elles n'avaient pas le temps de toutes les honorer de leur présence.

Dans les salons du pays, on ne discutait que d'une petite fraction de la bonne société. Il y avait le sulfureux groupe de Marlborough House, bien sûr, les amis d'Edward le prince de Galles, entouré de scandale. Il y avait des couples tels que les Tremaine ou lord et lady Ingram dont la fortune, la gloire ou les choquantes infidélités faisaient régulièrement l'objet des potins. Et il y avait les scandales du jour, comme celui de Charlotte, qui concentraient l'attention de façon brève mais intense.

Du moins, le brouhaha qui entourait Charlotte aurait-il été bref si elle avait consenti à s'exiler définitivement à la campagne.

Le fait était que l'irruption de lady Avery et lady Somersby dans un rassemblement – à moins d'être soi-même à l'origine d'un scandale – générait plus d'excitation que d'inquiétude. Plus d'une fois, Livia elle-même avait tenté de s'approcher discrètement des deux commères, en particulier quand elles discutaient avec des femmes mariées, à qui elles réservaient les histoires les plus croustillantes, trop osées pour de chastes oreilles telles que les siennes.

Paniquée, elle jeta un regard en direction de lord Ingram, mais il lui tournait le dos. Elle se demandait bien comment elle parvenait encore à parler et à sourire, et c'est tout juste si elle comprit qui était le gentleman qui l'escorta vers la salle à manger.

Au bout de la table, lord Ingram se montra aussi charmant qu'à l'accoutumée, mais il semblait fatigué et tendu. La terreur qui n'avait jamais vraiment quitté

Livia depuis qu'elle avait lu la lettre de lady Avery courait dans ses veines et s'intensifiait chaque fois que l'une des deux sœurs tournait son regard vers elle. Elle eut beau se répéter que le pire était passé et qu'aucune allusion désobligeante propagée ce soir ne pourrait atteindre Charlotte ou lord Ingram, elle avait l'estomac si noué qu'elle finit par renoncer à faire semblant de manger.

À peine les dames s'étaient-elles levées de table pour se retirer dans le salon que lady Somersby passa à l'attaque.

— Je présume que vous avez reçu la lettre de ma sœur, mademoiselle Holmes ?

Avec raideur, Livia confirma.

— Je n'ai pas eu le temps d'y répondre.

Lady Somersby esquissa un geste désinvolte.

— Nous n'espérions pas d'informations utiles de votre part, de toute façon. C'était plus par bonté d'âme, pour que vous sachiez que, vu sa situation, votre sœur se portait plutôt bien, du moins en juillet.

S'interdisant de grincer des dents, Livia répondit :

— C'est très attentionné de votre part, madame.

— Oui, nous pensons à tout, mais...

Lady Somersby se pencha vers elle avec des airs de conspiratrice.

— ... cela complique les choses, ne pensez-vous pas ?

Oh, et quand l'avez-vous compris ? Avant ou après avoir révélé à tout le monde des informations que personne n'avait besoin de savoir ?

Livia tint sa langue, mais elle aurait juré que son sourire n'était plus qu'un affreux rictus.

— Ah oui ?

— Tout à fait. Réfléchissez, mademoiselle Holmes. Vous avez été informée du soudain départ de lady Ingram à la fin de la saison, bien sûr ?

— J'en ai entendu parler.

— On dit que sa santé s'est brusquement détériorée. Ma sœur et moi avons toujours eu quelques doutes sur cette histoire. Nous étions au bal ce soir-là. Elle n'avait pas du tout l'air souffrante. Peut-être un peu impatiente que ses invités s'en aillent, mais c'est tout. Et voilà que tout d'un coup, elle s'est sentie si malade qu'il a fallu l'expédier en Suisse. Est-ce vraisemblable, je vous le demande ?

Livia haussa une épaule.

— Certaines situations se compliquent à une vitesse alarmante.

— Certes, mais si sa santé était à ce point en péril, quel était le problème avec nos médecins anglais ? Ils sont fort nombreux à Londres, et nos écoles de médecine n'ont pas pour habitude de produire des charlatans. Sans parler de cette question : pourquoi un sanatorium ? Aux dernières nouvelles, elle ne souffrait pas de poliomyélite, d'asthme, de tuberculose ou de toute autre affection chronique pour laquelle un sanatorium offre des traitements adaptés.

Livia commençait à comprendre où elle voulait en venir.

— Tout le monde sait qu'elle a le dos fragile, répondit-elle d'une voix étranglée de nervosité. En Suisse, il y a des sources thermales pour les rhumatismes.

— Personne ne disparaît du jour au lendemain pour aller barboter dans des sources chaudes, contre-attaqua lady Somersby. Elle aurait pu prendre le temps de dire convenablement au revoir à ses amis et relations.

— Peut-être n'en avait-elle pas envie. Peut-être était-elle lasse de la bonne société, épuisée par son mal de dos et pressée de partir. Si vous vous en souvenez, c'étaient vos suppositions au début.

Lady Somersby agita de nouveau la main, comme pour chasser sa propre théorie initiale, de la même façon qu'elle aurait éloigné une guêpe lors d'un pique-nique.

— Ou peut-être a-t-elle découvert les relations de son époux avec votre sœur, et en a-t-elle été si désespérée qu'elle a choisi la fuite.

La main de Livia se crispa sur son éventail. Si seulement elle pouvait en donner un bon coup à lady Somersby pour la faire taire !

— C'est aller un peu loin dans les extrapolations, madame. Pour commencer, lord Ingram et ma sœur sont amis de longue date. Ensuite, si lady Ingram connaît un tant soit peu son époux, elle sait que jamais il n'abandonnerait une amie en détresse. Enfin, à supposer qu'elle ait imaginé le pire, à savoir que lord Ingram ne se contentait pas d'aider ma sœur mais de l'entretenir, en quoi serait-il différent des autres hommes du beau monde ? Combien avez-vous vu de femmes furieuses à cause des agissements de leur mari au point d'abandonner leurs propres enfants ?

— Ma foi, fit lentement lady Somersby, il y a du bon sens dans ce que vous dites. Je vous concède que cette hypothèse n'est peut-être pas parfaite, mais la situation de notre hôte et de son épouse disparue demeure tout à fait étrange, n'est-il pas ?

— Quel que soit l'état de leurs relations, madame, je puis vous assurer que ma sœur n'y est pour rien.

Enfin, lady Somersby s'éloigna. Livia se laissa tomber sans grâce sur un siège, comme si elle avait lutté contre un ours. Si seulement elle avait l'assurance d'avoir gagné la bataille !

— Mademoiselle ? L'attelage est prêt pour vous emmener au village, annonça le majordome le lendemain matin alors que Livia quittait la salle du petit déjeuner.

Elle aurait eu en effet besoin de s'éloigner de Stern Hollow quelque temps. Elle adorait toujours sa chambre et était impatiente d'explorer le parc, mais l'atmosphère qui régnait ici depuis l'arrivée des deux commères ne contribuait guère à apaiser son esprit.

— Je n'ai pas demandé de voiture, répondit-elle.

Sa bonne étoile était tellement capricieuse que si Livia cédait à la tentation, le majordome comprendrait sans doute son erreur au moment précis où elle s'apprêterait à monter en voiture et elle resterait sur le perron, l'air parfaitement ridicule.

— C'est Milord qui l'a demandée pour vous, mademoiselle Holmes.

Livia déglutit péniblement. Elle n'était vraiment pas habituée à ce qu'on lui manifeste autant de sollicitude.

— S'il vous plaît, remerciez-le de ma part. Et exprimez-lui mon immense gratitude.

Le maître des lieux se trouvait justement devant la maison quand elle sortit, mais le sourire de Livia se figea lorsqu'elle remarqua ses yeux rougis. On aurait dit qu'il n'avait pas dormi de la nuit.

Elle maudit les deux commères.

— Allez-vous bien, monsieur ? Vous ne semblez pas très reposé.

— Je vais bien.

Sa voix était éraillée, mais c'est d'une main ferme qu'il l'aida à monter en voiture.

— Prenez tout le temps que vous voudrez au village.

Ce n'est que lorsque la portière de la voiture se referma que Livia s'avisa qu'il avait laissé un message plié dans sa paume gantée.

Depuis la grand-rue, continuez à pied jusqu'à Rampling Cottage, à une vingtaine de minutes de marche. Vous y serez chaleureusement accueillie.

— Oh, Charlotte ! murmura Livia. Charlotte, Charlotte, Charlotte !

Elle devait serrer sa sœur contre elle depuis deux bonnes minutes.

Elle la libéra à contrecœur, et seulement parce que Charlotte n'aimait pas les contacts prolongés.

— Mme Watson est-elle ici ?

— Elle est sortie se promener. En général je l'accompagne, mais vu ce qui est arrivé chez Mme Newell, j'ai pensé qu'il y avait de bonnes chances que lord Ingram te dirige chez moi dès que possible.

Livia s'interdit de serrer de nouveau sa sœur contre elle, mais elle prit son visage entre ses mains pour déposer un baiser sur son front. Charlotte n'avait pas ménagé ses efforts pour séjourner dans les parages afin qu'elles puissent se voir.

— Il fallait me prévenir !

— Ma lettre risquait de se perdre. Père et mère ne peuvent plus rien contre moi, mais ils auraient pu te garder de force à la maison.

Elle emmena Livia dans un salon bien meublé où un plateau de thé avait été préparé, mit une bouilloire à chauffer sur une lampe à alcool, puis déposa devant Livia une assiette garnie de tranches de cake et de petits sandwichs.

— Tu ne manges pas correctement.

— Quand tu n'es pas là, personne ne se soucie de savoir si je mange ou non, répliqua Livia.

— Eh bien je suis là, alors attaque cette assiette.

Un sandwich à la main, Livia parla à Charlotte de la lettre de lady Avery. Toutefois, sa sœur semblait plus intéressée par l'inondation chez Mme Newell. Quand Livia lui en eut donné un compte rendu satisfaisant, elle demanda :

— Combien de temps ses invités vont-ils séjourner chez lord Ingram ?

Livia fit la grimace.

— Pas plus de trois jours, à ce qu'on dit. Apparemment, la partie de campagne de Mme Newell s'est terminée dès l'instant où les citernes se sont percées. Nous ne sommes pas chez lord Ingram pour poursuivre les réjouissances, mais pour que chacun puisse prendre d'autres dispositions sans précipitation ni inconfort.

Elle ne voulait pas rentrer déjà à la maison. Elle ne voulait *jamais* rentrer à la maison.

— Le pauvre lord Ingram ne semblait pas aller au mieux, ce matin. Peux-tu imaginer : devoir accueillir lady Avery et lady Somersby, qui ne cessent de disserter pour savoir si sa femme est partie parce qu'elle a découvert qu'il t'entretenait comme maîtresse ?

Charlotte émit un petit claquement de langue agacé.

— Des commères de leur envergure devraient savoir que lord Ingram a trop de principes pour m'entretenir. Cet homme est tellement respectueux des conventions que c'en est exaspérant.

Livia arqua les sourcils, surprise. Sa sœur voulait-elle dire qu'elle avait découvert par elle-même que lord Ingram ne ferait pas d'elle sa maîtresse ?

— Quoi qu'il en soit, reprit Charlotte, nous sommes seulement amis. Les gens peuvent penser ce qu'ils veulent, ça ne m'atteint pas. Et à terme, sa réputation n'en souffrira pas.

Visiblement, tout comme lord Ingram, Charlotte ne semblait guère s'alarmer de l'histoire que les dames Avery et Somersby s'amusaient à répandre. Si, avec son extraordinaire perspicacité, elle n'y voyait pas de motif d'inquiétude, Livia n'avait aucune raison de continuer à se ronger les sangs.

Ou, du moins, elle avait toutes les raisons d'ignorer les appréhensions qui refusaient de se dissiper d'elles-mêmes.

Une question lui vint à l'esprit. Elle ne savait pas pourquoi elle n'y avait pas songé plus tôt.

— Sais-tu pourquoi lady Ingram est partie si soudainement ?

Charlotte secoua la tête.

— Non.

Livia poussa un soupir et mordit dans un petit sandwich.

— Alors je suppose que je ferais mieux de te donner des nouvelles de Bernardine. Elle n'est plus à la maison…

Une demi-heure plus tard, Mme Watson rentra de sa promenade.

Si elle n'avait pas été aussi amicale et sans façon, Livia aurait été terriblement impressionnée par sa beauté et son assurance. De fait, sa joie de voir Livia fit fondre non seulement la timidité de celle-ci, mais aussi les dernières réticences qu'elle avait nourries envers cette femme du demi-monde, même si elle avait contribué avec une remarquable efficacité au succès et à l'indépendance de Charlotte.

Sa sœur avait mentionné qu'à l'occasion Mme Watson s'habillait avec une élégance outrancière pour avertir les dames « convenables » qu'elle n'était pas l'une d'entre elles. Apparemment, tel n'avait pas été son objectif aujourd'hui. Si sa robe ne manquait pas d'allure, elle était d'une simplicité raffinée.

Et elle était si chaleureuse et maternelle sans jamais être étouffante que bientôt, Livia lui confia ses difficultés avec l'écriture de la seconde moitié des aventures de Sherlock Holmes. Charlotte lui avait assuré qu'elle pourrait s'en sortir, mais avec Mme Watson elle commençait à croire qu'elle *allait* y arriver.

Même si elle éprouvait quelques réticences à quitter le cottage, Livia rentra à Stern Hollow un sourire aux lèvres et gravit l'escalier monumental l'esprit en paix. Maintenant, elle allait s'installer dans sa luxueuse chambre et savourer les souvenirs de la journée : le doux visage de Charlotte, la belle âme de Mme Watson, le retour de l'espoir dans son propre cœur.

Peut-être même sortirait-elle la pierre de lune pour la prendre dans ses mains et...

Lady Avery se trouvait dans sa chambre et venait de fermer d'un geste sec le tiroir de la table de chevet.

Livia la dévisagea, incrédule.

— Madame, que... que faites-vous ?

Lady Avery regarda derrière Livia, comme pour voir si elle avait été surprise par quelqu'un d'autre, mais il n'y avait personne dans le couloir.

Livia entra et ferma la porte.

— Lady Avery, que faites-vous dans ma chambre ?

Sa voix tremblait un peu. Elle n'avait pas l'habitude d'exiger des réponses.

Lady Avery l'observa d'un air plus calculateur qu'affolé.

— Ma foi, cela ne me dérange pas de vous le dire, mademoiselle Holmes. Ma sœur et moi avons appris qu'une terrible inconvenance allait être commise ici, à Stern Hollow, parmi les invités de Mme Newell.

Livia écarquilla les yeux de stupeur.

— Et vous vous attendez que je sois responsable de cette inconvenance ?

— Non, tout au contraire. Vous n'avez jamais montré la moindre inclination à braver la bienséance. Mais nous devons être vigilantes, voyez-vous, et ne négliger personne au motif que ce serait peu probable. En fait, votre chambre est la dernière que j'inspecte et, comme je m'y attendais, je n'ai rien trouvé de suspect.

Le cœur de Livia battit à la fois de rage et d'un indicible soulagement. Elle avait apporté dans son voyage deux lettres de Charlotte mais les avait gardées sur elle, de peur qu'une servante indiscrète ne les découvre. Cette précaution l'avait sauvée des deux commères.

— Veuillez vous en aller.

— Bien sûr.

Toutefois, lady Avery fit halte alors qu'elle atteignait la porte et pivota sur ses talons.

— J'ai une proposition à vous faire, mademoiselle Holmes. Que diriez-vous de nous aider, ma sœur et moi, à découvrir cette inconvenance ?

Livia battit des paupières.

— Je... Pardon ? Vous voulez que je fouille les chambres des invités ?

— Non, c'est déjà fait. Vous êtes une jeune femme intelligente et observatrice. Vous seriez un atout pour découvrir ce qui se trame.

Livia se reprochait souvent sa stupidité, mais elle saisit immédiatement la nature de l'offre de lady Avery.

— En m'enrôlant, vous espérez m'empêcher de révéler à lord Ingram que vous foulez aux pieds son hospitalité et fouillez dans les affaires personnelles non seulement de ses invités, mais possiblement dans les siennes.

— Ne soyez pas ridicule, ma petite. Les appartements privés de lord Ingram sont si bien gardés que nous serions incapables d'y pénétrer. Pour le reste... vous avez raison.

Lady Avery poussa un petit soupir.

— Nous sommes redoutées par les gens qui ont quelque chose à cacher et très bien accueillies par les autres, mais cet accueil est toujours conditionnel. Tant que nous apportons des potins, les portes s'ouvrent devant nous. Dès l'instant où nous n'en aurons plus à répandre, nous ne serons plus que deux agaçantes fouineuses.

— Alors vous recourez à des méthodes douteuses.

Lady Avery leva un doigt.

— Presque jamais. Nous passons plus de temps à écouter et, en cas de besoin, à interroger et à recouper les informations. Mais l'été a été assez frustrant. D'abord, votre sœur fugue sans que nous parvenions à découvrir ce qui lui est arrivé. Puis lady Ingram s'enfuit en Suisse pour des raisons qui nous restent obscures. À ce rythme, on va se demander si nous sommes encore dans le coup.

Livia était tellement abasourdie qu'elle avait du mal à maintenir les lèvres pincées d'un air désapprobateur. Jamais il ne lui serait venu à l'esprit que les dames Avery et Somersby puissent s'inquiéter de leur place dans la société. Elles avaient toujours fait partie du paysage, et rien ne semblait pouvoir les en déloger.

— Voilà pourquoi nous devons découvrir la terrible inconvenance qui se trame. Bien sûr, nous n'avions pas particulièrement *envie* de fouiller les affaires des invités.

C'était pourtant ce qu'elles avaient fait.

N'importe où ailleurs, Livia aurait hésité à les dénoncer, mais ici elle ne craignait pas qu'on refuse de la croire. Et si lord Ingram décidait d'en informer Mme Newell – après tout, les commères étaient les invitées de celle-ci –, son accusation toucherait le point le plus vulnérable des deux dames.

Elles avaient déjà une telle réputation de fouineuses qu'il n'en faudrait pas beaucoup pour que le beau monde les prenne pour de véritables espionnes. On les avait peut-être accueillies à bras ouverts dans les meilleures maisons à l'époque où elles apportaient de croustillants ragots, mais les hôtesses y réfléchiraient à deux fois avant de les inviter si l'on apprenait qu'elles risquaient de fureter dans toutes les pièces.

Livia était médusée. Alors qu'elle s'était toujours sentie impuissante dans tous les domaines de sa vie, voilà que pour une fois c'était elle qui avait l'avantage ! Et sur quelqu'un comme lady Avery, qui plus est, une femme qui lui avait toujours paru aussi redoutable et invulnérable qu'un nuage de sauterelles.

Cette agréable sensation de puissance ne dura que quelques secondes. Si seulement Livia avait démasqué lady Avery *avant* qu'elle raconte à tout le monde qu'elle avait vu Charlotte et lord Ingram dans un salon de thé !

Par ailleurs, elle ignorait comment faire le meilleur usage de la situation.

Tout ce qu'elle savait, c'est qu'elle ne devait pas perdre son avantage pour la seule raison qu'elle ne s'était pas préparée à l'exploiter.

— Lady Avery, je crains de ne pouvoir vous aider, votre sœur et vous. Nous sommes dans des situations très différentes. Vous avez fait un mariage respectable et à présent que vous êtes veuve, vous bénéficiez d'un confortable douaire. Moi, au contraire, je n'ai pas d'argent et peu de perspectives. Et la sœur que j'espérais voir devenir une compagne pour mes vieux jours demeure introuvable. Je ne suis pas en position d'enquêter sur qui que ce soit alors que mon vœu le plus cher, c'est que personne n'ait traqué ma sœur et ruiné nos vies.

Elle ouvrit la porte d'un geste aussi ferme que théâtral.

Après quelques instants, lady Avery quitta la pièce.

5

Sur les joues de Livia, la brise était agréable. Voilà une dizaine de minutes que la jeune femme gravissait la colline. Si elle s'était tenue immobile, le vent aurait été un peu frais.

La douceur exceptionnelle de ces deux derniers jours ne pouvait pas durer. Quelque part, une masse d'air froid était en mouvement et son avant-garde encerclait Stern Hollow.

Cette image la fit légèrement frissonner, comme si l'hiver était déjà là.

Elle tenta de concentrer son attention sur le silence paisible de la forêt et le soleil qui dispensait généreusement sa lumière, mais son esprit se tourna vers une autre journée d'automne, dans une autre belle propriété.

Moreton Close.

Bernardine, sa sœur qui aurait tant ressemblé à Charlotte si elle n'avait pas été mince comme un fil. Sa vie à la maison n'avait pas été idéale, mais elle y avait trouvé un minimum de sécurité et de stabilité. Qui pouvait se porter garant de l'institution où leurs parents voulaient la laisser jusqu'à la fin de sa vie ?

Charlotte avait gardé le silence quand Livia avait parlé de Moreton Close, de son confort inattendu et de ses résidentes apparemment satisfaites de leur sort. Puis elle avait dit :

— J'irai voir par moi-même.

— Tu ne pourras pas, avait répondu Livia. Ils ne laissent entrer personne qui ne soit pas autorisé.

— Attends de rencontrer Mme Watson. Quand elle est sur le seuil, personne ne refuse de lui ouvrir la porte.

Livia avait eu l'impression qu'un poids était ôté de sa poitrine. À elles deux, Charlotte et Mme Watson allaient s'occuper de la question.

À présent, toutefois, l'anxiété revenait.

Il leur faudrait du temps pour découvrir la vérité sur Moreton Close. Après tout, Livia y était entrée et n'avait découvert aucune fissure dans la jolie façade. Et pendant ce temps, qu'arriverait-il à Bernardine ?

Si le Dr Wrexhall, derrière son air compétent et raisonnable, se transformait en monstre après le départ des visiteurs, comme l'horrible M. Hyde ? Qui protégerait Bernardine ? Qui veillerait à ce qu'elle ne soit pas...

— Mademoiselle Holmes, vous seriez-vous perdue ?

Lady Avery et lady Somersby. Les deux vautours.

Après la confrontation avec lady Avery, puisque les commères étaient à la recherche d'une cible plus importante, les sombres pressentiments de Livia s'étaient apaisés. Qu'elles courent donc après leur chimère ! Si cela pouvait occuper tout leur temps et ne leur laisser aucune énergie pour songer à Charlotte et à lord Ingram !

— Non, répondit-elle froidement. Je ne suis pas perdue, merci bien.

Elle avait quitté le chemin pour s'engager dans un bosquet de trembles. Sous les rayons obliques du soleil, les minces fûts semblaient presque blancs et la végétation en dessous se parait du même éclat doré que les hautes frondaisons chatoyantes.

— Voulez-vous rentrer avec nous ? proposa lady Avery. Il va bientôt faire froid.

Livia faillit refuser par réflexe, puis elle se souvint qu'elle avait surpris lady Avery à fureter dans sa chambre. Cette offre ressemblait moins à un ordre qu'à des excuses.

Elle supposait qu'elle pouvait se montrer magnanime, à présent qu'elle avait l'avantage.

— Certainement, répondit-elle.

Elles cheminèrent en silence quelques minutes, puis lady Avery déclara :

— Nous avons parlé avec les domestiques.

— Ont-ils pu jeter quelque lumière sur cette « terrible inconvenance » que vous recherchez ?

La magnanimité de Livia n'allait pas jusqu'à lui interdire une pointe d'ironie.

Lady Avery échangea un regard avec sa sœur.

— Nous en avons discuté et avons décidé de vous dire la vérité. J'ai inventé sur le moment cette histoire d'inconvenance. L'objet de notre enquête n'est pas une inconvenance, mais une injustice.

— Une injustice ? répéta Livia, incapable de dissimuler son incrédulité. Parce que vous vous souciez de la justice, maintenant ?

— Depuis le début, nous nous soucions passionnément de la justice, déclara lady Avery avec le plus grand sérieux. Nous évoluons dans la bonne société et devons parler son langage. Les transgressions et autres inconvenances sont amusantes, ne le nions pas, mais en plus de notre intérêt pour les scandales, nous avons toujours été résolues à révéler l'injustice là où elle a cours, et à faire ce qui est en notre pouvoir pour y remédier.

Livia faillit buter sur une pierre qui dépassait du sol. Où cette femme voulait-elle en venir ?

— Vous n'êtes peut-être pas familière des agences de recrutement pour le personnel de maison, poursuivit lady Avery. Nous transmettons toutes les informations que nous récoltons – si le maître des lieux abuse des servantes, si la maîtresse leur donne trop de travail ou déduit des frais sur leurs gages…

» Nous avertissons les mères des jeunes femmes, ou les jeunes femmes elles-mêmes si nous estimons qu'elles sauront quoi faire de ces informations, quand nous découvrons des faits alarmants sur des gentlemen qu'elles considèrent comme de bons partis. Parfois, elles les épousent tout de même, parce qu'elles refusent de nous croire ou que leurs parents les y contraignent, mais nous faisons ce que nous pouvons.

» Quoi qu'il en soit, l'important est que nous essayons d'empêcher l'injustice ou de la révéler. Souvent, nous ne pouvons pas la dire tout haut – le coupable est dans une position inattaquable, ou les conséquences seraient trop lourdes si l'on découvrait qui a trouvé l'information. Alors nous la transmettons discrètement et prévenons autant de gens que possible.

Livia dévisagea lady Avery. Jamais elle n'aurait imaginé que sa sœur et elle puissent apporter la moindre aide à qui que ce fût. Pouvait-elle croire la femme qui reconnaissait avoir inventé cette histoire de « terrible inconvenance » ? Ne s'agissait-il pas d'une nouvelle ruse, destinée à décourager Livia de révéler qu'elles avaient fouillé les chambres des invités à Stern Hollow ?

Un instant plus tard, une formidable prémonition la saisit.

— Au fait, quelle est cette injustice qui vous préoccupe tellement, dans l'immédiat ?

— Je vous ai dit que nous avions interrogé le personnel, répondit lady Avery. Ils sont tous loyaux, jusqu'aux filles de cuisine, et considèrent que les affaires de leurs patrons ne nous concernent pas, mais nous avons eu l'impression que malgré leurs réticences à nous confier quoi que ce soit, ils étaient aussi surpris que nous par le départ de lady Ingram.

» Aucun des cochers ne l'a emmenée à la gare. En fait, personne dans la maison ne l'a vue, le soir de son bal d'anniversaire, après environ minuit et demi. Les enfants et leur préceptrice ne sont pas ici actuellement, mais nous avons découvert qu'ils n'ont pas pu lui dire au revoir. À de rares exceptions, tout le personnel a été rappelé à Stern Hollow dès le lendemain de son départ, tandis que lord Ingram emmenait les enfants à la mer. Rien de tout cela ne correspond à ce qui avait été prévu.

— Les projets changent toujours, rétorqua Livia alors qu'une nouvelle bouffée d'inquiétude lui nouait l'estomac. Et n'a-t-on pas dit que son état s'est détérioré soudainement ? Leur hôtel particulier était rempli d'invités. Étant donné la nature très discrète de lady Ingram, et puisqu'elle devait s'en aller, n'est-il pas logique qu'elle soit partie sans faire la moindre vague ?

Les dames n'entrèrent pas dans ce débat. Livia commençait à se demander si son argument n'avait pas visé juste, quand lady Avery déclara :

— C'est notre première visite à Stern Hollow. Je suppose, mademoiselle Holmes, que pour vous aussi ?

— En effet, répondit prudemment Livia.

— Que pensez-vous de l'endroit ?

Au détour du chemin, la demeure apparut alors, si belle et si sereine, nichée dans son écrin de verdure.

— Je le trouve enchanteur.

— *Nous* le trouvons un peu glaçant.

Un frisson d'alarme parcourut Livia.

— Il n'y a nulle trace de lady Ingram ici, poursuivit lady Avery. Pas la moindre. Nous nous sommes entretenues avec tout le personnel de haut rang, le majordome, le maître d'hôtel, la gouvernante, le cuisinier, le chef jardinier... Il semble que tous les changements et toutes les améliorations n'aient été apportés que par lord Ingram. Par exemple, la décoration de votre chambre a été refaite il y a environ un an sur sa demande. Ainsi que la nurserie. La bibliothèque. L'ajout de certains arbres fruitiers dans le potager. Tout cela, c'est l'œuvre de lord Ingram. Comme si...

— Comme si lady Ingram n'avait aucune passion pour les maisons ou les jardins ? s'impatienta Livia. Elle ne serait pas la première.

Il y avait aussi Charlotte. Elle appréciait une jolie maison, mais n'aurait pas levé le petit doigt pour en aménager une. Et son intérêt pour l'horticulture était lié au fait que telle ou telle variété contribuait à confectionner un bon pudding.

— Je ne doute pas de l'existence de telles femmes, mais votre interprétation est terriblement naïve, mademoiselle Holmes. Lord Ingram pourrait avoir interdit à son épouse d'apporter la moindre contribution à son foyer.

— Voilà une supposition bien hasardeuse, lady Avery. Lady Ingram dispose d'une des pensions les plus élevées du pays. Et son mari a donné chaque année un bal somptueux pour son anniversaire, même après avoir découvert qu'elle ne l'avait épousé que pour sa fortune. Il s'est montré plus que généreux en toute occasion ; une telle mesquinerie ne serait pas dans son caractère.

— Se montrer généreux envers son épouse et donner des fêtes extravagantes, ce sont des gestes qui flattent sa propre image, d'autant plus que tout le monde croit qu'elle ne mérite ni l'un ni l'autre. Songez donc à leur rupture. J'ai enquêté : tout repose sur les déclarations d'une seule petite bonne toute nouvelle à l'époque, qui a parlé à ses collègues, lesquels ont à leur tour répété ce potin à d'autres domestiques qu'ils connaissaient dans d'autres maisons. L'histoire est remontée à leurs patrons en formant un tableau qui n'était pas à l'avantage de lady Ingram.

Livia leva les mains au ciel.

— Parce que la *vérité* n'est pas à l'avantage de lady Ingram !

— Nous allons accepter cette hypothèse, mais alors vous devez aussi admettre que la vérité n'est peut-être pas à l'avantage de lord Ingram. Il pourrait avoir orchestré ce que le public avait le droit de savoir afin de tourner l'histoire en sa faveur, puis avoir pratiqué l'intimidation sous son toit pour isoler son épouse et la réduire au silence.

C'était grotesque.

— Personne n'aurait pu réduire lady Ingram au silence.

— Les apparences sont souvent trompeuses, énonça lady Somersby, qui jusqu'à présent avait laissé sa sœur mener la conversation. Vous devriez nous faire confiance sur ce point, mademoiselle Holmes. C'est notre vocation de voir sous la surface. Parfois, des femmes qui semblent parfaitement heureuses craignent pour leur vie. Et des hommes qui manifestent aux yeux du monde tous les signes de la bonté et de la bienveillance peuvent se comporter en monstres derrière les portes closes.

— Et vous croyez que lord Ingram est l'un de ces hommes ?

— Dans ce domaine, personne n'est au-dessus de tout soupçon, car personne n'est semblable en privé et en public.

S'il avait été un monstre, Charlotte ne l'aurait-elle pas remarqué ? Certains indices n'auraient-ils pas attiré son attention ?

Certes, aussi remarquable que fût Charlotte, elle n'en était pas moins humaine. Il était pour elle un fidèle ami, et son épouse n'était qu'une vague connaissance.

L'opinion de Charlotte avait-elle été biaisée par l'hostilité muette de lady Ingram ?

— Encore hier soir, lady Somersby, vous affirmiez que lady Ingram pouvait s'être enfuie du domicile conjugal. Et aujourd'hui, vous la décrivez comme prisonnière de son propre mariage.

— Les deux sont possibles. Nous avons fouillé le manoir non pas pour fureter dans les affaires des gens, mais pour voir si elle a laissé des indices sur son sort.

— Son *sort* ? Que croyez-vous qu'il lui soit arrivé ?

— Qu'auraient fait vos parents à votre sœur, si elle ne s'était pas enfuie ? demanda lady Somersby.

Livia la regarda, bouche bée.

— Vous pensez que lady Ingram a été enfermée au grenier ? Comme l'épouse de M. Rochester ?

— Qui est M. Rochester ? s'offusqua lady Avery. Et pourquoi n'ai-je jamais entendu parler de ce cas ?

— C'est un personnage de fiction, Caro, répondit lady Somersby. Pendant que sa femme folle à lier est emprisonnée dans le grenier, il essaie d'en épouser une autre.

Elle se tourna de nouveau vers Livia.

— Au moins, lord Ingram ne pourra pas pratiquer la bigamie avec votre sœur, puisque tout le monde sait qu'il est déjà marié.

Livia eut le plus grand mal à empêcher sa voix de monter d'une octave.

— Pourquoi ramenez-vous toujours tout à ma sœur ?

— Tout nous ramène à elle parce qu'elle offre un motif évident. Réfléchissez. Si lady Ingram était impliquée dans sa déchéance ? Si ce n'était pas lady Shrewsbury mais lady Ingram qui avait mené la foule de témoins qui l'ont surprise avec Roger Shrewsbury ? Et si lord Ingram, en punissant son épouse, s'imaginait avoir réparé un tort commis envers Mlle Charlotte Holmes ?

— Mesdames, je commence à me lasser de vos idées absurdes. Il n'est pas si simple de retenir quelqu'un prisonnier !

Livia avait tenté d'écrire quelque chose de la sorte dans ses aventures de Sherlock Holmes, et les difficultés lui étaient aussitôt devenues apparentes.

— Comment la nourrit-il ? Qui vide son pot de chambre ? Comment l'empêche-t-il de hurler sans devoir l'étouffer ?

Au même instant, un cri strident déchira la paix de l'après-midi.

Livia sursauta. Les deux dames échangèrent des regards surpris. Le cri retentit de nouveau. Une voix masculine. Prenant leurs jupes à pleines mains, les trois femmes s'élancèrent.

Le chemin descendait le long de la colline. Bientôt, Livia vit l'homme – ou plutôt le garçon, un adolescent vêtu d'une veste et d'un pantalon de couleur sombre. Un domestique.

Il était à genoux. Quand il vit les femmes qui accouraient vers lui, il se leva avec difficulté et tenta de parler.

— Elle est… elle est…

Il déglutit péniblement.

— Elle est là-dedans. Elle est *là-dedans* !

D'un geste, il indiqua un monticule herbeux.

— Qui est là-dedans ? demanda lady Avery.

Le jeune homme tremblait, comme paralysé, incapable d'articuler un mot de plus.

Livia regarda le monticule.

— S'agit-il de la glacière ?

— On dirait, répondit sombrement lady Somersby.

Elles trouvèrent l'entrée, sur le côté nord de la petite éminence. La lourde porte n'avait pas été verrouillée, mais elle s'était fermée sous l'effet de son propre poids. Non sans efforts, Livia l'ouvrit.

Que faisait-elle, au nom du ciel ? Elle aurait dû rester avec ce pauvre gamin. Pourquoi se ruait-elle vers le spectacle qui l'avait fait s'enfuir en hurlant ?

Et qui était « elle » ?

Elles traversèrent trois antichambres, chacune plus froide que la précédente. Dans la deuxième régnait une odeur de latrines. Livia fit la grimace. Pourquoi une telle pestilence dans une glacière ?

La troisième pièce était assez grande. La bougie allumée dans une applique murale éclairait les étagères construites de part et d'autre et contenant toutes sortes de réserves alimentaires. Une brouette était couchée de côté sur le sol détrempé par le seau de lait qui y avait été renversé.

Par chance, l'air ici sentait surtout le lait et le froid, mais rien de répugnant.

Elles contournèrent la flaque de lait et se dirigèrent vers une nouvelle porte.

Celle-ci ouvrait sur une pièce mieux éclairée que Livia ne s'y était attendue. La lampe à l'intérieur avait deux bougies et un miroir sur l'arrière. Le plafond formait une voûte au-dessus d'une cuve à glace fermée par une trappe située presque au niveau du sol.

Pour l'instant, rien ne semblait inhabituel.

— Voyons… Il a laissé sa brouette à l'extérieur pour caler la porte ouverte et allumer les bougies, s'entendit murmurer Livia.

Elle ne s'était pas approchée de la cuve à glace. Elle avait l'impression que son sang était gelé et que toute chaleur avait déserté ses veines.

— Une fois les bougies allumées, poursuivit lady Avery d'une voix à peine audible, il a dû s'approcher du rebord de la cuve pour vérifier le niveau de glace.

Sa sœur prit la relève :

— Puis il s'est enfui si vite qu'il a heurté la brouette. En hurlant comme un damné.

Livia frémit, et pas seulement à cause de la peur qui semblait suinter de tous ses os. Son souffle jaillissait en petits nuages de vapeur. La cuve à glace était très grande. Combien de glace contenait-elle ? Plusieurs tonnes ?

— Allons-nous...

Lady Avery laissa échapper un hoquet nerveux.

— Allons-nous regarder ensemble ?

C'est ce qu'elles firent, comme si elles s'approchaient du rebord d'une falaise. Le premier élément qui apparut, ce furent les copeaux de bois qui, de l'autre côté de la cuve, assuraient l'isolation de la glace en dessous.

Puis une main tendue.

Livia gémit. Elle aussi avait envie de tourner les talons et de s'enfuir en hurlant, mais ses pieds continuaient de la porter vers l'avant.

Enfin, elles se tinrent près du bord de la cuve et regardèrent lady Ingram, étendue sur les copeaux de bois.

Quelqu'un tapota la main de Livia, qui serrait la manche de lady Somersby de ses doigts glacés.

— Ma foi, dit lady Avery d'une voix basse mais sévère, je suppose que cet endroit est effectivement aussi froid que la Suisse.

6

Mme Watson était déçue. Deux jours avaient passé depuis leur visite à Stern Hollow, et lord Ingram ne leur avait toujours pas rendu la politesse. Certes, sa maison était envahie par les invités de quelqu'un d'autre, mais tout de même : il aurait pu s'échapper une heure ou deux pour venir les saluer.

— Vraiment, il devrait savoir que moi, au moins, je comptais le voir.

Elle ne s'attendait absolument pas que Mlle Holmes fasse la moindre remarque, mais celle-ci écarta le journal qu'elle feuilletait pour admettre :

— C'est plutôt étrange.

Elle prit ensuite la lettre qui venait d'arriver.

— Mme Farr a répondu.

Mme Watson dut réfléchir quelques instants pour se rappeler ce nom. Mme Winnie Farr, à qui le sergent MacDonald, subordonné de l'inspecteur Treadles, avait donné l'idée de s'adresser à Sherlock Holmes.

— Que dit-elle ?

Mlle Holmes regarda rapidement le feuillet et le tendit à Mme Watson.

Cher monsieur Holmes,

Merci pour votre gentille lettre.

Ma sœur, Mlle Mimi Duffin, a disparu depuis presque trois semaines. Elle est adulte et quitte parfois Londres, mais il y a dix jours, ma fille Eliza a eu sept ans. Mimi adore Eliza comme si elle était sa fille, et n'a jamais manqué son anniversaire jusqu'à présent.

Comme elle ne donnait pas de nouvelles, je me suis inquiétée. Ses amis ne l'ont pas vue. Sa chambre a déjà été louée à quelqu'un d'autre, car elle n'avait pas payé son loyer.

Sa logeuse me dit que la dernière fois qu'elle l'a vue, Mimi était de bonne humeur parce qu'elle avait rencontré un beau monsieur qui allait lui offrir une vie de luxe. Si je peux trouver ce monsieur – si vous pouvez m'aider à le trouver – je saurai peut-être ce qui est arrivé à Mimi.

J'espère qu'elle est en vie, mais je n'y crois pas.

Bien à vous,

Mme Winnie Farr

— Les recherches risquent d'être difficiles, dit Mme Watson. Et sans doute infructueuses.

— Exact, répondit Mlle Holmes en se tapotant le menton. Les invités de Mme Newell quitteront bientôt Stern Hollow. Au cas où lord Ingram nous rendrait visite ensuite, je pourrais mentionner que nous comptons nous rendre dans quelques-uns des quartiers les plus malfamés de Londres.

Voilà qui était génial !

— Il insistera pour nous accompagner. Nous ne voulons pas le déranger, naturellement, mais qui sommes-nous pour refuser un geste aussi chevaleresque ? s'enthousiasma Mme Watson. Dois-je répondre à Mme Farr pour lui proposer un rendez-vous dans... disons trois jours ?

Avant que Mlle Holmes ait eu le temps de répondre, la sonnette retentit. Comme c'était l'après-midi de congé de la bonne, Mme Watson alla ouvrir elle-même. Un jeune homme qui se présenta comme un domestique de Stern Hollow la salua.

— Un message urgent pour les dames de Rampling Cottage, M'dame.

Mme Watson avait ôté ses lunettes pour aller à la porte. Oh, quelle vanité ! Maintenant, elle avait du mal à déchiffrer les lettres sur l'enveloppe, à moins de tenir celle-ci à bout de bras et de plisser les yeux d'un air ridicule.

— Un message urgent pour nous, de Stern Hollow, annonça-t-elle en retournant au salon. Je me demande s'il est de lord Ingram. Maudits soient mes vieux yeux !

Presque aussitôt, Mlle Holmes précisa :

— C'est l'écriture de ma sœur.

— Oh ! Quelles sont les nouvelles ?

Mlle Holmes prit la lettre, et son expression changea. Elle changea tellement que même quelqu'un qui ne la connaissait pas aurait vu que quelque chose de terrible s'était produit.

— Bonté divine, que se passe-t-il ? s'alarma Mme Watson.

Mlle Holmes ne répondit pas. Elle relut le feuillet depuis le début, plus lentement, comme pour en graver chaque mot dans sa mémoire. Quand elle eut terminé, elle le posa sur la table du thé et le poussa vers Mme Watson.

Chère Charlotte,

J'espère que ma main va cesser de trembler assez longtemps pour pouvoir t'écrire.

Même si ce que je voudrais vraiment, c'est que ce que je m'apprête à te dire ne soit jamais arrivé.

Lady Ingram est morte. Son corps a été découvert dans la glacière par un garçon de cuisine. Le pauvre gamin est sorti en hurlant. Lady Avery, lady Somersby et moi, qui passions non loin de là, avons accouru à son aide. Puis nous sommes entrées dans la glacière pour voir ce qui l'avait tant effrayé car il ne faisait que répéter : « Elle est là-dedans ! Elle est là-dedans ! »

Nous l'avons vue dans la cuve à glace. Je ne suis pas certaine de ce qui s'est passé ensuite. L'une des dames a dû me charger d'informer lord Ingram, car mon souvenir suivant est le moment où je me suis trouvée devant le majordome, en train d'insister pour voir son maître au plus vite.

Quand celui-ci m'a reçue, j'étais aussi incapable de parler que le garçon de cuisine. « Nous... nous étions près de la... la glacière, ai-je bégayé. La glacière, vous... vous voyez ? »

Puis je l'ai regardé comme s'il pouvait deviner ce que je ne parvenais pas à formuler. Il m'a observée sans ciller, mais d'un air si las que j'en ai eu le cœur brisé.

Enfin, les mots sont venus. « Lady Ingram... lady Ingram est dans la glacière. Elle est morte. »

Cette fois, il m'a dévisagée avec consternation. Ses lèvres bougeaient, mais aucun son n'en sortait.

« Peut-être voudrez-vous venir voir le... venir la voir », ai-je réussi à dire.

Une éternité s'est écoulée avant qu'il demande : « Lady Ingram ? Lady Ingram est dans la... dans cette *glacière ? »*

J'ai hoché la tête, impuissante, regrettant d'avoir accepté d'apporter de si affreuses nouvelles.

« En êtes-vous absolument certaine ? » a-t-il insisté d'une voix si basse que j'ai eu du mal à l'entendre.

Je n'ai pu que hocher la tête.

Il s'est levé, a versé un peu de whisky et a mis le gobelet entre mes mains tremblantes.

« Je vais demander à Mme Sanborn de faire apporter un plateau de thé dans votre chambre. Le choc a dû être terrible. Je vous en prie, montez vous reposer. »

Il n'a pas eu besoin de me le dire deux fois.

Mais à présent que le plateau de thé est devant moi, je rougis de mon manque d'efficacité. Il a pensé à veiller à mon bien-être, alors que je n'ai pas eu la présence d'esprit de le réconforter. De déclarer ma foi en son innocence. Ma confiance que l'univers n'aura pas la cruauté de lui faire porter la responsabilité du décès de lady Ingram.

Hélas, je n'ai rien fait d'autre que prononcer des paroles incohérentes. Pire : en partant, je lui ai souhaité bonne chance.

J'aurais au moins dû lui dire que tu éclaircirais cette affaire, qu'il n'était pas seul dans cette terrible épreuve. Mais j'ai pris la fuite avec une hâte méprisable pour aller gémir et trembler dans ma chambre.

S'il te plaît, Charlotte. Tu dois l'aider.

S'il te plaît.

Livia

Quelqu'un laissait échapper de pitoyables gémissements.

Mme Watson. Elle plaqua une main sur ses lèvres. Son esprit n'était plus qu'un champ de bataille livré à la peur et au chaos.

Mlle Holmes, assise devant le secrétaire, scellait une lettre.

— Madame, auriez-vous la bonté de remettre ceci au valet ?

Ces paroles libérèrent Mme Watson de sa paralysie. Oui, le désastre était survenu. Et non, ce n'était pas le moment de se terrer dans un coin sombre en se lamentant.

— Bien… bien entendu.

Elle avait complètement oublié que le jeune homme attendait une réponse.

En revanche, elle n'oublia pas de lui donner une pièce. Après son départ, elle revint rapidement au salon, où Mlle Holmes lui avait versé deux doigts de whisky.

— Oh, merci, très chère.

Elle vida le verre d'un trait. Le puissant alcool lui fit monter les larmes aux yeux.

— Allez-vous bien, madame Watson ?

— Je vous en prie, ne vous inquiétez pas pour moi. Pour l'instant, nous ne devons songer qu'à lord Ingram. Et, bonté divine, à ses pauvres enfants.

Il fallut quelques instants à Mme Watson pour continuer.

— Et vous, mademoiselle Holmes, allez-vous bien ?

— Je vais être occupée pendant les jours à venir. Et j'aurai besoin de beaucoup, beaucoup d'aide. Puis-je compter sur vous, madame ?

— Bien sûr ! répondit Mme Watson avec force.

Si Mlle Holmes avait eu des planchers à récurer, Mme Watson les aurait attaqués avec une ferveur religieuse, ne fût-ce que pour ne pas sombrer un peu plus dans ce gouffre d'anxiété. « Beaucoup, beaucoup » de travail pour aider Mlle Holmes à aider lord Ingram ? Mme Watson aurait gravi une montagne de feu pour donner un coup de main !

— Excellent. Vous aurez besoin de votre carnet pour tout noter.

Mme Watson s'élança pour prendre le cahier. Plus elle aurait de travail, mieux cela vaudrait.

Pendant les quarante minutes qui suivirent, Mlle Holmes dicta ses instructions. Une partie de ce dont elle aurait besoin, Mme Watson y aurait pensé d'elle-même. Le reste, elle n'en comprenait absolument pas l'utilité. Par exemple, pourquoi leur fallait-il louer une nouvelle maison à Londres dans un quartier différent ?

Mlle Holmes ne donna pas d'explications, et Mme Watson n'en demanda pas. Quand elles eurent terminé, Mlle Holmes se leva.

— Madame Watson, pourriez-vous m'aider à m'habiller ?

Ce n'est qu'un peu plus tard, une fois seule au salon, que Mme Watson eut l'impression que quelque chose n'allait pas. Elle arpenta la pièce quelques instants, avant que son regard se pose sur le plateau du thé. Quand le messager était arrivé avec la lettre de Livia, elles avaient été sur le point de prendre le thé.

Et depuis tout ce temps, Mlle Holmes n'avait rien touché : les parts de quatre-quarts, de cake aux prunes et de cake au citron étaient restées sur leurs plats respectifs, oubliées.

Devant le cataclysme qui frappait lord Ingram, Mlle Holmes, malgré sa passion immodérée pour les pâtisseries, avait perdu l'appétit.

L'anxiété qui serrait le cœur de Mme Watson se mua en pure terreur.

Lord Ingram regarda son épouse.

Il n'avait pas vraiment cru les déclarations de Mlle Olivia Holmes. Même quand il avait vu son état de sidération et avait senti sa main trembler, il n'avait pu chasser l'idée que cela n'était qu'un malentendu.

Le spectacle des yeux sans vie de son épouse détruisit cette idée sur-le-champ.

Alexandra. Son prénom lui vint spontanément. Voilà bien longtemps qu'il ne l'avait plus appelée ainsi. Même dans le secret de ses pensées, il ne l'avait plus considérée que comme son épouse, et pas avec la fierté et la ferveur possessive du jeune marié qui l'avait serrée contre lui en murmurant « Ma femme ».

Ma femme.

Ma femme.

Ma femme.

Mon cœur, voulait-il dire à cette époque. Mon ciel, le centre de mon univers.

Il n'avait été que bonne volonté et pure innocence. Incapable d'imaginer qu'un jour, « ma femme » signifierait « mon erreur, ma honte, mon inéluctable châtiment ».

— Toutes mes condoléances, milord. C'est un effroyable drame.

Lentement, il tourna la tête. Lady Avery se tenait près de lui et l'observait.

— Un effroyable drame, oui, répéta-t-il d'un ton monocorde avant de ramener son attention sur la femme qui gisait, sans vie, dans la glacière.

Elle semblait... maladroite. Après la naissance de leur second enfant, elle n'avait pas retrouvé sa grâce et sa facilité de mouvement. Mais, même sachant cela, elle aurait été fâchée de se voir ainsi étendue, le menton relevé, les lèvres ouvertes, les pieds disposés sans élégance.

Il fut pris d'une urgence de faire quelque chose pour rendre à sa posture la dignité qu'elle avait toujours observée.

Au lieu de cela, il serra le poing.

Au fil de leurs années de mariage, ses traits s'étaient durcis et tendus. Malgré cela, elle serait restée jolie pendant encore au moins une dizaine d'années avant de prendre la beauté paisible des femmes mûres.

La mort lui avait dérobé quelque chose d'essentiel. Si ses traits ressemblaient à ce dont il se souvenait, il avait l'impression de voir une étrangère, pas même particulièrement séduisante.

Confusément, il s'avisa qu'il ne voulait pas que les enfants la voient ainsi. Mieux valait qu'ils se souviennent de la mère qu'ils avaient aimée, bel et bien vivante. Mieux valait qu'ils ne voient jamais ce corps qui ne montrait plus rien d'elle, en bien ou en mal.

— Nous ignorions que lady Ingram était rentrée de Suisse, dit lady Avery.

Dans le silence, sa voix retentit comme un coup de canon.

Il se tourna de nouveau vers elle, toujours engourdi par le choc.

— Moi aussi.

— Comment pensez-vous qu'elle se soit retrouvée ici ?

— Je suis aussi déconcerté que vous, madame.

Le froid intense de la glacière l'enveloppait, s'infiltrant par tous les pores de sa peau. Il s'interdit de frissonner.

— Mesdames, vous serez plus à l'aise au manoir. Je vais attendre la police ici.

— Nous restons avec vous, déclara lady Avery sans un instant d'hésitation. Un peu de froid ne nous dérange pas.

— Et nous ne sommes pas déconcertées, rectifia sa sœur. Seulement indignées.

Indignées.

Il supposait qu'il aurait dû l'être également, mais il ne parvenait pas à ressentir beaucoup d'indignation alors que les choix de lady Ingram avaient causé la mort de trois agents de la Couronne. Alors qu'il aurait pu lui dire que son décès prématuré serait l'issue la plus probable, une fois qu'elle aurait perdu sa place auprès de lui et ne pourrait plus transmettre de renseignements à Moriarty.

Ceux qui trahissaient Moriarty étaient exécutés. Et ceux qui devenaient inutiles, on s'en débarrassait de façon à peine moins cruelle.

Il ignorait comment elle était morte. Elle portait une robe de promenade qui semblait neuve. Aucune blessure n'était visible, pas de marques sur la gorge ni de traces de sang sur ses vêtements.

Il posa un pied sur le rebord pour descendre dans la cuve et voir de plus près.

Quelqu'un le retint par son manteau.

— Je ne crois pas que vous devriez toucher quoi que ce soit, monsieur.

Il regarda lady Somersby. C'était son épouse, bon sang ! Une épouse qui lui était devenue étrangère, mais une épouse tout de même.

Au terme d'un très long moment pendant lequel les yeux de lady Somersby étincelèrent comme ceux de la Justice, il s'avisa qu'elle voulait l'empêcher d'effacer des traces.

Lui.

Une onde de terreur descendit le long de son dos.

Les deux commères croyaient qu'il était responsable de la mort de son épouse.

Qu'elle n'était jamais allée en Suisse et avait été assassinée de sang-froid.

Sous son propre toit.

7

Chère Livia,

Je suis désolée que tu vives cette épreuve.

S'il te plaît, transmets à lord Ingram mes sincères condoléances et celles de Mme Watson, ainsi que toute notre sympathie pour ses enfants.

Charlotte

Ce n'était pas ce que Livia avait espéré de sa sœur. Elle avait besoin d'un message musclé, une charge de cavalerie par-dessus les collines. Elle aurait désespérément voulu que Charlotte écrive : « L'esprit le plus affûté de cette génération t'assure en toute solennité que le coupable sera découvert dans les vingt-quatre heures, que lord Ingram en sortira indemne et que tout s'arrangera au mieux, y compris pour toi, très chère Livia. »

Elle sursauta quand on frappa à la porte, mais ce n'était qu'un domestique venu l'informer que les invités devaient se rassembler dans le grand salon. Pouvait-elle descendre dès que possible ?

Quand Livia atteignit les portes ouvertes du grand salon, le murmure de curiosité excitée venait de céder la place à un silence grave, presque craintif.

Lord Ingram se tenait près de la cheminée, ses cheveux décoiffés par le vent, les yeux creusés.

— J'ai le malheur de vous informer que lady Ingram a été retrouvée… morte sur la propriété. La police est arrivée pour commencer l'enquête.

Silence. Puis un brouhaha incrédule. Et de nouveau le silence, lorsque lord Ingram leva une main.

— J'ignore ce qui s'est passé, le choc a été terrible. Tout ce que je sais, c'est que les policiers auront des questions à vous poser. Il est possible que demain, un inspecteur de Scotland Yard demande également à vous parler. Jusque-là, merci de rester à Stern Hollow.

De nouveau s'éleva un grondement d'incrédulité et de désarroi.

Lord Ingram attendit. Ce matin-là, il avait donné l'impression de ne pas avoir dormi de la nuit. À présent, on aurait dit qu'il n'avait pas connu une nuit de sommeil complète de sa vie, tant l'épuisement lui creusait les traits.

Une fois ses hôtes calmés, il reprit :

— Le dîner sera servi à l'heure habituelle. Je suis au regret de vous annoncer que je ne serai pas en mesure d'assumer mes devoirs d'hôte ce soir, et vous prie de m'en excuser. Mon personnel veillera à vos besoins. Lady Avery et lady Somersby répondront de leur mieux à vos questions.

Il quitta le salon. L'assemblée s'écarta pour le laisser passer. Quand il eut fermé les portes, il se tint à la poignée quelques instants, comme s'il craignait de ne pas pouvoir rester debout s'il la lâchait.

En un éclair, Livia comprit qu'il avait peur.

Comme elle ne voulait pas être aperçue par les personnes qui se trouvaient au salon, elle avait reculé de quelques pas. À présent, elle s'élança vers lui pour prendre ses mains.

— Tout va bien se passer, milord. Charlotte ne laissera rien de mal vous arriver. Elle découvrira la vérité.

Il parut sur le point de protester, avant de changer d'avis.

— Oui, j'en suis sûr. J'espère que tout cela n'est pas trop éprouvant pour vous, mademoiselle Holmes.

Par la suite, Livia ne se souvint pas de ce qu'elle lui répondit. Ils parlèrent quelques instants, puis il s'excusa et se dirigea vers la bibliothèque. Alors elle carra les épaules, prit quelques profondes inspirations et ouvrit résolument les portes du salon.

Lord Ingram ne l'avait pas désignée pour répondre aux questions des invités, mais elle était décidée à faire entendre sa voix. Les dames Avery et Somersby ne savaient pas mieux qu'elle ce qui était arrivé à lady Ingram, et elle n'avait pas l'intention de les laisser salir le nom de lord Ingram par leurs insinuations.

Au nom du ciel, elle allait défendre lord Ingram de toutes ses forces.

Lord Ingram reçut le sergent de police dans la bibliothèque. Les trois agents qui l'accompagnaient devaient dénombrer les invités et les domestiques afin de les interroger jusqu'au dernier, mais le sergent Ellerby s'était réservé les premiers interrogatoires des quatre témoins qui avaient découvert le corps, ainsi que du maître de Stern Hollow.

Lord Ingram avait rencontré des inspecteurs qui avaient affronté pendant des décennies la société la moins fréquentable de Londres, des hommes désabusés qui avaient vu tous les degrés de l'avidité, de la cruauté et de l'ingéniosité dans le crime. Le sergent Ellerby n'était pas de ceux-là. Il était manifestement très intimidé par l'opulence qui régnait dans la maison, et très affecté par l'éventualité qu'un fils de duc ait assassiné son épouse.

Mme Sanborn, la gouvernante, entra derrière le sergent Ellerby, apportant un plateau de thé. Elle servit, puis se retira discrètement.

— Crème ? Sucre ? proposa lord Ingram avec courtoisie.

— Ni l'un ni l'autre, merci.

— Je vous offrirais bien quelque chose de plus fort, sergent, mais je crains que ce ne soit mal vu.

— En effet, milord. Mais je vous en prie, prenez ce qu'il vous faut. Par une journée comme celle-ci, un alcool puissant est le bienvenu.

Lord Ingram se versa un verre de whisky. S'il n'éprouvait pas pour les boissons alcoolisées le quart de la passion de Charlotte Holmes pour les pâtisseries, sa capacité à les absorber valait bien la sienne. Et ce soir, il avait l'intention d'en faire bon usage.

Un homme qui buvait beaucoup risquait moins de donner l'impression d'être calculateur.

Il prit une solide gorgée du liquide ambré et tressaillit quand sa gorge le brûla.

— Que puis-je faire pour vous, sergent ?

— Les deux dames qui ont découvert le corps, si vous vous en souvenez, milord, ont demandé à me parler.

Il s'en souvenait très bien. Les dames Avery et Somersby avaient pratiquement agrippé le sergent par l'oreille en exigeant d'être entendues. Lord Ingram les avait laissés se débrouiller. Il n'aurait pas été surpris que le sergent Ellerby en ait à présent la tête qui tourne.

— Lady Avery et lady Somersby sont des spécialistes des potins de la bonne société. Elles devaient avoir de nombreuses informations à vous confier.

Ses paroles semblaient neutres. Elles ne l'étaient pas du tout. Le sergent Ellerby était peut-être un homme intelligent et compétent, mais il n'était pas habitué à la personnalité intrusive des deux commères et n'avait pas nécessairement bien accueilli leurs prétentions de l'instruire sur tout ce qu'elles estimaient qu'il devait savoir ou comprendre.

Par déférence pour leur âge et pour leur rang, il avait sans doute contenu son irritation devant ces importunes qui lui disaient comment faire son travail. Mais en faisant remarquer qu'elles étaient connues pour leurs bavardages, lord Ingram lui offrait un prétexte pour balayer leurs théories d'un revers de main.

Lord Ingram savait que les dames Avery et Somersby étaient méticuleuses. En revanche, le sergent Ellerby ne le savait pas. Et entre le maître de cette propriété impeccablement tenue et ces deux matrones peu engageantes et incapables de fermer leur clapet, lord Ingram savait qui le sergent serait le plus porté à croire.

Du moins était-ce vrai pour un hypothétique sergent de comté. Il ne fallait pas exclure que *ce* sergent en particulier ait écouté attentivement les deux commères, et compris sur quelle inestimable source d'informations il était tombé. Il pouvait également considérer avec suspicion le maître de cette propriété impeccablement tenue, parce qu'un homme dont la maison était parfaite jusque dans le moindre détail pouvait dissimuler des choses inavouables.

— Ah ! Pas étonnant qu'elles aient été intarissables, dit le sergent Ellerby.

— Mon personnel m'a appris que, depuis leur arrivée, elles ont enquêté sur les déplacements de mon épouse et sur le déroulement de son bal d'anniversaire, la dernière fois qu'on l'a vue.

Ce soir-là, il avait eu un douloureux échange avec elle, et l'avait sommée de s'en aller. Puis il avait attendu vingt-quatre heures avant d'informer Bancroft de ses crimes pour qu'elle ait le temps de partir loin, très loin.

À ce qu'il semblait, elle ne s'était pas beaucoup éloignée.

— L'indiscrétion de ces dames vous a-t-elle dérangé ? s'enquit le sergent.

— Oui, mais pas pour les raisons qu'elles doivent supposer, répondit lord Ingram avant d'avaler un second verre de whisky. J'avais espéré que la vérité ne serait jamais révélée parce que ce qui m'est arrivé, je ne le souhaite pas à mon pire ennemi.

Le sergent Ellerby sortit son calepin.

— Et que vous est-il arrivé exactement, milord ?

— Monsieur Walsh ? Un gentleman du nom de Holmes demande à vous voir, monsieur, dit un jeune valet de pied au majordome de Stern Hollow.

Au cours de l'heure qui venait de s'écouler, M. Walsh avait repoussé au nom de son employeur deux envoyés de gazettes locales, un vicaire et un pasteur, ainsi que trois voisines qui avaient connu lady Ingram et considéraient de leur devoir de rendre visite à son époux éploré. La tragédie révélait le pire chez les gens, il en était à présent convaincu. Et il était furieusement tenté d'envoyer paître l'importun.

De préférence par un bon coup de pied au derrière.

— Et que veut ce M. Holmes ? gronda-t-il en rassemblant le peu de patience qui lui restait. Est-ce un parent de notre invitée, Mlle Holmes ?

— Je ne sais pas, monsieur. Il dit qu'il est envoyé par Eastleigh Park.

Eastleigh Park était le domaine de Sa Grâce le duc de Wycliffe, le frère aîné de lord Ingram. M. Walsh frémit. Le duc envoyait-il un émissaire pour admonester son frère ? Il avait mal choisi son moment !

— Où est-il ? Au salon d'attente ?

— Oui, monsieur.

— Faites apporter du thé dans mon bureau immédiatement.

M. Walsh se composa son expression la plus hautaine et se dirigea d'un pas martial vers le salon. Si le duc avait envoyé un émissaire mal embouché, on allait lui montrer que lord Ingram lui-même n'était pas sans fantassins prêts à braver l'ennemi.

Le jeune homme installé dans le salon d'attente arborait une barbe fournie mais bien entretenue, surmontée d'une moustache en croc pommadée avec soin, dont les pointes remontaient.

À l'arrivée du majordome, il se leva.

— Monsieur Walsh, je présume ? Sherrinford Holmes. Je déduis de votre expression sévère que vous me croyez envoyé par Sa Grâce.

M. Walsh battit des paupières, désarçonné.

— Voulez-vous dire, monsieur Holmes, que vous ne venez pas de sa part ?

— Non, répondit le jeune homme avec un léger sourire. Cela ne signifie pas qu'il n'enverra personne, voire qu'il ne viendra pas lui-même dans les jours à venir. C'est Sa Grâce la duchesse de Wycliffe qui me charge de rendre visite à lord Ingram. Des jours difficiles s'annoncent, et elle pense qu'il aura besoin d'un allié à ses côtés.

Une bouffée de soulagement et de gratitude envahit M. Walsh.

Elle ne dura qu'un instant.

C'était très bien d'envoyer des renforts, mais ce M. Holmes ?

Il était de taille à peine moyenne et d'une corpulence surprenante pour son âge, car malgré l'abondante pilosité qui lui couvrait le visage, il ne devait pas avoir plus de vingt-cinq ou vingt-six ans. Malgré son embonpoint, il était très élégant dans ses vêtements à l'étoffe de bonne qualité et à la coupe digne des meilleurs tailleurs. En réalité, c'était plus que de l'élégance. M. Holmes était vêtu avec *extravagance*.

Le gilet en velours rayé d'or et de saphir. Le nœud complexe et étagé de la cravate. Le petit bouquet porté en boutonnière, avec ses trois craspédies rondes et jaunes qui contrastaient avec l'œil iridescent d'une plume de paon. De la chaînette de sa montre pendait une breloque émaillée figurant une plume de paon assortie à la véritable plume au revers de sa veste. Alors qu'il sortait sa montre pour la consulter, il prit également un monocle et le glissa à son œil droit – un monocle dont le cerclage représentait un serpent se mordant la queue.

Au moment le plus désespéré, lord Ingram recevait pour tout allié cet épouvantable dandy.

— Et vous êtes exactement la personne que je recherche, monsieur Walsh, dit-il. J'aurai besoin de parler au personnel affecté aux jardins demain matin à la première heure, et je compte sur vous pour arranger cela. Ce soir, toutefois, c'est le personnel de la maison qui m'intéresse.

» Ayez l'amabilité de m'envoyer un par un tous ceux qui ont déjà parlé à la police. Si vous aviez une liste avec leur nom, âge, poste, etc., je vous en serais profondément reconnaissant. J'aurai besoin d'emprunter un coin des dépendances des domestiques, de préférence paisible et isolé, pour mener mes entretiens. Et si Mme Sanborn avait la bonté de préparer une chambre à l'étage de la nurserie, afin que je me tienne à l'écart des autres invités, elle aurait mon éternelle gratitude.

Walsh battit de nouveau des paupières.

— Ce sera tout, monsieur Holmes ?

— J'aimerais également jeter un coup d'œil aux appartements privés de lord Ingram et de lady Ingram. Pourriez-vous m'y accompagner maintenant ?

Walsh hésita.

— Lord Ingram s'entretient-il avec la police en ce moment ? s'enquit M. Holmes.

— Oui.

— S'il le faut, veuillez lui demander s'il m'autorise à entrer dans ses appartements. Le temps presse.

Le majordome acquiesça. Les appartements de lord Ingram furent vite visités. Et ceux de lady Ingram, encore plus rapidement.

Quand M. Holmes se fut assis devant le bureau de M. Walsh et se fut versé une tasse de thé, il déclara :

— Au fait, même si la duchesse est plus que capable de tenir tête au duc, inutile de mentionner ma présence à ce dernier, ou à toute personne qu'il pourrait envoyer.

— Comment dois-je vous présenter au personnel, alors ?

— Vous pouvez leur dire que je suis un proche de lord Ingram, venu jouer son rôle d'ami.

Tout en parlant, il esquissa un sourire, et même un sourire ironique. Mais ses inflexions étaient fermes, presque sévères. Walsh en prit bonne note.

— Pensez-vous, monsieur Holmes, que nous puissions d'une quelconque façon venir en aide à lord Ingram ?

La question effaça le sourire de M. Holmes.

— La situation n'est pas très bonne, monsieur Walsh. Aucune preuve directe n'impliquera lord Ingram dans le décès de lady Ingram, mais les preuves indirectes seront nombreuses, et presque toutes défavorables.

Le majordome déglutit.

Son interlocuteur le regarda droit dans les yeux.

— Mais je suis là, maintenant. Et je suis son dernier et meilleur espoir.

8

Il était 23 heures quand Charlotte conclut son entretien avec le dernier membre du personnel de la maison. Elle prit quelques notes sur leur échange et parcourut la liste des hommes et des femmes avec qui elle avait parlé.

En général, elle n'avait pas besoin de notes. Mais en général, elle n'interrogeait pas quarante personnes à la suite.

On frappa à la porte.

— Entrez ! dit-elle, s'attendant à voir M. Walsh venu pour l'accompagner dans sa chambre.

C'est lord Ingram qui entra. Il semblait exténué. Toutefois, quand il la vit, une petite lueur se réveilla au fond de ses yeux.

Elle s'adossa et croisa les bras sur sa poitrine, les coudes appuyés sur le rembourrage qui formait la bedaine de Sherrinford Holmes.

— Bonsoir, Ash.

— J'ai cru entendre le son d'un cake qui disparaît d'une…

Il posa les yeux sur le plateau de thé, puis sur elle, puis de nouveau sur le plateau.

— Que se passe-t-il ? M. Walsh a-t-il regarni ces assiettes… ou n'y avez-vous pas touché ?

Habituellement, les douceurs placées devant elle se volatilisaient rapidement. La faim n'était pas une condition nécessaire. Un cake était tout aussi bon quand il était accompagné d'une préoccupation, d'un souci, ou même de l'ennui. Toutefois, dès l'instant où elle avait lu la lettre de Livia, son estomac s'était noué.

Elle porta les mains à son visage.

— Je… je ne sais pas ce qui se passe. Dans l'immense majorité des cas, mon appétit est aussi vigoureux qu'impressionnant. Et je ne suis pas moins choquée que vous par cette inexplicable faiblesse.

Différentes nuances d'incrédulité passèrent sur le visage de lord Ingram.

— Avez-vous pris un thé particulièrement copieux au cottage ? demanda-t-il après quelques instants.

Il ne lâchait pas le sujet. Au demeurant, elle n'en était pas surprise.

— La lettre de ma sœur est arrivée alors que nous venions tout juste de nous attabler. Donc, non.

Il la scruta, sourcils froncés. Quand il reprit la parole, ce fut d'une voix basse et tendue.

— Ne me dites pas qu'il y a plus de huit heures que vous n'avez rien avalé ? Vous m'effrayez.

Elle poussa un soupir.

— Vous pouvez être effrayé. Je le suis moi-même.

Quand elle s'était rendue à la gare du village pour louer un cabriolet qui l'emmènerait à Stern Hollow, elle était restée devant le bâtiment pendant un quart d'heure. Elle avait eu besoin de se ressaisir.

Il saisit le dossier du siège derrière lequel il se tenait. Deux secondes plus tard, il le lâcha.

— Venez. J'ai dit à M. Walsh que je vous escorterais dans vos appartements. Le dîner vous y attend.

Elle se leva et tenta de masser un point douloureux dans son dos, avant de se souvenir que le rembourrage faisait tout le tour de son corps.

— Vous ne possédez pas le talent de lord Bancroft pour m'offrir de bons repas, mais dans les situations critiques, vous vous en sortez.

Il la fusilla du regard, mais ne contesta pas.

Plusieurs pièces avaient été mises à sa disposition à l'étage de la nurserie, comme elle l'avait demandé, mais elles étaient plus belles qu'elle ne l'avait supposé. En général, les chambres situées aussi haut étaient peu utilisées et décorées très simplement, même dans les demeures les plus cossues. Celles qu'on lui avait attribuées formaient une véritable suite avec salon, chambre à coucher, dressing-room et même une salle de bains et des toilettes privées.

— C'est ici que je logeais quand je rendais visite à mon parrain, expliqua-t-il. Je présume que cet appartement répond aux critères de Sherrinford Holmes ?

— Tout à fait.

— Il y a un coffre-fort dans le mur. Je vous donnerai la combinaison. Et j'ai prévenu Mme Sanborn que vous détestiez qu'on vous dérange le matin. Aucune bonne ne doit venir nettoyer l'âtre ou rallumer le feu tant que vous dormez.

— Merci.

Elle s'attendait vaguement à le voir partir, mais il continuait de la dévisager, adossé à la porte. Alors que le silence commençait à se faire un peu tendu, elle vit s'étirer les coins de ses lèvres.

— Sachez que Sherrinford Holmes est un modèle d'élégance ! décréta-t-elle. En tout cas, il en est persuadé. Et il n'est pas question que vous offensiez la sensibilité de ce pauvre garçon.

Il toussa pour éclaircir sa voix.

— Je vous présente mes excuses.

De nouveau, ses lèvres se mirent à trembler. Puis il éclata de rire.

Hélas, son rire était des plus séduisants.

— Le pauvre Sherry ne vous pardonnera jamais cet affront ! marmonna-t-elle.

Il continua de rire jusqu'à ce que, dans un soupir, elle arrache sa barbe et sa moustache.

— Je vous présente toutes mes excuses, répéta-t-il.

— Vous aurez intérêt à vous contenir quand nous serons en présence d'autres personnes.

— Promis.

Il garda les yeux baissés un moment.

— Merci, dit-il enfin.

— Vous saviez que je viendrais.

— Je voulais vous dire merci pour ce déguisement aussi sublime que ridicule. Quand j'ai compris que j'allais probablement être accusé du meurtre de lady Ingram, j'ai bien cru que je ne pourrais plus jamais sourire, et encore moins rire comme un fou.

Même avant cela, elle ne l'avait pas souvent vu rire. Les dernières années n'avaient pas été les meilleures de sa vie.

Il s'écarta de la porte.

— Vous avez le visage un peu rouge.

Elle posa une main prudente sur sa joue.

— Mme Watson m'a prévenue que la colle risquait d'irriter la peau. Je devrai donc travailler vite, pour ne pas causer d'irréparables dommages à mon beau visage.

— À quelle vitesse exactement ? Pourrez-vous laver mon nom avant qu'on m'expédie à la potence ?

— Si votre procès se terminait aussi mal, je suis sûre que Bancroft serait en mesure d'organiser votre évasion.

Toute trace d'hilarité disparut de son visage.

— Donc, vous pensez qu'il y aura un procès ?

— Si vous étiez un simple témoin, observant la situation d'un point de vue extérieur, quelles conclusions tireriez-vous ?

Il traversa le salon en direction de la table où le dîner avait été servi et tira une chaise pour elle.

— Je sais déjà ce que penseront tous les autres, mais qu'en dit le grand Sherlock Holmes ? Quelle lumière unique peut-il jeter sur ces circonstances ?

— Vous avez vu le corps. S'agit-il réellement de lady Ingram ?

— Je le crains.

Charlotte poussa un soupir, s'assit et ôta le couvercle en forme de dôme de son plateau. Dessous se cachaient un petit pâté en croûte et une part de charlotte russe avec de sublimes couches alternées de crème bavaroise à la vanille et au chocolat.

Elle prit ses couverts et attaqua le pâté.

— Ni Sherlock Holmes ni son frère Sherrinford Holmes, qui est tout aussi intelligent, ne comprennent pourquoi lady Ingram gît sans vie dans la glacière.

Lord Ingram prit place en face d'elle.

— Quand je l'ai regardée, je n'ai pu m'empêcher de songer que c'était une ruse de sa part afin de me faire pendre pour meurtre et revenir enlever les enfants.

— C'est peut-être exactement cela. La femme dans la glacière est peut-être sa jumelle cachée. Et la véritable lady Ingram ricane dans les coulisses.

— Si elle avait une sœur dont personne n'a entendu parler, je doute qu'elle ait été assez cruelle pour faire assassiner la malheureuse dans le seul but qu'on m'accuse d'un meurtre que je n'ai jamais commis.

Il donna un coup de menton dans sa direction.

— Et ne jouez pas avec votre nourriture. Mangez.

Elle porta à ses lèvres une bouchée de pâté en croûte, qui était au gibier avec un œuf de caille au milieu.

— Et si la sœur secrète était morte de cause naturelle et que lady Ingram avait juste fait usage d'un cadavre bien pratique ?

Le pâté en croûte était délicieux, mais elle n'avait pas envie d'en prendre une autre bouchée.

— À présent que j'y pense, je n'ai pas vu de quoi elle est morte. Elle était totalement habillée, et les dames Avery et Somersby ne m'ont pas laissé entrer dans la cuve.

Il secoua la tête et ajouta :

— Non, tout cela est absurde. Moriarty doit être derrière cette histoire.

— Mais de sa perspective à lui, cela n'aurait pas beaucoup plus de sens.

— Pourquoi pas ? Elle ne lui était plus utile. Et elle était traquée par Bancroft. Moriarty a très bien pu choisir de se débarrasser d'un élément aussi peu fiable. Ensuite, il aura décidé de me faire payer pour avoir semé la pagaille dans sa petite organisation.

— D'abord, je ne suis pas d'accord sur le fait que lady Ingram soit devenue inutile quand elle n'a plus été en mesure d'espionner Bancroft. Elle était belle, intelligente et sans pitié. Une telle femme est un atout dans bien des situations.

» Ensuite, si lord Bancroft n'est pas un homme qu'il est prudent de contrarier, son pouvoir n'est pas non plus illimité. Corrigez-moi si je me trompe, mais ses agents ont d'autres chats à fouetter, non ? J'imagine que quel que soit le moment, il ne pouvait mobiliser que quelques hommes pour chercher lady Ingram.

Comme il ne rectifiait pas ses propos, elle poursuivit.

— Troisièmement, il n'y avait d'inimitié personnelle qu'entre lady Ingram et vous. Je suis presque certaine que Moriarty n'éprouve aucune animosité envers vous – ni envers lord Bancroft, d'ailleurs –, de la même façon qu'un criminel se méfie de la loi mais ne hait pas pour autant tous les policiers qu'il croise.

» Pour vous faire payer, comme vous dites, il aurait fallu non seulement qu'il assassine un agent d'une grande valeur potentielle, mais aussi qu'il élabore une stratégie complexe pour faire transporter le corps dans cette glacière au moment précis où des gens que vous n'aviez pas prévu d'inviter seraient là, afin que ceux-ci le découvrent par hasard. Que cela lui apporterait-il, concrètement ?

— Pas grand-chose, admit lord Ingram. Et si Moriarty croit affaiblir Bancroft en m'expédiant à la potence, il le connaît fort mal.

Il tendit une main pour prélever un morceau de pâte croustillante du pâté.

— Vous n'avez pas dîné ? demanda-t-elle.

Il secoua la tête.

— Alors je vous ai rendu non seulement la faculté de rire, mais aussi l'appétit.

Le regard de lord Ingram s'attarda sur son visage un peu plus longtemps que les convenances ne l'exigeaient.

Elle poussa le pâté vers lui.

— Prenez-le, mais ne touchez pas ma charlotte russe.

— Je ne peux rien promettre.

— Alors je ferais mieux de lui faire un sort avant que vous ayez terminé le pâté en croûte.

Ils demeurèrent silencieux un moment. Il mangeait avec appétit, elle un peu moins. Il dut le remarquer, car il demanda :

— Pourquoi êtes-vous effrayée ?

Elle avait prélevé une goutte de crème bavaroise de son dessert sur l'assiette et jouait avec. Elle s'immobilisa et le regarda dans les yeux.

— Où sont vos enfants, Ash ?

— Avec Remington, vous le savez.

— Après ce qui s'est passé avec lady Ingram, j'aurais juré que vous ne les laisseriez plus jamais s'éloigner. Qu'est-ce qui vous a fait changer d'avis ?

— Un jour, votre sœur m'a dit que vous n'aviez pas parlé avant l'âge de quatre ans et demi. Je suis sûr que vous avez subi une forte pression pour dire quelque chose, n'importe quoi, dès que vous avez marché. Pourtant, vous avez attendu le moment où vous étiez prête, et pas un instant avant.

» Les enfants sont des personnes. Ils ont leur propre volonté. Je ne suis pas le genre de père à imposer la mienne à tout prix. Lucinda et Carlisle voulaient aller avec Remington, et finalement ils ont obtenu gain de cause.

Charlotte se tamponna les lèvres avec sa serviette, dubitative. Le croyait-elle ?

Au beau milieu de sa première enquête importante, lord Ingram et Mme Watson s'étaient soi-disant rencontrés au 18 Upper Baker Street, un appartement appartenant à Mme Watson où le logement de Sherlock Holmes avait été aménagé. Mme Watson avait joué le rôle de Mme Hudson, la logeuse, costumée d'une robe rembourrée, coiffée d'une perruque grise, le nez chaussé de lunettes cerclées. Lord Ingram l'avait observée avec un mélange de malaise et de méfiance, avant de demander à Charlotte si, avec n'importe qui d'autre, elle n'aurait pas trouvé cela un peu trop beau pour être vrai : croiser par hasard une demi-mondaine qui, en plus de l'accueillir chez elle, encourageait avec enthousiasme ses pouvoirs de déduction.

Alors que c'était lui-même qui, comme Charlotte le découvrirait par la suite, avait envoyé Mme Watson pour l'aider – Mme Watson, une amie de confiance qu'il connaissait depuis plus longtemps encore qu'il ne connaissait Charlotte Holmes.

Il avait été si bon acteur, si convaincant dans sa démonstration de sévérité et de désapprobation, que malgré ses pouvoirs d'observation elle avait fermement cru à sa méfiance envers Mme Watson. Et pas un instant elle n'avait soupçonné qu'il avait conspiré avec celle-ci pour lui fournir une assistance, dans les jours désespérés qui avaient suivi sa fugue de chez ses parents.

De l'autre côté de la table, il mordit lentement dans le pâté en croûte et, l'air indéchiffrable, la dévisagea pendant qu'elle lui rendait son regard.

Il lui avait déjà dit qu'elle était la meilleure menteuse de sa connaissance, dotée d'un talent prodigieux, peut-être unique dans sa génération. Elle n'en avait pas pensé autant de lui, peut-être parce que leurs interactions avaient été marquées par tant de silences. Toutefois, quand elle l'avait pris à part après avoir découvert qu'il était ami avec Mme Watson depuis le début, voici ce qu'il avait répondu : « Je vous ai dit beaucoup de choses davantage par commodité que par souci de la vérité. »

Or que lui disait-il à présent ? Ce qui était commode ou ce qui était vrai ?

— Vous avez rencontré le sergent Ellerby, lança-t-elle.

Ce changement de sujet lui fit froncer les sourcils.

— Oui.

— Je présume que vous lui avez dit la vérité autant que possible puisque mentir, à ce point, ne ferait qu'aggraver votre cas.

— Exact.

— Vous vous êtes sans doute exprimé calmement et comporté avec la dignité qu'exige votre rang, mais en même temps vous lui avez laissé voir vos doigts tremblants en prenant votre verre de whisky. De temps en temps, vous vous êtes interrompu afin de reprendre vos esprits. Et naturellement, vous avez parlé d'une voix de plus en plus grave à mesure que progressait l'entretien, en homme accablé par la cruauté du destin.

Les doigts de lord Ingram se serrèrent sur les couverts.

— Il était la première personne que je devais convaincre de mon innocence.

— Précisément. Pourquoi ne fournissez-vous pas le moindre effort pour me convaincre, *moi*, en cet instant ?

— Vous pouvez interroger n'importe quel membre du personnel. Remington est venu ici et il est reparti avec les enfants.

— Je ne prétends pas remettre en question ce que tout le monde a vu. Ce que je veux, c'est la raison de leur départ.

— Puisque je vous assure que…

— Faites attention à ce que vous me dites. Je n'ai pas encore éliminé l'hypothèse que, accidentellement ou volontairement, vous ayez tué lady Ingram quand elle a tenté d'enlever Carlisle et Lucinda.

— Qui est-ce ? murmura Alice en entrant dans le dressing-room de Treadles. Vous allez quelque part ?

Treadles boutonna son gilet.

— L'inspecteur en chef Fowler. Il veut que je l'accompagne sur une enquête.

Alice battit des paupières. Elle était déjà couchée, probablement endormie, quand elle avait été dérangée par l'irruption de leur visiteur tardif.

— Ce doit être un cas important, si c'est à lui qu'on l'a assigné. Et s'il a demandé votre aide.

— C'est un cas important.

Sans la regarder, il rajusta le nœud de sa cravate.

— Lady Ingram.

Elle émit un hoquet de stupeur.

— Pardon ?

— Apparemment, tout le monde la croit sur le continent, mais on l'a retrouvée morte cet après-midi sur la propriété de Stern Hollow.

Il n'avait rien su des déplacements de lady Ingram. Il n'avait pas écrit à lord Ingram depuis la fin de l'été, pas plus que lord Ingram ne lui avait écrit. Et sans cette correspondance, il avait peu de moyens d'obtenir des nouvelles de ce dernier, car ils évoluaient dans des cercles très différents et n'avaient pas d'amis communs.

À part Sherlock Holmes, autrefois.

— L'inspecteur Fowler ne sait donc pas que vous connaissez lord Ingram ?

Treadles glissa un mouchoir propre dans sa poche, avant de s'apercevoir qu'il en avait déjà un.

— Si. Je suppose même que c'est pour cela qu'il m'a choisi. Pour que je l'aide à jauger lord Ingram.

Sa participation à l'enquête se résumerait peut-être à cela, au demeurant. L'inspecteur en chef Fowler avait des idées bien arrêtées sur le comportement qu'il attendait de ses subordonnés. Si Fowler menait les opérations, Treadles avait beau être inspecteur à part entière, sa participation n'irait probablement pas au-delà de la prise de notes.

Sans parler qu'il devrait se montrer prudent, afin de ne pas donner l'impression de prendre la défense de lord Ingram.

— On ne le soupçonne tout de même pas d'être responsable de la mort de son épouse ?

— Je n'en sais pas encore assez, mentit-il.

« Dans des cas comme celui-ci, il est presque certain que l'époux est responsable », lui avait dit un jour Fowler lors d'une affaire similaire. Et il n'aurait pas demandé l'aide de Treadles s'il n'avait pas été déjà persuadé que lord Ingram faisait un coupable en or.

Alice resserra les pans de sa robe de chambre.

— Lord Ingram est notre ami.

— Et moi, je suis policier.

Il prit son sac de voyage toujours prêt.

— S'il est innocent, il n'a rien à craindre, assura-t-il.

— Oui, mais l'inspecteur en chef Fowler est le meilleur limier de Scotland Yard. On ne l'enverrait pas si on croyait que l'assassin est le majordome.

Il glissa dans sa poche le mouchoir qu'il tenait dans l'autre main, avant de s'aviser que c'était le même mouchoir supplémentaire que tout à l'heure.

Alice le lui prit et noua les doigts autour de sa main.

— Robert, allez-vous bien ?

Non. J'ai peur pour lord Ingram et je ne sais que faire.

Il l'embrassa rapidement et s'en alla avant de montrer combien il était effrayé.

Lord Ingram bondit de sa chaise et arpenta la pièce tel un animal en cage. Confusément, il était conscient que Holmes l'observait avec une pointe de compassion dans son regard limpide.

Il posa les mains sur le manteau de la cheminée. Les flammes crépitaient dans l'âtre, mais il ne ressentait pas la moindre chaleur. Le froid de la glacière s'était glissé le long de son dos, et son emprise polaire l'envahissait, une vertèbre après l'autre.

Elle s'approcha de lui.

— Je suis désolée.

— Ce n'est pas votre faute, répondit-il, sa propre voix lui semblant assourdie. Mais que dois-je faire ?

Les forces liguées contre lui étaient légion. Le froid gagnait à présent ses poumons. Encore un peu, et le courage lui manquerait définitivement.

Elle parla et il tenta de l'écouter, mais ses mots passaient sur lui comme un glacier qui s'étend, destructeur, mortellement froid.

Puis elle s'éloigna. Il était désespéré et effrayé, mais d'une autre sorte d'effroi. Avec Holmes, il fallait toujours s'attendre à devoir ramasser les morceaux.

Toutefois, elle revint derrière lui… et lui passa un bras autour de la taille. Cela ne lui ressemblait pas. Elle l'avait embrassé à deux reprises – à plus de dix années d'écart – et lui avait fait des propositions de temps à autre, mais il avait la nette impression qu'elle trouvait que le contact physique était une expérience étrange et vaguement déconcertante.

« Charlotte n'aime pas qu'on la prenne dans ses bras », avait dit un jour Livia Holmes avec tristesse en sa présence.

Pourtant, non seulement Holmes ne s'écartait toujours pas, mais elle venait de refermer les bras autour de lui et de poser une joue contre son dos.

Cela faisait longtemps, très longtemps qu'une femme ne l'avait pas pris contre elle. La chaleur de la jeune femme se communiqua à son corps raidi par la douleur.

Il se sentait un peu moins glacé.

Un peu moins seul.

Tous les jours il évoluait parmi des dizaines, parfois des centaines de gens : famille, amis, voisins, camarades de classe, collègues archéologues, autres agents de la Couronne, sans parler de son personnel et de ses innombrables connaissances. Pourtant, il était seul depuis bien longtemps, et n'avait fait que renforcer sa solitude au fil des ans.

Le contact de Holmes réveillait en lui un désir puissant, mais si désespéré qu'il ne savait pas de quoi il avait envie. Il demeura immobile, effrayé par cette faim... et tout aussi effrayé de savoir qu'elle l'avait parfaitement compris, elle qui remarquait tout.

Il leva une main pour la poser sur la sienne et, du bout des doigts, caressa le poignet de sa manche.

Il s'avisa alors qu'elle s'était délestée de sa veste, de son gilet et de ses rembourrages. Une chemise d'homme était certes plus modeste que le corsage d'une robe de bal – et il l'avait vue en porter plus d'une – mais sous cette chemise elle n'avait pas de corset, de sorte qu'il percevait ses courbes pressées contre son dos.

Vingt-quatre heures auparavant, il aurait considéré comme tout à fait impossible que Holmes le prenne dans ses bras et qu'il ne s'écarte pas en sursautant. S'il ne lui avait pas écrit depuis l'été, c'est parce que même si lady Ingram ne revenait pas il restait un homme marié, sans rien de valeur – du moins à ses propres yeux – à lui offrir.

En une seule journée, tout avait changé. Il n'était plus un homme marié. Et d'un instant à l'autre, il pouvait perdre sa liberté... voire sa vie.

Il ne fit pas un mouvement. Non par peur de la surprendre – elle avait toujours été imperturbable dans de telles situations – mais parce que lui-même était surpris. Il croyait tout savoir sur son propre désir. Depuis le temps que celui-ci était contenu et refoulé, il l'avait considéré comme maîtrisé, ou du moins comme maîtrisable.

Alors qu'il avait toujours été féroce. Indomptable.

Elle pressa les lèvres au creux de sa nuque, juste au-dessus de son col. Alors il pivota sur ses talons, saisit son visage entre ses mains... et prit ses lèvres pour un baiser qu'il n'était pas certain d'avoir la force d'interrompre.

C'est elle qui s'écarta, avant de lui passer la main dans les cheveux.

— Vous êtes le bienvenu, si vous voulez rester.

Il posa son front contre le sien. Il en avait envie. Furieusement. Mais pas maintenant.

— Demain.

— Alors allez dormir. Vous devez être épuisé.

Il avait fait une sieste dans l'après-midi et dormi d'un profond sommeil, avant d'être réveillé par une Mlle Olivia Holmes en état de choc. Mais il tenait à peine sur ses jambes.

— Bonne nuit, murmura-t-il avant de déposer un baiser sur sa joue. Scotland Yard arrive demain matin.

Elle étira les lèvres en un semblant de sourire.

— Qu'ils viennent donc, railla-t-elle. Et qu'ils fassent de leur pire.

9

C'était la première fois que Treadles entrait chez lord Ingram, mais de façon inattendue, en tant que policier et non en tant qu'ami.

C'était aussi la première fois qu'il enquêtait sur le décès d'une personne qu'il avait connue.

Quelques mois plus tôt, à l'occasion d'une autre enquête, il était passé à pied devant l'hôtel particulier de lord Ingram à Londres. À cet instant, ce dernier était sorti de chez lui tandis que lady Ingram descendait de voiture. Les salutations entre les deux époux avaient été si distantes que Treadles, qui n'avait jamais vu lady Ingram auparavant, les avait presque pris pour deux étrangers. Entre eux, il n'y avait rien de cette tension brûlante qui subsiste parfois entre deux anciens amants – rien qu'un vide, une absence complète d'affection.

Ce jour-là, il avait compris pourquoi lady Ingram n'assistait jamais aux conférences de son époux, ni ne l'accompagnait sur ses campagnes de fouilles. Il avait également compris que jamais il ne serait convié chez lord Ingram tant que lady Ingram se chargerait de dresser les listes d'invités et d'organiser les plans de table. Certes, il n'avait pas convoité une telle invitation, son rang dans le monde étant considérablement inférieur. Et il ne pouvait l'accuser du moindre snobisme à son égard : le mépris qu'elle lui vouait semblait impersonnel, indifférent – un reflet du gouffre qui la séparait de son époux.

Cela avait été la première et la dernière fois qu'il avait vu lady Ingram. Il était sorti de cette rencontre profondément attristé, mais sans la moindre prémonition que la tragédie frapperait quelques mois plus tard. Ni que les soupçons se porteraient directement sur lord Ingram.

— Très joli, murmura l'inspecteur en chef Fowler, une fois que le valet qui les avait fait entrer fut parti informer le maître des lieux de leur arrivée. Aussi impeccable que le parc.

Le hall était en marbre blanc. Des colonnes cannelées s'élançaient vers un dôme bleu, dix mètres plus haut. Une double rangée de statues menait à un escalier monumental.

— Voici un Rubens. Ces deux-là sont des Rembrandt, si je ne m'abuse, dit Fowler, plissant les yeux derrière ses lunettes en direction de peintures accrochées aux murs. Et les trois, là-bas, doivent être des Turner. Nous sommes devant une collection spectaculaire, inspecteur.

Bien que Treadles eût acquis une éducation décente en histoire de l'art grâce à son épouse, il n'émit aucune opinion plus personnelle que « Vous avez sûrement raison, inspecteur en chef ».

Fowler pouvait sembler amical, voire chaleureux à l'occasion, mais Treadles avait appris à ne pas se fier à cette apparente bonhomie. Il y avait en lui quelque chose du prédateur, un plaisir un peu trop vif à coincer un suspect. Cet homme était probablement moins intéressé par la justice que par l'exercice du pouvoir.

Et maintenant, lord Ingram était dans son collimateur.

Le valet revint et les escorta jusqu'à son employeur. Après avoir quitté le hall d'entrée, ils passèrent devant une galerie au plafond de verre, remplie de tableaux et de sculptures. Fowler secoua la tête, admiratif. Treadles n'aurait su dire si c'était devant l'abondance d'œuvres d'art ou l'immensité de la pièce. Peut-être les deux.

Treadles savait que lord Ingram occupait un rang élevé dans le monde, mais cela aurait pu se traduire par un titre prestigieux et rien de plus. Jamais il n'avait soupçonné l'étendue de la fortune de son ami.

S'il s'en était douté, cela l'aurait-il empêché de nouer cette amitié ? Aurait-il été trop gêné par la modestie de ses propres origines ?

La bibliothèque où on les fit entrer s'élevait sur deux étages et devait accueillir une collection d'au moins dix mille ouvrages. Les livres s'alignaient sur les quatre murs, et le trompe-l'œil qui ornait le plafond donnait l'impression que les rayonnages filaient vers un ciel bleu lumineux, depuis lequel des philosophes de l'Antiquité en toge plissée les observaient avec un amusement bienveillant.

Par cette froide matinée, un feu brûlait dans les trois foyers de la salle. Près du plus grand se tenait lord Ingram, qui étrangement ne semblait pas diminué par les proportions et la magnificence de sa demeure. Il n'avait pas l'air très différent du souvenir que Treadles avait gardé de lui, mais il y avait à présent une gravité sur ses traits, une résolution qui indiquaient moins la confiance en soi que la volonté de tenir le coup.

Avant de monter à bord du dernier train, Treadles s'était demandé s'il devait envoyer un câble à lord Ingram. Il avait pris la décision de n'en rien faire. Il se présenterait à Stern Hollow à titre professionnel. Et de toute façon, le maître des lieux aurait déjà été averti de l'arrivée de Scotland Yard.

Quand lord Ingram posa les yeux sur lui, Treadles tressaillit, comme s'il s'était glissé furtivement chez lui et avait été pris en flagrant délit, mais à présent il ne pouvait rien faire d'autre que se comporter comme le policier qu'il était.

Lord Ingram le salua avec une correction parfaite.

— Bonjour, inspecteur Treadles. C'est un plaisir de vous revoir.

— Le plaisir est partagé, milord. Puis-je vous présenter l'inspecteur en chef Fowler ?

Ce dernier esquissa une brève courbette.

— Bienvenue à Stern Hollow, inspecteur en chef, dit lord Ingram.

Il désigna un homme qui était occupé à étudier ce qui ressemblait à une grande carte du domaine quand les policiers étaient entrés.

— Messieurs, voici mon ami, M. Sherrinford Holmes. Holmes, l'inspecteur en chef Fowler et l'inspecteur Treadles, de Scotland Yard.

Au nom de « Holmes », Treadles jeta un regard acéré au jeune homme rondouillard aux cheveux sombres, avec son monocle et sa moustache démesurée.

M. Holmes s'inclina avec grâce.

On échangea quelques banalités d'usage sur le voyage des policiers, le temps qu'il faisait et l'efficacité des agents locaux.

— Naturellement, un sergent de comté qui en sait assez pour faire immédiatement appeler Scotland Yard est toujours digne d'éloges, déclara M. Holmes en souriant.

— Ce n'est pas moi qui contredirais cela, répondit Fowler avec une jovialité qui ne semblait pas feinte.

Pour sa part, Treadles se demandait s'il n'avait pas discerné dans les inflexions de M. Holmes une pointe... peut-être pas de raillerie, mais de léger amusement.

Enfin, lord Ingram aborda le sujet de leur visite.

— Je présume, messieurs, que vous voulez voir le corps.

Fowler ne répondit pas immédiatement. Au lieu de cela, il dévisagea lord Ingram, qui subit son examen sans broncher. Treadles retint son souffle. M. Holmes, pour sa part, ne semblait pas le moins du monde alarmé – car il n'avait jamais vu l'inspecteur en chef Fowler au travail...

Après ce qui parut une éternité, Fowler répondit enfin :

— Oui, en effet. Merci.

— Je vous accompagne, dit lord Ingram du ton égal d'un homme à la conscience tranquille.

Du moins était-ce l'impression de Treadles. L'inspecteur en chef Fowler allait-il soupçonner, derrière cette voix aux inflexions posées, un habile meurtrier persuadé de s'en tirer sans être inquiété ?

— J'ai demandé à M. Holmes de nous accompagner, poursuivit lord Ingram. En cette période difficile, j'ai besoin d'un soutien moral et pratique. J'espère que vous n'y verrez pas d'inconvénient, messieurs.

Si ses intonations ressemblaient à une requête, c'était en réalité une affirmation. M. Holmes les accompagnerait, point final.

— Je vous en prie, milord, répondit Fowler d'un ton magnanime.

M. Holmes se plaçant à côté de Fowler, Treadles marcha en compagnie de lord Ingram. Derrière eux, M. Holmes répondait aux questions de l'inspecteur en chef. Il s'exprimait d'une agréable voix de baryton, mais son élocution n'était pas très claire, comme s'il parlait avec un berlingot dans la bouche.

— En effet, milord et moi sommes amis depuis l'enfance.

Puis :

— Oui, je connaissais aussi milady. Une si belle femme, quel cruel destin !

Et :

— Oh, il se trouve que j'étais dans les environs et que j'ai eu l'idée d'apporter mon soutien à milord. Entre nous, inspecteur en chef, je soupçonne qu'il me laisse l'aider davantage par bonté d'âme que parce qu'il me croit utile en quoi que ce soit.

Il y avait quelque chose d'étrange chez l'ami de lord Ingram, mais pas vraiment à cause de son apparence de dandy. Quelque chose de paradoxal et, cependant, de curieusement fascinant. En dépit de la gravité de la situation, Treadles éprouvait une irrésistible envie de scruter M. Holmes jusqu'à ce qu'il ait trouvé ce qui, chez cet homme, titillait sa curiosité aussi sûrement qu'une démangeaison. À défaut, puisque M. Holmes se trouvait derrière lui, il se contenta d'écouter sa conversation avec Fowler.

M. Holmes avait commencé à interroger l'inspecteur en chef sur ses méthodes lors des enquêtes loin de Londres. Soudain, Treadles s'avisa qu'il n'avait pratiquement pas dit un mot à lord Ingram, et que son silence prolongé n'était pas loin de la grossièreté.

— Mes condoléances, milord, s'empressa-t-il de dire en rougissant.

— Merci, inspecteur.

— Et les enfants, comment vont-ils ?

— Ils sont avec mon frère ; on ne leur a encore rien dit.

Lord Ingram poussa un soupir.

Que s'était-il passé ? Comment les choses avaient-elles pris un tour aussi catastrophique ? Il n'y avait pas si longtemps, Treadles avait regardé son ami avec une admiration sans mélange. Avant de découvrir la vérité sur Sherlock Holmes.

Il se ressaisit. Ces jours-ci, ses pensées commençaient ou finissaient souvent par « avant de découvrir la vérité sur Sherlock Holmes ». Et ce n'est que récemment qu'il en avait pris conscience.

La séparation entre lord Ingram et son épouse s'était produite des années auparavant. Treadles aurait dû remarquer plus tôt que quelque chose n'allait pas.

Seulement, il aimait l'idée que les grandes demeures du pays abritent des familles harmonieuses, incarnant toutes les vertus qui devaient naturellement briller sur des vies aussi éloignées des affres de la pauvreté et de la mesquinerie des affaires.

Parfois, il avait *besoin* que ce soit vrai. Il croisait tant d'avidité, de stupidité et de laideur ! Selon lui, tout ce qui était vil et souillé dans la nature humaine exigeait une contrepartie en noblesse et en grandeur d'âme.

Avant de découvrir la vérité sur Sherlock Holmes, il croyait avoir trouvé un tel idéal en lord Ingram.

Il s'agaça de la direction que ses pensées avaient de nouveau prise.

— Ah, ce doit être la glacière, dit Fowler.

Treadles n'y connaissait pas grand-chose, mais il savait que pendant les mois les plus chauds, de la glace était livrée en blocs et conservée dans un coffre chez les gens riches.

Son défunt beau-père, malgré ses moyens, n'avait pas acheté de maison de campagne, comme c'était souvent le cas de ceux qui faisaient nouvellement fortune. Par conséquent, Treadles n'avait pas de connaissance directe de la façon dont une propriété stockait les quantités de glace nécessaires à son organisation. Il lui fallut quelques instants pour s'aviser que Fowler parlait de l'éminence herbeuse située devant eux.

D'après ce que lui avait dit le sergent Ellerby, la journée de la veille avait été d'une douceur remarquable pour la saison. Toutefois, il avait gelé pendant la nuit, et l'herbe était couverte d'une fine couche de givre qui crissait sous les pas.

Ils contournèrent le monticule de terre, qui avait la forme d'une poire coupée en deux dans sa longueur, avec sa partie la plus mince orientée vers le nord. L'entrée était gardée par un officier de police qui sautillait sur place pour se réchauffer. À leur approche, il effectua un salut.

Au lieu d'entrer immédiatement dans la structure, l'inspecteur en chef Fowler commença par en faire lentement le tour, M. Holmes dans son sillage. Treadles consulta un schéma que lui avait procuré lord Ingram. La glacière avait été bâtie sur une légère pente afin d'en faciliter le drainage, et la terre qui l'entourait avait été élevée pour isoler la cuve conique à double mur de briques.

D'après ce schéma, cette cuve de glace se rétrécissait dans sa partie inférieure à une ouverture de cinquante centimètres, protégée par une grille couverte de roseaux à travers laquelle la glace fondue s'écoulait vers un canal souterrain qui la conduisait, au-delà d'un purgeur d'air, vers la petite laiterie du domaine, conservant au frais le lait, la crème et le beurre.

La pièce qui contenait la cuve de glace était cachée sous un toit en dôme à double paroi, lui-même recouvert de terre et d'herbe, de sorte que, depuis l'extérieur, la glacière semblait être un élément naturel du paysage.

Quand Fowler fut prêt, l'agent de police déverrouilla la porte.

— Je vous attends dehors, dit lord Ingram.

— Et M. Holmes ? demanda Fowler.

— Oh, je vous accompagne, répondit M. Holmes d'un ton léger. À tout à l'heure, Ash.

L'antichambre était un tunnel court et étroit, tout juste assez haut pour qu'un homme adulte y tienne debout. Treadles n'eut pas l'impression qu'il faisait plus froid que dehors – en vérité, l'endroit étant abrité du vent, il y régnait même une température plus agréable, bien que l'air fût moins pur.

La seconde chambre était un peu plus fraîche.

L'inspecteur en chef Fowler renifla.

— Ça ne sent pas les latrines, ici ?

— Non, répondit Treadles.

Les trois dames qui étaient entrées dans la glacière avaient toutes fait état d'une odeur désagréable dans cette pièce, si insupportable que les dames Avery et Somersby avaient bloqué toutes les portes en position ouverte pour aérer les lieux en attendant la police.

Le garçon de cuisine n'avait rien signalé de particulier, mais il avait un rhume et n'avait pas été en mesure de sentir quoi que ce soit.

— Je suis intrigué par la puanteur que les dames ont remarquée, murmura M. Holmes. Curieux, non ?

Quand ils atteignirent la troisième chambre, le froid mordit Treadles au visage. Il remonta son écharpe sur son cou.

Cette pièce, qui servait de cellier, était plus large et plus haute que les deux précédentes. Sur la gauche étaient suspendus du gibier à plumes, des quartiers de bœuf et d'autres carcasses qu'il ne pouvait identifier, n'ayant pas passé beaucoup de temps à la campagne. Sur la droite, des étagères bien rangées contenaient des fruits, des légumes et des fromages. Au-dessus d'eux, des jambons en salaison et des saucisses se balancèrent doucement quand Fowler passa la main dessus pour les examiner.

Au milieu de la pièce se trouvait une brouette couchée sur le sol dont les poignées, dans sa chute, avaient renversé un pot de lait. Du moins, c'est ce qu'on avait rapporté à Scotland Yard – le sergent Ellerby avait autorisé qu'on nettoie le lait renversé.

La structure était dépourvue de fenêtres. Chaque fois qu'ils avaient ouvert une porte, ils avaient dû allumer des bougies. Sous le dôme qui contenait la cuve de glace, plusieurs lanternes avaient été apportées pour suppléer au faible éclairage de l'applique murale.

Treadles alluma toutes les sources de lumière et se dépêcha de remettre ses gants. Dans cette dernière salle, le froid se faisait mordant.

D'après le rapport initial, le corps de lady Ingram était étendu sur la couche de copeaux de bois qui recouvrait la glace. Treadles s'était attendu à trouver la glace descendue à mi-hauteur de la cuve, profonde de plusieurs mètres. Au lieu de cela, elle était juste en dessous du niveau du sol.

— C'est de la glace ancienne ? Elle n'a pas beaucoup fondu, s'étonna-t-il.

— Cette construction est de grande qualité. Et plus le volume est important, plus la glace met de temps à fondre, expliqua Fowler. En général, les glacières sont conçues de façon à préserver assez de glace pour deux ans, au cas où on aurait un hiver trop doux pour les recharger correctement.

— Vous possédez une remarquable connaissance des glacières, inspecteur en chef, commenta M. Holmes.

— Mon père était domestique. Parmi ses tâches, il devait prélever la glace de l'étang.

De sa canne, il désigna le corps de lady Ingram.

— Il y a une épaisse couche de copeaux de bois, je présume. C'est une bonne chose pour nous, car sinon le corps aurait été pris dans la glace et il nous aurait fallu un temps fou pour l'en dégager. En fait, encore moins de glace a fondu que vous ne le supposiez, inspecteur. On en a prélevé un peu.

Fowler se tourna vers M. Holmes.

— Êtes-vous de cet avis, monsieur ?

— Je pourrais l'être. Toutefois, les besoins en glace ont été très réduits ces derniers temps. La famille, ainsi qu'une bonne partie du personnel, est partie pour Londres peu après Pâques. En temps normal, à son retour, il y aurait dû y avoir des invités mais cette année, en raison de l'absence de lady Ingram, il n'y en a pas eu. Jusqu'à présent.

D'un geste distrait, M. Holmes tapota son ventre replet.

— J'ai discuté avec le personnel. Jusqu'à hier, la dernière fois que quelqu'un est venu prendre de la glace, c'est lors de la visite de lord Bancroft, il y a cinq semaines.

Treadles nota dans son calepin un rappel pour demander confirmation de ce point aux domestiques. Même s'il espérait que lord Ingram serait lavé de tout soupçon, il n'avait pas une totale confiance en ce M. Holmes.

— Mon épouse adore feuilleter les magazines, dit Fowler. Ils prétendent que dans les grandes maisons comme celle-ci on sert des puddings glacés et des sorbets à longueur d'année.

— Il est de coutume, dans les dîners mondains, de proposer une glace comme dessert, admit M. Holmes. Quand les gens dînent en famille, c'est une autre affaire. Et en ce qui concerne Stern Hollow, lady Ingram a grandi dans un foyer où l'on servait rarement de la glace et n'a jamais développé de goût pour ce genre de dessert. Lord Ingram, de manière générale, s'intéresse assez peu à ce qu'il mange. Quant aux enfants, la glace est une gourmandise exceptionnelle pour eux ; ils ne s'attendent pas à en avoir tous les jours.

— Le garçon de cuisine est venu hier prendre de la glace pour le dîner, dit Fowler, mais les invités de lord Ingram étaient à Stern Hollow depuis la veille. Et le premier dîner ? Personne n'est venu à la glacière pour celui-là ?

— D'après le cuisinier, quand les invités sont arrivés, ils ont apporté la glace qui se trouvait chez Mme Newell pour ne pas la gâcher. Elle a servi à confectionner des sorbets pour le dîner. Par conséquent, il n'a pas été nécessaire de se rendre à la glacière ce jour-là.

M. Holmes n'avait pas fait allusion à la culpabilité ou à l'innocence de lord Ingram, mais Treadles songea qu'il venait de présenter un argument en faveur de la seconde hypothèse. Si lord Ingram avait tué son épouse et avait caché le corps dans la cuve de glace, certain que personne ne s'y rendrait, pourquoi ne l'avait-il pas ôté lorsque ces invités avaient débarqué à l'improviste ? D'autant qu'il avait disposé de vingt-quatre heures pour le faire.

Fowler se tourna vers Treadles.

— Si nous regardions cela de plus près ?

Les trois hommes descendirent dans la cuve de glace.

Le corps n'était pas totalement congelé. Les vêtements et la couche de copeaux de bois l'avaient maintenu à une température qui, d'après le thermomètre fixé au mur, s'élevait à un ou deux degrés au-dessus du point de gel.

— Pas de marques sur la gorge, nota Fowler.

Après la mort, le sang, obéissant à la loi de la gravité, descendait dans les parties inférieures du corps. Quand celui-ci était étendu, comme celui de lady Ingram, des décolorations semblables à des bleus se formaient dans le dos.

— Était-elle dans cette exacte position quand on l'a trouvée ? s'enquit M. Holmes.

— Le sergent Ellerby a dit qu'il l'avait brièvement retournée, avant de la remettre comme elle était. Avant cela, elle n'a pas été déplacée.

— Serait-il logique de supposer que celui qui l'a mise ici l'a portée jusqu'au bord de la cuve, puis l'y a laissée tomber ?

L'inspecteur en chef Fowler, toujours accroupi au-dessus du corps, joua avec la barbe qui ombrait sa joue.

— Probablement, oui.

— J'imagine qu'étant donné cette méthode de conservation fortuite, il sera difficile d'évaluer la date du décès, ajouta M. Holmes.

— Vous avez de nouveau raison, mon cher. Sauf si nous pouvons comparer le contenu de son estomac à un repas connu.

Lady Ingram était couchée sur le dos, mais sa tête avait roulé de côté, son nez près du bord de la cuve. Fowler fit pivoter son visage.

— Hum..., fit-il. N'avait-elle pas un grain de beauté, sur les photographies ?

— Si, monsieur, répondit Treadles.

— Je ne vois qu'une incision ici.

Treadles approcha une lanterne et vit que le grain de beauté avait été retiré, laissant un petit creux là où il s'était trouvé. La blessure avait guéri, mais elle semblait récente.

— Quel dommage, fit M. Holmes. C'était l'un de ses traits distinctifs.

— Oh, regardez ceci !

Fowler avait roulé les manches de lady Ingram, révélant une minuscule perforation au-dessus du poignet. Sa peau, qui tout autour était d'une pâleur glaciale, portait une décoloration qui s'étendait vers le haut en une fine ligne de quelques centimètres.

Idem sur l'autre bras.

— Des injections intraveineuses, murmura Treadles.

— Le médecin légiste pourrait nous dire de quelle substance il s'agissait exactement.

— L'un de vous sent-il cette odeur d'alcool ? demanda alors M. Holmes.

Les policiers échangèrent un regard. À présent que M. Holmes en parlait, Treadles détectait en effet une infime senteur flottant dans l'air.

— Si ma mémoire est bonne, lady Ingram n'absorbait jamais une goutte d'alcool. On se demandait même si elle avait seulement touché au champagne lors de son propre mariage. Un parangon de vertu, notre chère disparue, conclut M. Holmes en lissant les pointes de sa moustache avec, de l'avis de Treadles, un peu plus de satisfaction que nécessaire.

Un drôle de bonhomme, celui-là.

Lord Ingram semblait attiré par des gens qui étaient, à tout le moins, quelque peu en décalage avec le monde.

— Mais l'alcool, en quantité suffisante, est assurément un poison, poursuivit M. Holmes. En supposant qu'on lui ait injecté de l'alcool pur, cela pourrait-il avoir irrité ses vaisseaux sanguins ?

Encore un habile argument qui venait dédouaner lord Ingram. Sachant qu'elle ne buvait jamais, il n'aurait pas assassiné son épouse par des injections d'alcool pur.

Fowler fronça les sourcils.

— Une façon assez diabolique de tuer, n'est-ce pas ?

— Oui, mais relativement propre, d'un certain point de vue. Inutile de s'adresser à un chimiste pour avoir la bonne dose, comme ce serait le cas avec un empoisonnement à l'arsenic. Et le corps pouvait donner l'impression d'une mort naturelle, si on avait voulu le déplacer sans éveiller les soupçons.

Ce cadavre était venu d'ailleurs, sous-entendait M. Holmes. Transporté dans un cercueil, par exemple.

Fowler, fronçant les sourcils de plus belle, effectua une fouille complète des poches – peu nombreuses, car les dames n'y tenaient guère – mais ne trouva rien de plus qu'un mouchoir. Puis il ôta les bottines.

— Ah, ah ! Qu'avons-nous là ?

Un léger crissement se fit entendre à l'intérieur du bas de laine. Quand on eut retiré celui-ci, apparut une feuille de papier pliée qui avait été placée dedans, contre une plante de pied toute bleuie.

Une fois déplié, le feuillet se révéla couvert d'écriture. Une inspection plus attentive, toutefois, révéla que c'était toujours la même phrase, répétée presque deux douzaines de fois, mais chacune rédigée d'une main différente.

Le kilo de cheveux blonds de la mégère joufflue Charlotte Holmes décoiffée par le zéphyr tremble quand ils sont secoués dans un vieux wagon.

Quand Treadles vit ce nom, son estomac se noua.

— Qu'est-ce que ceci ? s'exclama Fowler.

— Un pangramme, expliqua M. Holmes. Une phrase qui contient les vingt-six lettres de l'alphabet.

— Et qui est Charlotte Holmes ?

— Êtes-vous parents ? demanda Treadles presque en même temps.

— C'est une amie de lord Ingram, une jeune femme à la tournure d'esprit... particulière. Je ne serais pas surpris qu'elle ait forgé elle-même ce pangramme, répondit M. Holmes, imperturbable. Et non, nous ne sommes pas parents.

Fowler jeta un regard à Treadles, avant de se tourner de nouveau vers M. Holmes.

— Une amie de lord Ingram, vous dites ? Mais pas de lady Ingram ?

— Pas à ma connaissance.

— Alors pourquoi lady Ingram aurait-elle eu un tel papier en sa possession ?

M. Holmes hésita.

— Lord Ingram est le mieux placé pour répondre à cette question.

— Alors allons le retrouver, déclara Fowler en se redressant. Les agents peuvent prendre les dispositions nécessaires pour transporter le corps chez le coroner.

— Messieurs, verriez-vous un inconvénient à ce que je jette un dernier coup d'œil ? demanda M. Holmes.

Fowler l'observa avec une méfiance qui faisait écho à celle de Treadles. Nul doute que M. Holmes agissait au nom de lord Ingram, le principal suspect dans cette affaire, mais ce dernier était frère d'un duc et lui-même homme fortuné et influent. Scotland Yard n'aurait rien à gagner à le contrarier – du moins, pas encore.

— Faites donc, dit Fowler après un silence éloquent.

— Merci, c'est très aimable, répondit M. Holmes.

Il examina les pieds de lady Ingram, ses bas et ses bottines. Puis il inspecta la surface de la glace en écartant les copeaux de bois. Les deux policiers l'observèrent avec attention mais il procédait avec une concentration absolue, manifestement indifférent au reste du monde.

— Que cherchez-vous, monsieur Holmes ? demanda enfin Treadles, n'y tenant plus.

— Je n'en ai pas la moindre idée, inspecteur. Tout ce qui pourrait sortir de l'ordinaire, je suppose.

— Voyez-vous quelque chose ?

— Quelques cheveux.

— Où ?

M. Holmes désigna un point à une certaine distance du corps. Les deux policiers se penchèrent. Fowler ôta ses gants, effleura les cheveux, puis revint à lady Ingram et lui toucha la tête.

— Même couleur et même texture.

— Ce sont les siens ? s'enquit Treadles.

— Nous ne pouvons que le supposer, répondit Fowler, sourcils froncés.

Une fois que M. Holmes en eut terminé avec la cuve de glace, il entreprit d'étudier l'espace alentour. Alors qu'ils sortaient, il examina chaque pièce en prêtant une attention particulière aux portes et à leurs verrous. Toutefois, quand Fowler lui demanda s'il voyait autre chose, il se contenta de secouer négativement la tête.

Dehors, lord Ingram se tenait non loin de l'entrée, une cigarette entre les doigts.

— De quoi est-elle morte ? demanda-t-il.

La question était adressée à son ami.

M. Holmes sortit une pipe de son manteau.

— Auriez-vous du feu, Ash ?

D'un air vaguement désapprobateur, lord Ingram lui tendit une boîte d'allumettes. M. Holmes alluma sa pipe avec des gestes sûrs et en tira une bouffée.

— Nous verrons ce que le médecin légiste dira, mais je penche pour un empoisonnement par injection d'alcool pur.

Lord Ingram esquissa une grimace d'effroi. Et de pitié. Il tira longuement sur sa cigarette, puis recommença.

— Avez-vous vu autre chose ?

— Rien que ces messieurs de Scotland Yard n'aient remarqué. Ses bottines ne correspondent pas à sa pointure, ce qui explique pourquoi nous les avons ôtées si facilement. Ses bas sont de trop mauvaise qualité pour lui avoir appartenu. Quelques fétus de paille parmi les copeaux de bois. De la poussière de charbon sur le sol des chambres jusqu'à la seconde, mais pas dans la cuve elle-même. Quelques copeaux métalliques juste à côté de l'entrée.

Treadles n'avait pas vu la paille parmi les copeaux de bois, mais s'il en jugeait à la mine satisfaite de Fowler, celui-ci avait remarqué tout ce que M. Holmes mentionnait, et peut-être plus encore.

— Mais assez de tout cela, pour l'instant. Rentrons nous réchauffer, dit M. Holmes. Je suis gelé jusqu'aux couilles.

10

Un thé copieux attendait le petit groupe, de retour dans la bibliothèque.

Treadles ne s'était pas attendu à avoir de l'appétit, mais après le froid de la glacière et la marche en plein vent, il avala deux tasses de thé et trois tartelettes. L'inspecteur en chef Fowler, qui ne semblait pas intéressé par les douceurs, ne tarit pas d'éloges sur les petits sandwichs.

— Goûteux *et* nourrissants. Au moins, on ne mange pas de l'air et des bulles, comme c'est trop souvent le cas.

Lord Ingram, qui avait repris place près de l'âtre, se contenta d'une tasse de thé nature. Et M. Holmes, qui n'avait rien pris du tout, était confortablement assis sur une chaise capitonnée, jambes écartées, tête renversée en arrière, yeux mi-clos.

Treadles l'observa. Combien lord Ingram avait-il d'amis appelés Holmes ? Et à combien d'entre eux se fiait-il pour découvrir la vérité sur la mort de son épouse ?

— Comme vous vous en doutez, milord, dit Fowler, nous devons vous poser quelques questions.

Lord Ingram parut résigné.

— Certainement.

Fowler jeta un regard à M. Holmes.

— Certaines de ces questions pourraient être de nature... inconfortable.

— Je n'ai aucun secret pour M. Holmes, déclara lord Ingram.

Y avait-il une pointe de réticence dans son intonation, comme s'il avait *préféré* pouvoir garder un ou deux secrets pour lui-même ?

M. Holmes ne parut pas s'aviser de cette escarmouche concernant sa présence. Il était en train de se verser une tasse de thé, tout en louchant sur les mignardises disposées sur le plateau.

Il y avait quelque chose d'étrangement familier dans sa façon de regarder les petits gâteaux.

— Alors M. Holmes est effectivement un ami privilégié, dit Fowler en sortant un rapport dactylographié de l'entretien du sergent Ellerby avec lord Ingram.

Treadles prépara son calepin, mortifié pour lord Ingram. Il avait lu le rapport, un récit qu'il n'aurait pas divulgué même sous la contrainte.

Il lui sembla alors qu'une pelletée de sable était projetée contre les carreaux. Il s'était mis à pleuvoir, et le vent avait forci. À part les sifflements du feu dans l'âtre, la bibliothèque était plongée dans le silence. Fowler continuait de parcourir le rapport, tournant chaque page dans un claquement aussi sonore qu'un coup de fouet.

Treadles carra les épaules. Fowler n'avait pas son pareil pour déstabiliser un suspect. Le faire attendre. Le faire douter. Le faire redouter de se trahir.

— Ce cake aux pommes est bien appétissant, lança M. Holmes à lord Ingram.

C'était si incongru que Treadles faillit éclater de rire.

— Ce sont les pommes du verger de Stern Hollow ? ajouta Holmes.

— En effet, répondit lord Ingram avec la courtoisie empreinte de gravité que l'on réserve aux questions de pâtisserie.

Du moins, quand on n'est *pas* le principal suspect du meurtre de sa propre épouse.

M. Holmes acquiesça d'un petit coup de menton.

— Alors il faut que j'en goûte une part.

L'inspecteur en chef Fowler ne leva pas les yeux de son rapport, mais il semblait irrité. La petite remarque hors de propos de M. Holmes avait brisé la tension aussi sûrement qu'un coup de cuillère sur une coquille d'œuf. Et rien ne garantissait qu'il n'allait pas recommencer, si Fowler tentait de faire monter de nouveau la nervosité ambiante par un silence de mauvais augure.

Un « soutien moral et pratique », avait dit lord Ingram en parlant de la présence de son ami. M. Holmes était-il ici pour émousser l'efficacité de Fowler ?

— Lord Ingram, commença celui-ci. Vous affirmez que votre épouse a fui le foyer le soir de son bal d'anniversaire.

Cette entrée en matière aurait été plus impressionnante si elle s'était produite au terme d'un silence prolongé… et si Fowler avait pu se composer une voix un peu plus grave. Malgré tout, elle fit l'effet d'un coup de bélier contre le portail d'un château.

Lord Ingram s'écarta de la cheminée pour se servir un whisky.

— En effet.

— On a évoqué un amour d'adolescence, mais j'ai du mal à croire qu'une femme du rang de lady Ingram ait tout quitté pour un amant. D'après ce que je comprends, on règle les affaires du cœur de manière civilisée, dans la bonne société. Pourquoi aurait-elle fugué alors qu'elle pouvait s'autoriser une liaison, tout en conservant le confort et le prestige auxquels elle était habituée ?

Lord Ingram considéra son verre comme s'il regrettait de ne pouvoir en absorber tout le contenu d'un seul trait, puis il en prit une gorgée.

— Les manières civilisées exigent un minimum de civilité, laquelle n'était pas la norme dans mon mariage.

— Vous avez mentionné une privation d'affection, mais n'en avez pas donné les raisons.

— Je préférerais ne pas en parler.

— Je comprends vos réticences et je regrette cette intrusion dans votre vie privée, dit Fowler qui ne semblait pas éprouver le moindre regret, mais le corps de votre épouse vient d'être retrouvé sur votre propriété. Les réticences ne servent pas vos intérêts ici.

Cette fois, lord Ingram avala la moitié de son whisky. Treadles tressaillit. À une époque plus heureuse, ils avaient partagé des repas et des conversations animées, et cet homme ne buvait qu'avec une remarquable modération.

Il avait beau savoir qu'il devait considérer son ami comme le principal suspect, il ne pouvait contenir un élan de sympathie. Ainsi qu'une bouffée d'apitoiement sur lui-même, car malgré un mariage considéré comme enviable, lui aussi était dans une situation peu désirable.

Lord Ingram posa son verre, s'approcha d'une fenêtre et regarda dehors. Les pentes boisées derrière le manoir avaient pris des teintes de rouille et d'or qui offraient un superbe tableau, mais Treadles se demanda s'il le voyait seulement.

— Aussitôt après la lecture des dernières volontés de mon parrain, j'ai dit à lady Ingram que je recevrais cinq cents livres par an au lieu de la majorité de sa fortune, alors que c'était en fait le cas.

Fowler se pinça le menton entre le pouce et l'index.

— Faut-il en déduire que vous nourrissiez déjà des doutes sur la sincérité de ses sentiments ?

Lord Ingram noua les mains dans son dos.

— Je savais, quand je l'ai rencontrée, que sa famille était pauvre. J'étais plus qu'heureux de jouer les chevaliers blancs. À l'époque, cela me semblait terriblement romantique que nos chemins se soient croisés, alors qu'elle était venue à Londres dans l'espoir de trouver un mari doté d'une bonne situation.

» J'étais jeune et naïf, et je me prenais probablement pour un bon parti, même sans mon héritage à venir. Que la femme que j'aimais n'ait pas particulièrement envie de m'épouser... une telle idée ne m'est jamais venue à l'esprit.

» Cette saison-là, elle séjournait à Londres chez une cousine. Je n'ai rencontré sa famille qu'après qu'elle a accepté ma proposition. Son manque de chaleur envers ses parents, et même ses frères, aurait dû m'alerter, mais, aveuglé par l'amour, j'ai préféré ignorer ce que je n'avais pas envie de voir.

» Avec le temps, j'ai fini par comprendre qu'il y avait la même distance entre nous. Je croyais que nous avions tout pour être heureux – la santé, la sécurité, de beaux enfants – mais elle devenait de plus en plus distante et inaccessible.

» C'est alors que j'ai appris qu'elle avait autrefois aimé un homme, que ses parents avaient refusé parce qu'il n'était pas en position de soutenir la famille. Une effroyable compréhension s'est fait jour. Elle méprisait ses parents parce qu'ils ne tenaient aucun compte de son bonheur personnel. Elle était distante avec moi parce qu'elle ne m'aimait pas. Et jamais elle ne m'aurait épousé si la rumeur n'avait pas affirmé que j'hériterais de la fortune de mon parrain.

Treadles n'osait se mettre à la place de lord Ingram. Il ne voulait même pas imaginer une désillusion aussi cruelle.

— Je ne voulais pas que ce soit vrai, mais il fallait que je sache. Mon parrain est décédé peu après, et j'ai pris une décision. Si elle m'aimait, elle serait peut-être déçue que je ne sois qu'un homme modérément riche plutôt qu'un homme très riche, mais la déception ne serait pas fatale. Si elle ne m'aimait pas...

Il s'était mis à parler de plus en plus vite, comme dans l'espoir que son élan l'aiderait à franchir le pire épisode de l'histoire, mais il se tut soudain. Sa tête se pencha. Ses doigts serrèrent le rebord de la fenêtre.

Quand il reprit la parole, c'était d'une voix basse, presque inaudible.

— Sa colère a été au-delà de tout ce que j'avais imaginé. Mon parrain était juif, et la rumeur affirmait que j'étais son fils. Elle m'a dit, dans ces termes exacts, que sans cet héritage elle m'avait épousé pour rien. Et que ses enfants avaient du sang juif pour rien.

Le vent hulula au-dehors. Un rideau de pluie frappa les carreaux. À l'intérieur, le silence était insoutenable. Treadles n'osait respirer. Il aurait voulu que lord Ingram eût l'impression de parler dans une pièce vide – pour sa part, cela aurait été la seule façon de supporter des souvenirs aussi cuisants.

— Alors il n'y a pas eu de tentative de réconciliation ?

Fowler ne semblait pas ému et sa question était froide, inflexible.

— La rupture a été définitive. Aussi irrémédiable qu'une amputation. Je présume que cela a été un soulagement pour lady Ingram. La fin d'une mascarade.

— Et pour vous ?

— Pour ma part, je voyais enfin clairement en elle. Et j'ai compris qu'elle était la plus grande erreur de ma vie.

Un autre silence tomba. Fowler nettoya ses lunettes avec un mouchoir. M. Holmes fit pivoter son assiette d'un quart de tour pour prendre sa part de cake, puis y renonça.

L'espace d'un instant, quelque chose chez lui sembla de nouveau étrangement familier à Treadles.

Puis M. Holmes regarda en direction de lord Ingram d'un air absolument neutre.

Treadles faillit pousser un cri de stupeur. Cette expression ! Comme si M. Holmes observait le chagrin et les tourments d'autrui depuis un point éloigné… Comme si lui-même n'imaginait pas faire un jour l'expérience d'une telle faiblesse… Treadles l'avait déjà vue.

Chez une femme.

Chez Charlotte Holmes.

Malgré ses airs de dandy, M. Holmes n'avait rien de féminin. Il n'avait même pas l'air efféminé. Et il n'était certainement pas joli. Alors que Mlle Holmes était ravissante, et d'une féminité presque extravagante. Treadles se souvenait encore des innombrables rangées de petits nœuds sur sa jupe, la première fois qu'il l'avait rencontrée.

Mais à présent que l'idée lui était venue à l'esprit…

Le ventre rebondi de Sherrinford Holmes n'était peut-être qu'un moyen de dissimuler la silhouette généreuse de Mlle Holmes. Sa barbe et sa moustache n'étaient peut-être pas authentiques. Sa chevelure sombre pouvait être une perruque. Et le fait de porter un monocle distordait légèrement ses traits. Néanmoins, cela n'expliquait pas toutes les différences entre le visage de Sherrinford Holmes et celui de Mlle Holmes.

Il y avait aussi son élocution laborieuse. Au début, Treadles avait eu l'impression qu'il parlait avec un berlingot dans la bouche, mais peut-être s'agissait-il d'autre chose. Un accessoire destiné à modifier la forme de ses joues.

Juste ciel, Charlotte Holmes se trouvait-elle avec eux depuis le début ?

— Le manque d'harmonie dans le mariage est une terrible croix à porter, mais bien des gens le supportent, déclara Fowler en chaussant de nouveau ses lunettes, ramenant l'attention de Treadles sur l'interrogatoire. Lady Ingram l'a accepté pendant des années. Qu'est-ce qui a pu la pousser à tout abandonner du jour au lendemain ?

— Cet été, peu avant la fin de la saison, elle a rendu visite à Sherlock Holmes pour retrouver son amant.

Pardon ? Lady Ingram était allée voir Charlotte Holmes ? Mais elle *connaissait* Charlotte Holmes ! songea Treadles.

— Sherlock Holmes ? Ce type qui vous a aidé sur l'affaire Sackville ?

La question de Fowler était adressée à Treadles.

Ce dernier ne pouvait qu'espérer que son visage n'était pas ravagé par des tics nerveux, mais il n'eut pas le temps de réfléchir.

— Oui, monsieur, dit-il. En fait, c'est lord Ingram qui m'a présenté à Sherlock Holmes.

L'attention de Fowler se tourna de nouveau vers lord Ingram.

— Lady Ingram ignorait que vous connaissiez Sherlock Holmes ?

Treadles laissa échapper un soupir tremblant.

— Je n'avais jamais mentionné son nom devant elle, répondit lord Ingram.

— Je vois. Continuez, je vous prie.

— Avant que nous poursuivions, messieurs, déclara lord Ingram, vous devez savoir que M. Holmes ici présent est le frère de Sherlock Holmes. Toutefois, comme il n'a pas assisté Sherlock dans son enquête pour lady Ingram, il ne pourra pas vous dire grand-chose sur le sujet.

Si Treadles n'avait pas découvert par lui-même l'identité de Sherrinford Holmes, il aurait sursauté de stupeur.

— J'ose affirmer que je suis aussi doué que Sherlock à ce petit jeu de déductions, déclara Charlotte Holmes.

Mais contrairement à lui, je refuse de m'intéresser aux bruits étranges dans les greniers des vieilles dames.

Fowler consulta Treadles du regard.

— Je n'avais rencontré que votre sœur, dit celui-ci à Charlotte Holmes, se sentant ridicule. Va-t-elle bien ? Et votre frère ?

— Ma sœur va bien. Et mon frère se porte aussi bien que possible.

— Monsieur Holmes, intervint Fowler d'un ton sec, vous n'avez pas pensé à mentionner plus tôt que vous étiez parent avec l'homme qui a aidé lady Ingram à retrouver son amant ?

Charlotte Holmes le regarda. Quand elle pencha la tête de côté, son monocle étincela.

— Lord Ingram est dans la même pièce que nous, inspecteur en chef Fowler. Estimez-vous que j'aurais dû aborder ce sujet avant qu'il le fasse lui-même ?

Fowler battit des paupières et toussa pour éclaircir sa voix. Treadles frémit d'embarras pour son supérieur. Cette bourde ne lui ressemblait pas.

— Mes excuses, milord, fit Fowler d'un ton guindé. Je vous en prie, continuez.

— Bien, dit lord Ingram d'une voix remarquablement égale. Sherlock Holmes pensait que lady Ingram était tombée sur l'article de presse où il affirmait accepter de s'occuper de mystères mineurs et de simples bizarreries domestiques. Elle est venue chez lui peu de temps après la parution du journal, dans l'espoir de retrouver l'homme à qui ses parents l'avaient contrainte à renoncer.

» Apparemment, ils avaient un rendez-vous annuel devant l'Albert Memorial. Mais cette année, il n'est pas venu. Elle a fait publier des annonces, mais comme elle ne recevait toujours pas de nouvelles de sa part, elle a fait appel à Sherlock Holmes.

— Et il a accepté de l'aider, sachant ce que désirait lady Ingram ? s'étonna Fowler. Sachant pleinement qu'il... qu'il aiderait votre épouse dans une entreprise que vous ne pouviez que réprouver ?

— Les génies ont leurs excentricités, dit lord Ingram. Sherlock Holmes n'a jamais prêté une grande attention aux idées conventionnelles sur ce qui se fait ou pas. Pourquoi aurait-il commencé avec lady Ingram ?

Charlotte Holmes secoua la tête, comme si elle déplorait poliment une telle extravagance.

Une porte s'ouvrit et se ferma doucement. Tout le monde leva les yeux vers la galerie qui faisait le tour de la bibliothèque. De là où il était assis, Treadles n'aurait pu dire si un domestique avait ouvert la porte par inadvertance, ou si quelqu'un était entré.

Lord Ingram vida son verre.

— D'après Sherlock Holmes, lady Ingram avait été très impatiente de localiser cet homme, mais soudain elle a renoncé à le chercher. Holmes s'est alors ouvert à moi et m'a averti qu'il était possible qu'elle n'ait pas changé d'avis, mais plutôt qu'elle l'ait retrouvé par ses propres moyens.

» De mon côté, je me suis souvenu que lady Ingram avait récemment consulté à la maison un ouvrage sur les lois matrimoniales. Avec les révélations de Sherlock Holmes, j'ai commencé à me demander ce qu'elle allait faire, sachant que si elle cédait aux désirs de son cœur, j'aurais un motif pour demander le divorce.

» Elle avait toujours été une mère dévouée, mais en cas de divorce elle aurait perdu ses droits. Qu'aurait-elle fait si elle avait dû choisir entre ses enfants et l'homme qu'elle aimait ?

» Puis une troisième hypothèse, infiniment plus effrayante, m'est venue à l'esprit. Et si elle n'avait pas l'intention de choisir entre les deux ? Si elle voulait s'enfuir avec cet homme en emportant mes enfants, afin de ne jamais craindre d'être séparée d'eux ?

» Avec ces questions à l'esprit, j'ai étudié le code qu'ils utilisaient pour communiquer et lui ai envoyé un message chiffré de la même façon. Je lui disais que le soir de son bal d'anniversaire serait l'occasion idéale pour prendre les enfants et s'enfuir, puisque son époux serait distrait par ses devoirs en tant que maître de maison.

» Peu avant 1 heure du matin cette nuit-là, elle a ouvert la porte de la nurserie, pour la trouver vide de tout occupant, à part moi. Je lui ai demandé des explications sur son plan de s'enfuir avec les enfants. Et soudain, elle qui s'était pourtant habituée depuis longtemps à agir avec moi sans faire semblant, elle s'est montrée d'une franchise brutale. Je lui ai dit de s'en aller et de ne jamais revenir. Elle a alors compris qu'elle n'aurait pas les enfants et que, même si elle restait, je n'aurais jamais assez confiance en elle pour la laisser les voir. Et elle a dû décider que tout ce qu'elle pouvait sauver de ce naufrage, c'était son amant et qu'elle n'avait plus qu'à partir avec lui.

» Ma principale préoccupation était de protéger mes enfants d'un enlèvement, d'empêcher à tout prix que cela n'arrive. De ce point de vue, le départ de lady Ingram m'est d'abord apparu comme un élément très favorable. C'est seulement après avoir recouvré mon calme que j'ai compris dans quelle difficulté j'étais à présent.

» Lady Ingram était un membre éminent de la bonne société. Elle avait des amis, des relations et même une famille, même si elle était distante. Elle avait des dizaines de domestiques à qui son absence ne pourrait être cachée. Sans parler qu'on était au beau milieu d'un bal donné en son honneur.

» J'ai dû jouer un jeu audacieux, mais l'étiquette était de mon côté. Quand les hôtes s'éclipsent avant la fin d'un bal, les invités sont censés s'en aller discrètement, sans essayer de leur dire au revoir. Ceux qui ont dû attendre que leur voiture arrive se sont abstenus de prendre des nouvelles. Ils ont supposé que la fatigue de cette longue soirée avait été trop grande pour son dos fragile – la même supposition qu'ont faite les domestiques. Et pour ne pas faire attendre sa femme de chambre jusqu'à l'aube, elle lui avait donné sa soirée dès le début du bal.

» Dans ces circonstances, j'ai pu attendre le lendemain pour annoncer son départ, et seulement aux membres du personnel. Je leur ai affirmé que sa santé s'était détériorée de façon alarmante à la fin du bal et qu'elle avait dû s'en aller rapidement. Puis je leur ai dit de continuer leurs tâches comme d'habitude, mais que nous devions quitter Londres au plus vite.

» Ensuite, j'ai pris à part sa femme de chambre, Simmons, pour lui parler. Je lui ai raconté que lady Ingram ne l'avait pas emmenée car elle n'aimait pas les voyages en mer ni les climats froids. Simmons avait travaillé pour ma mère, elle était en âge de prendre sa retraite. Elle était choquée d'être abandonnée sans plus de cérémonie après six années de service, mais c'est une bonne personne et elle était surtout inquiète pour lady Ingram.

» J'ai fait le même récit aux enfants. La nouvelle les a attristés, mais ils m'ont cru quand j'ai dit qu'elle reviendrait quand elle serait guérie. Je les ai emmenés au bord de la mer pour les distraire – et pour aller dans un endroit que mon épouse aurait du mal à trouver, car je craignais toujours qu'elle ne cherche à les enlever.

» Il n'y a eu aucun signe d'elle pendant les mois qui se sont écoulés depuis. Jusqu'à hier, quand on m'a annoncé que son corps avait été découvert dans la glacière.

C'étaient les mêmes déclarations que celles qu'il avait faites au sergent Ellerby, mais plus détaillées.

Fowler observa lord Ingram pendant presque une minute, puis il sortit quelque chose de sa poche.

— Nous avons trouvé ceci dans le bas de lady Ingram. Si vous voulez bien y jeter un coup d'œil, milord ?

Charlotte Holmes sauta sur ses pieds, prit le papier plié de la main de Fowler et l'apporta à lord Ingram, toujours à la fenêtre. Celui-ci lissa le feuillet et le considéra d'un drôle d'air, comme s'il n'en croyait pas ses yeux. Mlle Holmes lui accorda encore quelques secondes, avant de reprendre la pièce à conviction pour la rapporter à l'inspecteur en chef.

Pendant tout ce temps, Treadles n'avait pas quitté Mlle Holmes du regard, mais il n'avait rien discerné de plus dans son expression que le désir de se rendre utile.

— C'est un brouillon d'entraînement à la calligraphie, dit lord Ingram.

Fowler se pencha en avant.

— Toutes ces écritures différentes sont de votre main ?

— C'est un passe-temps.

Le cœur de Treadles se serra. Un homme capable d'écrire en se faisant passer pour toutes sortes de gens ? Cela n'allait pas parler en sa faveur, étant donné qu'il était déjà soupçonné de meurtre.

— Et ce... pangramme...

Fowler se tourna vers M. Holmes.

— ... est-ce le bon mot ?

— Tout à fait, inspecteur en chef.

— Milord, pourquoi avoir choisi de répéter celui-ci en particulier ?

— Je ne l'ai pas choisi. Mlle Holmes a inventé plusieurs pangrammes. « Charles Dickens paraît plus joyeux de vexer Johann Sebastian Bach que Wolfgang Amadeus Mozart. » « Le volcan kaki qui explose à Zanzibar y projette fugitivement un wagon de pâte à choux. » Etc. Je les ai tous utilisés à un moment ou à un autre.

— Peut-être, mais c'est celui-ci que lady Ingram a conservé. Pensez-vous qu'elle ait mal pris que vous ayez recopié le nom d'une autre femme une bonne vingtaine de fois sur une seule feuille ?

— Pour nourrir un commencement de jalousie, encore aurait-il fallu que lady Ingram ressente un peu de possessivité envers moi. Non, je ne crois pas qu'elle ait jamais considéré Mlle Holmes comme une rivale.

— Et pourtant, d'après M. Holmes ici présent, Mlle Holmes était amie seulement avec vous, pas avec lady Ingram.

— L'antipathie de lady Ingram envers Mlle Holmes n'était pas le résultat de son amitié avec moi, mais plutôt de la capacité de Mlle Holmes à résister à la pression d'une demande en mariage.

Fowler fronça les sourcils.

— Je ne suis pas sûr de comprendre.

— Les origines de Mlle Holmes ne sont pas très différentes de celles de lady Ingram – une famille aussi respectable que démunie – mais alors que lady Ingram a cédé et s'est mariée dès sa première saison, Mlle Holmes a tenu bon dans sa réticence contre le mariage et refusé bon nombre de propositions.

» Lady Ingram admirait la force de caractère par-dessus tout. Dès le début, elle a perçu en Mlle Holmes une volonté plus tenace que la sienne, à la fois d'esprit et de tempérament. C'est de cela qu'elle était jalouse. C'est cela qui a empêché toute amitié entre elles : par sa seule existence, Mlle Holmes réveillait chez elle un sentiment d'infériorité et une colère contre elle-même.

— Le nom de Mlle Holmes commence à me rappeler quelque chose, murmura Fowler. Je me souviens d'une jeune personne portant ce nom, en lien avec l'affaire Sackville. Parlons-nous de la même Mlle Holmes ? Celle qui s'est déshonorée l'été dernier et n'est plus admise dans la bonne société ?

— Il doit s'agir de la même Charlotte Holmes, confirma lord Ingram.

Ses intonations n'avaient pas varié d'un iota, mais Treadles discernait une nuance de désapprobation dans sa réponse.

Jamais ils n'avaient parlé de Mlle Holmes, du moins pas ouvertement, mais Treadles ne comprenait pas le soutien infaillible et l'admiration sans bornes de lord Ingram pour cette femme déchue. Et cela lui faisait prendre conscience qu'il ne comprenait pas non plus lord Ingram. Pas du tout.

Fowler jeta un regard pensif à celui-ci.

— Pour en revenir à la question de votre capacité à écrire de différentes manières, monsieur, pourquoi à votre avis lady Ingram avait-elle ce feuillet sur elle ?

— Je n'en ai pas la moindre idée, mais je dois vous informer que j'ai écrit des lettres signées lady Ingram à ses amis et à nos enfants.

Voilà qui ferait très mauvais effet devant un jury. Sans parler du tribunal de l'opinion publique.

— Vous n'aviez pas le choix, naturellement, intervint Mlle Holmes avec bienveillance. Sa disparition aurait paru encore plus incompréhensible si elle n'avait pas écrit depuis son sanatorium en Suisse.

— Avez-vous l'une des lettres rédigées à l'intention de vos enfants ?

En dépit de sa longue expérience et de son sang-froid, Fowler semblait tout excité par cette question.

Le cœur de Treadles se serra un peu plus. Tout ce qui excitait l'inspecteur en chef ne pouvait qu'être de mauvais augure pour lord Ingram.

— Les enfants ont emporté ces lettres quand ils sont partis avec mon frère – ils voulaient qu'on les leur lise tous les soirs – mais j'en ai conservé une sur laquelle je travaillais avant les récents événements.

Lord Ingram se rendit à son bureau, ouvrit un tiroir fermé à clef et en sortit un porte-documents qu'il tendit à Fowler. Une fois ouvert, le porte-documents révéla un menu sur le côté gauche, et à droite une lettre inachevée.

Mes très chers Carlisle et Lucinda,

Je vous remercie du fond de mon cœur pour vos pensées aimantes, que papa m'a transmises dans sa dernière lettre. Je vais un peu mieux mais hélas, pas encore assez bien pour que les médecins acceptent de me libérer.

Il commence à faire froid ici, bien plus qu'à la maison, mais les températures sont supportables car l'air est sec et le temps clair. Depuis mon balcon, je peux voir un lac plus bas sur la montagne, entouré de pins aussi droits que s'ils étaient au garde-à-vous, avec une toute petite île au centre et, sur cette île, ce qui ressemble à une chapelle.

Vous m'avez demandé comment on mangeait ici. Ma foi, cela dépend du cuisinier du jour, celui qui vient de la Suisse germanophone ou celui qui vient de la Suisse francophone.

Fowler désigna le menu écrit à la main.

— Et ceci est un modèle de l'écriture de lady Ingram ?

— Exact.

— Vous l'avez remarquablement bien imitée.

Lord Ingram ne répondit pas.

Les questions suivantes concernaient ses déplacements au cours des dernières quarante-huit heures et de la quinzaine passée.

— Étant donné son état de conservation, il nous sera peut-être impossible de déterminer avec précision le moment de son décès, dit Fowler.

Lord Ingram, l'expression indéchiffrable, sortit son carnet de rendez-vous et donna les informations requises.

— Je suis conscient que vous êtes un homme occupé, monsieur, aussi ne vais-je pas prendre plus de votre temps, mais il reste une question que je dois vous poser. Savez-vous si quelqu'un pourrait avoir voulu du mal à lady Ingram ?

Lord Ingram secoua la tête.

— Elle n'inspirait pas une dévotion particulière, mais pas d'hostilité non plus. Sa mort ne profite à personne.

— Je déteste vous demander cela mais je dois le faire, aussi je vous prie de me pardonner à l'avance. Êtes-vous certain que personne ne bénéficie de son décès ? Pouvez-vous affirmer que vous-même, vous n'y trouvez aucun avantage ?

Lord Ingram arqua un sourcil.

— En étant soupçonné d'être son meurtrier ?

— Personne n'aurait rien soupçonné si son corps n'avait pas été retrouvé. Si elle était morte ailleurs – sur le continent, par exemple –, n'auriez-vous pas été débarrassé d'une épouse qui ne vous aimait pas, et cela n'aurait-il pas été dans votre intérêt ?

— J'ai vécu pendant longtemps sous le même toit qu'une épouse qui ne m'aimait pas. Même si elle avait vécu centenaire, cela ne m'aurait pas blessé davantage.

— Certes, mais cela vous aurait empêché d'épouser une femme qui vous aime vraiment. À présent que lady Ingram n'est plus, dans six mois vous serez libre de vous remarier. Vous pourriez épouser cette Charlotte Holmes, par exemple, et la sauver du déshonneur.

Mlle Holmes ne cilla pas, constata Treadles. Lord Ingram non plus.

— Je ne prendrai pas ombrage de vos paroles pour moi-même, inspecteur en chef – par obligation professionnelle, vous devez soupçonner tout le monde –, mais vous partez de présupposés totalement erronés sur la personnalité de Mlle Holmes. Elle n'a que faire d'un mari et n'accepterait pas la moindre proposition de ma part, même si j'avais la maladresse d'en faire une.

D'un geste large, Fowler désigna l'espace alentour.

— Ne voudrait-elle pas être la maîtresse de tout ceci ?

— Si elle désirait régner sur une grande maison, elle n'aurait eu que l'embarras du choix. La moitié des grands propriétaires terriens du pays ont demandé sa main.

— Vraiment ? demanda Fowler, qui semblait presque impressionné.

Treadles était stupéfait. On lui avait fait autant de propositions prestigieuses ? Et elle avait préféré perdre sa respectabilité avec un homme marié ?

— Peut-être n'était-ce que le quart des grands propriétaires, rectifia lord Ingram en se tournant vers la principale intéressée. Cela vous semble-t-il exact ?

— Même un quart, c'est exagéré, répondit Mlle Holmes. Il est vrai qu'elle a reçu des demandes de deux gentlemen propriétaires de domaines considérables, mais le premier était couvert de dettes et le second, un vieux monsieur en quête d'une quatrième épouse. Toutefois, il y a eu un industriel qui, s'il avait été accepté, aurait été en mesure de lui offrir un domaine de la même taille que Stern Hollow, et aussi élégant, sans mettre sa trésorerie en danger.

Lord Ingram lui jeta un regard torve.

— Je n'ai jamais entendu parler de cet industriel.

— D'après ce que je comprends, ils se sont rencontrés pendant votre lune de miel.

— Humpf, fit lord Ingram.

— Une vraie tombeuse, cette Mlle Charlotte, commenta Mlle Holmes, pince-sans-rire.

— Humpf, répéta lord Ingram.

Il se tourna vers les policiers.

— Et voilà l'histoire, messieurs.

Fowler, hélas, n'allait pas se satisfaire aussi aisément.

— La dernière fois que vous avez été célibataire, milord, c'était il y a longtemps. Ce n'est pas parce que Mlle Holmes n'aurait pas accueilli favorablement une proposition de votre part à l'époque qu'elle n'a pas changé d'avis.

— Quelles que soient ses dispositions sur la question, je n'ai pas demandé sa main autrefois et je ne le ferai pas davantage aujourd'hui.

— Pourquoi ?

— *Pourquoi ?* répéta lord Ingram avec un rire sans joie. D'abord, parce que je suis profondément déçu par le mariage en général. Étonnant, non ? Ensuite, parce que je ne suis pas assez intrépide pour épouser Mlle Holmes, même si elle se prosternait devant moi en me vantant les joies de la vie conjugale.

L'intéressée émit un léger sifflement.

— Ma foi, voilà un spectacle que je paierais cher pour voir : Charlotte Holmes vous suppliant à genoux de l'épouser !

11

Avant d'être raccompagnés, les policiers expliquèrent que Stern Hollow devrait être inspecté de fond en comble.

Lord Ingram assura qu'il se montrerait coopératif, mais fit une demande personnelle.

— L'une des trois personnes qui sont entrées dans la glacière, Mlle Olivia Holmes, est de nature plus sensible que les dames Avery et Somersby. La découverte du corps a été un terrible choc pour elle. Si vous vouliez bien lui parler en premier, afin qu'elle puisse tourner cette page aussi vite que possible...

Treadles écarquilla les yeux.

— Mlle Olivia Holmes ? La sœur de Charlotte Holmes ?

— En effet. Elle était l'invitée de Mme Newell, et par conséquent désormais la mienne.

— Le monde est petit ! dit Fowler d'un ton radouci à présent que l'interrogatoire était terminé, du moins pour l'instant. Ce n'est pas un problème de la voir en premier.

— Je vous remercie, messieurs. C'est très aimable à vous.

Un valet de pied arriva pour conduire les hommes de Scotland Yard vers la salle où ils mèneraient les autres entretiens. Après leur départ, lord Ingram leva les yeux vers la galerie, puis se tourna vers Holmes.

Leurs regards se croisèrent. Elle frotta son menton barbu.

— Dites donc, Ash, vous avez expurgé mon pangramme. Je suis consternée.

— Je n'avais aucune envie d'inscrire l'original sur le papier, quel que soit le type d'écriture.

Puis il prit une profonde inspiration.

— Venez-vous, Bancroft, ou devons-nous vous rejoindre là-haut ?

Bancroft descendit l'escalier en spirale depuis la galerie, et s'approcha de l'âtre. Mince et bien bâti, il faisait moins que son âge, mais il avait perdu du poids et cela soulignait les fines rides qui marquaient les coins de ses yeux. Son pas, d'ordinaire empreint d'une grâce féline, donnait aujourd'hui une impression de nervosité. D'agitation.

— Comment êtes-vous arrivé ici aussi vite ? s'étonna lord Ingram.

— J'étais à Eastleigh Park. Wycliffe a frôlé la crise d'apoplexie avec votre message. Je l'ai découragé de venir ici en personne, mais cela m'a obligé à jouer les émissaires.

— Que faisiez-vous à Eastleigh Park ? Depuis quand rendez-vous visite à Wycliffe ?

Des quatre frères Ashburton, Bancroft était le plus distant. Pendant la saison londonienne, il acceptait à l'occasion une invitation à dîner chez l'un ou l'autre des membres de la fratrie, mais il recevait rarement lui-même. Lord Ingram le voyait peu, sauf pour discuter de questions confidentielles concernant la Couronne.

— Je dois rendre des comptes à Sa Grâce tout comme vous. Il ne m'y contraint pas aussi souvent que vous, mais cela arrive. Et j'ai pensé qu'il serait préférable que je lui rende visite dès maintenant pour m'épargner une réunion de famille à Noël.

— Voilà une habile stratégie, commenta Holmes.

Bancroft lui jeta un regard froid.

— Vous ne faites pas les présentations ?

— Cet élégant gentleman est M. Sherrinford Holmes, le frère de Sherlock Holmes.

Bancroft écarquilla les yeux, puis il scruta Holmes de la tête aux pieds.

— Je vois. J'aurais dû m'attendre que Sherlock Holmes envoie un représentant, étant donné la situation. Comment allez-vous, mademoiselle Holmes ?

— Très bien, merci, milord. Si nous faisions apporter du thé ? Le cake devrait vous plaire.

Le cake qu'elle n'avait pas touché. Certes, l'appareil qu'elle portait pour modifier les contours de ses joues ne devait pas être bien pratique pour manger, mais il en aurait fallu plus pour décourager l'ancienne Holmes.

— Pas de thé pour moi, répondit Bancroft. Dites-moi plutôt ce que vous avez découvert, Ash. C'est vraiment le corps de lady Ingram, dans la glacière ?

— Je préférerais que ça ne le soit pas.

Bancroft se passa la main dans les cheveux.

— Que s'est-il passé ?

Lord Ingram ne se souvenait pas de la dernière fois que son frère avait semblé aussi surpris… ou aussi perturbé.

— J'aimerais bien le savoir ! Si Moriarty joue à un jeu, je n'en comprends pas le but.

— Et la police ? Ont-ils trouvé quelque chose ?

— Vous souvenez-vous du jour où vous avez envoyé votre homme, Underwood, chercher Mlle Holmes dans ce salon de thé à Hounslow ?

— Oui, vous étiez avec elle ce jour-là.

— Notre rencontre a été rendue publique par les dames Avery et Somersby. Et la police adore sauter aux conclusions les plus évidentes. Si cela continue, je vais devoir m'enfuir.

— Et que deviendront vos enfants ?

Cette question valut à Bancroft un regard de travers de la part de Holmes. Bancroft n'était pas du genre à s'inquiéter de la progéniture des autres, même s'il s'agissait de son neveu et de sa nièce.

— Wycliffe les recueillera probablement et les élèvera pour en faire des versions tout aussi guindées et pompeuses que lui.

Bancroft hocha lentement la tête.

— Ça n'a pas été une année facile pour vous, n'est-ce pas ?

Lord Ingram laissa échapper un petit rire.

— Pas vraiment, non.

— Je vais voir si je peux examiner le corps. Quelqu'un a envie de m'accompagner ?

Holmes et lord Ingram secouèrent tous deux la tête.

— Dans ce cas, je vous laisse.

Il hésita un instant.

— Je suis désolé de ne pas pouvoir en faire plus. Il est impératif de ne pas souffler un mot de la trahison de lady Ingram envers la Couronne.

Treadles regrettait d'avoir si peu de temps pour réfléchir. La présence de Charlotte Holmes était hautement problématique. En tant que témoin potentiellement déterminant, la jeune femme aurait dû être interrogée, mais Treadles ne pouvait décemment pas ordonner à l'inspecteur en chef Fowler de questionner Sherrinford Holmes.

Ou bien le pouvait-il ?

Cela aurait été juste et approprié. Seulement, cela l'aurait contraint à reconnaître que Sherlock Holmes, dont l'aide avait été cruciale dans plusieurs de ses affaires les plus sensibles, était en réalité une femme perdue qui n'avait plus sa place dans les salons respectables. Cette seule idée lui donnait un début de migraine.

Dans ces conditions, peut-être était-ce une bonne chose qu'il n'ait pas le temps de réfléchir. À peine s'étaient-ils installés dans un salon bleu et blanc orné de tableaux représentant des scènes pastorales que l'on fit entrer Mlle Olivia Holmes.

— Mademoiselle Holmes, merci de prendre le temps de nous parler, déclara Fowler avec des inflexions dignes d'un vieil oncle.

Si Treadles n'avait pas su à qui s'attendre, il n'aurait certainement pas imaginé cette femme tendue et hésitante. Elle aurait sans doute été jolie si elle avait souri, mais elle semblait bien incapable du moindre sourire. Elle s'assit et observa Fowler d'un air méfiant, qui ne s'adoucit pas tandis qu'elle répondait laconiquement à ses questions.

Après l'avoir interrogée sur tous les aspects de la macabre découverte dans la glacière, Fowler demanda :

— Votre opinion m'intéresse, mademoiselle Holmes. Vous fréquentiez lady Ingram. Savez-vous si quelqu'un pourrait lui avoir voulu du mal ?

— J'avais été *présentée* à lady Ingram, rectifia-t-elle avec une pointe d'impatience. En réalité, je l'ai très peu connue.

— Je croyais que la bonne société était un petit cercle où tout le monde se connaît ?

— Il n'est pas grand, peut-être, mais ce serait la même chose que de demander à un agent de police dans la rue ce qu'il pourrait savoir de vous, inspecteur en chef.

— Je vois. Toutefois, j'ai cru comprendre que votre sœur, Mlle Charlotte Holmes, était très amie avec lord

Ingram. Cela ne pourrait-il pas vous avoir valu une place dans les proches relations de lady Ingram ?

— Pas le moins du monde. Quand un couple reçoit, c'est l'épouse qui lance les invitations. Et jamais lady Ingram n'a convié ma sœur – ni moi-même – à l'une de ses soirées.

— Pourquoi, à votre avis ? Était-elle jalouse de l'amitié entre son mari et Mlle Charlotte ?

— Je ne la connaissais pas assez pour répondre à cela. Si elle était jalouse, c'était bien inutile. Lord Ingram et ma sœur se sont toujours comportés de la façon la plus convenable.

Treadles ne put s'empêcher d'intervenir :

— Pourtant, je crois savoir que Mlle Charlotte a été mise au ban de la bonne société en raison d'un comportement inapproprié avec un homme marié.

Mlle Holmes le regarda d'un air d'abord interloqué, puis furieux. Elle prit une profonde inspiration.

— Un homme qui n'était *pas* lord Ingram.

— Merci pour votre temps et votre coopération, mademoiselle Holmes, conclut Fowler d'un ton apaisant.

Elle les salua brièvement et se leva, mais au lieu de s'en aller, elle parut hésiter. Fowler et Treadles, qui s'étaient mis debout en même temps qu'elle, échangèrent un regard.

— Vous souviendriez-vous de quelque chose d'autre, mademoiselle Holmes ? s'enquit Fowler.

— Non, mais il y a un détail qui me tracasse. Hier, j'ai trouvé lady Avery en train de fouiller ma chambre. Elle m'a affirmé qu'avec sa sœur, lady Somersby, elle cherchait à savoir si lady Ingram avait laissé des messages indiquant l'endroit où elle se trouvait.

— Hier ? Après la découverte du corps de lady Ingram ?

— Non, avant. Elle a dit cela alors que nous n'étions pas encore arrivées à la glacière.

Fowler parut évaluer cette information.

— Où les dames Avery et Somersby pensaient-elles que lady Ingram aurait pu aller ?

— Elles n'avaient pas de certitude, mais elles ne semblaient pas loin de soupçonner lord Ingram de la séquestrer, peut-être même quelque part dans la propriété.

— Dans la mesure où on a retrouvé son corps sur le domaine, peut-être leurs soupçons n'étaient-ils pas si absurdes que cela, en définitive.

— Vous faites erreur, monsieur. La présence du corps de lady Ingram dans la glacière rend leurs hypothèses encore plus absurdes, au contraire.

Mlle Holmes s'était redressée de toute sa hauteur et sa voix s'était raffermie. Cette jeune femme avait plus de personnalité que Treadles ne l'en avait créditée de prime abord.

— Les gens ont trouvé quelque peu surprenant – voire extrêmement bizarre – que lady Ingram soit partie pour la Suisse sans prévenir personne, mais ils ne se sont pas inquiétés pour elle. Personne ne s'est jamais inquiété pour lady Ingram, même immédiatement après la rupture avec son mari, quand elle s'est écriée qu'elle ne l'avait épousé que pour son argent. On ne s'est pas inquiété pour elle parce qu'on connaît lord Ingram. Et on sait qu'il est parfaitement irréprochable.

— On ne connaît pas toujours les gens aussi bien qu'on le croit, répondit Treadles.

— En effet, mais dans le cas de lord Ingram, son épouse n'a rien perdu après avoir avoué qu'elle était une chasseuse de fortune au cœur glacé. Elle n'a pas perdu son argent de poche. Elle n'a pas perdu ses comptes chez les meilleures couturières de Londres. Elle n'a même pas perdu le bal d'anniversaire donné chaque année en son honneur. Il a continué à lui manifester tous les égards et tous les privilèges réservés à une épouse. C'est pour cette seule raison qu'elle a conservé sa place en société. Parce qu'il ne lui a pas retiré son soutien.

— Peut-être, derrière sa façade courtoise, envisageait-il une vengeance définitive ? suggéra Fowler.

— En faisant disparaître son épouse le soir d'un bal où les invités se bousculaient ? Si vraiment lord Ingram avait prémédité un meurtre, ne pensez-vous pas qu'il aurait fait mieux que cela ?

Fowler n'avait pas de réponse à cette question.

— Quoi qu'il en soit, poursuivit-elle, ce n'est pas la première occasion où je croise lady Avery et lady Somersby depuis la fin de la saison. Je puis vous dire que la dernière fois que je les ai vues avant cette partie de campagne, elles se moquaient éperdument du sort de lady Ingram. Lady Somersby se disait persuadée que celle-ci s'était lassée de la bonne société. Sa sœur se demandait si ce n'était pas en lien avec l'animosité latente que beaucoup éprouvaient envers elle.

Fowler arqua un sourcil.

— L'animosité latente ?

À présent, les hommes de Scotland Yard avaient bien compris que lady Ingram n'avait pas été très populaire, mais il y avait tout de même une marge entre l'absence d'adoration générale et une aversion largement répandue, bien que discrète.

— Parmi les femmes qui rivalisent pour trouver un bon parti sur le marché du mariage, il y a peu d'héritières. Et le coût d'un échec est élevé : on dépendra à vie de parents déçus et de frères indifférents ; peut-être même devra-t-on trouver une place de dame de compagnie ou, pire, de gouvernante. Personne n'aurait blâmé lady Ingram d'épouser l'homme le plus riche qu'elle pouvait trouver, surtout s'il était doté d'un physique séduisant et d'un caractère noble. Sa réussite était un conte de fées, un rêve très enviable.

» Et si le conte de fées a peu à peu perdu de sa magie, ma foi, ainsi va la vie. Ce à quoi on ne s'attendait pas, c'est son honnêteté brutale. La règle tacite a toujours été que lorsqu'une femme se marie pour l'argent, elle garde cela pour elle-même et maintient un semblant d'intérêt envers son époux. Parce que c'est pour cela qu'il a payé. En aucun cas elle n'est censée confirmer qu'elle ne l'a jamais aimé, et le dénigrer dans la foulée pour son sang prétendument à moitié juif.

— J'ignorais que les gens de la bonne société tenaient à ce que personne ne soit blâmé pour ses origines juives, commenta Treadles.

— Pardon ? Oh, mais peu leur importe. Ce qui les dérange, c'est que lady Ingram, en plus de fracasser le conte de fées, a craché dessus. Ce qui les dérange, c'est que cette affaire a fait trembler tous les *hommes* de la bonne société. Si un homme aussi exceptionnel que lord Ingram n'a pas pu trouver une femme qui l'aime vraiment, quelles chances ont les autres gentlemen ? Cette leçon les a rendus prudents. Par voie de conséquence, les femmes célibataires ont plus de mal non seulement à mettre le grappin sur un bon parti, mais à maintenir l'illusion quand elles y sont arrivées.

Fowler battit des paupières.

— Voilà une observation extraordinairement cynique. Mais absolument fascinante.

— C'est l'analyse de Charlotte. Elle dissèque les choses à sa façon. Pour ma part, je crois que les gens n'aimaient pas lady Ingram parce qu'ils admiraient lord Ingram et avaient l'impression qu'il n'était pas respecté. D'autres n'appréciaient tout simplement pas la façon dont elle se comportait. À l'époque où elle a fait ses débuts dans le monde, elle était encore relativement chaleureuse, mais à mesure que le temps a passé, elle est devenue de plus en plus inaccessible. Et les femmes n'aiment pas celles qui se montrent un peu trop hautaines.

» En tout cas, c'était la position de lady Avery et de lady Somersby cet automne – non pas que quelqu'un avait causé du tort à lady Ingram, mais qu'elle avait pris *elle-même* l'initiative de se mettre hors d'atteinte. C'est seulement ici, à Stern Hollow, qu'elles se sont alarmées des ennuis qui avaient pu lui arriver.

» Demandez-leur donc ce qui a pu éveiller leurs craintes au point qu'elles ont pris le risque d'être surprises en train de fureter dans les chambres des invités. Je n'en sais pas assez pour émettre des hypothèses précises mais si vous voulez mon avis, il y a quelque chose de pourri au royaume du Danemark[1].

Sur ces paroles, Mlle Holmes les salua de nouveau et s'en alla.

— Ma foi, dit Fowler, je trouve toujours qu'un cas devient plus intéressant quand les témoins se mettent à citer Shakespeare. Pas vous ?

Livia tremblait encore quand elle gravit les marches du grand escalier. La maison paraissait déserte, même si les invités de Mme Newell étaient encore là, mais la partie de chasse, les jeux de charades et la pièce qu'on avait voulu jouer – Dieu du ciel, dire qu'elle avait presque espéré qu'on pense à elle pour le rôle de Desdémone ! –, toutes les distractions envisagées avaient disparu comme autant de pissenlits écrasés par une cavalcade.

1. *Hamlet*, Shakespeare. Citation célèbre impliquant qu'un mal invisible est à l'œuvre au sommet de la société. *(N.d.T.)*

Au lieu de cela, les messieurs enchaînaient les parties de billard en échangeant des remarques à voix basse. Les dames entraient et sortaient discrètement des chambres des unes ou des autres. Les murmures allaient bon train et dans leur sillage venaient la peur, les soupçons et les spéculations. Et le personnel, déjà discret et rodé à la perfection, semblait avoir totalement disparu.

Au début, on avait aussi frappé chez Livia, mais elle avait fermement refusé de répondre. Elle ne voulait pas voir les deux commères, ni quiconque venu s'apitoyer ou guetter des indices dans ses paroles. À présent, personne ne venait plus lui rendre visite et elle se sentait à la fois soulagée… et abandonnée.

En haut du grand escalier, elle croisa lord Ingram, vêtu comme s'il partait pour une promenade à cheval.

— Mademoiselle Holmes, dit-il gentiment. Vous avez déjà parlé aux messieurs de Scotland Yard, je crois ? J'espère que cela n'a pas été trop pénible.

— Oh, je pense que j'y…

Elle ravala les derniers mots. Elle y survivrait. Mais *lui* ? N'était-il pas déjà condamné à la potence ?

— J'aurai déjà tout oublié à l'heure du dîner, j'en suis sûre. Et vous, allez-vous bien ? Charlotte a-t-elle trouvé quelque chose ?

À vrai dire, qu'aurait pu faire Charlotte depuis son cottage ?

— Je vais bien. Et je suis sûr que l'aide de Mlle Charlotte sera décisive pour tout faire rentrer dans l'ordre, une fois de plus. Y a-t-il quelque chose que je puisse faire pour vous ?

— Non, vous avez déjà tellement de…

— Vous faites erreur, mademoiselle Holmes. À part laisser la police procéder comme elle l'entend, il n'y a absolument rien que je puisse faire. Alors, s'il y a un service que je serais en mesure de vous rendre, cela m'aiderait à penser à autre chose. Ce serait un répit bienvenu, même s'il est bref.

— Oh, fit-elle. Dans ce cas, il y a effectivement quelque chose qui m'a tracassée récemment...

— Je vous en prie, permettez-moi de vous aider.

— Eh bien, je ne sais pas si Charlotte y a fait allusion, mais nous avons une sœur aînée qui n'a jamais fait son entrée dans le monde.

Bernardine avait trente ans, et la dernière fois qu'elle était sortie de la maison, c'était un quart de siècle plus tôt. Aussi loin que Livia s'en souvenait, son prénom n'avait jamais été prononcé dans une conversation en société. Quand Livia était arrivée à Londres, elle avait été présentée comme Mlle Holmes, et non pas comme Mlle Olivia Holmes, ce qui suggérait qu'elle était l'aînée des filles Holmes encore célibataires... et effaçait jusqu'à l'existence de Bernardine. Même Mme Newell, qui en général n'oubliait personne, parlait toujours des demoiselles Holmes comme d'un trio, et non du quatuor qu'elles étaient en réalité.

Livia espérait que ce qu'elle s'apprêtait à révéler ne choquerait pas trop lord Ingram.

— Mlle Bernardine ? demanda-t-il. Oui, j'ai entendu parler d'elle.

Dieu merci. Livia lui expliqua brièvement comment Bernardine avait changé de lieu de vie et quitté le foyer des Holmes pour s'installer à Moreton Close, l'institution privée pour femmes de bonne famille frappées par le même genre de maladie que la sienne.

— Je n'ai pas confiance en mes parents pour les questions importantes. Je ne suis même pas sûre de pouvoir me fier à mon propre jugement sur ce point particulier. Charlotte m'a promis de se renseigner sur Moreton Close, mais elle manque de temps en ce moment.

— Je demanderai à mon avoué de mener son enquête, en prétextant qu'il représente la famille influente d'une jeune femme susceptible de bénéficier de leurs services. Ainsi, nous pourrons peut-être même nous rendre sur place.

— Vous feriez cela ? Ce serait merveilleux !

Lord Ingram sourit, comme si le soulagement de Livia le réjouissait.

— Considérez que c'est chose faite, mais cela va peut-être prendre un peu de temps.

— Merci, milord. Merci !

— Non, merci à vous, mademoiselle Holmes. Au fait, cela me rappelle qu'on m'a chargé d'un message pour vous.

Il jeta un regard derrière lui. Personne n'était en vue, mais il baissa tout de même la voix :

— Pourriez-vous vous rendre à la nurserie ? Une connaissance commune aimerait vous parler. Bonne journée, mademoiselle Holmes.

La nurserie était chaleureusement décorée, mais déserte et silencieuse. Livia arpenta la pièce une bonne dizaine de minutes avant qu'on frappe à la porte. Elle se précipita pour ouvrir. Charlotte ! Ce ne pouvait être que Charlotte !

Quand elle ouvrit, un homme replet à l'air bizarre se tenait là, moustache pommadée, fleur à la boutonnière et monocle tarabiscoté vissé sur l'œil.

Une bouffée de déception et de méfiance dissipa la joyeuse impatience de Livia.

— Puis-je vous aider ? demanda-t-elle.

— Tout à fait, mademoiselle Holmes, répondit l'homme avec gravité. Je viens prendre des nouvelles de vos progrès concernant les aventures de Sherlock Holmes.

Seules trois personnes au monde savaient qu'elle travaillait sur un récit adapté de l'affaire Sackville : Charlotte, Mme Watson, et le jeune inconnu qui lui avait récemment envoyé le cabochon de pierre de lune.

Était-ce *lui,* sous un déguisement ?

Profitant de sa stupeur, l'homme entra et ferma la porte.

— On dirait que Mme Watson et moi ne sommes pas les seules à qui tu en as parlé, Livia.

Cette fois, il s'était exprimé avec la voix de sa petite sœur.

Livia ouvrit la bouche de stupeur.

— Charlotte ! s'exclama-t-elle dans un murmure véhément. Charlotte, que… que… Bonté gracieuse, je…

Elle renonça et se contenta de regarder l'homme – ou plutôt Charlotte, qui lui sourit.

— Tu ferais un plus bel homme que moi, Livia. La seule façon de cacher ma poitrine, c'est de me faire cette énorme bedaine.

— Ta moustache… et ta barbe…

— Je sais, elles sont superbes. Mme Watson sait où se procurer la meilleure qualité.

Livia se ressaisit enfin.

— Depuis combien de temps es-tu ici ?

— Hier soir. Je loge à cet étage, où il n'y a pas d'autres invités.

— As-tu découvert quelque chose ? Sais-tu qui a tué lady Ingram ?

— Hélas, même Sherlock Holmes ne peut pas tout résoudre dès le premier coup d'œil.

— Mais tu vas trouver le coupable, n'est-ce pas ? Tu ne laisseras pas… Tu ne laisseras rien arriver à lord Ingram ?

Sous son déguisement, l'expression de Charlotte s'assombrit.

— Je ferai ce que je pourrai.

« Mais ne t'inquiète pas, je m'occuperai de toi », avait déclaré Charlotte à Livia l'été dernier. Elle avait dit cela avec une telle certitude, une telle évidence... cela avait été une promesse pure et simple.

À présent, Charlotte ne faisait pas de promesse. Et derrière la dignité de ses paroles, était-ce une pointe d'appréhension que Livia discernait ?

Pour Charlotte, la peur n'était qu'un mot dans le dictionnaire – du moins Livia en avait-elle toujours eu l'impression. Alors que celle-ci s'alarmait et se rongeait les sangs pour toutes sortes de catastrophes hypothétiques, sa sœur ne s'intéressait qu'aux faits et aux événements avérés. Alors que savait-elle ? Quels détails concrets et indéniables pouvaient effrayer Charlotte Holmes, la femme aux nerfs en acier trempé ?

— C'est donc aussi terrible ?

Charlotte l'observa un moment.

— Lord Ingram n'est pas sans alliés. Sans parler qu'il a lui-même des ressources.

De nouveau, une réponse indirecte. Il sembla à Livia que son cœur tombait comme une pierre lâchée dans le vide.

Charlotte se dirigea vers le centre de la pièce.

— Au fait, comment s'est passé ton entretien avec la police ?

— J'ai fait la connaissance de l'inspecteur Treadles, avec qui tu avais travaillé sur l'affaire Sackville. Quel épouvantable tartuffe !

D'un coup de tête, Charlotte l'invita à poursuivre.

— Son supérieur m'a demandé si lady Ingram aurait pu être jalouse de l'amitié entre lord Ingram et toi. J'ai répondu que si elle l'avait été, c'était sans raison, car vous vous êtes toujours conduits dans le plus strict respect des convenances. Et devine ce que l'inspecteur Treadles a dit ?

— Hum, murmura Charlotte.

— Il a prétendu que tu avais été « mise au ban de la bonne société à cause d'une conduite inappropriée avec un homme marié ».

Livia avait presque grondé ces derniers mots.

— Je le méprise. Je me demande comment lord Ingram peut être ami avec ce type.

— Nul doute que l'inspecteur Treadles se pose le même genre de question. Comment lord Ingram peut-il être ami avec quelqu'un comme moi ?

— J'ai quelques inspecteurs de police dans mon récit de Sherlock Holmes. Je vais modifier leur description, les rendre stupides et incompétents, et appeler l'un d'eux Treadles.

— Ce n'est peut-être pas une très bonne idée.

— Possible, mais c'est une perspective *satisfaisante*.

— Je vois que tu es en pleine forme, dit Charlotte avec une pointe d'ironie. C'est ce dont je venais m'assurer.

— Ça va aller. Je ne suis qu'un personnage secondaire dans cette histoire. J'espère que lord Ingram…

Face à la cruelle réalité de la situation, l'espoir de Livia semblait trop fragile pour prendre forme.

Charlotte lui posa brièvement une main sur l'épaule.

— Je ferai ce que je pourrai. Et maintenant, raconte-moi en détail ta discussion avec les agents de Scotland Yard.

Quand Livia eut livré son compte rendu du mieux que sa mémoire le permettait, y compris ses soupçons que quelqu'un – à savoir la personne qui avait suggéré aux dames Avery et Somersby de découvrir la « terrible inconvenance » en cours – tentait délibérément de faire accuser lord Ingram, Charlotte hocha la tête et s'absorba dans le silence.

Après une minute ou deux, elle déclara :

— Il faut que je m'en aille, à présent. Les policiers voudront te parler de nouveau. Pourras-tu faire une chose pour moi ?

— Quelque chose vous tracasse, inspecteur ?

Treadles sursauta, puis s'avisa qu'il était en train de se masser les tempes tout en arpentant le salon d'un pas rapide. Plus il y songeait, plus la présence de Charlotte Holmes compliquait la situation. En dépit des dénégations de lord Ingram, l'éventualité qu'il souhaite l'épouser constituait un motif possible pour le meurtre de sa femme. Si Treadles révélait à l'inspecteur en chef Fowler que Charlotte Holmes se trouvait dans les parages, quelles conséquences cela aurait-il pour lord Ingram ?

Des conséquences désastreuses, pour dire le moins.

Treadles leva les yeux vers Fowler. Il ressemblait à une chouette, mais la chouette était un prédateur, et l'un des meilleurs. Treadles se sentait pris au piège entre son devoir professionnel et sa loyauté envers lord Ingram. Et plus il attendrait avant d'avouer ce qu'il savait, plus cela paraîtrait louche.

— Je réfléchissais au mariage de lord Ingram ces dernières années, répondit-il. Cela n'a pas dû être agréable de vivre dans ce foyer.

— C'est le problème quand on met une femme sur un piédestal, philosopha Fowler. Elle finit toujours par en tomber et vous entraîner dans sa chute.

Treadles aurait ri, si la remarque de Fowler n'avait pas décrit sa propre situation avec une tragique exactitude.

Un instant plus tard, il pressait de nouveau ses tempes entre ses mains. Sa première réaction au naufrage du mariage de lord Ingram avait été de compatir avec tristesse, mais à présent une effroyable pensée l'assaillait. Il avait croisé lady Ingram peu de temps avant sa fugue supposée avec son amant. Certes, la rencontre avait été brève, mais en avait-il retiré la moindre impression que lady Ingram eût été le genre de femme à tout sacrifier pour un homme ?

Au contraire : plus il y songeait, plus les déclarations de lord Ingram semblaient discordantes.

Parfois, il lui arrivait de trouver que Charlotte Holmes était froide, alors qu'elle était seulement d'une déstabilisante neutralité. Lady Ingram, en revanche, avait réellement été froide, d'un manque de chaleur si glaçant que Treadles s'était demandé si elle avait le moindre plaisir dans la vie. Il l'imaginait agir par dépit, mais pas par amour.

Non, certainement pas par amour.

Il s'avisa que son supérieur l'observait toujours. Il secoua la tête, comme pour clarifier ses idées.

— Une fichue histoire, cette affaire.

À présent, il fallait détourner l'attention de Fowler. Il désigna les notes du sergent Ellerby au sujet des dames Avery et Somersby, que son chef parcourait.

— Un point à garder à l'esprit, inspecteur en chef. Je crains que le sergent Ellerby ne se soit formé une impression erronée de ces dames.

— Oh ?

— Il les prend pour l'équivalent londonien de deux fouineuses de village.

— Il arrive que des fouineurs tombent sur des indices capitaux. N'ayez crainte, inspecteur, je prendrai leur témoignage au sérieux.

— Ce n'est pas ce qui m'inquiète, inspecteur en chef. En fait, je me dois de vous rappeler que lors de l'affaire Sackville, lord Ingram en personne les a consultées pour avoir des informations pertinentes – bien que, naturellement, il ne leur ait pas révélé que celles-ci remonteraient jusqu'à Scotland Yard par son intermédiaire.

Fowler pianota sur le bureau devant lui.

— Donc, résuma-t-il, elles sont aux fouineuses de village ce que la salle de lecture du British Museum est à une bibliothèque municipale ?

— Précisément.

La salle de lecture du British Museum entra à cet instant : deux femmes d'une petite quarantaine d'années à l'esprit vif. Contrairement à la plupart des témoins que Treadles avait vus dans sa carrière, lady Avery et lady Somersby n'étaient ni nerveuses ni réticentes. Elles étaient même prêtes à révéler tous les faits portés à leur connaissance, ainsi que quelques théories de leur cru pour faire bonne mesure.

Dans l'ensemble, leurs déclarations n'ajoutèrent pas grand-chose au rapport préliminaire du sergent Ellerby qui, malgré ses doutes devant leur goût pour les potins, avait pris des notes abondantes et détaillées. Toutefois, Fowler dressa l'oreille quand lady Somersby évoqua la rencontre entre Charlotte Holmes et lord Ingram vers la fin de la saison.

Treadles avait vu lord Ingram et Charlotte Holmes ensemble plus d'une fois, au cours de l'été passé. S'il se fiait à l'endroit où elles affirmaient qu'ils s'étaient rencontrés, ce devait être vers l'époque où lui-même les avait croisés devant une maison de Hounslow où se trouvait un cadavre – une affaire officiellement résolue, mais pas de façon satisfaisante pour Treadles.

Il ne savait toujours pas ce qu'ils étaient venus faire là, mais ces dames, eh bien... au moins elles n'insinuaient rien. Elles affirmaient. Et avec une telle profusion de détails qu'il semblait tout à fait plausible que lord Ingram eût entretenu Mlle Holmes comme maîtresse.

Treadles ne croyait pas à cette version. Il songea à la tension entre Mlle Holmes et lord Ingram, le soir de sa première visite en compagnie de ce dernier au 18 Upper Baker Street. La désapprobation de lord Ingram avait été flagrante. Peut-être d'autres sentiments que la réprobation avaient-ils alimenté cette froideur mais dans l'ensemble, leurs relations n'avaient pas ressemblé à celles de deux amants.

Quand il les avait croisés à Hounslow après la conclusion de l'affaire Sackville, il avait été plus que surpris – et contrarié – par l'apparition aussi soudaine qu'inattendue de Mlle Holmes sur une scène de crime dont lui-même venait tout juste d'être informé. Toutefois, si à l'époque lord Ingram et elle avaient entretenu un lien charnel, il l'aurait perçu.

Cependant, cela avait peut-être changé depuis la fin de l'été, surtout après le départ de lady Ingram, si celle-ci s'était effectivement enfuie avec un amant.

— Vous ne sauriez pas comment nous pourrions parler avec cette Mlle Holmes, mesdames ? demanda Fowler.

La conscience de Treadles s'agita. Il poussa un soupir, soulagé que son collègue ne regarde pas dans sa direction, mais il savait qu'il mentait par omission… et qu'il mentait un peu plus chaque minute qui passait.

Lady Avery émit un petit reniflement.

— Alors là, bonne chance, inspecteur. Nous la recherchons depuis qu'elle a fugué de chez ses parents.

Fowler baissa les yeux sur sa liste de questions.

— À présent, si cela ne vous dérange pas de me le dire, madame, avez-vous immédiatement soupçonné quelque chose d'inconvenant dans le départ de lady Ingram ? Ou était-ce seulement après que vous avez appris que Mlle Holmes avait rencontré lord Ingram ?

— Eh bien, pour être tout à fait honnête, ni l'un ni l'autre. Peu avant de partir pour l'île de Wight, où je devais retrouver la bonne qui avait travaillé dans ce salon de thé de Hounslow, nous avons reçu un message nous demandant pourquoi, nous qui nous consacrons à enquêter sur des situations qui ne semblent pas claires, nous n'avions pas prêté la moindre attention à l'absence de lady Ingram. On nous reprochait, pourrait-on dire, notre manque d'instinct.

» Nous avons été d'avis de ne pas en tenir compte. Nous recevons de très nombreuses informations anonymes, sur toutes sortes d'individus. Et nous sommes devenues plutôt douées pour distinguer celles qui méritent plus ample investigation de celles qui ne sont que des plaisanteries – ou, pire, de la malveillance.

» Lord Ingram faisait partie des rares personnes qui sont bonnes, pensions-nous. Nous n'avions jamais remis son intégrité en question parce qu'il était attentif à son comportement et ne se montrait jamais complaisant. Mais ce rendez-vous avec Mlle Holmes changeait tout. À présent, il avait une raison de se débarrasser de sa femme. Une raison qui pouvait même cacher de nobles sentiments : s'il était libre, il pourrait sauver Mlle Holmes de son statut de paria.

L'inspecteur en chef Fowler hocha la tête, mais s'abstint de demander si Mlle Holmes avait besoin – ou même si elle désirait – qu'on la sauve de son statut de paria.

— Il semble y avoir un trou d'une quinzaine de jours entre le moment où vous avez vérifié avec cette bonne que c'était effectivement Mlle Holmes qui se trouvait en compagnie de lord Ingram et celui où vous avez écrit à ce dernier sur ce sujet. Avez-vous consacré ce temps à enquêter plus en profondeur sur cette affaire ?

— Non, répondit lady Avery. Il se trouve que ma sœur et moi sommes toutes deux tombées malades. Même les révélations les plus excitantes perdent de leur intérêt quand votre santé est défaillante.

— Je vois, dit Fowler d'un ton dubitatif, comme s'il refusait de croire que ces femmes aient pu faire passer quoi que ce soit au-dessus des potins. J'espère que vous vous êtes bien remises l'une et l'autre.

— Oui, tout à fait.

— Vous m'en voyez ravi. Et si ce n'est pas trop vous demander, j'aimerais jeter un œil à ce message que vous aviez reçu.

Lady Avery s'excusa, quitta la pièce et revint quelques minutes plus tard. Les policiers inspectèrent enveloppe et papier à lettres – de bonne qualité mais non exceptionnelle, le tout posté près de la gare d'Euston à Londres, comme l'indiquait le tampon – et l'écriture, qui était dactylographiée, chaque lettre bien nette, régulière et anonyme.

— Nous aimerions le conserver, avec votre permission.

— Je vous en prie.

— Un dernier point avant de vous libérer, mesdames. Auriez-vous entendu parler d'un homme que lady Ingram pourrait avoir aimé quand elle était jeune fille, avant d'épouser lord Ingram ?

— Oui, mais récemment. La première fois que nous en avons eu vent, c'était l'été dernier.

Les deux dames ouvrirent chacune un grand agenda et, presque en même temps, trouvèrent l'entrée. Le dernier jour de juin, précisément.

— Croyez-vous à cette histoire ?

Lady Somersby referma son agenda.

— C'est difficile à dire. Au début, nous avons pensé que cela expliquait bien des choses, mais à présent que nous considérons l'ensemble du tableau, nous nous demandons – même si cela nous chagrine – si lord Ingram ne pourrait pas être à l'origine de cette rumeur.

Treadles sursauta en se souvenant de ses propres doutes sur la probabilité que lady Ingram renonce à tout pour un homme.

— Dans quel but ? demanda Fowler.

— Si les gens avaient douté de la validité du motif initialement invoqué pour sa disparition, autrement dit sa santé, lord Ingram aurait pu se rabattre sur une autre explication – à savoir qu'elle était partie avec l'homme qu'elle aimait –, plus embarrassante, certes, mais plus crédible.

C'était exactement la raison que lord Ingram avait donnée. Cela ne signifiait pas qu'il eût menti – Treadles priait pour que ce ne fût pas le cas – mais cela obligeait la police à se montrer au moins aussi sceptique que les dames Avery et Somersby.

Lord Ingram était-il conscient de la montagne qui se dressait devant lui ?

Treadles le revoyait, debout devant la glacière, le regard perdu dans le vide, avec sa cigarette pour toute compagnie.

Il était conscient que sa vie était en danger.

— Puisque vous laissez clairement entendre sur qui se portent vos soupçons, mesdames, puis-je vous demander si vous pensez que quelqu'un d'autre que lord Ingram pourrait avoir voulu du mal à lady Ingram ? s'enquit Fowler.

— J'en connais beaucoup qui auraient éprouvé une certaine satisfaction s'il avait demandé le divorce, mais franchement, je ne vois personne qui aurait voulu la *mort* de lady Ingram, répliqua lady Somersby.

— Pas même Mlle Charlotte Holmes ? insista Fowler.

Lady Somersby fit la grimace.

— Je dois dire que Mlle Holmes n'a jamais montré le moindre intérêt, en bien ou en mal, envers lady Ingram. Elle est difficile à cerner, celle-là.

— Lord Ingram soutient qu'il n'aurait pas demandé la main de Mlle Holmes, même s'il avait été libre. Il déclare également que Mlle Holmes n'aurait accepté aucune proposition de sa part, pas même aujourd'hui. Que pensez-vous de ces affirmations ?

— Ma foi, il est vrai que Mlle Holmes a éconduit d'excellents partis autrefois, murmura lady Avery.

Elle fronça les sourcils, puis secoua la tête.

— Je ne saurais prédire avec précision comment elle réagirait si lord Ingram, à présent libre, lui faisait sa demande.

— Même maintenant, alors que sa réputation est ruinée ?

— Même maintenant. Mlle Holmes est *bizarre*, inspecteur en chef. Et je ne veux pas dire excentrique. L'excentricité, c'est quand vous portez deux chapeaux sur la tête parce que cela vous plaît. La bizarrerie de Mlle Holmes est différente et... à plus grande échelle.

— Alors, si personne ne peut affirmer qu'elle accepterait une offre de lord Ingram..., commença Treadles. Cela ne contredit-il pas votre affirmation selon laquelle il aurait assassiné son épouse pour redevenir libre ?

Assurément, il avait envie d'y croire.

— Pas autant que vous pourriez le penser, inspecteur. D'abord, lord Ingram peut très bien s'être préparé à un refus initial. Tant qu'il ne sera pas remarié, il pourra lui réitérer sa demande afin de la convaincre peu à peu. Ensuite, Mlle Holmes est dans une situation délicate. Elle a terni la réputation de ses parents et réduit drastiquement les chances de sa sœur de contracter un bon mariage. Elle le sait. Et elle sait qu'elle ne pourra réparer ces dommages qu'en épousant un homme influent et auréolé d'un certain prestige.

» Troisième point, mais sans doute le plus important, une des raisons pour lesquelles lord Ingram était si impatient d'épouser sa femme, c'est qu'elle semblait avoir cruellement besoin d'un chevalier blanc pour la sauver de la misère. Il pourrait facilement se convaincre qu'il est le sauveur dont Mlle Holmes ignore avoir désespérément besoin.

— Lord Ingram ne me fait pas l'effet d'un homme aussi fantaisiste, intervint Fowler. Il semble même garder un parfait contrôle de lui-même.

— Lord Ingram est très doué pour donner cette impression, mais il est amoureux. Et un homme amoureux ferait n'importe quoi pour l'objet de son affection.

Fowler écarquilla les yeux.

— Vous prétendez que lord Ingram est épris de Mlle Holmes ?

Lady Avery échangea un regard avec sa sœur.

— Enfin, n'est-ce pas évident ?

12

L'entretien avec lady Avery et lady Somersby n'en resta pas là.

L'inspecteur en chef Fowler leur demanda qui, à leur avis, pouvait être l'auteur du message leur reprochant de ne pas prêter suffisamment attention à la disparition de lady Ingram. Elles n'avaient pas d'idée tranchée, mais estimaient peu probable que celui-ci appartienne au personnel de lord Ingram, à cause de son ton impérieux.

— Même un domestique de haut rang écrivant une lettre anonyme ne s'adresserait pas à une dame de cette façon. Il montrerait plus de déférence.

Reprenant à son compte l'habile insinuation de Sherrinford Holmes, Fowler conclut en leur demandant si elles avaient connaissance d'une personne qui aurait pu vouloir du mal à *lord* Ingram. La question les surprit et les fit réfléchir, mais n'apporta pas de réponse intéressante.

Treadles prenait consciencieusement des notes, comme c'était son devoir, mais il avait du mal à maintenir sa concentration.

Lord Ingram. Amoureux. De Mlle Holmes.

Cela n'aurait pas dû le choquer. N'avait-il pas perçu quelque chose entre ces deux-là, depuis le début ? Il avait refusé de laisser ses pensées s'envoler dans cette direction. Il n'avait pas voulu croire que lord Ingram, incarnation de toutes les vertus viriles, ressente pour Mlle Holmes autre chose que de la camaraderie.

Pourtant, il y avait manifestement eu un élan protecteur frustré, une sensibilité exacerbée, et un désir férocement réprimé.

Que lui trouvait-il donc ? Treadles concédait que l'on devait admirer l'esprit de Mlle Holmes. Lui-même l'admirait, bien qu'à contrecœur. Sans doute y avait-il aussi l'apparence de Mlle Holmes, qui n'était pas déplaisante. Seulement, ce n'était qu'une féminité de surface. En dessous…

Vers la fin de l'affaire Sackville, Mlle Holmes avait paisiblement débité d'épouvantables révélations pendant que lui, pourtant un professionnel, titubait sous le choc. Cette femme n'éprouvait rien. Pas de dégoût envers les actes les plus vils dont un humain était capable. Pas de regrets d'avoir fui la maison de ses parents. Pas de honte pour la conduite qui l'avait fait tomber si bas.

Et certainement pas le moindre besoin d'un homme dans sa vie.

Lady Avery et lady Somersby s'apprêtaient à s'en aller. L'inspecteur en chef se leva, et Treadles l'imita avec un temps de retard.

— Je dois avouer, dit Fowler sur le ton de la conversation après avoir remercié les deux femmes, que cette Mlle Charlotte Holmes m'intrigue à présent au plus haut point.

De nouveau, la conscience de Treadles le tourmenta. Pourquoi gardait-il le silence ? Et pour combien de temps encore ?

— Si vous la trouvez, répondit lady Avery avec le plus grand sérieux, merci de lui dire que nous aimerions lui parler.

Après leur départ, Fowler se tourna vers Treadles.

— Avez-vous remarqué ce qu'elle a dit ? *Si* nous la trouvons. Pas *quand*. Ne sommes-nous pas la police ? Trouvons-la !

L'interrogatoire du garçon qui avait découvert le corps de lady Ingram se révéla nettement moins intéressant, sinon qu'il confirma qu'en effet, la dernière fois qu'on l'avait envoyé chercher de la glace, c'était voilà bien longtemps. Toutefois, le fait qu'on n'ait pas eu besoin de glace ne signifiait pas qu'il ne s'était pas rendu dans la troisième chambre – soit pour prendre des réserves de nourriture, soit pour en apporter – mais seulement qu'il n'avait pas eu besoin d'aller jusqu'à la cuve de glace.

En d'autres termes, le corps pouvait s'être trouvé là depuis des semaines sans que personne s'en aperçoive. Personne, sauf le meurtrier de lady Ingram.

L'inspecteur en chef Fowler expédia rapidement le reste du personnel de la maison, qu'il reçut par équipes. Si la plupart n'avaient aucune information de valeur à donner, les policiers apprirent plusieurs détails intéressants.

D'abord, il y avait eu un départ d'incendie au manoir un peu moins d'un mois auparavant. Ensuite, lord Remington, le plus jeune des trois frères aînés de lord Ingram, était récemment venu à Stern Hollow non pas une fois mais deux, la première incognito, à ce qu'il semblait. C'est lord Ingram en personne qui l'avait accueilli devant le manoir ; ils s'étaient enfermés dans la bibliothèque jusqu'à la fin de la journée et n'en étaient sortis qu'avant le dîner, puis lord Remington était reparti aussi discrètement qu'il était arrivé.

Le premier valet de pied, qui avait apporté le thé et une collation au bureau et avait donc clairement vu le visiteur, avait été fort surpris quand lord Remington était revenu peu après, cette fois officiellement en tant que frère du maître des lieux. Lord Remington, qui avait vécu à l'étranger presque toute sa vie d'adulte, n'était pas connu du personnel de lord Ingram, mais il avait su s'en faire apprécier lors de sa seconde visite.

Le troisième événement inhabituel concernait une plainte du chef français et de la gouvernante. Quand on leur avait demandé s'ils avaient remarqué des choses étranges dans la maisonnée, tous deux avaient mentionné la disparition de petites quantités de nourriture pendant des semaines, que rien ne justifiait.

— Un jour, je suis descendue tard dans la nuit au cellier et j'ai vu de la lumière, dit la gouvernante, Mme Sanborn. J'ai cru que j'avais enfin surpris le voleur, mais ce n'était que lord Ingram venu se chercher quelques biscuits au gingembre.

— Cela arrive-t-il souvent ? questionna Fowler.

— De temps en temps, sûrement. Monsieur est très respectueux du personnel. Il ne nous demande jamais de travailler après le dîner, sauf quand il y a des invités. S'il a besoin de quelque chose le soir, il s'en charge lui-même.

Fowler passa à d'autres questions, mais avant de laisser la gouvernante retourner à son travail, il demanda :

— Lord Ingram apprécie-t-il les biscuits au gingembre ?

— Pas particulièrement. Monsieur n'aime pas beaucoup les gâteaux sucrés. J'en ai toujours pour Mlle Lucinda et maître Carlisle parce qu'ils les adorent, mais lord Ingram n'en mange pas souvent.

À ces mots, Fowler décocha un regard à Treadles, qui sentit son estomac se nouer.

Ils passèrent aux interrogatoires des autres invités.

Quelques-uns des gentlemen revenaient d'Écosse, où ils avaient participé à de superbes parties de chasse dans les Highlands. Un autre se prenait pour un astronome amateur et avait même installé son télescope un soir près de la glacière, mais il n'avait rien vu ni entendu d'utile pour la police.

La plupart des autres, surtout les dames, avaient participé à d'autres parties de campagne avant de venir chez Mme Newell. Aucun d'entre eux ne semblait avoir le moindre intérêt au décès de lady Ingram. Au demeurant, un bon nombre ne la connaissaient que de loin.

Mme Newell en donna la raison.

— Elle ne s'est jamais intéressée à moi, ni moi à elle. Vous pardonnerez l'orgueil d'une vieille dame, mais j'ai toujours été bon juge des caractères. J'ai su dès le début qu'elle n'aimait pas son époux. Cette femme ne lui a jamais voulu de bien, pas un seul jour de sa vie.

» Je ne l'invitais pas chez moi, et réciproquement. Nos cercles se croisaient très peu. Lord Ingram passait toujours me rendre visite ici ou à Londres, à l'époque où j'y allais encore pour la saison, mais jamais elle ne l'accompagnait.

Fowler baissa les yeux vers les notes du sergent Ellerby.

— Vous avez des liens de famille avec lord Ingram, si je ne me trompe ?

— La sœur de mon défunt époux était mariée à l'oncle maternel de lord Ingram. Nous ne sommes pas proches parents, mais j'ai toujours eu beaucoup d'affection pour lui, ainsi que Remington. Pour leurs deux frères aînés, un peu moins.

Mme Newell poursuivit en réprimandant Fowler d'avoir seulement nourri l'ombre d'un soupçon envers lord Ingram.

— J'ignore qui a tué son épouse et je m'en moque éperdument – s'il n'y avait pas les enfants, je dirais « bon débarras » –, mais le coupable n'est pas son mari.

Fowler attendit poliment qu'elle ait fini d'attester de la quasi-sainteté de lord Ingram, avant de poursuivre.

— Madame, vous devez avoir entendu les déclarations de lady Avery sur le rendez-vous entre lord Ingram et Mlle Holmes cet été, après que celle-ci a été bannie de la bonne société. Que pensez-vous qu'il se passe entre ces deux-là ?

— Je ne m'abaisserai pas à faire des spéculations, mais je vais vous dire ceci, inspecteur en chef. Cette jeune femme comprend tout. Je la connais depuis qu'elle est petite – son père est mon cousin – et c'était la chose la plus déconcertante que de l'entendre dire aux gens des choses sur eux qu'elle ne pouvait pas savoir à l'avance.

— Quel genre de choses, si je puis vous poser la question ?

— Un jour, elle a dit à la duchesse de Wycliffe, la mère de lord Ingram, qu'elle était désolée des nouvelles annoncées par le médecin. Sa Grâce venait d'apprendre qu'elle avait une tumeur – qui allait lui être fatale – et elle n'en avait informé *personne*. Absolument personne, parce qu'elle refusait d'y croire elle-même.

— Hum, fit Fowler.

— Précisément. Par la suite, elle a appris à ne pas annoncer de nouvelles aussi déstabilisantes, en tout cas pas aussi souvent. Vous pouvez me croire quand je vous dis que ses pouvoirs n'ont pas disparu quand elle est devenue jeune femme. Si lord Ingram avait assassiné son épouse, il ne pourrait plus se présenter devant Mlle Holmes. Même si personne d'autre ne le savait, elle le devinerait. Et je ne crois pas qu'elle pourrait tolérer un meurtre de sang-froid, même commis par un excellent ami.

Les policiers demandèrent ensuite à voir lord Ingram, et furent reçus à la bibliothèque. Cette fois, il était seul, constata Treadles. Mlle Holmes et son déguisement surchargé avaient disparu.

L'inspecteur en chef Fowler alla droit au but.

— Vous avez déclaré, milord, que lady Ingram avait consulté M. Sherlock Holmes. Nous aimerions parler avec ce détective dès que possible.

Lord Ingram hocha la tête.

— Bien entendu. Je vais demander à son frère de lui envoyer un message.

— Parfait, dit Fowler. Et il y a quelqu'un d'autre que nous aimerions rencontrer. Mlle Charlotte Holmes.

— Je crains de n'avoir aucune idée du moyen de contacter Mlle Holmes, répondit lord Ingram sans le moindre changement d'intonation ni d'expression.

C'est Fowler qu'il regardait, mais Treadles avait l'impression d'être dans sa ligne de mire.

Celui-ci ignorait si lord Ingram et Mlle Holmes s'étaient attendus qu'il soit l'envoyé de Scotland Yard. Pas plus qu'il n'aurait su dire si Mlle Holmes avait noté le moment exact où il avait percé à jour son déguisement. Toutefois, quand lord Ingram leur avait fait savoir que Sherrinford Holmes était le frère de Sherlock Holmes – lequel, en tant que personnage fictif, ne pouvait pas avoir de frère de chair et de sang –, c'était comme s'il avait informé Treadles à voix haute et claire que Mlle Holmes était parmi eux.

Ou plus exactement comme s'il lui avait demandé, par amitié pour lui, de n'en souffler mot à personne.

Parce que l'inspecteur en chef Fowler n'était pas le seul à mener une enquête pour meurtre à Stern Hollow.

Mlle Holmes n'était pas ici pour s'offrir une aventure clandestine avec lord Ingram – du moins, pas uniquement –, mais pour faire la lumière sur le sort de lady Ingram.

Et afin qu'elle puisse mener ses investigations sans être entravée, rien ne devait jeter le moindre soupçon sur l'identité de Sherrinford Holmes.

Hélas, cela allait contre tout ce que croyait Treadles sur la façon dont un officier de la division d'enquête criminelle devait se conduire. Il outrepassait tant de règles qu'il aurait aussi bien pu mettre le feu à Buckingham Palace, tant qu'il y était.

Sans parler du fait qu'en laissant lord Ingram s'en sortir avec un mensonge aussi énorme, il s'exposait à une accusation de manquement professionnel d'une telle gravité que cela risquait de lui coûter sa carrière.

— En êtes-vous certain, milord ? s'entendit-il demander. Vous n'avez vraiment aucun moyen de contacter Mlle Holmes ?

Lord Ingram le regarda dans les yeux.

— Absolument certain.

« Si lord Ingram avait assassiné son épouse, il ne pourrait plus se présenter devant Mlle Holmes. »

Treadles n'insista pas.

Fowler soupira.

— C'est fort regrettable, marmonna-t-il.

On frappa alors à la porte. Sur l'invitation de lord Ingram, Olivia Holmes entra.

Elle posa d'abord sur lord Ingram un regard plein d'inquiétude et de compassion. Puis elle vit l'inspecteur en chef Fowler, et son visage se ferma. Et quand elle s'avisa que Treadles était de la partie, une expression de souverain mépris passa sur ses traits.

Il ne s'en était pourtant jamais pris à cette femme et n'avait rien fait d'autre que d'évoquer de façon factuelle la mauvaise conduite de sa sœur.

Il aurait dû rester indifférent à la morgue de Mlle Olivia Holmes, mais son hostilité lui fit l'effet d'une gifle. Soudain, dans un éclair de fulgurante stupéfaction, quelque chose en lui se brisa.

Elle qui n'avait jamais commis un faux pas, elle était à présent condamnée avec une quasi-certitude à finir vieille fille à cause de la scandaleuse attitude de sa sœur. Elle aurait dû être furieuse contre celle-ci, tellement consumée de rage qu'elle en aurait brillé dans l'obscurité ! Pourtant, si elle avait pu réaliser un tel exploit par la seule force de sa volonté, c'est Treadles qui aurait été projeté à travers la fenêtre dans un nuage de verre et de bois brisés.

Et elle n'était pas la seule à vouer une adoration irrationnelle à Charlotte Holmes.

Il y avait aussi lord Ingram, un homme par ailleurs d'une incorruptible droiture morale. Un homme qui, Treadles commençait à le comprendre, ne désavouerait jamais Charlotte Holmes.

Jusqu'à son dernier souffle.

Même s'il poussait ce dernier souffle avec la corde au cou.

— Ah, mademoiselle Holmes ! s'exclama Fowler. Exactement la personne que nous souhaitions voir.

— En quoi puis-je vous aider, inspecteur en chef ? demanda-t-elle d'un ton réticent, pour ne pas dire franchement désobligeant.

— Nous aurions besoin de parler avec Mlle Charlotte Holmes, et nous espérions que vous pourriez nous aider.

— Je vous ai déjà dit qu'elle n'avait rien à voir avec toute cette affaire.

— Nous aurions tout de même quelques questions à lui poser.

Elle tourna les yeux vers lord Ingram d'un air implorant, comme s'il suffisait d'un mot de lui pour que les policiers quittent les lieux.

— Vu les circonstances, il serait préférable que l'inspecteur en chef s'entretienne directement avec Mlle Charlotte, déclara lord Ingram avec douceur. Je n'ai aucune idée de la façon dont on peut la joindre, mais si vous le savez, cela nous aiderait grandement.

La jeune femme fit la grimace.

— Mademoiselle Holmes, insista Fowler d'un ton grave, presque lourd. Puis-je vous rappeler que...

— Vous représentez la loi, je le sais, monsieur. Mais je n'ai aucune idée de l'endroit où se trouve ma sœur. Il a été convenu que je resterais dans l'ignorance de ce point, cela afin d'éviter de révéler involontairement son adresse à nos parents.

— Je vois, fit Fowler d'un air contrarié.

— Mais avant de quitter la maison, Charlotte m'a dit que si j'avais besoin de la contacter, je pouvais faire paraître une annonce dans le journal en utilisant un code assez simple qu'elle a créé. Je peux vous donner ce code. Y a-t-il autre chose que vous voulez de moi ?

Fowler fit un pas dans sa direction.

— Vous n'allez pas vous en aller, n'est-ce pas, mademoiselle Holmes ?

— Nous sommes tous venus ici à cause d'un malheureux incident survenu chez Mme Newell. À présent que sa maison est de nouveau habitable, elle m'a invitée à y retourner.

— Et les autres ?

— La plupart d'entre eux quitteront directement Stern Hollow pour se rendre à leur prochaine destination. Mme Newell a exprimé le vœu que je prolonge mon séjour chez elle, et j'ai accepté.

— Très bien. Nous espérions que nous resteriez dans la région quelque temps, au cas où nous aurions de nouveau besoin de vous parler.

Elle sourit, d'un sourire à la fois fragile et glacial.

— Bien entendu, je ferai de mon mieux pour vous aider.

Après son départ, Fowler marmonna :

— Voilà une jeune femme au caractère bien trempé. Sa sœur lui ressemble-t-elle ?

La question s'adressait à lord Ingram, qui répondit d'un ton presque amusé :

— Je ne crois pas.

— Alors comment décririez-vous Mlle Charlotte Holmes ?

— Elle est... un défi à toute tentative de description.

Fowler ne se contenta pas de cette réponse.

— Lady Avery et lady Somersby la trouvent bizarre. Très bizarre, même. Qu'en pensez-vous ?

Lord Ingram prit un presse-papiers sur son bureau et le fit tourner dans sa main.

— Si je devais en penser quelque chose, je me dirais surtout que le monde doit être horriblement bizarre aux yeux de Charlotte Holmes.

Charlotte avait initialement prévu de se renseigner dans les gares ferroviaires alentour pour savoir si des cercueils avaient récemment été livrés, mais quand elle parvint au village, elle avait changé d'avis.

L'arrivée d'un cercueil dans une petite communauté aurait excité la curiosité. Qui se trouvait à l'intérieur ? Où l'enterrement aurait-il lieu ? En quoi le défunt était-il lié aux habitants de la région ? Toutes sortes de questions auxquelles des gens transportant furtivement la victime d'un meurtre n'auraient pas envie de répondre.

Elle avait ensuite envisagé d'interroger les porteurs dans les gares, pour savoir si on leur avait confié des malles pesant plus d'une centaine de livres, mais de tels bagages auraient également éveillé les soupçons.

Des caisses, alors. Tout le monde s'attendait qu'une caisse pèse lourd. Sans parler du fait qu'on pouvait transporter tant de choses dans une caisse que cela n'aurait pas paru plus curieux que...

— Monsieur ? Monsieur, puis-je vous aider ?

Elle sursauta, mais ce n'était que l'employé de la gare. Elle s'avisa alors qu'elle se tenait à trois pas du guichet depuis de longues minutes, perdue dans ses pensées. Elle frappa des pieds contre le sol – la verrière de la gare protégeait le quai de la pluie qui s'abattait sur le toit mais pas du froid qui s'infiltrait, patiemment et inexorablement – et s'approcha de l'homme.

— Tout à fait, mon brave.

— Bien. Où allez-vous ? Sale journée pour voyager, n'est-ce pas ?

Peut-être était-il bavard par nature. Peut-être le fait de rester assis toute la journée dans sa cahute de briques sur ce quai peu fréquenté lui donnait-il l'envie de faire la conversation. D'une façon ou d'une autre, il était exactement la personne que Charlotte cherchait.

— Sale journée, en effet, renchérit-elle avec énergie. Je préférerais être au coin du feu avec un bon grog à la main, croyez-moi. Bref, Sherrinford Holmes, à votre service.

— Wally Walpole, à votre service également.

— J'arrive de Stern Hollow. Vous avez entendu parler de ce qui s'est passé là-bas ?

Wally Walpole écarquilla des yeux brillants de compassion... et d'espoir d'échanger quelques bons potins.

— Une terrible, terrible histoire. Une si belle jeune femme !

— Une tragédie, c'est certain. Et à présent, nous devons découvrir ce qui s'est passé. J'ai été chargé par la famille de lord Ingram d'enquêter. Je crois savoir que des caisses à destination de Stern Hollow ont transité par ici, il y a quelque temps.

Wally Walpole battit des paupières – manifestement, il ne voyait pas le lien entre ces caisses et la fin tragique de lady Ingram – mais cela ne l'empêcha pas de répondre à la question de Charlotte.

— Oui, deux grandes caisses. J'ai signé les papiers les concernant puisqu'elles ont été confiées à la gare, mais ce n'était pas nécessaire. Les gens de lord Ingram étaient déjà là, qui attendaient.

— Comment avaient-ils su qu'ils devaient venir ?

— Si j'ai bien compris, l'agent londonien de la compagnie qui vend l'équipement envoie un courrier à l'avance, pour prévenir lord Ingram de la date où ses commandes doivent arriver.

— Donc, ses gens viennent et vous discutez en attendant.

— Pas trop longtemps, car ils ont du travail, dit Wally Walpole dans un petit soupir de regret. Mais oui, on échange quelques mots.

Comme il semblait terriblement manquer de compagnie, Charlotte lui parla un peu de ce qui se passait à Stern Hollow, mais sans rien révéler de plus que ce que les domestiques lui auraient dit s'ils s'étaient rendus à la gare. Il écouta, bouche bée, en émettant de temps à autre un hoquet incrédule.

Quand elle estima que cela suffisait, elle se tut soudain, comme si elle venait de se souvenir d'un détail.

— Au fait, ces deux caisses dont vous avez parlé… Ce sont les seules qui ont été livrées pour lord Ingram, récemment ?

Une lueur s'alluma dans le regard de Wally Walpole.

— C'est amusant que vous posiez la question.

Si l'inspecteur en chef Fowler était surnommé le limier du Yard, c'était, entre autres raisons, à cause de son flair légendaire pour distinguer un témoin intéressant d'un simple badaud.

Cet instinct féroce était à l'œuvre quand, avec Treadles, il interrogea le personnel des jardins. De même qu'avec le personnel de la maison et les invités, Fowler procéda par groupes. Cette fois pourtant, après avoir vu tout le monde, il demanda à parler de nouveau à un jardinier en particulier.

Le jeune homme revint d'un pas lourd dans le salon bleu et blanc, et chercha aussitôt le regard de Treadles comme pour se rassurer. Il avait l'air effrayé et, Treadles devait bien l'admettre, un peu coupable.

Mais de quoi ?

— Monsieur Keeling, commença froidement Fowler. Je ne crois pas que vous nous ayez dit tout ce que vous savez.

Keeling regarda de nouveau Treadles.

— Mieux vaut répondre aux questions de l'inspecteur en chef, l'avertit ce dernier. Inutile d'essayer de cacher quoi que ce soit.

— Je ne cache rien. Je ne sais rien sur la mort de lady Ingram.

— Possible, dit Fowler, mais vous savez tout de même quelque chose. Et ce quelque chose que vous savez pourrait nous être utile.

Le bout du nez emperlé de transpiration, Keeling secoua la tête d'un air buté.

Fowler donna quelques petits coups sur ses accoudoirs de ses poings fermés et jeta un regard éloquent à Treadles. Ce dernier ravala une grimace. Tout le monde affirmait qu'il avait l'air fiable et bienveillant. Aussi, quand les vieux policiers aguerris avaient besoin de quelqu'un pour attendrir un témoin, Treadles était leur homme.

Il se pencha dans son siège.

— Une femme que personne n'a vue depuis des mois est découverte, morte, sur la propriété de son mari. Qui soupçonneriez-vous, monsieur Keeling ?

— Je ne crois pas que ce soit lord Ingram.

— Moi non plus. Je le connais, nous sommes amis de longue date, mais il est en mauvaise posture. Si vous savez quelque chose qui pourrait l'aider…

— Je ne sais rien qui pourrait l'aider. Ou du moins, je ne vois pas en quoi cela pourrait l'aider. C'est juste quelque chose d'étrange.

— Quelque chose d'étrange. C'est un bon point de départ.

— Oui, mais si je vous le dis, j'aurai des ennuis.

— Je suis sûr que lord Ingram vous dédommagera pour vos ennuis, le cas échéant.

Keeling hésitait encore.

— Je ne suis pas le seul qui aurait des ennuis.

Treadles commençait à comprendre ses réticences.

— S'il devait arriver quelque chose à lord Ingram, ses enfants seraient placés auprès d'un tuteur et cette propriété serait probablement fermée jusqu'à la majorité de maître Carlisle. Auquel cas, la plupart des membres du personnel perdraient leur emploi. Y avez-vous songé ?

Keeling parut accablé.

— C'est vraiment ce qui va se passer ?

— J'espère l'empêcher. Aimez-vous travailler ici ?

— Oui.

— Et vous ne souhaiteriez pas que les choses restent comme elles sont ?

— Si.

— Alors il faut me dire ce que vous cachez. Je vous promets que vous ne le regretterez pas. Et je vous donne ma parole de protéger l'autre personne impliquée dans cette affaire contre toute répercussion.

— Parole d'homme ?

— Parole d'homme.

— Et… l'inspecteur en chef, là ?

— Mon père était domestique, répondit « l'inspecteur en chef, là ». Je sais que c'est une vie difficile. Je ne suis pas ici pour m'occuper de vous ou d'une infraction mineure que vous pourriez avoir commise, mais pour établir ce qui est arrivé à lady Ingram. C'est tout.

Keeling déglutit.

— Il y a... quelqu'un qui travaille dans la maison. On essaie de se voir, mais ce n'est pas facile. Quelquefois, j'entre en cachette. C'est une grande demeure, et beaucoup de pièces sont vides la plupart du temps.

» La dernière fois qu'on s'est retrouvés, on a failli être découverts. Elle a dit que c'était terminé. Comme moi aussi j'avais eu la peur de ma vie, j'ai accepté. Mais un jour, Finney est venu voir M. Dean, le chef jardinier.

— Finney, c'est bien le garçon de cuisine qui a découvert le corps de lady Ingram ?

— Oui. Ce soir-là, il devait y avoir un dîner dans la maison et il avait besoin d'aller à la glacière, mais le cuisinier français lui avait donné la mauvaise clef. Il avait peur du cuisinier français, alors il est venu demander son double à M. Dean. Comme M. Dean ne connaissait pas Finney, qui avait pris son poste cette semaine-là, c'est à moi qu'il a confié la clef et j'ai accompagné Finney à la glacière pour lui montrer comment on découpe la glace.

» Plus tard, je me suis dit que la glacière ferait un bon endroit pour se retrouver. Dans la première chambre, il ne fait pas plus froid que dehors. J'ai fabriqué un double de la clé.

— Ce doit tout de même être assez inconfortable de se déshabiller par ce temps, fit remarquer Fowler.

— On ne se déshabille pas ! protesta Keeling en rougissant.

— Oh ? s'étonna Fowler.

— Non ! Je veux dire, on ne fait pas ce genre de chose. On veut juste être ensemble et parler.

— Et de quoi parlez-vous donc ?

— Elle peint de très beaux portraits miniatures à partir de photographies des gens. Et je...

Il rougit de nouveau.

— J'écris des poèmes. Alors on parle du jour où on aura notre petit atelier. Les portraits seraient notre principale source de revenus, bien sûr, mais je pourrais écrire quelques vers pour chacun, quelque chose que les clients ne trouveraient pas ailleurs. Cela ferait des cadeaux de fiançailles uniques en leur genre.

Treadles sourit, attendri. La plupart du temps, les révélations de ce genre n'impliquaient pas d'aspirations aussi touchantes.

— Très beau projet. Et maintenant poursuivez, à propos de la glacière.

Keeling se détendit quelque peu.

— Avant-hier, nous devions nous y retrouver après le thé.

Ce n'était pas un mauvais moment. À cette heure-là, Keeling aurait terminé son service. Et en supposant que sa bien-aimée fût une bonne, elle aussi aurait achevé son travail. Une grande activité régnerait aux cuisines, mais tous les ingrédients nécessaires auraient été prélevés à la glacière des heures plus tôt.

— Je vais toujours le premier là-bas, pour m'assurer qu'il n'y a personne. Si tout va bien, j'accroche un mouchoir à la branche d'un arbre qui pousse à côté. Ce jour-là, quand j'ai voulu ouvrir la porte, ma clef n'entrait pas dans le cadenas. Après quelques essais, je me suis agenouillé pour mieux voir. Ce n'était plus le même cadenas.

Le cœur de Treadles battit un peu plus vite.

— Ah bon ?

— Non. Mon oncle était serrurier. Il est mort quand j'avais quatorze ans et ma tante a dû vendre son affaire, mais même si je n'avais pas été son apprenti, j'aurais remarqué que ce n'était pas le même cadenas. Pas la même forme, pas le même poids, rien de pareil.

— Avez-vous essayé de l'ouvrir ?

— Non. Quand j'ai compris qu'il avait été remplacé, j'ai eu peur qu'on nous ait découverts et que ce soit un avertissement. J'ai couru jusqu'à l'arbre. Elle venait juste d'arriver. Je lui ai dit que le cadenas avait été changé et que quelqu'un savait peut-être, pour nous deux. On a décidé de ne plus se voir pendant quelque temps. Elle est rentrée à la maison et je suis allé dans ma chambre, au-dessus des écuries.

— Pour y passer une nuit sans sommeil.

— Pas tout à fait. Je l'ai vue au dîner dans la salle des domestiques, mais nous n'avons pas parlé. Et ensuite, j'ai passé une nuit sans sommeil.

— Qu'avez-vous pensé en apprenant que le corps de lady Ingram avait été retrouvé dans la glacière ?

— J'ai été surpris que personne ne parle du changement de cadenas. Ce matin je me suis levé tôt, j'ai crocheté le placard où M. Dean garde ses clefs et j'ai comparé sa clef de la glacière au double que j'avais fabriqué. Il avait toujours l'ancienne. Et je suis sûr qu'on lui aurait donné la nouvelle si le changement de cadenas avait été officiel.

Treadles jeta un coup d'œil en direction de Fowler, qui semblait ravi de ces révélations.

Si son supérieur se délectait de ce rebondissement, ce n'était pas bon signe pour lord Ingram. Et à présent que Treadles avait tacitement – mais indiscutablement – pris le parti de ce dernier, le plaisir de Fowler lui faisait l'effet d'un coup de poing dans l'abdomen.

— Merci, monsieur Keeling, conclut l'inspecteur en chef. Vous nous avez été très utile.

13

Sherrinford Holmes entra dans la bibliothèque de Stern Hollow d'un pas martial. Malgré la gravité de la situation, lord Ingram dut contenir un sourire.

En général, Charlotte Holmes ne semblait jamais pressée. À moins de savoir, par exemple, qu'elle lisait à une vitesse redoutable ou qu'il ne lui fallait que trois secondes d'observation pour reconstituer la vie d'un étranger, il était facile de la prendre pour une créature indolente.

Le personnage de Sherrinford Holmes qu'elle avait créé, au contraire, s'exprimait d'un ton sec et rapide, et marchait d'un pas sautillant. Et il se montrait infiniment plus affable qu'elle ne l'avait jamais été. En vérité, si lord Ingram n'avait pas été dans la confidence, il n'aurait pas trouvé ce garçon particulièrement comique. Un peu particulier peut-être, mais manifestement intelligent, discret et d'une irréprochable loyauté.

— Déjà de retour ? demanda-t-il en se levant. Je ne vous attendais pas de sitôt.

— Suivez-moi, ordonna Holmes.

Lord Ingram obtempéra.

Dans le vestibule, un valet de pied attendait avec des chapeaux, des pardessus et des gants. M. Walsh, l'intendant, était également là, ainsi que le sergent Ellerby.

— Vous souvenez-vous des deux caisses d'équipement d'expédition que vous avez reçues il y a quelques jours ? demanda Holmes en enfilant un macfarlane.

Lord Ingram hocha la tête.

Les caisses avaient été livrées le jour où Charlotte Holmes et Mme Watson avaient visité le parc de Stern Hollow. Alors que Holmes et lui se promenaient au potager, elle lui avait demandé pourquoi il n'était pas déjà parti sur un chantier de fouilles. Il lui avait montré la serre aux lavandes, où son personnel venait d'apporter les caisses qu'il ne s'était même pas donné la peine d'ouvrir et d'examiner, l'archéologie étant alors le cadet de ses soucis.

— Eh bien, d'après le très affable employé de la gare du village, une autre caisse est arrivée pour vous le lendemain. Le saviez-vous ?

Le cœur de lord Ingram battit plus vite.

— Non.

Elle se tourna vers l'intendant.

— Et vous, monsieur Walsh ?

Ce dernier écarquilla les yeux.

— Maintenant que vous en parlez, monsieur Holmes, je me souviens en effet d'avoir été informé de la livraison d'une caisse supplémentaire. C'était le jour où Mme Newell et ses hôtes se sont installés ici. Les voitures et les chariots arrivaient les uns après les autres avec les invités, leurs bagages et des réserves pour la cuisine. Quand la caisse a été apportée, les deux livreurs ont expliqué que la société d'équipement avait oublié plusieurs articles, et comme l'erreur était de sa part, la caisse était apportée jusqu'à la maison au lieu d'être simplement déposée à la gare.

— À quelle heure la livraison a-t-elle eu lieu ? demanda lord Ingram, dont le cœur battait de plus en plus vite.

— Vers la tombée du jour, peut-être un peu après. Comme vous ne vous étiez pas occupé des deux premières caisses, Monsieur, j'ai demandé à un domestique d'accompagner directement les livreurs à la serre aux lavandes. Je voulais vous en informer, mais cette soirée a été un peu chaotique. J'y ai pensé le lendemain à deux reprises, mais la première fois vous aviez emmené ces messieurs à la chasse, et la seconde vous étiez allé vous reposer en demandant qu'on ne vous dérange pas. Et ensuite... ensuite, il y a eu l'histoire de la glacière, et je crains que la caisse supplémentaire n'ait complètement disparu de mon esprit.

Le teint de M. Walsh avait pris une nuance écarlate.

— Je vous présente toutes mes excuses, Monsieur.

— Je n'aurais pas prêté la moindre attention à cette caisse même si vous m'en aviez parlé, répondit lord Ingram. N'y pensons plus.

Il se tourna vers le policier.

— Sergent, M. Holmes et moi nous rendons à la serre aux lavandes. Voulez-vous nous accompagner ?

À vrai dire, le sergent Ellerby n'avait d'autre choix que de s'y rendre avec eux. Quand lord Ingram était sorti un peu plus tôt pour sa promenade à cheval, il s'était aperçu que dorénavant, soit le sergent Ellerby soit l'un de ses agents devrait l'escorter chaque fois qu'il franchirait le seuil de sa propre maison.

— J'en serai très honoré, monsieur, répondit Ellerby avec sincérité.

Et même avec gratitude.

Cela fit réfléchir lord Ingram.

Le sergent avait paru mortifié quand il l'avait informé de cette restriction de liberté. À présent, il était soulagé qu'on l'ait invité. Ainsi, il n'avait pas l'impression de s'imposer comme un intrus.

Lord Ingram supposait qu'on lui pardonnerait de penser que, tout au fond de lui, le sergent Ellerby le croyait innocent.

Cependant, Ellerby ne le connaissait pas personnellement. Sa foi n'était peut-être rien de plus qu'une réticence à accuser de noirs desseins un homme qui vivait dans ce petit paradis terrestre...

Quelles que soient les motivations du sergent, lord Ingram lui en était reconnaissant. Dès l'instant où lady Somersby l'avait empêché de descendre dans la cuve de glace, il avait compris qu'il serait le premier suspect de ce meurtre. Hélas, le fait de le savoir intellectuellement n'offrait qu'une piètre préparation aux réalités de l'enquête.

Il y avait l'inspecteur en chef Fowler, bien sûr, plus féroce qu'un loup derrière ses mines de vieille chouette. Il y avait Treadles, qui suintait littéralement l'inconfort et semblait hésiter entre la compassion et le désarroi. Mais le pire, c'était l'incertitude générale de son personnel. Leur crainte muette plombait l'atmosphère dans la maison et rendait le silence oppressant.

Ils croyaient encore en lui – ils avaient désespérément envie qu'il ne soit pas le meurtrier – mais ils commençaient à se demander s'ils le connaissaient aussi bien qu'ils l'avaient cru.

Ne s'était-il écoulé que vingt-quatre heures depuis que Finney, le garçon de cuisine, avait quitté la glacière en criant d'effroi ? Déjà, le simple fait de *ne pas* être soupçonné de meurtre lui semblait un ancien état de pur bonheur, un lointain souvenir qu'il était vain d'espérer retrouver.

À présent, la pluie tombait en crachin ininterrompu et la température continuait de descendre. Les ténèbres s'étaient abattues sur Stern Hollow. Le peu de lumière du jour qu'il restait se teintait d'une pâleur délavée, comme une grisaille qui éteignait même l'éclat des feuillages d'automne les plus vibrants.

Ils étaient à mi-chemin de la serre aux lavandes quand le sergent Ellerby demanda enfin :

— Si je puis poser la question, monsieur Holmes, pourquoi allons-nous voir une caisse d'équipement pour expédition ?

Holmes descendit les rabats de sa casquette à double visière – ou, plus exactement, celle de lord Ingram. Le couvre-chef lui allait à merveille.

— En toute franchise, sergent, il est évident que Scotland Yard soupçonne lord Ingram.

— Je suis sûr qu'il est trop tôt pour tirer la moindre conclusion, protesta Ellerby. Le corps de lady Ingram n'a été découvert qu'hier.

— Nous vous savons gré de votre impartialité, monsieur. Et je puis vous assurer en toute honnêteté que personne n'est plus déconcerté par le décès inopportun de lady Ingram que mon ami ici présent. Toute cette affaire est incompréhensible du point de vue de la logique.

» Lady Ingram n'est pas rentrée à Stern Hollow à la fin de la saison. Elle n'était pas ici cet automne. Comment son corps s'est-il retrouvé dans la glacière ? Si nous supposons qu'elle n'est pas venue ici par ses propres moyens de son vivant, il faut que quelqu'un d'autre ait transporté son cadavre. De quelle façon ?

— La caisse ! s'exclama Ellerby, comprenant enfin.

— Il y a environ deux cents mètres entre la serre aux lavandes et la glacière. Ce n'est pas une mince distance à parcourir pour porter une femme morte, mais c'est faisable pour deux hommes, voire un seul s'il est très fort.

— Donc, si vous avez raison, nous devrions trouver une caisse ouverte, vide, dans la serre aux lavandes ?

— C'est possible, dit Holmes. À tout le moins, nous devrions constater que le verrou a été abîmé.

De fait, le cadenas qui avait autrefois fermé la serre aux lavandes avait disparu. Le sergent Ellerby poussa un cri de surprise et se mit à quatre pattes.

— Je vois des copeaux de métal près du seuil, encore brillants. Le domestique que M. Walsh a envoyé pour accompagner les livreurs a dû refermer la porte à clef, après que la caisse a été apportée. Quand ces hommes sont revenus ouvrir la caisse, ils ont dû utiliser un coupe-boulons pour sectionner le cadenas.

Tout excité, il ouvrit la porte.

Il n'y avait pas de caisse ouverte et vide dans la serre.

Le sergent jeta un regard indécis à Holmes, mais c'est lord Ingram qui dit, le cœur battant :

— Il n'y a que deux nouvelles caisses ici. Celles-là.

Il posa sa main gantée sur des conteneurs qu'on avait empilés contre le mur du fond, entre de solides étagères de métal qui contenaient de nombreuses boîtes et d'autres caisses marquées *FRAGILE*.

— Tout le reste était déjà ici. Si une troisième caisse a effectivement été livrée la veille du jour où on a retrouvé le corps de lady Ingram… ma foi, celle-ci a disparu.

— Il n'aurait pas été plus simple d'ouvrir la caisse ici et d'emporter seulement le corps jusqu'à la glacière ? s'étonna le sergent Ellerby.

— Regardez par terre, répondit Holmes en tendant le doigt. Ash, vos domestiques seraient-ils aussi négligents ?

Sur un autre domaine, quelques fétus de paille et éclats de bois n'auraient pas été considérés comme de la négligence dans un bâtiment où l'on se rendait rarement, mais on était à Stern Hollow. Ici, la méticulosité n'était pas un idéal : c'était un critère minimal. Le cœur de lord Ingram battait de plus en plus fort.

— Non, répondit-il. Le personnel de haut rang considère la propreté comme une vertu cardinale et forme les subalternes en conséquence.

Holmes hocha la tête.

— Donc, les hommes qui sont venus plus tard ont vidé la caisse ici.

— Alors qu'en ont-ils fait ? demanda Ellerby. Le gardien ne s'étonne peut-être pas de voir des hommes apporter une caisse, mais ne trouverait-il pas étrange de les voir en *emporter* une ?

Holmes se tourna vers lord Ingram.

— La première fois que j'ai visité le parc, on m'a fourni une carte à la maison du gardien. Je me souviens que plusieurs entrées y étaient indiquées.

— Dans ce cas, ils ont pu s'en aller par un autre chemin sans être vus, murmura le sergent, perplexe.

— En temps normal, je répondrais que non, répliqua lord Ingram en s'efforçant de parler d'un ton égal. La seule autre entrée par laquelle un chariot puisse passer n'est pas surveillée par un gardien, mais elle est presque toujours barrée. Cela dit, si ces hommes étaient équipés d'un coupe-boulons et résolus à s'en servir…

— Prêtez-nous des chevaux, Ash. Allons voir sur place, dit Holmes.

Vue de loin, l'entrée inutilisée semblait correctement fermée. Cependant, quand le petit groupe approcha, il apparut que les deux parties du portail n'étaient plus reliées que par un bout de corde. La chaîne et le lourd cadenas qui les fermaient d'habitude avaient disparu.

La pluie avait redoublé. Ils s'étaient équipés d'imperméables aux écuries, mais lord Ingram ne sentait plus le bout de ses doigts, et son pantalon était trempé.

— Je ne suis pas un expert, cria le sergent Ellerby pour être entendu par-dessus la pluie, mais je n'ai pas vu de traces indiquant que notre gibier ait quitté l'allée pour se débarrasser de la caisse. Pourquoi l'auraient-ils emportée ?

— Peut-être par simple précaution, répondit Holmes.

— Ou parce qu'ils en avaient besoin pour une autre raison, suggéra lord Ingram, qui inspectait le sol en pataugeant dans la boue.

— Possible, dit Holmes. La nuit tombe et la pluie ne nous aide pas. Rentrons à la maison !

Lord Ingram aurait préféré poursuivre les hommes qui avaient emporté la caisse - ou, à tout le moins, chercher des indices sur leur destination - mais Holmes avait raison. À cette heure tardive on n'y voyait presque plus, et avec son pantalon froid et mouillé plaqué sur sa peau, il risquait d'attraper une pneumonie.

Il l'aida à remonter sur son cheval.

— Bon travail, dit-il assez bas pour qu'elle seule l'entende.

— Merci, milord.

Elle se pencha vers lui pour chuchoter :

— Et savez-vous ce que je demande pour ce bon travail ?

Le cœur de lord Ingram s'arrêta de battre pendant quelques instants.

— Non ?

— Trois cents livres sterling de défraiement.

À travers leurs gants détrempés, elle lui serra la main.

— Mme Watson vous enverra la facture, ajouta-t-elle.

L'inspecteur en chef Fowler parla de nouveau avec Finney, le jeune domestique qui avait découvert le corps de lady Ingram. Le garçon parut surpris en entendant parler d'un cadenas différent et répéta que, depuis le peu de temps qu'il travaillait à Stern Hollow, il n'avait vu qu'un seul cadenas à la glacière, celui qu'il ouvrait chaque fois qu'il s'y rendait, y compris le jour où il avait trouvé la dépouille de lady Ingram.

Devant cette contradiction, Treadles avait les mains moites.

Après que Fowler eut remercié le jeune homme, il informa l'intendant qu'il souhaitait voir les appartements privés de lord et lady Ingram. M. Walsh, qui n'était pas vraiment en position de s'opposer à sa requête, lui rappela que le sergent Ellerby et ses hommes avaient déjà inspecté les lieux.

— Peu importe, nous voulons les examiner de nouveau.

M. Walsh les y emmena lui-même, d'un pas raide de désapprobation.

Les appartements de lady Ingram, qu'ils visitèrent en premier, donnaient l'impression de n'avoir jamais été occupés. Dans la lueur des lampes, les draps qui protégeaient les meubles de la poussière prenaient des allures spectrales. Le dressing-room, qui aurait dû abriter une superbe garde-robe, était aux trois quarts vide. Les vêtements n'étaient jamais revenus de Londres.

Quant au décor, il ne dégageait pas la même impression que dans le reste de la maison. Il était plus opulent, mais lourd et vieillot.

— Style Empire, murmura Fowler. Alors que la plupart des autres pièces sont plutôt modernes.

Treadles se souvint que les dames Avery et Somersby, pendant leur interrogatoire, avaient soupçonné lord Ingram d'exercer secrètement une oppression sur son épouse. Elles en voulaient pour preuve le fait que lady Ingram n'avait laissé aucune trace de son passage à Stern Hollow, comme si son époux avait été l'unique maître des lieux.

— Lady Ingram s'intéressait très peu à la décoration intérieure. Elle était satisfaite de ses appartements tels qu'ils étaient et ne voulait pas voir des gens les envahir pour tout changer, expliqua M. Walsh avec une infaillible loyauté envers son employeur.

Par contraste, les appartements de lord Ingram, même s'ils étaient de la même dimension que ceux de son épouse, semblaient spacieux et lumineux. Au lieu des œuvres de grands maîtres que l'on trouvait au rez-de-chaussée de la maison, les murs s'ornaient de croquis au fusain de sites archéologiques. Treadles reconnut celui des îles Scilly, où ils avaient partagé un moment si convivial – et où il avait entendu parler pour la première fois de Sherlock Holmes.

Celui qui occupait la place d'honneur, sur le manteau de la cheminée, était simplement intitulé *Villa romaine*. Treadles se souvenait que lord Ingram avait rédigé un petit volume sur la découverte et l'excavation, alors qu'il n'était encore qu'adolescent, d'une ruine romaine d'importance modeste sur la propriété de son oncle.

— Inspecteur, pourriez-vous faire un peu plus de lumière ici, s'il vous plaît ? appela Fowler depuis le dressing-room.

Treadles apporta un candélabre à sept branches et en alluma toutes les bougies. Fowler était à genoux sur le grand et luxueux tapis au centre de la pièce. Devant lui se trouvait une boîte à bottes, ouverte.

— Je suis sûr que si vous avez besoin d'examiner n'importe quel article dans le dressing-room, le valet de chambre de Monsieur sera plus qu'heureux de vous aider, proposa M. Walsh d'une voix étranglée par l'anxiété.

— Merci, mais nous sommes parfaitement capables de nous débrouiller seuls, répondit Fowler d'un ton sans réplique.

Plus bas, il ajouta à l'intention de Treadles :

— Jetez donc un coup d'œil.

Les bottes, vieilles et élimées, n'avaient rien de remarquable, mais quand Treadles les souleva, il vit ce que Fowler avait noté. Les semelles étaient incrustées de poussière de charbon.

Il y avait aussi eu de la poussière de charbon sur le sol de la glacière.

Bien sûr, ce n'était pas une preuve irréfutable que lord Ingram se soit rendu dans la glacière avant la découverte du corps de lady Ingram. Treadles aurait été surpris que le gamin, Finney, n'ait pas lui-même de la poussière de charbon sous ses chaussures, puisqu'il devait en transporter pour alimenter les poêles où l'on préparait chaque jour les repas.

Malgré tout, cela n'augurait rien de bon pour lord Ingram.

Treadles expira lentement en s'efforçant de chasser un début de panique. Charlotte Holmes avait intérêt à trouver rapidement des preuves pour le disculper, car Scotland Yard avançait à un rythme effrayant.

Fowler, manifestement ravi que Treadles ait compris l'importance de ces bottes, continua de fouiller le reste des appartements.

Ils partirent en emportant les bottes, que Fowler confia à un agent car le sergent Ellerby, d'après un M. Walsh à la mine accablée, était sorti en compagnie de lord Ingram et de M. Holmes.

— Il me semble que nous devrions examiner de nouveau la glacière, ne pensez-vous pas ? dit Fowler.

Ils endossèrent des imperméables, mais le trajet jusqu'à la glacière n'en fut pas moins pénible. Le policier de garde s'était réfugié à l'intérieur de la première chambre où il se tenait sur un tabouret, blotti devant un brasero qu'on avait apporté de la maison.

— Inspecteur en chef ! Inspecteur ! s'exclama-t-il en se levant d'un bond pour les saluer.

— Pourquoi fait-il aussi humide ici ? demanda Fowler. La porte n'est pas étanche ?

— Non, monsieur. Le sergent Ellerby, lord Ingram et…

À cet instant, la porte de la seconde chambre s'ouvrit et le sergent, lord Ingram et Mlle Holmes en sortirent.

— Inspecteur en chef, inspecteur, les salua Ellerby en claquant des dents. Vous êtes venus jeter un nouveau coup d'œil à la glacière ? Nous aussi.

— Les grands esprits se rencontrent, commenta Sherrinford Holmes, qui avait les lèvres bleuies.

Fowler fit la grimace.

— Vous devriez rentrer à la maison avant de prendre froid, sergent Ellerby. Vous aussi, milord et monsieur Holmes.

— Merci, inspecteur en chef, répondit ce dernier. Au fait, j'ai reçu des nouvelles de mon frère. Il pourra nous recevoir ce soir après le dîner. L'heure vous convient-elle, messieurs ?

Fowler arqua un sourcil.

— Oui, tout à fait. Merci, monsieur Holmes. Je dois dire que j'ignorais totalement qu'il se trouvait dans les parages.

— Il s'est mis au vert dans la région depuis quelques jours, répondit « Sherrinford Holmes » d'un ton chaleureux malgré ses dents qui claquaient de froid. D'ailleurs, je venais aussi dans le coin pour lui rendre visite. Je ne l'ai pas beaucoup vu depuis que tout cela est arrivé, bien sûr, mais nous aurons tout le temps de discuter entre frères quand ce pénible épisode sera derrière nous.

La nonchalance de Mlle Holmes aurait dû réconforter Treadles, mais la perspective de cette rencontre avec Sherlock Holmes le déconcertait.

Quand un client rendait visite à Sherlock Holmes, Mlle Holmes expliquait qu'il était alité pour raisons de santé et que toutes les communications devaient passer par elle. De temps en temps, elle disparaissait dans une chambre voisine pour s'entretenir avec lui. En vérité la pièce était vide, et Sherlock Holmes rien de plus qu'une façade derrière laquelle Mlle Holmes exerçait ses capacités de déduction.

L'inspecteur en chef Fowler, lui, ne se contenterait pas qu'on lui dise que le grand détective se trouvait dans la pièce voisine. Où Mlle Holmes allait-elle trouver un Sherlock Holmes en chair et en os, en si peu de temps ? Et comment cette mise en scène pourrait-elle tromper un œil aussi méfiant et acéré que celui de Fowler ?

— Nous vous attendons après le dîner, donc ? conclut Mlle Holmes.

— Bien entendu, répondit Fowler avec un sourire carnassier. Nous sommes impatients de rencontrer M. Sherlock Holmes.

C'est seulement après le départ de Mlle Holmes, de lord Ingram et du sergent Ellerby qu'une affreuse hypothèse vint à l'esprit de Treadles. Mlle Holmes n'avait pas tout de même pas l'intention de se démasquer ce soir ?

14

— J'apporte votre thé, Holmes.

Charlotte esquissa un petit sourire. Un homme ne pouvait pas s'annoncer de façon plus agréable.

Elle sortit de son dressing-room pour trouver lord Ingram dans la chambre, le dos tourné. Il portait un habit d'intérieur bleu gris, et ses cheveux sombres étaient encore un peu humides. Du bout des doigts, il effleurait les revers de la veste de Sherrinford Holmes, qu'elle avait placée sur le dossier d'une chaise.

Tiens, tiens ! Elle qui avait cru qu'elle devrait le contraindre d'une façon ou d'une autre à s'aventurer dans sa chambre...

À son entrée, il pivota sur ses talons. Elle pensait qu'il allait faire une remarque sur sa tenue – ou, plus exactement, son absence de tenue, car elle ne portait qu'une chemise de nuit chargée de broderies. Toutefois, ce n'était pas pour cela qu'il la regardait, bouche bée.

— Vos cheveux ! Que leur est-il arrivé ?

Elle avait oublié qu'il ne l'avait pas encore vue sans ses perruques.

— Je les ai coupés. Il y en avait trop, les perruques ne restaient pas en place.

— Vous avez tout coupé !

Ce n'était pas exact. Il en restait une certaine longueur. Mme Watson avait refusé de les tailler plus court.

— Ils me plaisent bien comme ça. Mme Watson dit que cette coupe met mes yeux en valeur.

Il secoua la tête, non pas comme s'il était en désaccord sur ce point, mais plutôt comme s'il avait encore du mal à en croire ses yeux.

— Quoi qu'il en soit, venez manger quelque chose.

Jamais il ne l'avait complimentée pour son apparence. Il n'en avait pas besoin, au demeurant. Tout ce qu'elle avait jamais voulu de lui, c'était son amitié.

Et ceci, bien sûr.

Ceci.

Elle s'approcha du plateau du thé où trônait une sublime tarte aux pommes normande – des quartiers de pommes tranchés aussi fin que du papier, disposés en cercles parfaitement concentriques et nappés d'un glaçage à la confiture d'abricot.

Une dizaine d'années plus tôt, assise sur l'un des chantiers d'Ash, un livre à la main mais, hélas, rien à manger dans l'autre, elle avait regretté de ne pouvoir goûter une tarte aux pommes normande. En amateur fervent des romans scientifiques de M. Verne, Ash avait fait remarquer d'un ton indigné que les Français ne faisaient pas que de la cuisine. À quoi elle avait répliqué que deux des inventions françaises les plus connues, la stérilisation et la pasteurisation, concernaient les aliments et les boissons. Puis elle avait inscrit dans le carnet d'Ash un message en braille – une autre invention française majeure :

Vous auriez dû répondre : « Je vais demander au chef pâtissier de mon parrain de vous en confectionner une. »

Elle ignorait alors s'il se donnerait la peine de déchiffrer le message. Ce qui est sûr, c'est que jamais il ne lui avait offert de tarte aux pommes. Jusqu'à maintenant.

Dommage qu'elle n'en ait pas envie.

Il la regarda. Elle passa doucement le dos d'une cuillère sur le glaçage de la tarte et lui rendit son regard. Il se tenait parfaitement immobile, mais son torse se soulevait et s'abaissait avec une certaine nervosité.

— Pourquoi êtes-vous tendu ?

Il hésita.

— À cause de vous.

— Pourquoi ?

Pour sa part, elle ne ressentait pas la moindre agitation.

— Vous avez fait l'amour des centaines de fois, ajouta-t-elle.

— Pas avec vous.

— Le processus devrait rester le même.

Il regarda par la fenêtre, lui offrant son profil bien dessiné.

— Parfois, c'est impossible de parler avec vous.

— Vous voulez dire tout le temps ? Ou au moins la plupart du temps ? Voilà pourquoi nous avions la sagesse de ne pas faire la conversation quand nous étions enfants.

Il ferma les rideaux. 18 heures n'avaient pas encore sonné, mais il faisait déjà nuit noire dehors.

— Que serons-nous l'un pour l'autre, après ? demanda-t-il.

— Ce que nous avons toujours été. Des amis.

— Et vous pensez que cela...

Il fit un geste en direction du lit.

— ... n'aura pas de répercussions ?

— Autrement dit, vous considérez que nos relations ont toujours été simples et fluides, et vous ne voudriez pas qu'elles deviennent complexes et épineuses ?

Il émit un rire un peu ironique.

— Puis-je souhaiter qu'elles ne deviennent pas *plus* complexes et épineuses ?

— Pourquoi devraient-elles l'être ? Pourquoi les choses ne deviendraient-elles pas plus simples ? Peut-être une part des difficultés qui ont compliqué notre amitié pourraient venir du fait que nous avions envie de coucher ensemble, mais que vous ne l'avez pas permis.

— Ma foi, si vous le dites comme ça.

— Comment le diriez-vous, si ce n'est pas comme ça ?

Au lieu de répondre, il traversa la pièce, sortit sa montre de sa poche et la posa sur la table de chevet. Elle aimait ce spectacle - sa montre sur sa table de chevet, sa personne appuyée contre le bord de son lit. Elle s'approcha de lui et posa les mains sur son torse.

— Merci, dit-elle.

— Pour quoi ?

— Pour la tarte aux pommes, voyons. Pour vous en être souvenu, après toutes ces années.

— Je n'ai jamais oublié. Et je ne laisserai pas dire que Bancroft vous nourrit mieux que moi.

Elle sourit, referma les mains sur son visage et l'embrassa. Il demeura immobile, la laissant faire. Puis il la prit dans ses bras et la déposa sur le lit.

Pendant le dîner à l'auberge, l'inspecteur en chef Fowler et Treadles écoutèrent le compte rendu du sergent Ellerby au sujet du cadenas et de la caisse qui avaient disparu de la serre aux lavandes, et de l'entrée secondaire de la propriété avec sa chaîne et son cadenas qui s'étaient également volatilisés.

Treadles, qui avait picoré jusqu'à ce que le sergent Ellerby les rejoigne, sentit soudain l'appétit lui revenir. Mlle Holmes faisait donc avancer l'enquête de son côté, finalement ? Dieu merci !

Il attaqua sa tourte au bœuf et aux rognons avec un regain d'enthousiasme.

— Ensuite, nous sommes retournés à la glacière pour l'examiner de nouveau. C'est là que M. Holmes m'a demandé si d'autres cadavres avaient été retrouvés dans les parages. J'ai répondu que non, pas à ma connaissance, et il m'a suggéré de guetter ceux d'une femme bien habillée avec le visage abîmé et d'un homme pas très élégant aux vêtements souillés.

— Vraiment ? marmonna Fowler. A-t-il dit pourquoi ?

— Quand j'ai demandé qui ils étaient et en quoi ils seraient liés à la mort de lady Ingram, M. Holmes a déclaré qu'il n'en savait pas assez pour être affirmatif – seulement que, d'après ses déductions, leurs corps devaient être quelque part, à tout le moins celui de la femme.

Treadles se souvint de la mèche de cheveux que Mlle Holmes avait trouvée à quelques mètres de lady Ingram.

Fowler posa d'autres questions, mais quand il devint clair que le sergent n'avait rien de plus à leur apprendre, il le remercia avec gravité et lui souhaita le bonsoir. Le sergent Ellerby salua et partit regagner sa chambre au bureau de police, poussant la porte de l'auberge avec difficulté.

Le vent soufflait en bourrasques, et la nuit promettait d'être rude.

Après une hésitation, Treadles demanda :

— Que pensez-vous de ces deux cadavres que M. Holmes a évoqués, chef ?

— L'histoire semble un peu louche, non ? Je me demande si ce ne serait pas une fausse piste. J'ai du mal à croire que ça puisse être autre chose, puisqu'il sait très bien qu'on nous aurait rapporté l'information.

Treadles s'interdit de froncer les sourcils. Les méthodes de Mlle Holmes étaient peut-être incompréhensibles à ses yeux, mais il ne pouvait contester leur efficacité. Certes, Fowler n'avait jamais travaillé avec elle, mais les compétences dont « Sherrinford Holmes » avait fait preuve aujourd'hui auraient dû valoir à ses affirmations un examen plus approfondi.

— Et le reste ?

Fowler secoua la tête.

— Une caisse que personne n'attendait et qui a maintenant disparu ? C'est un peu trop facile ! Sans parler du fait que n'importe qui peut sectionner un ou deux cadenas. Le sergent Ellerby est un bon policier, mais franchement il est un peu naïf.

Pourtant, il serait facile de confirmer l'arrivée de la troisième caisse en interrogeant l'employé de la gare, M. Walsh, et le domestique que ce dernier avait envoyé pour accompagner les livreurs à la serre aux lavandes.

Ou alors, Fowler sous-entendait-il que toutes les personnes impliquées avaient été achetées par le riche et puissant lord Ingram ?

Treadles garda le silence. Il était clair que son supérieur était résolu à coincer celui-ci, ce qui ajouterait une prise à un tableau de chasse déjà légendaire.

Mlle Holmes avait intérêt à ne pas aider l'inspecteur en chef en révélant la vérité sur Sherlock Holmes ce soir.

Treadles s'excusa, prétextant qu'il devait écrire à son épouse. Il n'en avait pas vraiment eu l'intention mais, quelques minutes plus tard, il avait rédigé une lettre.

Chère Alice,

Il fait froid et le temps est épouvantable dans le Derbyshire. La journée a été interminable, et elle n'est pas encore finie.

J'aimerais pouvoir vous assurer du contraire, mais pour l'instant lord Ingram est en mauvaise posture. Les preuves qui l'accusent sont innombrables. Celles qui l'innocentent, malgré quelques illogismes et étrangetés, sont bien maigres.

J'espère que la journée de demain apportera de meilleures nouvelles.

Avec tout mon amour,

Robert

Il tourna son stylo plusieurs fois, saisi d'une envie de lui en dire plus. Il avait l'habitude de lui écrire des lettres de plusieurs pages où il racontait sa journée dans les moindres détails, importants ou non. À présent, il avait l'impression d'être un robinet rouillé qui ne laissait plus passer qu'un mince filet d'eau.

Posant son stylo, il appuya son front contre ses mains.

— Avons-nous le temps de recommencer ? demanda Holmes, les yeux brillants et les joues roses.

Lord Ingram consulta sa montre sur la table de chevet. 18 h 57. Ils devaient dîner avec Bancroft à la demie. Et même s'il avait prévenu son frère qu'ils ne s'habilleraient pas en tenue de gala, ils n'avaient plus beaucoup de temps.

— Non. En tout cas, pas correctement.

Elle poussa un délicieux petit soupir.

— J'ai adoré. Et vous ?

Et lui ? Il n'avait qu'une obsession : recommencer.

— C'était très bien.

— Je pensais que vous seriez un peu rouillé, puisqu'il y a longtemps que vous ne l'aviez pas fait. Enfin, c'est ce que vous avez prétendu.

Cela faisait une éternité, en effet. Il fit courir son doigt le long du bras de sa compagne, s'émerveillant de sa douceur.

— C'est peut-être comme l'équitation. Une fois qu'on a appris, on n'oublie pas.

— Il me reste beaucoup à apprendre, dit-elle d'un ton rêveur. Je me demande si Mme Watson pourrait me donner quelques conseils.

Bonté divine.

— Et si c'était plutôt moi qui vous disais ce que j'aime ?

— Vous feriez cela ?

Elle le regarda en battant des paupières, agitant ces cils interminables qui auraient été un atout ravageur si elle avait eu le moindre goût pour le flirt.

— Je suis surprise, milord. Vous ne me dites jamais rien, à part ce que vous n'aimez pas.

— Dans ce cas...

Il approcha les lèvres de son oreille pour murmurer quelques paroles. Quand il s'écarta, elle avait le regard légèrement embué.

— Étant donné votre personnage guindé en public, j'espérais qu'en privé vous auriez des goûts variés, voire quelque peu décadents. Je dois dire que je ne suis pas déçue.

Il lui jeta un regard railleur.

— Je suis trop jeune pour être qualifié de guindé.

— Vous êtes trop jeune pour *être* guindé.

— C'est bon ! fit-il en riant. Je l'ai bien cherché. Et maintenant, dites-moi. Quand vous avez parlé de votre incapacité à manger tout à l'heure... utilisiez-vous le terme *impuissance* comme une analogie ?

— Et si c'était le cas ?

Elle prit une mèche de ses cheveux bruns et la fit passer entre ses doigts. Le geste était si intime qu'il en eut le souffle coupé... et en oublia presque ce qu'il s'apprêtait à dire.

— S'il vous plaît, je vous en prie, faites de moi le plus heureux des hommes en avouant que votre expérience de l'impuissance concernait Roger Shrewsbury.

— Il a réussi à se ressaisir à la fin, répondit-elle de ce ton détaché qui n'appartenait qu'à elle.

— Je sais cela, inutile de me le rappeler. Je voulais juste vous entendre dire qu'il avait perdu ses moyens au moins pendant quelque temps.

— Eh bien... il a dit que je l'intimidais, répondit la créature la plus intimidante qu'il ait jamais rencontrée.

— Ha !

Elle posa la main sur l'oreiller, sous sa joue, et le regarda avec une curiosité qui ne semblait pas feinte.

— Pourquoi cela vous rend-il si heureux ?

— Je ne sais pas.

Il lui décocha un sourire espiègle.

— Apparemment, malgré mon personnage guindé, je ne suis pas quelqu'un de bien. J'ai envie de le rouer de coups depuis ce fameux jour, l'été dernier. Chaque fois que je le croise.

— Pourquoi ? Vous auriez pu coucher avec moi n'importe quand depuis que j'ai dix-sept ans.

C'était bien là le problème, n'est-ce pas ? Il s'était lourdement trompé sur ce qu'il voulait, sur ce dont il avait besoin.

— C'est peut-être moi-même que j'avais envie de rouer de coups, admit-il.

Elle le couva d'un regard pensif. Le silence qui les enveloppa n'était pas lourd ni tendu, mais un peu mélancolique.

Il se redressa et consulta de nouveau sa montre.

— Cette fois, il faut nous habiller. Tout de suite.

Elle prit sa main alors qu'il s'apprêtait à se lever du lit.

— Vous voyez, nous sommes toujours amis. Rien n'a changé.

Il l'observa – elle, la clef de voûte de sa vie. Elle n'avait pas tort. Rien n'avait changé.

Sauf lui.

Mme Newell et ses invités étaient partis dans l'après-midi. Les officiers de police s'étaient retirés dans leurs chambres à l'auberge du village, ne laissant qu'un jeune agent dans le hall d'entrée. Remontant les couloirs vides, Charlotte et lord Ingram se rendirent au salon.

Bancroft était déjà là, en train d'étudier une carte de Stern Hollow. Il se leva.

— Vous êtes en retard.

Ils l'étaient, en effet. De quatre-vingt-dix secondes.

— Mes excuses, dit lord Ingram. Nous devons partir tôt pour retrouver les policiers. Passons-nous à table ?

Bancroft acquiesça d'un coup de menton.

— J'ai demandé un service à la française. Nous n'aurons pas besoin des valets.

D'ordinaire, le dîner était servi à la russe, les plats apportés l'un après l'autre, raison pour laquelle Charlotte avait souvent passé plus de trois heures à table. Dans le service à la française, tous les plats étaient disposés en même temps et chaque convive se servait lui-même.

Ils se rendirent à la salle à manger, avec son plafond haut et sa table qui pouvait accueillir soixante invités. S'ils n'en occupaient qu'une modeste extrémité, les plats en revanche prenaient plus de place. Lord Bancroft ne se contentait que du meilleur, et il appréciait la variété.

Une fois la soupe servie, lord Ingram remercia les valets. Presque aussitôt, lord Bancroft demanda :

— Ash, quelle est cette histoire que j'ai entendue, à propos d'un feuillet écrit de votre main et impliquant Mlle Holmes ?

— Je suppose que lady Ingram avait arraché quelques pages de mes cahiers d'exercices pour les envoyer à Moriarty, répondit son frère. Ainsi, ses sbires et lui pourraient reconnaître des lettres que j'aurais rédigées, même avec une écriture contrefaite, si jamais ils en interceptaient.

Lord Bancroft remplit son assiette de rôti d'aloyau, de ragoût de homard et de vol-au-vent aux huîtres.

— Quelle femme se promènerait avec un tel papier dans son bas ? Les policiers ne voient donc pas que c'est une tentative cousue de fil blanc pour désigner son mari ?

— C'est évident pour *nous*, répondit lord Ingram, mais les gens de Scotland Yard ne voient que ce qu'ils veulent voir.

— Bande de crétins. Bien, qu'avez-vous trouvé ?

La question était adressée à Charlotte, qui lui parla de la troisième caisse qui avait été livrée à la serre aux lavandes avant de disparaître.

— Voilà donc comment le corps est arrivé à Stern Hollow, dit lord Bancroft d'un air soucieux. La dernière fois que je suis venu ici, j'ai tenté de déterminer si d'autres agents de Moriarty, à part lady Ingram, avaient réussi à s'infiltrer dans la maison, parmi le personnel. Je me croyais rassuré sur cette question, mais je me suis peut-être trompé.

— Vous n'êtes pas le seul à vous être méfié du personnel, dit lord Ingram. J'ai moi-même passé plusieurs semaines à examiner ce point. Aucun ne travaille pour Moriarty.

Charlotte, qui s'était entretenue avec tous les domestiques, était du même avis.

— Les livreurs de la caisse ont eu de la chance. L'employé de la gare est bavard ; il leur a probablement dit tout ce qu'ils avaient besoin de savoir. Et leur passage a coïncidé avec l'arrivée massive des invités de Mme Newell.

— Pour des étrangers, ils avaient l'air de bien connaître la propriété, fit remarquer Bancroft.

— Mme Watson et moi sommes venues nous promener sur le domaine quelques jours avant la découverte du corps de lady Ingram. On nous a fourni une carte de la propriété et des allées. Au dos, il y avait même un petit plan de la maison, du jardin et des dépendances. Peut-être ces hommes avaient-ils effectué la même visite, histoire de se familiariser avec les lieux avant leur opération.

Les grandes propriétés à la campagne autorisaient souvent les gens à se promener dans leur parc – certaines ouvraient même quelques pièces de la maison quand la famille n'était pas là – et il n'était pas inhabituel de distribuer des plans aux touristes afin qu'ils trouvent leur chemin.

— Mais pourquoi ces hommes ont-ils choisi la glacière ? Pourquoi ne pas abandonner la dépouille dans les jardins ? D'ailleurs, la glacière est-elle seulement indiquée sur ce plan dont vous parlez, qu'on donne aux visiteurs ?

Lord Ingram et Charlotte échangèrent un regard.

— Vous avez raison, admit-elle. Elle n'y figure peut-être pas. Je ne me souviens pas de l'avoir vue sur la carte.

— Alors pourquoi ? murmura Bancroft, comme pour lui-même.

— Vous êtes sorti cet après-midi. Avez-vous trouvé quelque chose ? demanda lord Ingram à son frère.

— Je suis allé voir le corps. Je n'arrivais pas à y croire. Le médecin légiste arrive ce soir – Scotland Yard ne voulait que le sien –, et l'autopsie est prévue pour demain matin. Nous verrons s'il y a du nouveau. Que pensez-vous qu'elle ait fait, pour que Moriarty se retourne contre elle ?

— Je pensais que c'était seulement parce qu'il n'avait plus besoin d'elle, mais Holmes n'est pas de cet avis. Elle estime qu'une femme telle que lady Ingram représentait un atout de valeur, même si elle ne pouvait plus vous espionner.

— Je suis d'accord avec Mlle Holmes. Ce qui rend l'affaire encore plus incompréhensible.

Personne ne dit mot pendant un moment. Charlotte s'efforçait de manger. Son manque d'appétit avait déjà inquiété Mme Watson et lord Ingram ; elle n'avait pas envie que lord Bancroft s'interroge lui aussi sur son état d'esprit.

Ce dernier brisa le silence.

— Superbes tenues, au fait, mademoiselle Holmes.

— Merci, monsieur. L'habillement masculin est bien plus passionnant qu'on ne le croirait. J'en ai fait une étude approfondie. N'hésitez pas à vous adresser à moi, dit-elle avec solennité, si vous avez des questions sur les dernières tendances de la mode pour gentlemen.

— Je ne manquerai pas de tirer profit de votre expertise si le besoin s'en fait sentir, répondit avec une égale gravité le toujours très élégant lord Bancroft. Aviez-vous déjà enquêté sur des affaires qui exigeaient de vous déguiser en homme ?

— Pas encore, mais Mme Watson et moi étions toutes les deux d'avis qu'il valait mieux nous préparer à cette éventualité. Ce n'était qu'une question de temps avant qu'une telle nécessité se présente.

— Et qu'est-ce qui vous a fait penser que vous auriez besoin de tenues masculines pour un séjour à la campagne ?

— Je n'y ai pas pensé. Ce sont plutôt comme de nouveaux jouets : je n'avais pas envie de m'en séparer.

— Vous vous êtes également entraînée à parler et à vous comporter comme un homme.

— Mme Watson était une actrice professionnelle, et son majordome aussi est monté sur les planches. Ce sont d'excellents professeurs.

Charlotte, qui au naturel n'avait pas une voix aiguë, avait appris à baisser le ton. Pour Sherrinford Holmes, elle n'avait pas besoin de la faire descendre d'une octave entière – personne ne s'attendait que ce gentleman possède un timbre particulièrement grave – mais si nécessaire, elle en était capable.

— Excellent travail. Je trouvais que vous étiez un type un peu bizarre, mais je n'ai pas imaginé un instant que vous étiez Charlotte Holmes, jusqu'à ce qu'Ash mentionne Sherlock.

— Eh bien, merci, milord.

— Là où je veux en venir, c'est que vous n'avez pas atteint une telle maîtrise du jour au lendemain. Et je ne vous vois pas fournir autant d'efforts pour un hypothétique besoin futur. Y aurait-il quelque chose que j'ignore ?

Charlotte jeta un regard à lord Ingram, qui prit une bouchée de son filet de levreau et parut très absorbé par sa mastication.

— Eh bien, avant cette malheureuse affaire avec lady Ingram, Ash et moi envisagions d'effectuer un voyage à l'étranger, une fois passé Noël. Tant que j'ai vécu sous le toit de mes parents, je n'ai pratiquement jamais mis le pied hors du sol anglais – une lacune que j'aimerais rectifier. Et Ash, naturellement, aurait bien besoin de prendre un peu de distance avec la bonne société.

» Ma réputation est définitivement ruinée, mais il doit préserver la sienne. Et puisque les enfants nous accompagneraient, nous devrions nous conduire avec un *semblant* de respect des convenances. Donc, si je pouvais me faire passer pour un homme, le problème serait résolu.

Lord Bancroft, qui était en train de couper un vol-au-vent au poulet, se figea.

— Où pensiez-vous aller ?

La question était adressée à lord Ingram, qui prit une gorgée de vin avant de répondre.

— Dans des pays chauds, puisque nous serions partis en plein hiver. L'Espagne, Majorque, l'Égypte, le

Levant… Le temps que nous arrivions aux Indes, il ferait probablement une chaleur insupportable dans les plaines, mais les montagnes seraient encore agréables.

Ses yeux se fixèrent sur ceux de Charlotte tandis qu'un petit sourire éclairait ses lèvres.

— Je vois, dit Bancroft d'un ton remarquablement impassible pour un homme qui avait courtisé Charlotte à deux reprises sans obtenir sa main.

La jeune femme se servit une part d'œufs à la neige nageant dans la crème anglaise.

— C'est délicieux, dit-elle. Et pas trop sucré.

— Ils ont été confectionnés par l'aide-cuisinier du chef pâtissier que Bancroft a volé à Stern Hollow, dit lord Ingram.

— Ce chef pâtissier est-il toujours à votre service, lord Bancroft ? s'enquit-elle.

On avait déjà dit à Charlotte qu'elle était difficile à déchiffrer. En termes d'opacité, le visage de lord Bancroft devait être comparable au sien. À part une certaine concentration sur ce qu'il mangeait, elle ne distinguait rien dans ses traits.

Il leva les yeux vers elle.

— Oui. Et avant que je parte à Eastleigh Park, il m'a préparé une excellente tarte au citron.

Charlotte se tourna vers lord Ingram.

— J'aime beaucoup les tartes au citron.

— Alors vous en aurez.

Son regard s'attarda de nouveau sur elle.

— Et maintenant, Holmes, si vous avez terminé, nous devons y aller. Bon appétit, Bancroft.

— Pourquoi, à votre avis, lord Bancroft a-t-il refusé de croire que je consacrerais simplement du temps et de l'énergie à apprendre à me faire passer pour un homme ? demanda Holmes quand lord Ingram et elle furent seuls dans la voiture. C'est un savoir-faire professionnel utile.

— Parce que même si vos capacités mentales sont tout à fait remarquables – et un peu effrayantes – vous n'avez jamais été particulièrement persévérante. S'il le faut, oui, mais sinon, vous pourriez facilement ressembler à une caricature du journal *Punch* représentant une dame indolente en chaise longue, mangeant des bonbons et lisant des romans. Sauf que vous liriez *The Lancet*[1] ou un catalogue de dépôts de brevet.

» Lâcher votre livre, vous lever de votre chaise longue et mettre des rembourrages, des vêtements, une perruque, l'appareil dentaire, les barbe et moustache postiches, puis vous entraîner à ressembler à un homme… Pourquoi Bancroft croirait-il que vous feriez tout cela dans des circonstances normales ?

— Pensez-vous qu'il ait cru que c'était pour voyager avec vous à l'étranger ?

Lord Ingram haussa les épaules.

Comme toujours, il était difficile de deviner ce que son frère pouvait penser, mais *lui*, il aurait aimé y croire. Il les voyait très bien, elle et lui, épaule contre épaule à la proue d'un navire. Peu importait la mer qu'ils traverseraient – chaude ou froide, paisible ou houleuse. Peu importait leur destination – contrées désertes et sauvages ou métropole surpeuplée. Tout ce qui comptait, c'était qu'ils seraient ensemble. Enfin.

Elle avait raison. Il était toujours un incorrigible romantique.

Une pensée douce-amère, plus amère que douce.

Il était tenté de lui demander si un tel voyage serait possible un jour, mais elle n'était pas femme à faire

1. *Punch*, journal satirique fondé en 1841 et disparu en 2002 ; *The Lancet*, journal médical fondé en 1823 et encore en activité. *(N.d.T.)*

des promesses sur l'avenir. Et lui… tout au fond de lui, il voulait des promesses.

Ou, du moins, de la clarté et des certitudes.

Il regarda par la fenêtre, vers la nuit opaque et la pluie qui semblait résolue à tomber jusqu'à la fin de l'année. Après quelques instants, elle posa sa main gantée sur la sienne.

Les paroles de la jeune femme résonnaient encore à ses oreilles. « Pourquoi les choses ne deviendraient-elles pas plus simples ? »

Non. Une relation déjà compliquée ne se simplifiait jamais quand l'intimité physique s'y ajoutait. Mais au moins, à présent, quand ils étaient à court de mots, il pouvait se tourner vers elle… et l'embrasser.

Ce qu'il fit.

Treadles ne s'était pas attendu à voir « Sherrinford » Holmes en pénétrant dans la voiture. Il pensait qu'elle se serait déjà rendue à leur destination pour se préparer à son rôle de sœur de Sherlock Holmes – voire à celui de Sherlock Holmes en personne. Mais ce furent bien Sherrinford Holmes, ainsi que lord Ingram, qui saluèrent cordialement les deux policiers.

L'inspecteur en chef Fowler prit l'initiative de la discussion tandis qu'ils roulaient. Il concentra ses questions sur la gestion d'un grand domaine.

Treadles avait assisté à des conférences archéologiques de lord Ingram. Cet homme possédait un don pour captiver son audience. À présent, bien que le sujet fût plus prosaïque, Treadles fut fasciné par ce qu'il expliqua au sujet des myriades de responsabilités qui pesaient sur ses épaules.

— Vous aimez votre propriété ? demanda Fowler.

La question fut suivie par un long silence, au terme duquel lord Ingram répondit :

— De son vivant, mon parrain avait laissé entendre avec insistance que j'hériterais de Stern Hollow à son décès. Cette perspective me plaisait énormément ; la vie saine et paisible d'un domaine campagnard, voilà exactement ce dont je rêvais.

» En réalité, cette existence impose bien plus de considérations pratiques que je ne l'avais imaginé. Le personnel de Stern Hollow est remarquable, mais il ne s'occupe que des questions quotidiennes – ce qui sort de l'ordinaire lui échappe. Et comme lady Ingram n'avait aucun goût pour diriger une maison, tous les problèmes remontaient jusqu'à moi. Au début, j'ai aimé prendre toutes les décisions, mais après un moment...

La voiture tourna à cet instant, faisant se balancer les lanternes situées sur l'avant. Brièvement, la lumière éclaira les traits de lord Ingram, puis il fut de nouveau dans l'obscurité.

— Il y a environ dix-huit mois, on m'a informé qu'un des portails du domaine était en mauvais état et devait être remplacé. Il était situé dans un endroit éloigné, où la végétation est plus sauvage, et accessible uniquement à pied ou à cheval. J'ai donné l'autorisation pour que ce portail soit remplacé, mais mon régisseur m'a appris que c'était la deuxième fois en dix ans que cela se produisait.

» D'après lui, si on remplaçait un portail de qualité médiocre par un autre à l'identique, nous devrions recommencer dans quelques années. Nous nous sommes rendus à cheval pour voir ce qu'il en était. Il avait raison. Tout était en mauvais état, pas seulement le portail. Alors nous avons décidé de refaire toute l'enceinte de la propriété – clôtures, portails, poteaux. Et comme les barrières en bois n'avaient pas été suffisantes, nous avons estimé qu'un portail en fer forgé serait une option plus satisfaisante.

» Seulement, à quoi devait ressembler ce portail en fer forgé ? Persuadé d'avoir un petit talent de dessinateur, j'ai conçu quelques projets, pour apprendre ensuite que les uns étaient trop compliqués à réaliser et les autres trop faciles à enjamber. Profitant de ce que mon attention était tournée sur ce sujet, mon régisseur a soulevé toute une nouvelle série de problèmes dans les environs, depuis une cabane de bûcheron en ruine jusqu'à plusieurs passerelles si pourries qu'on ne traversait plus en sécurité.

» Sans m'en rendre compte, j'ai consacré trois semaines à améliorer une partie du domaine où je ne me rendrai plus jamais – sans parler des dizaines de croquis que j'avais dessinés et abandonnés, avant d'obtenir un modèle acceptable pour le nouveau portail.

» Une fois tout cela terminé, je n'ai pas ressenti une grande satisfaction. Pas même du soulagement. Dans l'ensemble, j'étais stupéfait d'avoir perdu autant de temps pour des détails. Des questions qui ne m'intéressaient pas et ne changeaient rien pour personne, sauf peut-être mon régisseur qui se félicitait d'avoir barré tous les points sur sa liste de choses à faire.

— Hum, je vois, dit Fowler après un silence. Les joies sans mélange sont bien rares, dans la vie.

Lord Ingram hocha la tête, comme s'il éprouvait de la gratitude d'être compris.

— Les principaux attraits de la vie rurale – du moins, c'est ce que je croyais quand j'étais plus jeune –, ce sont la famille et les amis, loin du vacarme et des distractions de la ville, mais à Stern Hollow, la vie de famille était en péril, et les réceptions que nous y organisions toujours marquées par une tension sous-jacente.

» Aussi belle soit ma propriété, et malgré toute ma fierté d'en prendre soin, dans l'ensemble elle m'a donné très peu de joies, et jamais du genre « sans mélange ».

Personne ne répondit, cette fois. Treadles était mal à l'aise. Que dire à un homme qui dévoilait sa vie dans sa vérité sans fard ?

Certes, lord Ingram avait désespérément besoin d'apparaître à Fowler comme un être franc qui n'avait rien à cacher, mais ne poussait-il pas le bouchon un peu loin ?

Puis Treadles se souvint de la personne assise à côté de lord Ingram. Ce n'était pas aux policiers que celui-ci s'était adressé. C'était à *elle*. Uniquement à elle.

Elle l'avait écouté avec la quiétude d'une bonne terre qui absorbe les premières gouttes d'une averse. Et même maintenant qu'il avait cessé de parler, elle continuait de tendre l'oreille.

Comme si elle l'écoutait respirer.

Tout d'un coup, Alice manquait terriblement à Treadles, avec son rire un peu rauque, ses cheveux qui sentaient si bon et sa façon de lui décocher un clin d'œil quand elle lui servait un whisky, parce qu'elle s'en versait en même temps un plus copieux pour elle-même.

Elle lui manquait. Elle lui manquait tellement. Elle lui manquait si…

Il prit soudain conscience – et il en fut presque choqué – qu'elle ne s'était pas enfuie. Qu'elle ne l'avait pas épousé par intérêt, comme lady Ingram. Qu'elle ne s'était même pas montrée froide ou distante. C'était lui qui s'était retranché dans une réserve guindée.

Ils approchaient de leur destination quand Fowler reprit la parole.

— Quand nous avons interrogé les dames Avery et Somersby tout à l'heure, elles ont évoqué un point assez intéressant. Elles ont dit que vous étiez épris de Mlle Charlotte Holmes. Est-ce le cas, milord ?

Dans le silence impénétrable qui était tombé, Treadles émit un hoquet de stupeur si sonore que cela en fut mortifiant.

— Je n'y ai pas réfléchi, répondit lord Ingram.
— Ce n'est pas vraiment une question qui appelle une réflexion, il me semble ? Soit on est amoureux, soit on ne l'est pas. L'êtes-vous, milord ?
Sans excitation ni gêne – du moins, pour ce que Treadles en percevait –, Charlotte Holmes se tourna vers son ami, cet homme contraint d'exposer les secrets les plus intimes de son cœur.
Il regarda vers l'extérieur, en direction du cottage dont ils approchaient et dont chaque fenêtre déversait une lumière dorée.
— Oui, je le suis. Je suis amoureux d'elle.

15

« Sherrinford Holmes » ne disparut pas dans les profondeurs du cottage avant de revenir sous une autre apparence.

Au lieu de cela, ils trouvèrent dans le salon une jeune femme à l'air espiègle.

— Une bonne amie de la famille, expliqua Charlotte Holmes. Mlle Redmayne.

Celle-ci serra chaleureusement la main des trois hommes.

— Ravie de vous rencontrer, inspecteur en chef Fowler. Sherlock m'a parlé de vous, inspecteur Treadles. Et c'est un plaisir de vous revoir, milord.

— Le plaisir est partagé, mademoiselle Redmayne, répondit lord Ingram en souriant.

— Comment va le grand homme ? s'enquit Charlotte.

— Grognon, comme d'habitude.

— Le Seigneur devrait envisager de créer des génies qui soient de bonne humeur, pour changer.

— Au moins, c'est effectivement un génie. Bien des hommes sont grognons sans le moindre éclair d'intelligence pour se faire pardonner. Je vous en prie, messieurs, asseyez-vous.

Une bonne apporta un grand plateau de thé. Mlle Redmayne servit tout le monde. Charlotte Holmes et Fowler acceptèrent un biscuit.

— Si vous me permettez de poser la question, s'entendit demander Treadles, la sœur de M. Holmes n'est pas des nôtres, ce soir ?

— Elle séjourne chez des amis en Écosse. C'est en partie pour cette raison que Sherlock fait un séjour à la campagne, au lieu de résoudre des enquêtes à Londres.

— Et c'est en partie pour cette raison que je suis ici, dit « Sherrinford » Holmes. Il faut bien que quelqu'un soit les yeux et les oreilles du grand génie, et son interprète compétent.

— Exactement, renchérit Mlle Redmayne. L'été dernier, Mlle Holmes s'était également absentée de Londres et ce cher Sherrinford n'était pas disponible, alors j'ai apporté mon aide pendant une quinzaine de jours.

Fowler posa sa tasse de thé.

— Votre aide en tant que... ?

— Je disais aux clients que j'étais la sœur de Sherlock, répondit-elle. Je pensais que ce serait amusant et que cela me changerait de disséquer des cadavres, et...

— Veuillez me pardonner, mademoiselle Redmayne. Disséquer des cadavres, dites-vous ?

— Oui. Je suis étudiante en médecine à la Sorbonne. Je crains d'avoir désormais un peu plus qu'une vague connaissance de l'anatomie humaine.

— Je vois, marmonna Fowler, abasourdi.

— Comme je le disais, je passais des vacances au pays et je croyais que ce serait divertissant de recevoir les clients, de leur servir le thé et d'écouter leurs problèmes. Je n'ai pas imaginé un instant que lady Ingram frapperait à notre porte pour demander de l'aide.

Dans la mesure où lady Ingram connaissait Charlotte Holmes, il avait été assez logique de choisir quelqu'un d'autre pour jouer le rôle de la sœur de Sherlock Holmes.

Lord Ingram se leva alors.

— Je crois que je vais aller faire quelques pas dehors.

Fowler attendit que la porte se soit refermée derrière lui.

— M. Sherlock Holmes a accepté d'enquêter pour lady Ingram ? Alors que lord Ingram est son ami ?

— Je dois admettre que j'étais à la fois surprise et un peu confuse, reconnut Mlle Redmayne. Sherlock, lui, était d'avis que, de la même façon que je n'aurais pas refusé de soigner lady Ingram si elle avait été blessée et eu besoin d'une aide médicale d'urgence, il n'avait pas le droit de l'abandonner pour la seule raison qu'elle était l'épouse séparée d'un ami.

— Lady Ingram blessée et lady Ingram recherchant un ancien amant, ce n'est pas la même chose, protesta Treadles.

Il s'adressait moins à Mlle Redmayne qu'à l'autre femme présente dans la pièce, qui faisait calmement tourner un biscuit sur son assiette.

Quand lord Ingram avait avoué qu'il aimait Mlle Holmes, Fowler lui avait demandé si ses sentiments étaient payés de retour. Après un moment, lord Ingram avait répondu : « Je ne saurais le dire. Parfois, je ne suis pas certain qu'elle comprenne toute la gamme des émotions humaines. »

De fait, elle était précisément en train de démontrer ce manque de compréhension. Même si elle n'avait rien éprouvé l'été dernier, n'aurait-elle pas dû être accablée par la culpabilité maintenant, pour avoir agi derrière le dos de lord Ingram comme elle l'avait fait ?

— Quoi qu'il en soit, dit Mlle Redmayne, nous avons accepté la requête de lady Ingram.

Son compte rendu concordait avec les déclarations de lord Ingram : ils avaient bien progressé jusqu'à ce que soudain, lady Ingram interrompe l'enquête.

— Nous étions soulagés mais aussi méfiants, aussi avons-nous finalement décidé d'en parler à lord Ingram, au cas où la situation aurait pris un tour défavorable pour lui.

À vrai dire, Treadles n'avait pas la moindre idée de qui était Mlle Redmayne, mais il la croyait. S'était-il trompé en estimant lady Ingram incapable d'aimer un homme au point de tout quitter pour lui… ou y avait-il autre chose derrière tout cela ?

— Comment l'a-t-il pris ? demanda Fowler.

— Aussi bien qu'on aurait pu s'y attendre de la part de quelqu'un apprenant une telle nouvelle.

— Et cela a eu lieu… ?

— La veille du bal donné en l'honneur de l'anniversaire de lady Ingram.

— Bal au cours duquel elle a disparu.

— Bal au cours duquel elle est *partie*, rectifia Mlle Redmayne d'un ton aimable mais ferme.

— Sherlock Holmes avait-il prédit ce… départ ?

La question était adressée à Sherrinford Holmes, qui répondit :

— Je n'ai pas participé à cette enquête, mais je ne crois pas qu'il ait été surpris qu'elle s'en aille.

Fowler finit sa tasse de thé.

— Sera-t-il possible de parler avec le grand détective en personne ?

— À part ses proches, Sherlock n'a reçu personne depuis son malheureux accident, dit Sherrinford Holmes, mais il comprend que votre visite sort de l'ordinaire. Je vous en prie, suivez-moi, mais excusez la pénombre. Il ne supporte pas la moindre lumière.

Alors ce serait une mise en scène. Treadles poussa un soupir de soulagement.

Il n'aurait pas dû s'inquiéter. Jusqu'à ce qu'elle ait mené à bien ses investigations sur le meurtre de lady Ingram, Charlotte aurait besoin de maintenir intacts tous les subterfuges qu'elle avait construits autour du personnage de Sherlock Holmes.

Ce qui posait la question de savoir pourquoi il s'était autant tracassé.

Parfois, tu es irrationnel. Bien plus que tu ne veux le reconnaître.

Il ne poursuivit pas cette idée. Non seulement parce qu'elle était trop embarrassante, mais parce qu'ils étaient arrivés devant la chambre de Sherlock Holmes.

Il retint son souffle. La supercherie allait-elle fonctionner ?

Une odeur de médicaments flottait dans le couloir. Quand la porte s'ouvrit, de puissants effluves de camphre et de phénol se répandirent. De fait, il faisait sombre à l'intérieur. Le regard de Treadles fut d'abord attiré vers une lampe posée sur une étagère remplie de flacons de teintures et de potions.

Puis ses yeux se posèrent sur l'homme étendu sur le lit… et il retint de justesse un hoquet d'effroi.

Le visage de l'homme était une vision d'horreur, un enchevêtrement de plaies si profondes qu'on aurait dit un sol d'argile labouré. Une longue balafre lui coupait le nez. Une autre avait déchiqueté sa lèvre supérieure, révélant des dents manquantes.

Au côté de Treadles, l'inspecteur en chef Fowler, qui avait pourtant vu son lot de scènes de cauchemar, semblait tout juste capable de refouler un haut-le-cœur. Même Treadles, qui savait pourtant que ce n'était qu'un artifice, ne pouvait contenir un élan d'effroi.

Ceci n'était pas une improvisation mais du théâtre de haut niveau, qui avait dû exiger de la réflexion et une solide expertise. Treadles se demanda ce que Mlle Holmes avait préparé d'autre.

Sherrinford Holmes s'approcha du chevet de l'homme.

— Sherlock est désolé, mais il ne peut plus communiquer que par le toucher, en code morse simplifié. Il vous salue et demande ce qu'il peut faire pour vous.

— Nous le remercions d'avoir accepté de nous recevoir et sommes sincèrement navrés de troubler son repos, commença Fowler d'une voix incertaine. S'il avait une piste qu'il veuille bien nous communiquer, nous lui en serions extrêmement reconnaissants.

Sherrinford Holmes prit la main de l'homme étendu sur le lit et attendit quelques instants.

— « Citernes », au pluriel. Voilà son message.

— Ferait-il allusion aux citernes qui se sont brisées chez Mme Newell et ont obligé ses invités à s'installer à Stern Hollow ?

— Tout à fait, confirma Sherrinford.

— Merci, monsieur Holmes, dit Fowler. Si je puis poser une dernière question... Nous avons parlé de l'affaire de lady Ingram avec lord Ingram et Mlle Redmayne, mais jusqu'à présent ni l'un ni l'autre n'a cité personne nommément. Lady Ingram vous a sûrement donné un nom pour commencer vos investigations ?

Comme elle l'avait déjà fait, Charlotte alias Sherrinford Holmes prit la main de l'homme. Après une trentaine de secondes, elle se tourna vers lui en arquant un sourcil.

Puis elle regarda de nouveau les policiers et répondit :

— D'après Sherlock, le nom de l'homme est... Moriarty.

Au salon, Sherrinford Holmes souhaita le bonsoir aux policiers.

— Je vais rester auprès de mon frère pour la nuit.

Quand l'inspecteur en chef Fowler et l'inspecteur Treadles sortirent du cottage, lord Ingram les attendait sous le porche en compagnie d'un jeune agent détaché du bureau de police local. Il ne fumait pas, mais une odeur de cigarette flottait encore dans l'air.

— Veuillez m'excuser de vous avoir tenu éloigné de vos amis, milord, fit Fowler. Voulez-vous dire quelques mots à Sherlock Holmes ? Nous pouvons vous attendre dans la voiture.

Lord Ingram secoua la tête.

— Il fait déjà son possible. Il connaît ma situation et sait combien je lui suis reconnaissant.

Alors qu'ils montaient en voiture, Treadles ne put s'empêcher de se demander s'il aurait lui-même été capable de la même gratitude. Après tout, lord Ingram aurait-il été aussi suspect s'il n'avait pas été vu en compagnie de Mlle Holmes l'été dernier ? Si ses sentiments envers elle n'avaient pas entravé si lourdement son combat pour prouver son innocence ?

Fowler déclara :

— Nous avons déjà envoyé une annonce pour les journaux de Londres de demain. Espérons que Mlle Holmes viendra rapidement.

— Je suis sûr qu'elle le fera, répondit lord Ingram. Quand vous la verrez, transmettez-lui mes respects.

— Auriez-vous par hasard avoué vos tendres sentiments à Mlle Holmes, milord ? Ou envisagez-vous de le faire dans un proche avenir ?

— Non. Et non.

Treadles tressaillit.

— Dans ce cas, je vous dois par avance des excuses, dit Fowler, qui ne semblait pas le moins du monde navré. Il est peu probable que nous puissions garder le secret sur ce point, car c'est de cette question que nous devrons lui parler.

— Je crois qu'elle le sait déjà, répondit lord Ingram.

D'un ton plus doux, il ajouta :

— Je crois qu'elle le sait depuis des années. Depuis plus longtemps que moi-même, sans doute.

Charlotte, débarrassée de son déguisement, se regarda dans le miroir.

— Oh, votre peau est toute rouge à cause de la colle, dit Mlle Redmayne avec sollicitude. Tenez, j'ai de l'eau de rose. Passez-en sur votre visage, cela devrait apaiser l'irritation. Une infusion de camomille pourrait aussi vous faire du bien.

Charlotte gonfla les joues et fit jouer sa mâchoire de gauche et de droite. Le pire, ce n'était pas la colle mais l'appareil dentaire qu'elle avait porté toute la journée. Si elle n'avait plus jamais besoin de le mettre dans sa bouche, ce serait une bénédiction.

— Je n'ai pas encore eu l'occasion de vous remercier d'être venue aussi vite, mademoiselle Redmayne.

Quand Charlotte avait eu un peu de temps pour réfléchir la veille – cela ne faisait-il qu'un peu plus de vingt-quatre heures qu'elle avait reçu le message affolé de Livia ? – il lui avait été facile de prévoir qu'un certain nombre de choses allaient se produire.

Un : lord Ingram devrait révéler la vérité autant que possible, probablement en s'appuyant sur la version officielle selon laquelle lady Ingram avait tenté de retrouver un amant perdu de vue, cela afin de dissimuler le fait que la perfidie de son épouse avait coûté la vie à trois agents de la Couronne.

Deux : le compte rendu de ses recherches conduirait à une visite chez Sherlock Holmes, qui avait mené l'enquête pour elle.

Trois : la police voudrait parler à Charlotte Holmes, dont les relations avec lord Ingram risquaient de devenir une piste majeure dans cette affaire où Scotland Yard disposait de peu d'indices.

Charlotte ne voyait pas d'inconvénients à accorder un entretien aux policiers. Pour Sherlock Holmes, c'était une autre histoire. Il fallait qu'ils voient un homme. Et on ne pouvait pas mobiliser Mme Watson, déjà occupée ailleurs.

Aussi, parmi les missions qu'elle avait confiées à celle-ci, figurait celle d'envoyer un câble à Mlle Redmayne pour la prier de rentrer en Angleterre de toute urgence. Mme Watson, toujours aussi fiable et efficace, s'en était acquittée à la perfection.

— Ne me remerciez pas d'être venue, dit Mlle Redmayne. J'aurais été vexée que vous ne m'informiez pas rapidement de ce qui se passait. Et même si vous m'aviez dit que ma présence ne serait pas utile, j'aurais quand même pris le premier train pour Calais.

Elle poussa un soupir accablé.

— J'aurais aimé parler plus longtemps avec Ash. Pauvre garçon, il avait une mine… Je veux dire, il a l'air de tenir le coup, mais il semble avoir le cœur lourd.

Il y avait certes le poids du meurtre de son épouse – et l'incertitude quant à son propre avenir –, mais une part de cette lourdeur ne venait-elle pas du fait qu'il avait été contraint de révéler ses sentiments envers Charlotte Holmes, une femme dont il n'était pas certain qu'elle comprenne « toute la gamme des émotions humaines » ?

— Tout va s'arranger, n'est-ce pas, mademoiselle Holmes ? reprit Mlle Redmayne.

Charlotte comprenait suffisamment la gamme des émotions humaines pour savoir que la jeune femme espérait être rassurée par quelqu'un qui, elle le savait, irait jusqu'au bout. Hélas, s'il y avait quelque chose qu'ils avaient appris de la débâcle avec lady Ingram, c'était que parfois la vérité n'était l'amie de personne.

Que le fait d'aller jusqu'au bout pouvait briser des liens et bouleverser des vies.

— Il va falloir être courageuse, répondit-elle. C'est une affaire sordide qui ne peut mener qu'à une fin encore plus sordide.

Dans le miroir, le reflet de Mlle Redmayne devint livide.

Charlotte ravala un soupir. Le problème n'était pas qu'elle ne comprenait pas toujours toute la gamme des émotions humaines. C'était que même quand elle les comprenait, elle donnait aux gens le contraire de ce qu'ils espéraient.

Quand lord Ingram s'éveilla, les fenêtres étaient obscurcies par le brouillard. Sa montre indiquait 8 h 45, soit presque trois heures de plus que le moment où il commençait habituellement sa journée.

Devenait-il déjà un peu moins guindé, en commençant par devenir paresseux ?

Il se leva, s'habilla et se rendit dans les appartements de Holmes. Elle n'était pas là, bien sûr, même s'il l'avait espéré.

Une agréable souffrance. Un douloureux plaisir. Il ne se lasserait pas de l'un ni de l'autre. Entre elle et lui, jamais les choses ne seraient simples ou faciles, alors il savourait tous les bonheurs et même toutes les complications.

Pendant qu'il le pouvait encore.

Toutefois, ni la douleur ni le plaisir en son cœur ne l'empêchèrent de remarquer que quelqu'un était venu ici. Ce n'était pas un domestique, car le personnel avait reçu l'ordre formel de ne pas s'approcher de ces pièces, à moins que Holmes ou lui-même ne donnent d'autres instructions.

Alors qui ? Bancroft ? Quelqu'un d'autre ?

Il descendit prendre son petit déjeuner, qu'il avala en observant les mouvements de la brume.

Un bruit de pas rapides se fit entendre sur le dallage de marbre du hall d'entrée. Puis Bancroft entra au pas de course dans la salle du petit déjeuner, encore vêtu de son manteau, sa canne accrochée à son bras.

Lord Ingram s'adossa à son siège. Il ne se souvenait pas de la dernière fois où Bancroft avait montré une telle agitation.

— Que se passe-t-il ?

— Quand avez-vous couché avec elle pour la dernière fois ?

Lord Ingram regarda son frère, abasourdi par l'audace de sa question, mais Bancroft ne parut même pas s'en aviser.

— Votre femme. Quand avez-vous dormi ensemble ?

Oh. Lady Ingram.

— Avant d'hériter.

Soit plus de trois ans auparavant. Cet interminable célibat n'avait pris fin que la veille au soir.

— J'arrive de l'autopsie, expliqua Bancroft en ponctuant ses paroles de quelques coups de canne sur le parquet. Lady Ingram était enceinte.

16

Il n'y avait pas la moindre trace de sabotage sur les citernes de Mme Newell. Un certain M. Jones, qui avait été engagé pour superviser la réparation de celles-ci, montra à l'inspecteur Treadles et à Charlotte Holmes, de nouveau grimée en Sherrinford Holmes, des photographies des citernes prises juste après l'incident, ainsi que des tuyaux d'arrivée et d'évacuation.

— Elles n'avaient pas été bien conçues dès le départ. Il y a quelques mois, Mme Newell a congédié son ancien régisseur après avoir découvert qu'il détournait de petites sommes d'argent depuis qu'il travaillait pour elle. Je ne serais pas surpris qu'il ait systématiquement acheté de la qualité inférieure et empoché la différence. Et il ne s'est même pas donné la peine d'assurer l'inspection et la maintenance des citernes pendant toutes ces années.

» Le nouveau régisseur semble un type honnête, mais son prédécesseur a laissé les choses dans un tel état qu'il n'avait pas encore eu le temps de s'occuper des citernes. Il a d'abord dû faire réparer le chauffe-eau. Ce qui m'étonne, moi, ce n'est pas que les citernes aient déclenché une inondation, c'est que ça ne soit pas arrivé plus tôt.

De fait, les parties désassemblées des citernes étaient d'apparence médiocre, rongées par la rouille et le manque d'entretien, déformées et affaissées de façon alarmante, et presque aussi fines que du papier par endroits. Toutefois, il n'y avait pas d'incisions ni de traces qu'aurait pu laisser une scie, une hachette ou tout autre outil.

Le sabotage des citernes, qui coïncidait avec la livraison d'une caisse supplémentaire mais introuvable à Stern Hollow, aurait constitué une preuve solide, même si elle était indirecte, que quelqu'un tentait de faire accuser lord Ingram.

Hélas, maintenant qu'il était avéré que l'inondation aurait déjà dû avoir lieu depuis longtemps, ce beau scénario s'effondrait comme un château de cartes.

Treadles ravala un juron. Mlle Holmes ne devait pas être très heureuse que son hypothèse tombe à l'eau, mais elle ne montra aucun signe de déception. Elle se contenta de se frotter la barbe d'un geste grave et de remercier M. Jones.

Un peu plus tard, ils se trouvèrent seuls dans le hall d'entrée de chez Mme Newell, attendant chacun leur prochain rendez-vous – Mlle Holmes avait demandé à voir sa sœur et Treadles voulait s'entretenir avec la cuisinière de Mme Newell.

— Comment lord Ingram tient-il le coup, si je puis poser la question ? s'entendit-il demander.

— Je ne l'ai jamais vu s'effondrer, répondit Mlle Holmes. Je suppose qu'il va rester debout.

— Bien, mais garde-t-il le moral ?

Mlle Holmes réfléchit.

— Parfois, il a de l'espoir. À d'autres moments, il semble être en train de se préparer à un avenir malheureux.

De nouveau ce détachement inhumain, comme si la corde de la potence n'était qu'un vague inconvénient.

Toi-même, tu es parfois irrationnel. Plus que tu ne veux bien l'admettre.

Il tressaillit, mais cette voix dans sa tête avait-elle raison ? Qu'aurait-il pensé si Mlle Holmes avait paru effrayée ou désemparée ?

Tu l'aurais trouvée bien trop émotive pour mener une enquête dans laquelle la vie de ton ami est en jeu.

— J'espère vraiment qu'il n'y aura pas d'avenir malheureux, dit-il d'une voix posée.

Mlle Holmes se tourna vers lui et hocha la tête.

— Quoi qu'il arrive, lord Ingram et moi-même vous sommes très reconnaissants, inspecteur, de ne pas entraver notre recherche de la vérité.

Parfois, il ne savait plus s'il avait gardé le silence par loyauté ou par couardise, mais les paroles de la jeune femme étaient claires et sincères, et il était… ému de savoir que son combat intérieur n'avait pas été totalement vain. Qu'il avait rendu service à son ami.

On entendit des pas. Olivia Holmes dévalait le grand escalier, le visage marqué par le tourment. Toutefois, en voyant Treadles, elle se raidit.

— Bonjour, mademoiselle Holmes, dit-il alors qu'elle approchait.

Elle le regarda, puis détourna ostensiblement les yeux, comme si elle ne voyait que sa sœur.

— Tu voulais me voir ? Est-ce que tout va bien ?

Le visage de Treadles le brûla. Il l'avait si profondément offensée qu'elle se dispensait même de la politesse la plus élémentaire.

Charlotte Holmes jeta un regard de doux reproche à sa sœur, mais avant qu'elle ait eu le temps de parler, l'inspecteur en chef Fowler entra dans le hall à grands pas. Il salua distraitement Olivia et déclara :

— Messieurs, puis-je vous dire un mot ?

— J'en ai pour une seconde, lança Sherrinford Holmes à Olivia.

Celle-ci hocha la tête.

— Je serai dans le salon blanc.

— J'ignorais que vous connaissiez Mlle Olivia Holmes, monsieur, dit Fowler tandis que la jeune femme s'éloignait.

Charlotte Holmes lissa ses moustaches luisantes de pommade.

— Je suis là en tant qu'émissaire de lord Ingram. Il sait que Mlle Holmes s'inquiète pour lui, et souhaite lui faire savoir qu'il va à peu près bien.

— C'est très attentionné de sa part, répondit Fowler avant de baisser la voix. Bien, ceci est une affaire strictement réservée à la police, monsieur Holmes, mais puisque lord Bancroft Ashburton était présent à l'autopsie, vous auriez sans doute appris très rapidement la nouvelle. Au moment de son décès, lady Ingram était enceinte.

Treadles émit un hoquet de stupeur.

Mlle Holmes, toujours aussi imperturbable, demanda seulement :

— Et la cause de la mort ?

Ce sang-froid extrême lui valut un regard circonspect de la part de Fowler.

— Le médecin légiste a estimé très probable votre hypothèse d'une surdose d'alcool par intraveineuse. Il va réaliser des analyses complémentaires pour déterminer quelles substances auraient pu se trouver dans son sang.

Charlotte Holmes acquiesça d'un coup de menton.

— Voilà qui est prudent.

— J'espère que ceci ne vous paraîtra pas de la curiosité déplacée, monsieur Holmes, mais à votre connaissance, y a-t-il une chance que l'enfant que portait lady Ingram ait pu être de lord Ingram ?

— Tout est possible, mais c'est hautement improbable. Leur séparation était complète et, d'après ce que je comprends, elle avait marqué la fin de toute affection, à la fois du cœur et du corps.

— Merci, monsieur Holmes. Je ne vous retiens pas plus longtemps.

Charlotte Holmes salua d'un hochement de tête.

— Bonne journée, messieurs.

Quand elle fut hors de portée de voix, Fowler demanda à Treadles :

— Vous avez conscience de ce que cela signifie, inspecteur ?

Après un moment de désarroi initial, Treadles avait ressenti un soulagement. Si l'enfant n'était effectivement pas de lord Ingram, alors la grossesse de lady Ingram accréditait la thèse qu'elle s'était enfuie avec son amant. Pourtant, Fowler semblait presque joyeux, ce qui n'était jamais bon signe. Aussi Treadles opta-t-il pour la prudence.

— Non, monsieur.

— Cela signifie que nous tenons un motif encore plus solide que l'espoir de lord Ingram d'épouser Mlle Charlotte Holmes. Quelle serait votre réaction, inspecteur, si votre épouse disparue revenait enceinte des œuvres d'un autre homme ?

Treadles battit des paupières, incapable d'envisager une telle idée.

Fowler hocha la tête avec satisfaction.

— C'est exactement mon avis.

Livia se leva d'un bond quand Charlotte entra dans le salon blanc.

— As-tu appris quelque chose ?

— Pas encore assez. Comment vas-tu ?

— Je... En toute franchise, je ne sais pas.

Ce matin, Livia avait reçu deux courriers. Le premier de lord Ingram, l'informant qu'il avait écrit à son avoué afin de lancer les recherches sur Moreton Close, l'institution qui accueillait désormais Bernardine. Le second n'était pas signé et n'indiquait pas d'adresse de retour, mais portait le tampon du bureau de poste du village voisin.

Il y était écrit : *J'ai cherché partout les aventures de Sherlock Holmes. Ont-elles été publiées ? Sinon, dépêchez-vous s'il vous plaît.*

Elle était terrifiée pour lord Ingram, inquiète pour Charlotte, frustrée à titre personnel, mais à la lecture de ce second message, elle s'était sentie si merveilleusement légère qu'elle aurait pu marcher sur un tapis de pétales de roses sans en froisser un seul.

Il savait qu'elle logeait chez Mme Newell. Et il était dans les parages. Était-il venu pour la rencontrer ? Comment comptait-il s'y prendre ?

S'avisant que sa sœur l'observait, elle rougit.

— Parle-moi plutôt de toi, Charlotte. As-tu été très occupée ?

— Assez, confirma celle-ci. Et toi ?

Livia esquissa un rire désabusé.

— Qu'est-ce qu'une quasi-vieille fille aurait à faire ?

Au moins, Mme Newell appréciait sa compagnie. Livia était très heureuse que cette dernière, sachant combien elle détestait l'idée de rentrer à la maison, lui ait proposé de prolonger son séjour, mais elle aurait préféré ne dépendre de la bonne volonté de personne pour avoir un répit de ses propres parents.

— Et ton roman ?

— Depuis que j'ai vu le corps de lady Ingram dans cette glacière, je n'ai pas pu écrire un mot.

Livia poussa un long soupir.

— Mais j'ai reçu des nouvelles de lord Ingram. Je lui ai demandé de m'aider à prendre des renseignements sur Moreton Close et il a écrit à son avoué, comme il l'avait promis.

Charlotte hocha la tête d'un air approbateur.

— Tu as bien fait de lui confier cette tâche. Cela lui donne une occupation.

— J'ai été surprise de ne pas avoir besoin de lui expliquer qui est Bernardine. Aux yeux du monde, c'est comme si elle n'existait pas.

— Je lui avais parlé d'elle dans une de mes lettres. Il avait été abasourdi d'apprendre qu'il n'y avait pas trois mais quatre filles Holmes.

Livia soupira.

— Pauvre Bernardine. J'espère que Moreton Close est vraiment un havre pour les femmes comme elle, mais je ne peux pas m'empêcher de m'inquiéter. Si elle était maltraitée, elle ne pourrait pas prévenir qui que ce soit.

Bernardine n'avait jamais parlé. Et elle savait encore moins lire et écrire.

Charlotte ne répondit pas. Livia était habituée à ces pauses dans la conversation avec sa sœur. Celle-ci devait être en train d'estimer les chances que l'avoué de lord Ingram accomplisse sa mission avec succès.

— Les asiles, privés comme publics, sont régulièrement inspectés. C'est la loi, dit finalement Charlotte. Moreton Close n'est pas coupé du reste du monde. Espérons que tout se passera au mieux.

Et que les hommes de lord Ingram se mettront vite au travail.

Charlotte pressa brièvement la main de Livia.

— Prends bien soin de toi. J'ai quelques recherches à effectuer à Londres.

Tandis que Charlotte se dirigeait vers la porte, Livia se souvint qu'elle avait eu l'intention de poser à sa sœur des questions sur le jeune homme qui s'était fait passer pour Myron Finch, leur frère illégitime. Qui était-il ? Que savait-elle sur lui ?

Hélas, le temps qu'elle rassemble son courage, Charlotte était déjà partie.

La conversation entre les policiers et la cuisinière de Mme Newell fut brève. Oui, on avait bien envoyé un bloc de glace. Et si on l'avait fait, c'était parce que Mme Newell en avait fait la demande expresse.

À présent, ils attendaient de s'entretenir de nouveau avec Mme Newell. L'inspecteur en chef Fowler s'étant absenté pour aller aux toilettes, Treadles était seul dans le hall quand Charlotte Holmes sortit du salon blanc.

Elle le salua.

— Bonne journée, inspecteur.

— Monsieur Holmes ? Un moment, je vous prie. J'ai une question à vous poser.

— Je vous en prie.

Il ignorait pourquoi il avait intercepté la jeune femme, et à présent que c'était fait, il ne savait comment résumer en une seule question le tourbillon de pensées qui lui traversaient l'esprit.

— Il semble que j'aie gravement offensé Mlle Olivia Holmes.

Elle attendit qu'il continue.

— On dirait que j'ai le chic pour vexer les gens. En général, pas les dames telles que Mlle Holmes, mais…

Il s'interrompit, ne sachant comment formuler ce qu'il essayait d'exprimer.

— … mais plutôt les femmes qui ne sont pas respectables. Ainsi que la très respectable Olivia Holmes, humiliée à cause de sa sœur qui s'est déshonorée.

Il songea à Mme Farr, dont la sœur disparue était peut-être morte. Il songea à Mme Bamber, la patronne de pub qu'il avait interrogée quelques mois auparavant. Il pouvait facilement en trouver d'autres ici et là au fil de sa carrière.

— Je suis inspecteur de police. Dans le cadre de mon travail, je devrai parler à bien d'autres femmes encore. Et ma maladresse… n'est pas un atout professionnel.

Elle continua d'attendre en silence. Puis, quand il devint clair qu'il avait avoué tout ce dont il était capable, elle répondit :

— Dois-je en conclure que vous ne comprenez pas totalement comment ni pourquoi vos paroles entraînent des réactions aussi fâcheuses ?

Il hocha la tête avec raideur, regrettant déjà d'avoir entamé cette conversation.

— Je ne peux parler au nom des autres femmes mais peut-être, dans le cas de Mlle Holmes, puis-je vous offrir une explication. Sa sœur Charlotte avait compris dès son plus jeune âge qu'elle n'était pas faite pour le mariage. Elle avait un accord avec leur père : si à son vingt-cinquième anniversaire elle n'avait toujours pas changé d'avis sur ce point, il l'aiderait à étudier afin de se former pour être un jour directrice d'une école pour jeunes filles, une situation respectable assortie d'une rémunération tout aussi respectable.

» Quand ce jour est arrivé, leur père est revenu sur sa promesse. Charlotte Holmes avait le choix entre accepter un mariage qu'elle ne désirait pas et rester indéfiniment sous le toit – et sous la coupe – d'un père qui ne tenait pas sa parole.

Treadles avait tout ignoré des circonstances qui avaient entouré le scandale. Incapable d'imaginer la moindre bonne raison pour qu'elle ait fait ce qu'elle avait fait, il en avait conclu qu'elle avait couché avec un homme par tendance immorale.

— Ni l'une ni l'autre de ces options n'étaient acceptables pour elle. Aussi a-t-elle fait ce qu'il fallait pour inventer une troisième voie. Elle allait se débarrasser de sa virginité et profiter de cette perte pour contraindre son père à donner l'argent promis pour ses études.

Le choc et le désarroi de Treadles devaient se lire sur son visage, car elle prit une expression ironique.

— Oui, c'était une très mauvaise idée, mais elle n'avait pas d'autre ressource à sa disposition. Les jeunes femmes de son milieu sont formatées pour n'être que des ornements. Elle était résolue à travailler pour gagner sa vie, mais ne possédait pas beaucoup de talents dignes de ce nom. Et elle n'était pas naïve au point d'imaginer qu'elle pourrait faire son chemin à partir de rien dans une usine – les usines ne paient pas assez les femmes pour qu'elles vivent de leur salaire, raison pour laquelle nombre d'entre elles se prostituent en plus de leur travail. Pour compléter des revenus insuffisants.

Treadles ne put s'empêcher d'arquer les sourcils, abasourdi. Il savait que les ouvrières se prostituaient parfois, mais il avait supposé que c'était parce que le travail en usine attirait des femmes qui manquaient de vertu.

— Finalement, Charlotte Holmes a appliqué son plan, qui lui semblait le moins terrible parmi les choix possibles. Tout est allé de travers. Elle s'est trouvée confrontée à une nouvelle décision douloureuse : être confinée jusqu'à la fin de sa vie… ou fuguer et tenter sa chance dans la jungle londonienne.

» Grâce à des amis bienveillants, elle n'est pas morte de faim. Aujourd'hui, on peut dire qu'elle s'en sort correctement. Malgré tout, ce qu'elle a fait était un pari désespéré dans un moment désespéré, à une époque où elle avait l'impression que plus jamais elle n'aurait son mot à dire sur sa propre vie.

» Si Mlle Olivia Holmes ne blâme pas sa sœur, ni pour son choix initial ni pour tout ce qui en a découlé, c'est parce qu'elle ressent le même désespoir, jour après jour. L'impression angoissante de ne pas avoir la moindre prise sur son destin.

» Quand vous avez évoqué en sa présence les péchés de sa sœur, c'était avec une intention de condamner. Peut-être n'en étiez-vous pas conscient, peut-être aviez-vous seulement l'impression de décrire factuellement une situation, mais c'est tout de même ce que vous avez fait.

» Mlle Olivia Holmes connaît toute l'histoire. Entendre celle-ci résumée faussement puis jugée comme immorale… je crois qu'elle a trouvé cela injuste. Et cela a été un douloureux rappel des limites étroites de sa propre vie : continuer à se plier aux exigences de ses parents – et se faner un peu plus chaque jour – ou défier les conventions et être traitée de sale dévergondée jusqu'à la fin de ses jours.

Mlle Holmes avait beau s'être exprimée calmement et sans rancœur, les oreilles de Treadles le brûlaient, et son visage aussi. Et s'il n'était pas certain d'avoir compris tout ce qu'elle venait de dire, au moins savait-il maintenant pourquoi il lui avait posé la question initiale.

Non pas pour découvrir pourquoi les femmes réagissaient comme elles le faisaient, mais dans l'espoir qu'avec sa logique implacable, elle lui répondrait que les femmes étaient seulement insensées.

Voire hystériques.

— Merci, dit-il, hébété.

— Je suis désolée. J'ai tendance à dire aux gens exactement ce qu'ils n'ont pas envie d'entendre.

Elle poussa un petit soupir.

— Je pourrais ajouter, puisque nous sommes sur ce sujet, qu'une part de la réaction de ces femmes provient de votre visage. Votre air ouvert et amical pourrait amener vos interlocutrices à s'attendre à être comprises, mais votre jugement est tranchant et inflexible. Comme si vous étiez l'incarnation du monde qu'elles ont toujours connu et qui n'a manqué aucune occasion de les dénigrer.

Peut-être marmonna-t-il quelque chose en réponse. Elle lui souhaita le bonjour et sortit par la grande porte.

— Était-ce M. Holmes ? demanda l'inspecteur en chef Fowler un instant plus tard.

Treadles sursauta.

— Oui, c'était lui.

— Hum, fit Fowler en suivant des yeux Charlotte Holmes qui s'éloignait. Voilà un type bien plus dangereux qu'il n'en a l'air.

Mme Newell ne faisait pas semblant d'être contente de devoir parler de nouveau avec la police. Confronté à ses airs hautains, l'inspecteur en chef Fowler se dispensa des politesses d'usage.

— Madame, je crois savoir que vous avez donné l'ordre de faire envoyer un bloc de glace à Stern Hollow. Pourquoi ?

— Parce que lord Ingram me l'a demandé. Il m'a dit que l'une des sorbetières était introuvable, et voulait savoir si cela ne me dérangeait pas d'en prêter une afin de pouvoir servir à mes invités les mets glacés auxquels ils étaient accoutumés. Et si je voulais bien donner un bloc de glace, par la même occasion.

Treadles se figea. Quelle raison aurait pu avoir lord Ingram de demander de la glace à sa voisine, alors qu'il en avait des tonnes d'excellente qualité dans sa propre glacière ?

— A-t-il dit pourquoi il voulait que vous fassiez apporter de la glace ?

— Non, mais j'étais ravie de lui rendre ce service, car il me faisait une faveur bien plus grande en accueillant tous mes invités. Mon personnel de cuisine avait déjà un bloc dans un coffre à glace, aussi n'était-ce absolument pas un dérangement de l'envoyer en même temps que les provisions de nourriture qui, sinon, auraient été perdues.

— Pourquoi n'en avez-vous pas parlé la dernière fois que nous vous avons vue ?

— Vous ne m'avez pas posé la question.

— Madame Newell, dissimuler une preuve à la police au cours d'une enquête pour meurtre est une grave infraction. Je n'ai pas posé la question parce que je n'en savais pas assez pour suivre cette piste en particulier, mais vous connaissiez les implications des éléments que vous ne donniez pas.

La vieille dame pinça les lèvres.

— Pourquoi fournirais-je spontanément une information susceptible de mener un innocent à la potence ?

— Qu'est-ce qui vous fait penser qu'il est innocent ?

— Qu'est-ce qui vous fait penser qu'il est coupable ?

— D'après ce que vous nous avez dit, il est évident que lord Ingram cachait quelque chose. Il vous a demandé d'apporter de la glace afin qu'aucun de ses domestiques n'ait besoin de se rendre à la glacière.

Il ne pouvait pas y avoir d'autre conclusion, mais Treadles était tout de même mal à l'aise d'entendre l'inspecteur en chef l'énoncer à haute voix.

« Si lord Ingram avait assassiné son épouse, il ne pourrait plus se présenter devant Mlle Holmes. »

C'était Mme Newell qui avait dit cela – Mme Newell qui prenait si manifestement le parti de lord Ingram – mais Treadles se raccrochait à cette affirmation.

Contrairement à lui, Mme Newell ne se laissa pas décourager par l'attaque de Fowler.

— Si c'était le cas, rétorqua-t-elle, lord Ingram n'aurait-il pas fait en sorte que personne ne se rende à la glacière le lendemain non plus ? Pourquoi un domestique a-t-il été autorisé à y entrer tranquillement vingt-quatre heures plus tard ?

— Peut-être a-t-il sous-estimé les besoins en glace de la cuisine ? Peut-être espérait-il que le bloc que vous avez offert suffirait pour l'ensemble du séjour de vos invités à Stern Hollow ?

Mme Newell s'esclaffa.

— Vous fonderiez-vous sur des suppositions aussi fragiles, inspecteur en chef, si le cadavre de *votre* épouse se trouvait dans un local où les membres de votre personnel ont toutes les chances de se rendre à un moment ou à un autre ? Lord Ingram n'est pas stupide. Et tout soupçon de culpabilité qui s'appuierait sur le fait qu'il se comporte de façon stupide est, jusqu'à preuve du contraire, un raisonnement qu'il convient de rejeter.

Le brouillard s'attardait encore quand ils quittèrent la maison de Mme Newell, mais lorsqu'ils atteignirent Stern Hollow, il commença à s'éclaircir. Au lieu de solliciter une entrevue avec lord Ingram, l'inspecteur en chef Fowler convoqua son valet de chambre, Cummings.

Ils lui avaient déjà parlé quand ils avaient interrogé l'ensemble du personnel, mais lorsque Treadles consulta ses notes, il vit que Fowler avait inscrit dans la marge : *Poser plus de questions à cet homme.*

— Monsieur Cummings, reconnaissez-vous ces bottes ?

Cummings, de petite taille et d'apparence impeccable, examina le contenu de la boîte à chaussures prise la veille dans le dressing-room de son employeur.

— Elles appartiennent à lord Ingram.

— Les avez-vous déjà vues auparavant ?

— Oui. Elles sont vieilles ; elles datent d'avant mon arrivée au service de Monsieur.

— Et elles sont rangées dans le dressing-room, d'habitude ?

— Non. En général, elles restent près de l'une des entrées de service, ainsi que ses bottes en caoutchouc, pour quand il souhaite se promener dans le parc.

— Ne vous êtes-vous pas étonné de ne plus les y voir ?

— Les bottes qui ne sont pas portées en public ne sont pas sous ma responsabilité, inspecteur en chef. C'est le garçon à tout faire qui s'occupe de les nettoyer. Je les vérifie de temps en temps pour m'assurer qu'il a fait son travail correctement, mais d'ordinaire je n'inspecte qu'une entrée secondaire à la fois, et il y en a plusieurs dans cette maison. S'il arrive que je ne voie pas une paire de bottes, je fais la supposition qu'elles ont été rangées près d'une autre porte.

— À votre avis, pourquoi celles-ci ont-elles été rangées dans le dressing-room ?

— Je ne saurais le dire, inspecteur en chef.

— Vous êtes responsable de la garde-robe de lord Ingram, ce qui signifie que son dressing-room devrait être entièrement de votre ressort. Vous n'avez pas songé à lui demander pourquoi ces bottes se trouvaient à un endroit où elles n'avaient rien à faire ?

— Je l'aurais peut-être fait si elles avaient été placées de mon côté du dressing-room, répondit Cummings. Tout au fond du dressing-room, lord Ingram range ses lettres, journaux, documents et autres. Je ne m'aventure jamais dans cette partie, qui occupe environ un quart de la surface totale. Même si je vois de l'autre côté quelque chose qui n'est manifestement pas à sa place – disons une cravate ou un peigne qui aurait dû rester de mon côté du dressing-room –, je ne dois pas y toucher. Lord Ingram s'en occupera plus tard.

— Donc, vous avez vu cette boîte à bottes dans le dressing-room, mais ne vous en êtes pas approché.

— Tout à fait, inspecteur en chef.

— Depuis combien de temps se trouvait-elle là ?

— Des années.

— Des années ? répéta Fowler en fronçant les sourcils. Je vois. Posons la question autrement. Quand est-elle passée de votre côté à celui de lord Ingram ?

Cummings se mordit les lèvres.

— Il y a deux ou trois semaines. Plutôt trois.

— Et, bien sûr, vous n'avez pas demandé pourquoi.

— Non, en effet.

— Il y avait une grande quantité de poussière de charbon sur les semelles des bottes. D'où pensez-vous qu'elle venait ?

— Je n'en ai aucune idée. Le seul endroit de la maison où l'on trouve de la poussière de charbon, ce doit être la cave à charbon.

— S'il s'était rendu à la cave à charbon et était revenu ici, vous auriez sûrement vu de la poussière de charbon dans le dressing-room ?

Le valet de chambre hésita. Fowler le toisa.

— Dois-je vous rappeler, monsieur Cummings, que…

— Je sais que je dois dire la vérité, inspecteur en chef.

— Lord Ingram aurait-il exigé que vous cachiez quelque chose ?

— Non. Quand le sergent Ellerby est venu, Monsieur a demandé à tout le personnel de répondre à la police avec franchise et bonne volonté.

— Alors pourquoi cette réticence, monsieur Cummings ?

— Je ne sais pas, inspecteur en chef. Mais vous avez raison. J'ai remarqué de la poussière de charbon récemment dans le dressing-room.

— Avez-vous questionné lord Ingram à ce sujet ?

— Non. J'ai nettoyé et continué de vaquer à mes occupations.

— Bien. Monsieur Cummings, avez-vous remarqué d'autres anomalies parmi les affaires de marche de lord Ingram, récemment ?

Le valet de chambre hésita de nouveau.

— Il y a une quinzaine de jours, j'ai inspecté les bottes près de l'une des portes secondaires le matin et non pas le soir, comme je le fais d'habitude. J'ai vu une paire de bottes en caoutchouc pleines de boue. Quand j'ai interrogé le garçon à tout faire, il a juré qu'il n'avait pas négligé son travail et que la veille au soir, les bottes avaient toutes été récurées, brossées et remises en état.

» Il m'a dit s'être aperçu que les bottes étaient régulièrement utilisées pendant la nuit, qu'il les nettoyait tôt le matin, mais que ce jour-là M. Walsh avait eu d'autres tâches pour lui et qu'il n'avait pas encore eu le temps de s'occuper des bottes.

— Je vois, dit Fowler, une lueur dans les yeux. Autre chose, monsieur Cummings ?

Le valet de chambre secoua la tête.

Fowler le remercia, puis il étudia un plan détaillé de la propriété, une copie exacte de celle qui était accrochée dans la bibliothèque. Il leva les yeux.

— Que diriez-vous d'une petite sortie, inspecteur Treadles ?

Avant de partir, ils interrogèrent le garçon à tout faire, qui confirma que ces dernières semaines, il avait trouvé chaque matin une paire de bottes en caoutchouc qui avaient besoin d'un bon nettoyage.

Les policiers partirent à cheval, accompagnés par M. Platts, le régisseur. En chemin, Treadles ne vit pas grand-chose du paysage. Que faisait donc Mlle Holmes ? Trouverait-elle quoi que ce soit qui puisse sauver lord Ingram ?

Ils atteignirent le portail dont lord Ingram avait parlé la veille au soir, celui dont les réparations lui avaient donné tant de mal pour une si maigre satisfaction. À cinq minutes de marche du portail, ils découvrirent une clairière avec un cottage en son centre. La minuscule maison avait un étage, un toit à pignon très pentu percé de lucarnes rondes et, aux fenêtres, des bacs à fleurs débordant d'alysses roses et violettes.

« Profitant de ce que mon attention était tournée sur ce sujet, mon régisseur a soulevé toute une nouvelle série de problèmes dans les environs, depuis une cabane de bûcheron en ruine jusqu'à plusieurs passerelles si pourries qu'on ne traversait plus en sécurité. »

Treadles n'avait pas remarqué de nouvelle passerelle. En revanche, la cabane de bûcheron avait été luxueusement restaurée. S'il avait vu un tel spectacle dans son enfance, il aurait eu l'impression d'être entré dans un conte de fées. Et même à l'âge adulte, il aurait ressenti un élan de ravissement… si les circonstances avaient été différentes.

À présent, il n'éprouvait qu'un désagréable pressentiment. Si ceci était l'endroit où lord Ingram se rendait la nuit, ce qui expliquerait les bottes pleines de boue, Treadles était certain qu'il ne voudrait pas que l'inspecteur en chef l'apprenne.

— Charmant, dit Fowler à M. Platts.

— C'est bien mon avis, acquiesça le régisseur. Et je crois comprendre que les enfants adorent cet endroit.

Les enfants. Bonté divine !

— Pouvons-nous y entrer ? demanda Fowler.

— Bien sûr.

L'intérieur du cottage s'ornait de rideaux en vichy jaune, de paniers suspendus aux poutres du plafond et de meubles rustiques conçus pour des personnes de petite taille.

Fowler examina chaque recoin ; Treadles n'eut d'autre choix que d'en faire autant.

Pour des yeux expérimentés, il ne faisait aucun doute que l'endroit avait été occupé récemment. Les policiers trouvèrent des mèches de cheveux sombres et fins de deux longueurs différentes sur les lits à l'étage. Le petit poêle au rez-de-chaussée avait servi moins de deux jours auparavant, à en juger par l'absence de poussière à sa surface. Et dans un pot sur les étagères au-dessus du poêle, il y avait… des biscuits au gingembre que d'après la gouvernante – Treadles se souvint de ce détail, le cœur serré – lord Ingram était allé chercher dans la réserve au beau milieu de la nuit, alors qu'il ne les aimait pas particulièrement.

Tandis qu'ils repartaient pour reprendre leurs montures, Fowler demanda :

— Monsieur Platts, pourriez-vous nous dire si la cave à charbon de Stern Hollow a quelque chose d'intéressant ou de particulier ?

— Elle est assurément de grande taille. Et j'ai toujours apprécié le monte-charge que lord Ingram a fait installer pour que le personnel n'ait pas à porter le charbon dans les escaliers. Mais surtout…

Il s'arrêta un instant.

— Suis-je bête ! Je suis tellement habitué aux bizarreries de la propriété – toutes les grandes maisons ont les leurs – que je n'y ai pas pensé plus tôt. Voyez-vous, Stern Hollow possède un superbe potager, l'un des plus beaux que j'aie jamais vus. Il a été installé à flanc de colline afin de profiter autant que possible de l'exposition au soleil. Hélas, cela implique que les serres, qui sont construites à mi-pente, se trouvent à environ un mètre cinquante en dessous du sommet du mur nord, derrière lequel est situé l'appentis de la chaufferie. Pour envoyer l'eau chaude destinée à chauffer les serres et permettre le retour de l'eau, les chaudières ont dû être installées à une grande profondeur, presque cinq mètres.

» Une fois les chaudières allumées pour l'hiver – et elles devraient l'être d'un jour à l'autre, maintenant –, l'une d'entre elles doit fonctionner en permanence au maximum de sa capacité, ce qui signifie qu'il faut les alimenter trois fois par jour, plus une dernière fois tard dans la soirée quand les nuits sont particulièrement froides. Autrefois, c'était une tâche pénible, car il fallait descendre dans un puits complètement noir sur une échelle instable rivetée sur un côté de la trémie, un lourd panier de charbon sur le dos.

» Il y a une quinzaine d'années, un jeune homme est tombé de l'échelle et s'est cassé la jambe. Le parrain de lord Ingram, qui avait acheté la maison depuis peu, m'a demandé de trouver une solution. Il ne voulait pas que quelqu'un d'autre soit blessé parmi son personnel. Il m'a laissé carte blanche – il n'avait pas envie de s'occuper des détails – mais il fallait que ce soit fait.

» J'ai longtemps cherché comment résoudre ce problème. En fait c'est lord Ingram, qui était venu pendant les vacances scolaires, qui a suggéré que puisqu'il existait déjà un tunnel entre les cuisines et la salle à manger, pourquoi ne pas le relier à une autre galerie qui irait de la cave à charbon aux chaudières du potager ?

Enthousiasmé par son sujet, M. Platts décrivit la construction de ce tunnel. Cela en avait valu selon lui le temps et l'argent, puisqu'il était désormais bien plus facile et moins risqué de chauffer les serres.

Treadles voyait bien que Fowler n'éprouvait pas le moindre intérêt pour les beautés de ce tunnel, mais qu'il attendait de le voir de ses yeux. De retour à la maison, M. Platts déverrouilla une double trappe dans la cave à charbon et les mena le long d'une rampe d'accès en pente descendante.

Avec une fierté manifeste, le régisseur actionna un commutateur. Une lumière vive, bien qu'assez dure, inonda le tunnel, qui était plus large que Treadles ne s'y était attendu : trois hommes minces pouvaient y marcher de front.

— L'électricité, messieurs ! Une merveille de l'âge moderne.

— Le reste de la maison est-il électrifié ? s'enquit Treadles. Je ne me souviens pas que ce soit le cas.

— Les quartiers du personnel et les cuisines sont tous électrifiés, mais pas la partie résidentielle de la maison. Lady Ingram éprouvait une grande réticence envers l'électricité, et ses préférences ont été respectées.

Enfin une déclaration qui contredisait les accusations des dames Avery et Somersby, selon lesquelles lady Ingram avait été traitée en étrangère sous son propre toit !

Concentré, Fowler demanda :

— Avec votre permission, nous aimerions inspecter le tunnel jusqu'au bout.

— Je vous en prie. Mais vous m'excuserez de ne pas vous accompagner, messieurs. Je ne peux pas rester dans ces endroits confinés sans me sentir mal.

— Vous nous avez déjà beaucoup aidés, monsieur Platts. Nous pourrons nous débrouiller seuls, et nous laisserons tout en ordre derrière nous, je vous le promets.

M. Platts retourna vaquer à ses occupations tandis que les deux policiers s'engageaient dans la galerie. Bientôt, ils parvinrent à un croisement avec un autre tunnel, qui devait être celui qui reliait le bâtiment des cuisines à la salle à manger. Puis la galerie se mit à descendre en pente marquée. Treadles sentait des rainures sous ses pas, sans doute destinées à ralentir les roues d'une brouette chargée de charbon.

Les fameuses chaudières apparurent, froides et silencieuses car on ne les avait pas encore allumées pour l'hiver. Toutefois, ce fut autre chose qui attira leurs regards. Des étagères.

Elles avaient dû servir à l'origine à ranger les outils et le matériel nécessaires à l'entretien des chaudières, mais cela avait été déposé dans un coin. À la place, les étagères contenaient un petit matelas roulé, des articles de toilette, un rayonnage entier d'aliments tels que du chocolat, du poulet en conserve ou du lait condensé. Un autre rayonnage accueillait des livres d'images. Il y avait également des crayons de couleur et des cahiers cousus à la main, remplis de dessins d'enfants.

Fowler ramassa un petit mug et le tendit à Treadles. Au fond, le contenu n'était pas encore totalement sec. Treadles renifla. Du cacao, qui datait de deux jours tout au plus.

Fowler regarda encore quelques instants autour d'eux, puis il hocha la tête.

— Je crois que je vais aller parler à lord Ingram.

Treadles redoutait l'instant où ils parviendraient à la bibliothèque. Était-ce le début de la fin pour lord Ingram ? Pouvait-il faire quelque chose ? Et où donc était Mlle Holmes ?

Mlle Holmes n'était pas dans la bibliothèque, mais lord Ingram n'était pas seul. Avec lui se trouvait un autre homme à la mise élégante et à l'expression indéchiffrable.

Lord Ingram se tourna vers lui.

— Permettez-moi de vous présenter l'inspecteur en chef Fowler et l'inspecteur Treadles, de Scotland Yard. Messieurs, voici lord Bancroft Ashburton.

Son frère, donc. Les trois hommes se serrèrent la main.

— Lord Ingram, pourrions-nous vous parler en privé ? demanda Fowler. Nous avons une question assez délicate à vous poser.

— Lord Bancroft connaît très bien la situation, répondit lord Ingram avec fermeté. Je n'ai rien à lui cacher.

— Très bien, milord. Dans ce cas...

La porte s'ouvrit alors à la volée.

— Inspecteur en chef ! Inspecteur ! s'écria le sergent Ellerby. Nous avons trouvé un autre corps sur la propriété ! Le cadavre d'un homme !

17

— C'était l'idée de M. Holmes. Vous souvenez-vous qu'il m'avait conseillé de chercher la dépouille d'un homme habillé sans élégance particulière ? s'exclama Ellerby, aussi excité qu'un gamin qui a découvert la cachette des bonbons. Il avait dit aussi que le corps pourrait se trouver non loin de la glacière. Alors ce matin, quand le brouillard s'est levé, je me suis dit : pourquoi ne pas aller jeter un coup d'œil ? Et voyez donc ! En moins d'une heure, nous l'avons trouvé.

Les vêtements de l'homme étaient de mauvaise qualité, non pas comme ceux d'un vagabond mais plutôt comme ceux d'un bon à rien. Il avait été étranglé – les marques sur sa gorge étaient encore visibles. Et bien que l'odeur soit moins forte, il s'était souillé avant de mourir, comme l'avait prédit Charlotte Holmes.

L'endroit où il gisait se trouvait à un quart d'heure à pied de la glacière, un peu plus longtemps si l'on devait traîner un corps. Les déchirures sur son pantalon détrempé indiquaient qu'on l'avait tiré sur le sol.

L'expression de l'inspecteur en chef Fowler était indéchiffrable. Il envoya un agent demander au médecin légiste de Londres de reporter son départ, puis il examina le cadavre et les environs immédiats. Lord

Bancroft arpentait la scène, notant tous les détails. Lord Ingram était adossé contre un arbre, une cigarette à la main, comme indifférent à ce qui se passait.

Une demi-heure plus tard, ils étaient de retour dans la bibliothèque.

Fowler alla droit au but.

— Lord Ingram, si vous nous disiez qui était cet homme ?

— Il m'a dit que son nom était George Barr.

— Pourquoi l'avez-vous tué ?

— La dernière fois que je l'ai vu, il était en vie. Je n'ai rien à voir avec sa mort.

— Très bien. Dans ce cas, dites-nous déjà comment vous l'avez connu.

— C'était la veille du jour où les invités de Mme Newell sont arrivés chez moi. Ou peut-être devrais-je dire le jour même, puisqu'il était 1 heure du matin. J'étais dans la galerie qui mène aux chaudières des serres, quand il est apparu au bout du tunnel. Les lumières électriques étaient allumées et toute la galerie était éclairée. Quand il m'a vu, il a immédiatement fait demi-tour et est monté par l'échelle. Je me suis lancé à sa poursuite. Je l'ai rattrapé près de la glacière, maîtrisé et attaché.

— Vous aviez de la corde sur vous ?

— Un peu de ficelle solide.

— Pourquoi ?

— Peut-être avez-vous appris par mon personnel qu'il y a eu un départ d'incendie à Stern Hollow quelque temps auparavant ?

— On m'en a parlé.

— J'étais presque certain que c'était une diversion. La même nuit, il y a eu une tentative d'enlèvement de mes enfants. Si je l'ai déjouée, c'est uniquement que parce que, au lieu de me ruer vers le feu, je suis d'abord allé à la nurserie.

— Vous ne m'en aviez pas parlé, Ash, dit lord Bancroft à mi-voix.

Lord Ingram secoua la tête.

— Vous aviez assez de soucis comme cela.

— Donc, vous craigniez qu'on kidnappe vos enfants ? demanda Fowler.

— Je ne croyais pas lady Ingram au-dessus de ce genre de manœuvre.

— Et c'est pour cette raison que vous les avez confiés à lord Remington. Vous pensiez qu'ils seraient plus en sécurité loin de Stern Hollow, dit Treadles.

— Oui. J'avais confiance en Remington pour échapper à celui que lady Ingram enverrait à ses trousses.

Alors si les enfants étaient loin d'ici, qui avait dormi dans la cabane de conte de fées ? se demanda Treadles. Qui avait bu du cacao dans le local des chaudières ? Et qu'était donc allé faire lord Ingram là-bas au beau milieu de la nuit ?

Manifestement, Fowler se posait les mêmes questions.

— Milord, pourquoi étiez-vous dans ce tunnel à une heure aussi tardive, pour commencer ?

Lord Ingram haussa les épaules.

— Je ne dors pas très bien, en ce moment. Alors quelquefois, je me promène la nuit dans la propriété.

— Très bien. Donc, vous avez maîtrisé cet homme et l'avez attaché. Et ensuite ?

— J'ai essayé de l'interroger. Au début, il n'a rien voulu dire. Ensuite, il m'a révélé qu'il s'appelait George Barr et qu'il vivait à l'écart du village, en partie de l'argent que lui envoyait sa sœur. Il avait entendu dire qu'il y avait une belle collection d'objets d'art à Stern Hollow.

» Quelques semaines auparavant, il avait croisé au pub du village un valet de Stern Hollow, venu boire une bière pendant sa demi-journée de congé. En discutant avec lui, il a appris que le manoir était fermé avec soin tous les soirs et qu'il était impossible d'y pénétrer. D'après lui, le valet, qui avait déjà bu quelques pintes, a déclaré que pour sa part, s'il avait voulu entrer par effraction, il passerait par l'appentis des chaudières, descendrait l'échelle et remonterait la galerie vers la cave à charbon. Et M. Barr s'est imaginé qu'il allait faire exactement la même chose et s'enrichir en un clin d'œil.

» Sa stupidité n'avait pas l'air feinte, mais je ne me suis pas fié à cette première impression. J'ai voulu vérifier son histoire avant de statuer sur son sort. Puisque nous étions près de la glacière, cela semblait un endroit indiqué pour le garder.

» Je l'ai attaché à un arbre et bâillonné, puis je me suis rendu à la remise du chef jardinier pour prendre sa clef de la glacière. Pendant que j'étais dans la remise, j'ai vu qu'il avait plusieurs cadenas, et j'en ai pris un. Je ne voulais pas que le garçon de cuisine découvre malencontreusement M. Barr avant que j'aie décidé si ce type était réellement l'idiot du village.

» Je l'ai ligoté et enfermé dans la deuxième antichambre, et j'ai fermé la glacière avec le second cadenas. J'avais l'intention de lui apporter à boire et à manger au matin, mais le personnel des jardins travaillait dans les parages et je ne pouvais pas m'approcher de la glacière sans me faire remarquer. Puis les citernes de Mme Newell se sont brisées, et j'ai dû m'occuper d'un afflux d'invités imprévus. Je n'ai pas pu quitter la maison jusqu'à la fin de la journée. Et quand je me suis échappé une fois que tout le monde est allé se coucher, l'un des gentlemen avait décidé d'installer son télescope à vingt pas de la glacière.

» J'ai attendu pendant une heure, mais il ne semblait pas décidé à s'en aller. Quand je suis revenu vers 3 heures du matin, il était enfin parti, mais le cadenas de la glacière avait disparu. Cela m'a alarmé. Je suis entré. Tout ce qui restait de Barr, c'était l'odeur nauséabonde qu'il avait laissée dans la deuxième chambre.

— Vous n'êtes pas entré plus profondément dans la glacière ?

— Non. Ma première – et unique – pensée, c'est qu'il avait été envoyé par lady Ingram et qu'il n'était pas venu seul. Un complice devait l'avoir libéré. Je n'ai pas songé à vérifier la pièce du fond.

— Et ensuite ?

— Ensuite, comme cela ne me dérangeait plus que quelqu'un entre dans la glacière, j'ai remis l'ancien cadenas, replacé le double de la clef dans la remise du chef jardinier, et je suis rentré à la maison.

Il frappa des doigts sur la surface de son grand bureau en acajou.

— Et cet après-midi-là, le corps de lady Ingram a été découvert tout près de l'endroit où je m'étais trouvé quelques heures plus tôt.

Derrière les fenêtres, le ciel était bleu. Le brouillard s'était totalement levé, promesse d'une journée froide et limpide. La lumière éclatante à l'extérieur faisait paraître la bibliothèque sombre et mal éclairée, malgré les nombreuses lampes et appliques allumées.

Un silence était tombé après la confession de lord Ingram. Même le feu sifflait tout doucement. L'inspecteur en chef Fowler nettoyait ses lunettes. Lord Bancroft finit une tranche de cake et en prit une autre. Lord Ingram but une gorgée de thé. Sa main était ferme et son expression détachée, comme s'il était inconscient du sort qui l'attendait.

Treadles serrait son calepin pour empêcher ses doigts de trembler. Lui et lord Ingram avaient eu confiance en Charlotte Holmes pour découvrir une preuve qui disculperait ce dernier, mais où était la jeune femme ? Où était cette preuve ?

Apparemment satisfait de la propreté de ses lunettes, Fowler les remit sur son nez. Son regard de chouette se posa sur le maître du manoir.

— Lord Ingram, voici ce que je crois qui s'est passé. Vous avez tué cet homme.

Ni lord Ingram ni lord Bancroft ne montrèrent la moindre réaction. Treadles serra les dents, essuya ses paumes moites dans son mouchoir et se remit à prendre des notes.

— Cela a pu se dérouler selon deux scénarios possibles, l'un comme l'autre impliquant vos enfants, poursuivit Fowler. Je ne crois pas que ceux-ci soient partis avec lord Remington Ashburton. Je crois qu'ils sont toujours sur cette propriété. George Barr est tombé par hasard sur l'un des endroits où vous les gardiez, ainsi sans doute que leur préceptrice – à savoir le tunnel entre les chaudières des serres et la cave à charbon. Il n'est donc pas étonnant que sa présence vous ait tant inquiété.

» Vous l'avez pourchassé et maîtrisé. C'est là que les possibilités divergent. Il est possible que vous l'ayez tué sur le coup, mais je suis d'avis que vous ne l'avez pas fait et que vous avez dit la vérité en affirmant l'avoir enfermé dans la glacière, le temps de décider s'il était vraiment l'imbécile qu'il semblait être.

» C'est alors que lady Ingram est arrivée, en secret. Peut-être les choses avaient-elles mal tourné avec son amant. Peut-être n'est-elle revenue que pour ses enfants. Elle savait que vous aviez expliqué son absence par un séjour en sanatorium en Suisse, dont il était facile de revenir. Et elle voulait maintenant rentrer à la maison, s'occuper de ses enfants et élever celui qu'elle portait dans un environnement respectable, plutôt que dans l'exil et l'infamie.

» Cela vous a fait enrager, vous qui commenciez à envisager de demander le divorce pour cause d'abandon du domicile conjugal. Et afin de refaire votre vie, si possible avec Mlle Charlotte Holmes. Vous avez feint d'écouter la supplique de votre épouse, lui avez administré une dose de laudanum – le médecin légiste en a également trouvé dans son corps – et lui avez injecté de l'alcool pur.

» Une fois votre forfait accompli, vous avez cherché comment tourner la situation à votre avantage. Le mieux était de présenter les choses de façon à faire croire que lady Ingram était décédée à l'étranger. Dans ce but, vous aviez besoin que son corps soit rapatrié dans un cercueil et que des funérailles soient organisées.

» Seulement, comment l'expédier sur le continent, puis la faire revenir ? Cela demandait toute une organisation. En attendant, il fallait que le corps soit conservé d'une façon qui corresponde à la chronologie des événements que vous envisagiez de forger. Vous vous êtes alors souvenu du type emprisonné dans la glacière. Et vous avez compris que c'était l'endroit idéal pour préserver la dépouille de lady Ingram… ainsi que votre avenir.

» Ce qui signifiait bien sûr que le pauvre M. Barr, qui a été témoin du moment où vous avez traîné le corps de lady Ingram dans la glacière, devait être réduit au silence une fois pour toutes.

Au prix d'un effort considérable, Treadles s'interdit de regarder Fowler, bouche bée. C'était une effroyable interprétation des faits, mais le pire était qu'il imaginait très bien qu'un jury se laisse convaincre par cette histoire.

— J'ignorais que Scotland Yard employait des romanciers, de nos jours, dit froidement lord Bancroft. Et dans le genre des romans d'horreur à deux sous, qui plus est.

Treadles, qui jusqu'à présent n'avait éprouvé qu'une méfiance respectueuse envers le frère de son ami, commençait à ressentir une certaine sympathie pour lui. Lord Bancroft était peut-être le genre d'homme qui n'hésitait pas à étriper un individu qu'il considérait comme inférieur à lui, mais il défendrait son frère bec et ongles.

Fowler ne se démonta pas.

— La vérité est souvent plus étrange que la fiction, milord.

Lord Ingram intervint :

— Si tout s'est déroulé comme vous l'affirmez, inspecteur en chef, pourquoi aurais-je remis le cadenas d'origine sur la glacière alors que ma propriété était pleine d'invités et que la cuisine aurait sûrement besoin de glace ?

Il s'était exprimé d'un ton calme, bien plus calme que Treadles n'en aurait été capable s'il s'était trouvé dans les mêmes circonstances.

— Avec tout le respect que je vous dois, monsieur, nous n'avons pas la preuve que c'est vous qui avez remis le cadenas d'origine. Cela pourrait très bien être quelqu'un qui aurait découvert que le cadenas sur la porte n'était pas le bon, et décidé de rectifier cette erreur.

— Grotesque ! marmonna lord Bancroft. Vous prétendez que mon frère aurait fait tout cela alors que sa maison grouillait de monde ?

— C'est infiniment moins grotesque que la version défendue par M. Sherrinford Holmes, qui voudrait me faire croire que de parfaits *étrangers* ont fait tout cela alors que la maison grouillait de monde.

À cela, même lord Bancroft ne sut que répondre.

Treadles jeta un regard vers la porte de la bibliothèque. Pourquoi Charlotte Holmes n'entrait-elle pas d'un pas triomphant, traînant dans son sillage le véritable coupable ?

Lord Ingram tourna également les yeux vers la porte, puis reporta son attention sur Fowler.

— Allez-vous m'arrêter, inspecteur en chef ?

— Non, milord, pas encore, répondit Fowler avec une imperceptible trace de supériorité dans la voix. Toutefois, je vous demanderai de rester au manoir jusqu'à nouvel ordre.

Mme Watson lut le télégramme de Mlle Holmes, se changea en un temps record et se rua hors de sa maison. La chance était avec elle. Elle ne rencontra aucun embouteillage sur le chemin de Somerset House, où elle déploya tout son charme et acheva sa quête en un temps record.

Puis elle se rendit à toute vitesse à la gare de Paddington. Mlle Holmes l'attendait déjà sur le quai.

Avec sa barbe de Sherrinford Holmes, il était difficile d'estimer si elle était près ou loin du Menton Maximum Tolérable, la limite hypothétique à partir de laquelle Mlle Holmes commençait à tenir sa gourmandise en laisse. Au demeurant, Mme Watson la soupçonnait de ne toujours pas avoir retrouvé l'appétit. Mlle Holmes semblait plus mince et très, très fatiguée.

Elles se serrèrent brièvement la main.

— Allez-vous bien, madame ? demanda Mlle Holmes dans un murmure.

Mme Watson, qui avait tendance à s'inquiéter même en temps normal, restait éveillée chaque nuit jusqu'aux petites heures du jour, s'efforçant d'imposer à son esprit un semblant de paix. Hélas, chaque fois qu'elle y arrivait, c'était pour comprendre quelques minutes plus tard que ses pensées n'avaient fait que partir dans une autre direction, où les choses pouvaient prendre un tour encore plus irrémédiablement tragique.

— À peu près, répondit-elle.

Elle disait vrai. À côté de lord Ingram, elles allaient remarquablement bien et jouissaient d'une chance merveilleuse.

Toutefois, peut-être le destin allait-il tourner pour lui aussi. Peut-être le travail que Mme Watson avait accompli aujourd'hui compterait-il parmi les actions les plus valeureuses de toute sa vie.

— Comment saviez-vous ? demanda-t-elle à Mlle Holmes. Comment saviez-vous ce que j'allais trouver à l'Office de l'état civil ?

— Je n'en savais rien. Je n'ai pensé à cette piste que ce matin, après avoir appris que le médecin légiste avait découvert que lady Ingram était enceinte.

Mme Watson émit un hoquet de stupeur.

— Que... que cela signifie-t-il ?

— C'est ce que j'espère découvrir dans l'Oxfordshire.

Comme si le conducteur n'avait attendu que cet instant, le train à quai siffla.

Mme Watson en avait encore la tête qui tournait.

— Lord Ingram le sait-il ? Qu'en pense-t-il ?

— J'imagine qu'il est au courant à présent – lord Bancroft a assisté à l'autopsie –, mais je ne l'ai pas vu depuis que j'ai appris la nouvelle par les gens de Scotland Yard.

— Pauvre garçon. Quelle épouvantable situation !

— Ma foi, dit Mlle Holmes, sa situation devrait changer bientôt.

— Je l'espère ! s'exclama Mme Watson avec ferveur.

L'été précédent, alors qu'elle se trouvait dans l'Oxfordshire à la recherche d'un certain Myron Finch, Charlotte était passée par la demeure ancestrale de lady Ingram. À l'époque, Mme Watson et elle avaient jeté un coup d'œil par le portail mais n'avaient pas demandé à être reçues.

C'est ce qu'elle fit cette fois, ou plus exactement c'est ce que fit M. Sherrinford Holmes, de la part de lord Ingram.

La maison était manifestement bien entretenue et décorée, mais on n'y voyait pas la patine des ans. Charlotte imaginait les parents de lady Ingram, soudain délivrés de dizaines d'années de pénurie, s'empressant de jeter toutes leurs vieilles affaires – du moins celles qu'ils n'avaient pas mises au clou – pour en acheter de plus neuves et plus élégantes.

Tandis qu'elle attendait qu'on informe le maître des lieux de sa visite, elle ferma les paupières. Elle était à la fois épuisée et sur le qui-vive, et dans cette inconfortable tension elle se sentait submergée par les perceptions sensorielles.

Dès son plus jeune âge, elle avait appris ceci : ses sens s'aiguisaient quand elle avait l'estomac vide, parfois au point qu'elle avait besoin de se couvrir les yeux et d'enfoncer les doigts dans ses oreilles. Toutefois, il lui suffisait de manger juste un peu trop pour atténuer ces perceptions et les rendre supportables.

Petite fille, elle avait détesté les raisins secs, mais la spécialité de la cuisinière de la famille était le cake aux fruits confits, qui requérait une demi-livre de raisins de Corinthe. Et le soulagement apporté par une tranche supplémentaire de cake était si notable qu'au fil du temps, elle en était venue à associer les raisins secs à une sensation de réconfort.

Après l'adolescence, son hypersensibilité s'était quelque peu atténuée. Une ou deux journées au régime sec – un peu d'eau et quelques toasts nature – ne faisaient plus d'elle une pelote de nerfs.

Si seulement son estomac voulait bien se montrer coopératif.

Même un simple toast le faisait se rebeller. Et la violente nausée serait suivie de bouffées de peur. Le dîner avec lord Bancroft avait été une véritable épreuve.

La peur était parfaitement inutile, se dit-elle. Elle s'était préparée ; elle comprenait la situation ; elle était résolue à être prudente et vigilante. Elle n'avait pas besoin de plus de peur que cela pour la guider ou la protéger.

La peur était pourtant là, irrationnelle mais palpable. Et la seule façon d'en réduire l'impact était de garder l'estomac aussi vide que possible.

Elle espérait que cet entretien serait fructueux. S'il ne l'était pas, la montagne à gravir prendrait des proportions encore plus colossales.

— Monsieur Holmes ? dit le valet de pied. M. Greville va vous recevoir.

Chassant son malaise, Charlotte se composa la jovialité de Sherrinford Holmes.

— Ah, excellent !

M. Alden Greville, l'aîné des deux jeunes frères de lady Ingram, reçut Charlotte avec un enthousiasme anxieux.

— S'il vous plaît, dites-moi que mon beau-frère supporte tout cela. J'ai voulu me rendre à Stern Hollow dès que j'ai appris la nouvelle, mais il m'a fermement demandé de rester à l'écart. Il pensait que ce serait trop dur pour moi d'aller là-bas, mais c'est terrible de rester ici en me rongeant les sangs dans l'attente de nouvelles, tandis que les journaux publient toutes les médisances imaginables.

Charlotte accepta une tasse de thé, qu'elle prit nature. Un morceau de sucre ou une cuillère de crème aurait suffi à lui soulever l'estomac.

— Il tient le coup, mais je me dois de vous prévenir. À n'importe quel moment, il pourrait être accusé du meurtre de votre sœur.

M. Greville était à présent d'une pâleur mortelle.

— Non, ce n'est pas possible ! Jamais il n'aurait fait une chose pareille.

— Hélas, les indices sont contre lui. Et comme l'affaire fait des vagues, la police veut un coupable. Notre seul espoir, c'est qu'elle préfère éviter une erreur judiciaire tragique qui ferait encore plus de vagues. Pour cette raison, et pour cette raison uniquement, nous avons peut-être encore un peu de temps.

M. Greville noua ses doigts.

— Je ne saurais vous dire combien le choc serait terrible. Bien sûr, ce serait effroyable pour Ash et les enfants, mais pour Hartley et moi-même, ce serait... Je ne puis exprimer ce qu'il représente pour nous. Je sais que c'est pour Alexandra que je devrais avoir de la gratitude, parce qu'elle s'est mariée pour nous offrir une vie meilleure, mais pour vous dire la vérité, ma sœur ne s'est jamais beaucoup souciée de nous. C'était toujours Ash qui prenait le temps de nous écouter et de nous aider – avec de l'argent, certes, mais surtout par bienveillance.

» Mon frère vénère Ash encore plus que je ne le fais moi-même, si c'est possible. Il serait anéanti s'il lui arrivait quelque chose. Nous avons tous les deux été très choqués par la rupture entre Alexandra et lui. Nous avons eu peur de perdre son affection. Dieu merci, ce n'est pas arrivé, mais quand je pense que maintenant nous pourrions perdre...

M. Greville déglutit péniblement, incapable de poursuivre.

— En tant qu'ami de lord Ingram, je partage votre inquiétude, dit Charlotte. J'aimerais faire en sorte de lui épargner le pire. C'est pour cela que je suis venu vous trouver, monsieur Greville. Voulez-vous m'aider ?

— Bien entendu ! Que puis-je faire ? Je vous en prie, dites-le-moi. Je ferai tout ce qui est en mon pouvoir.

Dans ses yeux brillait l'espoir fou de se rendre utile. Malgré la gravité de la situation, Charlotte était heureuse pour lord Ingram. Il n'était pas parvenu à susciter l'amour chez son épouse, mais l'affection qu'il inspirait aux autres était profonde et authentique.

— Il y a certaines informations que je dois découvrir au sujet de votre défunte sœur. Selon toute probabilité, vous ne pourrez pas me donner ces réponses vous-même, mais nous avons des chances de trouver ce que je cherche quelque part dans cette maison.

Greville se leva d'un bond.

— Alors allons-y !

Tandis qu'il l'emmenait vers son bureau, Charlotte lui demanda quand Alexandra était venue ici pour la dernière fois. Apparemment, c'était après le décès de leurs parents, pour consulter certains dossiers.

— Et ensuite, elle n'est pas revenue souvent. Presque jamais, conclut M. Greville d'un ton un peu gêné.

Cette absence se traduisait par le peu de traces que lady Ingram avait laissées dans cette maison. Charlotte avait aperçu un portrait à l'huile et quelques grandes photographies de lord Ingram... et une seule de lady Ingram, parmi tout un groupe. Comme s'il était un fils bien-aimé de la famille et elle, rien qu'une cousine éloignée.

Un jour, Mme Watson avait rapporté à Charlotte l'avis d'une ancienne employée des Greville sur l'adolescente qu'avait été lady Ingram. L'impression dominante qu'avait donnée celle-ci dans son jeune âge, c'était la frustration. Une frustration qui confinait parfois à la rage.

Si lady Ingram avait été en colère, ce n'était pas parce qu'elle avait espéré épouser un autre homme, comme Mme Watson l'avait cru alors, mais parce qu'elle n'avait jamais été maîtresse de sa vie.

Charlotte n'éprouvait aucune pitié pour lady Ingram, qui avait joué un rôle non négligeable dans son propre sort, mais elle songeait parfois à la jeune Alexandra Greville, qu'on avait emmenée à Londres et obligée à sourire, à qui on avait ordonné d'être heureuse qu'un homme séduisant soit épris d'elle, et à qui on avait raconté que le mariage lui apporterait tout ce qu'une femme peut désirer.

Alors qu'il aurait dû être évident pour ceux qui la connaissaient qu'une telle existence ne pourrait que la détruire. On lui avait imposé tout cela en lui faisant comprendre sans le moindre doute que toute autre attitude de sa part serait une odieuse trahison envers sa famille.

Peut-être avait-elle toujours été un monstre, mais même les monstres pouvaient être victimes du sort qu'on faisait subir aux femmes.

Il était presque 23 heures quand le train de Charlotte arriva en gare de Paddington. Elle héla un cabriolet et se fit conduire à une petite maison de St. John's Wood dont Mme Watson lui avait donné l'adresse plus tôt dans la journée.

C'est Mme Watson en personne qui vint lui ouvrir.

— Je crois que nous avons réussi, dit-elle dans un murmure.

— Cette maison ressemble exactement à celle d'une femme entretenue, répondit Charlotte sur le même ton.

Mme Watson sourit.

— Ravie de vous rendre service, ma chère.

Derrière elle se tenait Frances Marbleton, la sœur de Stephen Marbleton, quoique Charlotte n'ait jamais été convaincue de leurs liens du sang.

— Venez, dit Mlle Marbleton.

Au salon, une femme était assise le dos bien droit dans un fauteuil à haut dossier, vêtue d'une tenue sombre qui n'était ni neuve ni à la mode, mais bien taillée et dans une étoffe de qualité. Quand Charlotte entra, elle leva les yeux. L'un était d'un bleu aérien, l'autre aveugle et laiteux.

À l'époque où Charlotte s'était enfuie de chez ses parents, elle avait croisé une mendiante et son enfant, dont la détresse l'avait tant émue qu'elle leur avait donné quelques-unes de ses dernières pièces de monnaie. Pour s'apercevoir par la suite que pendant ce temps, elle lui avait totalement fait les poches.

C'était cette femme.

Stephen Marbleton, assis en face d'elle, se leva.

— J'espère que votre voyage s'est bien passé ?

Charlotte retrouva sa voix – ou plutôt celle de Sherrinford Holmes.

— Oui, merci.

Malgré ses précautions, elle sentait que la femme l'observait comme si elle essayait de se demander où elle l'avait déjà croisée.

Charlotte n'était pas souvent nerveuse mais en cet instant, elle était parcourue d'un frisson d'appréhension.

— Voici Mme Winnie Farr, dit M. Marbleton.

Une petite annonce était parue dans les journaux de la veille, pour rechercher des personnes dont une jeune sœur ou fille aux cheveux bruns n'aurait pas donné de nouvelles depuis plus de quinze jours. Et Mme Winnie Farr avait répondu – Mme Farr, qui avait déjà écrit à Sherlock Holmes pour retrouver sa sœur disparue.

Sauf que Sherlock Holmes avait été trop occupé ces derniers temps pour prendre de nouveaux clients.

— Sherrinford Holmes, à votre service, madame Farr, dit Charlotte à la femme qui lui avait volé au moins une livre sterling. Ravie de faire votre connaissance.

— Votre homme a dit que vous pourriez découvrir ce qui est arrivé à ma sœur.

Sa voix était lourde, comme si elle devait s'arracher les mots de la gorge. Et son expression était presque aussi lourde. En revanche, son œil valide était si vif et perçant que Charlotte dut prendre une profonde inspiration.

Le frisson d'alarme ne s'expliquait qu'en partie par la présence de Mme Farr. C'était aussi l'écho d'une période difficile où Charlotte avait frôlé le désespoir absolu. La perte d'une livre sterling avait été désastreuse. La perte de l'espoir, encore pire.

Toutefois, elle n'en était plus là aujourd'hui. Et ce n'était pas le moment de perdre sa concentration à cause de la part la plus primitive de son cerveau qui préférait se vautrer dans ses vieilles peurs. Elle devait à Mme Farr une attention sans partage. Elle devait à lord Ingram un engagement absolu.

Et elle se devait à elle-même la lucidité de voir quand elle était en danger et quand elle ne l'était pas.

— Nous pouvons *peut-être* vous aider, répondit-elle. Avez-vous des photographies ?

Mme Farr ouvrit un sac à main usé et en sortit deux petits portraits. Quand Charlotte les eut en main, elle s'aperçut que ce n'étaient pas vraiment des photographies mais des cartes postales – ou plus exactement, le visage d'une jeune femme découpé dans des cartes postales.

Il existait toutes sortes de cartes postales. Certaines représentaient des paysages, d'autres étaient plus sentimentales, d'autres enfin franchement audacieuses. Inutile de demander à quelle catégorie appartenaient ces deux clichés.

Avec son regard espiègle et ses cheveux qui brillaient malgré le grain terne de l'impression, la jeune femme sur la carte postale pétillait de vitalité.

— Quel âge avait-elle quand ces clichés ont été pris ?

— Ils datent de cette année. Elle a vingt-cinq ans. Vingt-six en janvier prochain.

Pratiquement l'âge de lady Ingram.

— Et vous dites qu'elle a disparu depuis un peu plus de trois semaines ?

— La dernière fois que je l'ai vue, c'était il y a presque un mois. Elle m'a dit qu'elle quittait Londres pour un jour ou deux, mais qu'elle serait rentrée pour l'anniversaire de ma fille. Je ne voulais pas qu'elle s'en aille. Quelquefois, les filles qui posent pour les cartes postales sont invitées à des parties de chasse à la campagne, mais ça ne se passe pas toujours bien pour elles.

» Elle a répondu que ce n'était rien de ce genre, et qu'elle avait déjà rendu des services à ce gentleman. Elle disait qu'il était d'accord avec ses idées, ce qui m'inquiétait encore plus.

» Elle en avait assez de dépendre des hommes qui prenaient des photos d'elle, vous comprenez. Ils ne paient pas très bien, et il y en a qui exigent certaines faveurs en plus. Elle voulait s'acheter son propre équipement et apprendre à tout faire elle-même, depuis la prise de vue jusqu'au développement des négatifs. Elle voulait recruter une équipe avec les meilleures filles du métier. Et un jour, posséder sa propre imprimerie.

Mme Watson semblait mal à l'aise, mais Charlotte n'était pas particulièrement choquée. Si une femme ne voyait pas d'inconvénient à s'afficher sur des cartes postales érotiques, autant qu'elle contrôle le processus et en tire le meilleur profit.

— Je vois, dit-elle. Voilà un sens des affaires digne d'éloges.

Mme Farr avait présenté les projets de sa sœur d'un air de défi, mais le commentaire de Charlotte parut la déconcerter, comme si elle s'était attendue à tout sauf à un compliment.

— C'est... c'est aussi mon avis, mais je n'étais pas certaine que son gentleman soit d'accord. Quand un homme a d'abord vu une femme sur une carte postale, les chances qu'il voie un jour en elle autre chose que son corps…

Elle secoua la tête.

— Bref, nous nous sommes querellées. Je lui ai dit qu'elle ne devrait pas y aller. Elle m'a répondu qu'elle était parfaitement capable de s'occuper d'elle-même, et qu'elle n'avait pas besoin qu'une vieille femme borgne lui donne des ordres.

» Comme elle n'est pas venue à l'anniversaire de ma fille, j'ai cru qu'elle était encore fâchée contre moi, mais le lendemain je me suis dit : « Non, ce n'est pas ma Mimi. Elle n'est pas rancunière. Elle adore sa nièce, qui est tout pour elle. » Je me suis rendue à sa chambre en ville, mais sa propriétaire l'avait déjà louée à quelqu'un d'autre parce qu'elle était partie depuis plus d'une semaine et n'avait pas payé sa pension.

» Ses amies ne savaient que penser. Elle leur avait donné sa parole qu'elle ouvrirait son propre studio dès son retour, et elle n'était pas du genre à faire des promesses en l'air. Je suis allée à Scotland Yard, et j'ai supplié que quelqu'un m'écoute. Ce prétentieux d'inspecteur m'a répondu qu'il n'était pas rare que des filles comme Mimi partent dans un coin tranquille avec un homme et qu'on ne les revoie pas pendant quelque temps.

» Je lui ai dit qu'il ne savait sans doute rien des filles comme elle. Parce que les filles comme elle ont une famille et des amis qu'elles voient régulièrement, et une chambre à payer, et des rendez-vous à honorer. Les filles comme elle ont des souvenirs auxquels elles tiennent – elle savait que sa logeuse vendrait tous ses objets personnels à un chiffonnier si elle les laissait derrière elle. Et quel genre d'arrangement avec un homme l'aurait empêchée de prendre une demi-journée pour revenir s'occuper de ses affaires et faire un signe à sa famille et ses amies ?

» J'aurais aussi bien pu parler à une statue. Les hommes tels que lui ont des oreilles, mais rien n'y entre. J'y suis retournée plusieurs fois, mais ça n'a servi à rien. Il n'y a eu qu'un gentil sergent qui m'a dit que je devrais écrire à Sherlock Holmes. Je l'ai fait, mais il n'était pas en ville et je n'en sais toujours pas plus sur Mimi.

— Sherlock est mon frère, et c'est lui qui m'envoie. Ces derniers jours, j'ai été occupé par une affaire difficile, mais il semble que vous et moi devions nous rencontrer, en fin de compte.

— Ah oui ? demanda Mme Farr d'un air dubitatif.

— Oui. Vous-même, ou l'une des amies de votre sœur, avez-vous vu ce gentleman en personne ?

Mme Farr secoua la tête.

— Aucune d'entre elles. Et moi non plus.

Charlotte posa encore quelques questions, mais Mme Farr n'en savait pas plus sur l'homme. Et elle commençait à s'impatienter.

— Je vous ai dit tout ce que je sais. Et *vous*, que pouvez-vous me dire ?

Elle avait grondé plutôt que parlé. Pour une femme qui mendiait dans les rues, du moins de temps en temps, elle pouvait infuser une autorité surprenante dans quelques simples mots. Manifestement, Mme Farr n'était pas une miséreuse à bout de ressources comme on en voyait tant – cela, Charlotte l'avait compris dès leur première rencontre. Si elle évoluait dans les bas-fonds de Londres, elle n'y était pas perdue. Peut-être s'y était-elle même taillé son petit fief personnel.

Cette fois, Charlotte ne se laissa pas impressionner.

— Je crains que tout ce que j'aie au sujet de votre sœur ne soit des mauvaises nouvelles.

— Je peux supporter les mauvaises nouvelles. Je peux supporter n'importe quelles nouvelles.

Depuis qu'elle était devenue Sherlock Holmes, détective privé, Charlotte avait fait sa part d'annonces douloureuses, mais celle-ci serait probablement la plus brutale de toutes. Et même si Mme Farr était avide de nouvelles – quelles qu'elles soient –, une faible lueur d'espoir brillait encore derrière sa détresse. À présent, Charlotte allait éteindre définitivement cette petite flamme.

— À moins qu'il n'existe d'autres jeunes femmes brunes avec un grain de beauté qui ont disparu au même moment qu'elle, votre sœur n'est probablement plus de ce monde.

Sur un joli visage par ailleurs assez lisse, ce grain de beauté avait été le détail qui attirait l'attention sur le petit menton audacieux et les lèvres en cœur de Mimi Duffin. Et la cause de son triste sort. Mme Farr avait dit vrai. Le gentleman n'avait jamais éprouvé le moindre intérêt pour les idées ou les ambitions de la jeune femme.

Mme Farr serra les doigts sur l'accoudoir du fauteuil, faisant saillir les veines de ses mains.

— Que s'est-il passé ? Où est-elle ?

— On n'a pas encore retrouvé son corps. Il faudra peut-être du temps pour qu'il réapparaisse. Quant à ce qui s'est passé, il se trouve qu'elle ressemblait à quelqu'un d'autre, une personne que le gentleman en question voulait faire passer pour victime d'assassinat.

» C'est probablement en voyant son visage sur une carte postale qu'il s'est dit qu'elle pourrait faire un cadavre suffisamment ressemblant. Il l'a trouvée, a noué connaissance avec elle, puis il l'a fait venir à l'endroit où il avait l'intention de la tuer.

— Et où donc ? demanda Mme Farr d'une voix dure.

— Pour l'instant, je n'ai pas la liberté de divulguer cette information. Je suis désolée, mais l'homme qui a fait cela est rusé et dangereux, et j'ai déjà mis tout le monde ici en danger en recherchant l'identité de Mlle Duffin. Moins vous en saurez, mieux cela vaudra. Je promets de vous en dire plus dès que possible. Et je ne considérerai l'affaire résolue que lorsque le corps de votre sœur vous aura été rendu.

Mme Farr était immobile, silencieuse. Mme Watson lui apporta un verre de cognac, qu'elle but d'une main tremblante. Puis elle posa le verre vide, se leva et s'en alla.

M. Marbleton sauta sur ses pieds.

— Je vais m'assurer qu'elle rentre chez elle sans encombre.

— Merci, monsieur, murmura Charlotte.

C'est seulement alors qu'elle s'autorisa à prendre le temps d'assimiler les souvenirs que la vue de Mme Farr avait réveillés en elle – et la peur panique, ravivée par association, qui agitait encore les tréfonds de son esprit.

Mme Watson s'en alla avec Mme Farr et M. Marbleton. Elle n'en donna pas la raison, mais si quelqu'un pouvait réconforter Mme Farr en cet instant, c'était bien elle.

— Il y a à manger dans le cellier, annonça Mlle Marbleton d'un ton un peu distant. Et un réchaud Etna à votre disposition.

— Merci, répondit Charlotte. Et merci pour toute votre aide, mademoiselle Marbleton.

Celle-ci pinça les lèvres.

— Vous savez que je suis contre notre implication dans tout cela, mademoiselle Holmes.

— Et moi, j'ai prévenu votre frère que je ne dirais pas un mot en sa faveur à ma sœur.

— Avec la vie que nous menons, elle ne tiendrait pas une minute.

— Vous pourriez être surprise par la force des personnes fragiles. Pour certains, c'est une vie ordinaire qui exige du courage. Pas une vie extraordinaire.

D'une certaine façon, la plus grande ressource de Livia était sa capacité à supporter d'être systématiquement oubliée et sous-estimée. En quelques secondes, les gens décidaient qui elle était et ce dont elle était capable ou non. Pourtant, personne n'était si facile à cerner, encore moins quelqu'un comme Livia, qui aspirait de toutes les fibres de son être à s'élever au-dessus de son destin.

— Cela dit, j'espère qu'elle n'essaiera jamais de le savoir. Votre père vous a dit, je présume, que nous nous étions rencontrés, lui et moi ?

— Il a suffi que je prenne quelques jours de repos pour que tout le monde décide d'oublier toute prudence, marmonna Mlle Marbleton, qui était manifestement chargée de l'application des règles dans sa famille.

— Vous a-t-il dit qu'il s'était présenté sous le nom de Moriarty ?

Mlle Marbleton haussa les épaules d'un geste de désapprobation résignée, très français.

— Il est né Moriarty. C'est son droit de se présenter comme il l'entend.

— James Moriarty doit être fou de rage que son épouse se soit enfuie avec son frère.

Mlle Marbleton haussa de nouveau les épaules.

— Si je puis me montrer aussi directe, reprit Charlotte, M. Stephen Marbleton est-il votre frère ou votre cousin ?

— Nous ne sommes pas du même sang. M. Crispin Marbleton est mon beau-père.

Une façon adroite d'éluder la question. Connaissait-elle la vérité sur les origines de Stephen Marbleton ? Lui-même la connaissait-il ? Dans un cas comme dans l'autre, il serait terriblement dangereux que Livia se rapproche de lui.

Charlotte soupira.

— Votre frère devrait cesser d'envoyer des messages et des cadeaux à ma sœur, mais je présume que vous vous êtes déjà épuisée à lui dire la même chose.

— Il est plus têtu qu'un âne et a refusé de faire la moindre promesse de ne plus la contacter. Pourriez-vous s'il vous plaît dire à votre sœur qu'il est trop jeune pour elle ?

Il n'était guère facile pour Charlotte de mettre Livia en garde contre un homme dont elle n'avait jamais admis avoir fait la connaissance, et encore moins s'être éprise.

— Je vais voir ce que je peux faire. Avant que vous partiez, il y a encore une question que je dois vous poser.

— Oui ?

— Hier soir, quand Stephen Marbleton a joué le rôle de Sherlock Holmes, il a dit aux gens de Scotland Yard que l'homme avec qui lady Ingram était en relation était Moriarty. À part le fait que lady Ingram n'éprouvait aucune inclination romantique pour Moriarty – pour ce que j'en sais –, cette affirmation était tout à fait exacte. Toutefois, j'ai été surprise que le nom de Moriarty apparaisse et que M. Marbleton ait voulu que la police l'entende.

Mlle Marbleton mit son manteau.

— Sur ce point, au moins, Stephen n'a pas agi sur un coup de tête. Nous en avons discuté en famille, et la décision a été unanime. Si les gens de Scotland Yard n'ont pas encore entendu prononcer le nom de Moriarty, c'est le moment. Et s'ils le connaissent déjà, il est grand temps qu'ils lui prêtent plus d'attention.

18

Quitte Oxfordshire. A. Greville envoie ses salutations. Holmes.

Lord Ingram avait des centaines de questions à garder à l'esprit et des dizaines de tâches à accomplir, mais il restait immobile, relisant en boucle le câble, incapable de chasser Holmes de ses pensées.

Ils n'avaient pas passé beaucoup de temps ensemble, ces dernières années. Même quand ils étaient plus jeunes, lorsqu'ils passaient de longs moments en compagnie l'un de l'autre en silence, il était occupé à de modestes fouilles archéologiques et elle dévorait deux livres de la taille d'un pavé en un après-midi. Cela n'était pas arrivé très souvent, seulement quand ils séjournaient en même temps chez son oncle ou chez Mme Newell.

Il avait un souvenir très clair du jour où elle lui avait demandé de lui écrire. C'était l'été des ruines de la villa romaine. Elle lui avait fait du chantage pour qu'il l'embrasse, et par la suite elle était revenue visiter le chantier quand cela lui plaisait. Dans l'ensemble, il l'avait superbement ignorée – ou plutôt, il ne lui avait pas parlé mais avait observé à la dérobée cette fille totalement incompréhensible.

Et il s'était souvenu de leur baiser plus souvent qu'il ne l'aurait voulu, la nuit dans son lit.

« Je pars demain matin, avait-elle annoncé un jour sans préambule. Voici mon adresse. »

Par politesse, il avait pris le bout de papier tout en pensant férocement : « Pas question. »

Il lui avait pourtant écrit deux mois plus tard, depuis sa chambre à l'école, un jour d'entraînement au cricket annulé et de forte tempête. Et la lettre avait été bien plus longue qu'il ne l'avait prévu. Rien de personnel, juste un résumé des leçons tirées du chantier sur les ruines de la villa romaine, ainsi que des améliorations qu'il comptait apporter à la prise de notes sur le terrain et aux méthodes de fouilles.

Sa réponse était arrivée seize jours plus tard – oui, il avait compté – et était presque identique à la sienne par le ton, un résumé d'ouvrages qu'elle avait lus ces derniers mois sur des théories et pratiques pédagogiques, et elle concluait en déclarant avec désinvolture qu'elle ferait une excellente directrice d'école pour jeunes filles.

Il avait écrit en retour pour lui dire qu'il n'avait jamais vu une fille qui ressemblait moins à une directrice d'école, avant de présenter ses propres observations, qui n'étaient que partiellement reliées au sujet, sur la façon dont les garçons dans un pensionnat s'organisaient en factions et en bandes.

Elle reconnaissait dans sa lettre suivante que si elle avait envie d'être directrice d'école, c'était moins par désir d'instruire de jeunes esprits que parce qu'on pouvait gagner jusqu'à cinq cents livres sterling par an. Et à propos, elle ne comprenait pas les gens aussi bien qu'elle l'aurait dû, et trouvait très utile son compte rendu anthropologique sur le comportement des garçons.

Par la suite, ils s'étaient écrit chaque semaine. Cela avait été très étrange, quand il l'avait de nouveau croisée en personne, de constater que leur correspondance régulière et parfois volumineuse ne s'était pas muée en conversation. Le silence était toujours à l'ordre du jour. Cependant, il n'était plus pesant ni inconfortable.

Leur relation épistolaire s'était poursuivie sans interruption – même quand ils étaient ensemble, ils se donnaient des lettres de la main à la main – jusqu'à leur querelle au sujet de lady Ingram, quand Holmes l'avait sévèrement mis en garde contre son illusion d'avoir rencontré la femme idéale. Il avait cessé de lui écrire jusqu'à son retour de lune de miel, fou de joie d'être bientôt père.

Dans les années qui avaient suivi, leur correspondance avait repris avec la régularité d'un métronome, mais sans la moindre référence aux tourments qu'il traversait, ni pendant la désintégration de son mariage, ni au moment de la douloureuse compréhension des sentiments qu'il éprouvait pour Holmes. Qu'il avait toujours éprouvés.

Leurs échanges s'étaient de nouveau interrompus quand elle avait fui la maison de ses parents. Et après le départ de lady Ingram. Bien souvent, il avait contemplé une feuille blanche sans savoir qu'écrire, à présent que ses propres réticences étaient l'unique raison qui les empêchait d'être plus que des amis.

Maintenant, ils étaient plus que des amis.

Maintenant, chaque heure sans elle était une éternité.

« Attends, s'exhorta-t-il en regardant dans le noir. Patience. »

Hélas, il avait déjà épuisé toute sa réserve de patience. Et il ne lui restait plus la moindre retenue, plus le moindre empire sur lui-même.

Rien que du désir.

Il était minuit passé quand l'inspecteur Treadles arriva à Londres. Il traversa la demeure plongée dans le silence et l'obscurité. Ces derniers temps, il ne s'y était pas senti chez lui. Comme si elle n'était plus à lui, ou qu'il n'y était plus à sa place. Ce soir, pourtant... il avait l'impression de rentrer à la maison.

Alice était déjà couchée, endormie. Il s'étendit à son côté et contempla le plafond tandis que les paroles de Charlotte résonnaient à ses oreilles. « Votre air ouvert et amical pourrait amener vos interlocutrices à s'attendre à être comprises, mais votre jugement est tranchant et inflexible. Comme si vous étiez l'incarnation du monde qu'elles ont toujours connu et qui n'a manqué aucune occasion de les dénigrer. »

Était-ce aussi le cas de sa propre épouse ? Déçue par son père qui, bien qu'étant un homme bon, profondément bon, avait toujours refusé ne fût-ce que d'envisager de lui confier les rênes de l'usine Cousins, elle s'était éprise d'un homme qu'elle avait espéré différent... avant de comprendre que, des deux, son père avait été infiniment plus ouvert d'esprit.

Quand s'en était-elle aperçue ?

Il comprit alors, et ce fut un choc, que non seulement elle l'avait su depuis longtemps, peut-être même avant leur mariage, mais que c'était *précisément* pour cette raison qu'elle ne s'était jamais ouverte à lui de ses ambitions d'autrefois.

Alors pourquoi l'avait-elle épousé ?

Parce qu'elle t'aimait, crétin.

Peut-être s'était-elle convaincue qu'ils pourraient quand même être heureux. Peut-être avait-elle cru que puisque jamais elle ne tiendrait la barre de l'usine Cousins, jamais il ne verrait – ni ne désapprouverait – cet aspect d'elle-même. Ou peut-être avait-elle estimé que s'ils s'entendaient bien pendant quelque temps, il en viendrait à avoir assez confiance en elle pour voir que, quelles que soient ses ambitions, elle était toujours la femme qu'il aimait.

Et elle s'était trompée.

Comment avait-elle supporté son jugement sur elle, qu'il croyait avoir dissimulé mais qui, comme Charlotte Holmes l'avait fait remarquer, n'était ni discret ni subtil ?

Cela faisait mal, comme si des échardes étaient plantées dans ses organes et ses nerfs. Il avait l'impression de ne plus rien savoir, de n'avoir jamais rien su.

Désespéré, il se tourna vers Alice et posa un bras autour d'elle.

Elle lui tournait le dos. Ils avaient eu autrefois l'habitude de dormir dans les bras l'un de l'autre, mais la distance qui s'était installée entre eux dans la vie s'était reproduite quand ils étaient au lit. Jusqu'à ce que chacun dorme de son côté, un gouffre entre leurs dos.

Il posa le front contre l'épaule d'Alice et huma le parfum de sa peau. Alice, qui avait compris qu'il n'était pas l'homme qu'elle avait espéré mais qui l'aimait malgré tout.

Dans un soupir, elle se tourna vers lui.

Un instant plus tard, ils s'embrassaient avec la même ardeur qu'au soir de leur nuit de noces.

Et ce qui s'ensuivit fut tout aussi débridé.

Livia était une lève-tôt. Il faisait encore nuit dehors mais elle était à son bureau depuis des heures, aux prises avec la seconde partie des aventures de Sherlock Holmes.

L'impatience du jeune inconnu de lire son travail ne lui rendait pas la tâche plus facile, mais elle lui donnait du courage pour relever ce défi.

Elle venait de terminer un résumé de l'intrigue quand elle entendit du bruit à l'étage au-dessous. Puis Mme Newell en personne vint frapper à sa porte.

— Oh, ma chère ! Je crains d'être de nouveau la messagère de mauvaises nouvelles.

Les oreilles de Livia se mirent à bourdonner. *Lord Ingram. Non !*

— Que... que se passe-t-il ?

— Vous ne le croirez pas, mais on a trouvé une bombe dans la cave à charbon.

— Une... Pardon ?

— N'ayez crainte, nous ne sommes pas en danger immédiat. Elle est dans la cave à charbon des cuisines, qui sont à bonne distance de la maison.

— Oh, fit Livia, dont les mains tremblaient.

Ces dernières années, des républicains irlandais avaient placé des dizaines de bombes à retardement à travers toute la Grande-Bretagne, en particulier à Londres. Ce mode d'expression politique semblait définitivement inscrit dans la vie moderne. Pourtant, toutes celles dont Livia avait entendu parler, qu'elles aient explosé ou aient été désamorcées, visaient des lieux stratégiques tels que baraquements militaires, gares ferroviaires ou bureaux de presse. Dans son souvenir, la seule demeure privée à avoir été ciblée était celle d'un député.

— Mais pourquoi ? Quelle idée de placer une bombe *ici* !

— Je sais bien, gémit Mme Newell. Si en tant que femme je pouvais voter, j'accorderais mon suffrage à M. Gladstone pour donner aux Irlandais leur autonomie.

— Je suis vraiment désolée, madame Newell.

Celle-ci tapota le bras de Livia.

— J'ai envoyé chercher la police. Ils devront peut-être envoyer un câble à la Special Irish Branch[1], mais

---

1. Unité de la police londonienne formée en 1883 en réponse aux actions des républicains irlandais. *(N.d.T.)*

en attendant, j'ai peur que nous ne devions de nouveau lever le camp.

Et cette fois, pas pour Stern Hollow.

Une idée apparut dans l'esprit de Livia – une idée qui était déjà parfaitement formée et exigeait d'être appliquée sans plus tarder.

— Je… je ne puis m'imposer plus longtemps. Je vous ai déjà assez dérangée, et j'aurais dû rentrer directement chez mes parents en quittant Stern Hollow. Je crois que c'est ce que je vais faire.

— C'est ridicule ! Venez donc à l'auberge avec moi, ma chère. Je sais que vous n'avez aucune envie de rentrer chez vous.

C'était vrai, mais parfois on faisait ce qu'il fallait.

— Je resterai une semaine de plus l'an prochain, si vous voulez bien m'inviter. Vous savez que j'adore venir ici, madame Newell, mais maintenant je dois vraiment rentrer.

Au matin, Treadles ne parvenait pas à regarder son épouse, assise en face de lui à la table du petit déjeuner. Les joues en feu, il mangea son toast et ses œufs frits. Ils avaient fait l'amour trois fois pendant la nuit et osé des choses qu'il n'avait jamais imaginées possibles.

En revanche, ils n'avaient pas échangé un seul mot.

C'est elle qui brisa le silence, après avoir parcouru le courrier du matin.

— Je ne vous attendais pas si tôt, inspecteur. L'affaire est-elle déjà résolue ?

Ses inflexions hésitantes lui rendirent le courage dont il avait besoin.

— Non, pas encore. Nous sommes juste venus à Londres pour nous entretenir avec Charlotte Holmes.

Ils avaient appris la veille que Mlle Holmes avait répondu à la petite annonce que la police avait fait paraître dans la presse. Elle était d'accord pour les rencontrer ce matin à 11 heures, au salon de thé de Hounslow où on l'avait vue en compagnie de lord Ingram.

Treadles avait été incrédule. Lord Ingram était à présent assigné à résidence, mais Mlle Holmes croyait encore utile d'effectuer le voyage jusqu'à Londres à seule fin de s'entretenir avec les policiers ? Il avait tenté de se convaincre qu'au moment voulu, elle apporterait l'évidence irréfutable qui laverait le nom de lord Ingram de tout soupçon, mais ses espoirs commençaient à se flétrir.

— Ah, la mythique Mlle Holmes...

Une petite ride barra le front d'Alice.

— Son nom est dans tous les journaux, à côté de celui de lord Ingram. Certains la dépeignent comme une épouvantable libertine.

Et d'autres tenaient des propos encore moins charitables.

« Notre jeune dévergondée ne manque assurément pas d'audace, avait commenté l'inspecteur en chef Fowler, dont l'humeur joviale avait été un véritable supplice. Ma foi, prenons donc le prochain train pour Londres. »

« Mais, inspecteur en chef, si vous êtes certain que lord Ingram a tué son épouse parce qu'elle portait l'enfant d'un autre, est-il encore nécessaire d'interroger Mlle Holmes ? » avait demandé Treadles.

Il aurait préféré rester là-bas. Il pouvait encore découvrir quelque chose qui serait utile à lord Ingram... ou, à tout le moins, tenir compagnie à celui-ci.

« Eh bien, cela nous changera de décor, ne pensez-vous pas ? » avait rétorqué Fowler.

Ses inflexions implacables derrière ses manières faussement affables avaient prévenu Treadles que toute protestation serait vaine.

— Je suis plus que curieuse au sujet de cette Charlotte Holmes, poursuivit Alice.

Elle lui adressa un petit sourire. Se sentait-elle aussi nerveuse que lui ?

— Serez-vous encore là ce soir pour me faire un compte rendu croustillant ?

— Il m'a plutôt semblé que nous repartirions dès cet après-midi pour Stern Hollow. Mais d'ici là, tout peut encore changer.

Il craignait que Fowler n'ait quitté Stern Hollow pour donner à lord Ingram une chance de prendre la fuite. Toutes les preuves contre ce dernier étaient indirectes. S'il passait à la barre des témoins pour sa propre défense, il avait encore une chance que le jury préfère le croire plutôt que l'accusation. En revanche, s'il tentait d'échapper à la police, l'opinion publique le considérerait immédiatement comme coupable et l'issue du procès serait beaucoup moins incertaine.

Lord Ingram était sûrement trop intelligent pour tomber dans le piège, aussi désespérée que semblât sa situation pour l'instant.

— Et comment cela se passe-t-il à votre travail, au fait ? s'entendit-il demander à son épouse.

Elle immobilisa la main qui tenait sa fourchette.

Pendant tous les mois qui s'étaient écoulés depuis qu'elle avait pris la relève après le décès de son frère, pas une fois il ne lui avait demandé ce qu'elle faisait à l'usine Cousins. Il ne savait rien de ceux qui la conseillaient, ni de ceux qui ne manquaient pas une occasion de s'opposer à ses idées. Il avait traité cette part importante de sa vie comme un détail qui ne concernait qu'elle et ne méritait pas qu'il s'y intéresse.

— Êtes-vous certain d'avoir le temps de m'écouter, inspecteur ? demanda-t-elle d'un ton qui manquait d'assurance.

Elle lui offrait une chance de refuser.

Il posa ses couverts.

— Oui, dit-il. J'ai le temps.

Après avoir quitté Stern Hollow, lady Avery était descendue au *Claridge* à Londres.

La carte de visite qu'on venait de lui apporter indiquait qu'un certain M. Sherlock Holmes souhaitait lui présenter ses respects. Sherlock Holmes s'était fait un nom dans une affaire impliquant le décès de trois personnes importantes. Il ne fallut pas longtemps à lady Avery pour comprendre qu'il venait probablement parler du meurtre de lady Ingram.

Toutefois, quand le visiteur fut introduit dans le salon de sa suite, c'est une femme qui apparut, à peu près du même âge que lady Avery, peut-être même un peu plus âgée.

— Je suis Mme Hudson, se présenta-t-elle. Je viens de la part de Sherlock Holmes. Son état de santé lui interdit de quitter le lit, aussi ses amis et sa famille effectuent-ils ses déplacements à sa place.

En d'autres circonstances, lady Avery aurait voulu savoir quels étaient les liens entre Mme Hudson et Sherlock Holmes, si elle était amie ou parente, mais ce matin elle était trop impatiente.

— Bien sûr, madame Hudson. Je présume que vous agissez au nom de lord Ingram ?

Sherlock Holmes avait déjà travaillé pour la police, mais l'inspecteur en chef Fowler n'avait pas donné à lady Avery l'impression d'un homme qui tolère que quelqu'un se mêle de son enquête.

— En effet. J'aimerais que vous regardiez cette jeune femme, pour me dire si vous la reconnaissez.

Elle lui tendit deux images dont lady Avery, après quelques instants, comprit qu'il s'agissait de morceaux de cartes postales.

— Cette...

Lady Avery en était muette de stupeur. Des cartes postales ! Et si elle en jugeait à l'expression lascive de la fille, les parties éliminées devaient représenter des scènes trop indécentes pour être laissées à la vue de tous.

— Cette fille s'occupait de moi à mon hôtel de Cowes, sur l'île de Wight.

— C'est bien elle qui a reconnu lord Ingram sur une photographie de journal, n'est-ce pas ? Et qui vous a alors dit qu'elle avait assisté à la rencontre entre celui-ci et Mlle Charlotte Holmes dans un salon de thé de Hounslow où elle avait travaillé pendant l'été ?

— Oui. Comment l'avez-vous retrouvée ? Et en quoi cela est-il lié à cette affaire ?

— Je ne suis pas libre de discuter de ce point. Pour l'heure, tout ce dont j'avais besoin, c'était votre confirmation, répondit la femme en se levant. Merci, madame.

Lady Avery bondit de sa chaise.

— Vous devez m'en dire plus !

Mme Hudson se tourna et la regarda avec pitié, comme si lady Avery s'était fait avoir.

— Si vous voulez en savoir plus, madame, je vous conseille de rester en ville quelques jours. Vous entendrez de nouveau parler de Sherlock Holmes.

Le sergent Ellerby entra au pas de course dans le magnifique hall de Stern Hollow et demanda à voir lord Ingram.

— Monsieur n'est pas encore descendu, répondit le valet de pied. Nous ne devons pas le déranger quand il est dans ses appartements, mais je peux demander à M. Walsh s'il est possible de frapper à sa porte, puisque c'est pour la police.

Lord Ingram ne donnait pas au sergent Ellerby l'impression d'être le genre d'homme à traîner dans ses appartements privés, aussi confortables soient-ils, jusqu'à 10 heures du matin ou presque.

— Il n'est pas souffrant, j'espère ?

— Il ne l'était pas la dernière fois que je l'ai vu.

— Quand était-ce ?

— À 7 h 30. Hier, il a demandé en cuisine qu'on prépare une tarte au citron. Ce matin, j'en ai apporté dans ses appartements. Il semblait aller bien.

— Parfait. Dans ce cas, allez chercher M. Walsh et dites-lui que j'ai des nouvelles pour lord Ingram. Des nouvelles qu'il aura envie d'entendre.

Des nouvelles qui allaient le rendre fou de joie, en vérité.

La bombe découverte chez Mme Newell avait paru dangereuse, mais elle était factice et n'aurait jamais explosé. Au lieu de salpêtre et de phosphore, elle était remplie de suie et de ce qui se révélerait probablement n'être que du bicarbonate de soude.

M. Holmes avait soupçonné les citernes d'avoir été sabotées. Quand il s'était avéré que ce n'était pas le cas, cela avait mis à mal sa théorie selon laquelle quelqu'un essayait de faire accuser lord Ingram.

Cette bombe factice, dont l'apparition ne pouvait être une coïncidence, rendait à sa théorie tout son intérêt.

L'esprit en ébullition, le sergent arpenta le grand hall sous le regard surpris de l'agent de garde. Il devait envoyer un message aux postes de police voisins pour demander leur aide, afin de retrouver le second cadavre manquant. Il pourrait interroger de nouveau tout le personnel afin de savoir si quelqu'un avait remis le cadenas d'origine à la porte de la glacière. Si personne ne l'avait fait, cela confirmerait les déclarations de lord Ingram selon lesquelles c'était lui qui l'avait remis en place. Il pourrait...

— Sergent Ellerby ?

C'était le très impressionnant M. Walsh, qui rendait Ellerby encore plus nerveux que son employeur lui-même.

— Oui, monsieur Walsh ?

— Je suis au regret de vous informer que lord Ingram ne se trouve pas dans ses appartements. Ni à aucun autre endroit dans la maison.

Le sergent dévisagea l'intendant, qui lui rendit son regard, puis il déglutit péniblement.

Pour la première fois, il s'avisa que même M. Walsh pouvait perdre son calme olympien, si les circonstances s'y prêtaient.

— En êtes-vous certain, monsieur ? Il avait été bien spécifié à lord Ingram qu'il ne devait pas quitter le manoir.

— Hélas, j'en suis sûr. J'ai parlé avec le personnel des jardins. Lord Ingram a fait seller un cheval ce matin, peu après 7 h 45. Ni lui ni sa monture ne sont rentrés.

Alors qu'Ellerby avait de si bonnes nouvelles ! Si seulement lord Ingram avait été plus patient ! Si seulement il avait eu un peu plus foi en sa bonne étoile !

À présent, il était un fugitif. S'il n'était pas pris, peut-être pouvait-il encore s'en sortir. Sinon...

Sinon, il était bon pour la potence.

19

Les inspecteurs Fowler et Treadles arrivèrent au salon de thé de Hounslow un quart d'heure avant le rendez-vous… mais Mlle Holmes était déjà là. Treadles perçut le bref moment de confusion de son supérieur. Lui-même était un peu surpris car Mlle Holmes, pour leur entretien, s'était habillée avec une remarquable simplicité.

Pas de jupes surchargées de rubans, pas de manches dégoulinant de dentelles. Pour lui qui l'avait toujours vue dans des tenues bigarrées et couvertes de passementeries, comme si sa couturière était payée à la quantité d'ornements qu'elle pouvait appliquer sur un vêtement, son ensemble veste et jupe brun-roux était aussi austère qu'un habit de nonne.

Toutefois, s'il la regardait du point de vue de Fowler, il voyait une jeune femme à la mise particulièrement modeste, au regard limpide et sérieux, et à l'attitude empreinte d'une dignité qui n'était pas encore de son âge.

La dame qui l'accompagnait était sans doute deux fois plus âgée qu'elle, mais toujours d'une beauté saisissante. Et si elle était vêtue avec plus de recherche, son style évoquait davantage l'opulence que l'exubérance.

Treadles n'était pas très à l'aise à la perspective de s'attabler en public avec une femme – et même deux, en l'occurrence. Certes, le monde changeait, mais l'idée que des hommes et des femmes mangent ensemble hors de la sphère privée… Disons qu'il n'avait jamais été particulièrement progressiste dans ce domaine.

Toutefois, si Mlle Holmes pouvait lui donner le moindre espoir que tout allait s'arranger pour lord Ingram, n'importe quel inconfort en valait la peine.

Au demeurant, son expression ne montrait aucun signe qu'elle l'avait reconnu. Treadles se souvenait qu'officiellement, ils ne s'étaient jamais rencontrés. On procéda aux présentations. Mlle Holmes présenta l'autre femme comme Mme Watson.

— Ma bienfaitrice, dont je suis la dame de compagnie.

Les deux hommes échangèrent un regard surpris. Quelle personne de qualité aurait pris pour dame de compagnie une femme déchue ?

Un sourire aux lèvres, Mme Watson déclara :

— J'étais actrice et, par conséquent, je n'étais pas la patronne idéale pour les respectables jeunes femmes généralement en quête d'une place de dame de compagnie. En revanche, Mlle Holmes et moi sommes faites l'une pour l'autre.

Celle-ci acquiesça d'un coup de menton en direction de sa « bienfaitrice ».

Treadles ne pouvait que s'émerveiller du nombre d'alliés que Mlle Holmes avait trouvés. Comment une jeune femme qui s'était enfuie de chez ses parents était-elle parvenue à se constituer un aussi solide réseau en si peu de temps ?

Bientôt, on leur apporta du thé, des tranches de cake et des petits sandwichs. Après les échanges d'usage sur la pluie et le beau temps, Fowler passa à l'action.

— Merci d'avoir accepté de nous rencontrer, mademoiselle Holmes. Je présume que vous avez appris le décès de lady Ingram ?

— Oui, j'ai lu les journaux.

Treadles sursauta en songeant que jusqu'à ce qu'elle prononce ces paroles, pas un instant il n'avait vu en elle le Sherrinford Holmes qui avait examiné le corps de lady Ingram dans la glacière en compagnie des policiers.

— Vous n'en avez pas été directement informée par lord Ingram ? demanda Fowler d'un ton dubitatif.

— Nous ne sommes pas en contact régulier, lui et moi.

Mlle Holmes était si remarquablement douée pour le mensonge que chacun de ses mots coulait avec un naturel parfait et une paisible conviction. Avec douceur mais fermeté, elle para toutes les questions de Fowler.

Oui, sa rencontre avec lord Ingram dans ce même salon de thé l'été dernier avait été une simple coïncidence.

La probabilité d'un tel hasard ? Du même ordre que celle que la jeune femme qui les avait servis ce jour-là soit ensuite engagée par lady Avery à des centaines de kilomètres de là.

De l'hostilité de la part de lady Ingram ? Aucun rapport. Ne pas être apprécié de lady Ingram était plutôt la norme. Son antipathie était une sorte d'entité universelle, elle n'était dirigée contre personne en particulier.

Mlle Holmes n'était-elle pas bouleversée que son vieil ami soit le principal suspect du meurtre de son épouse ? Non, elle faisait totalement confiance à Scotland Yard pour découvrir la vérité.

— Et si cette vérité n'était pas en faveur de lord Ingram ?

— Eh bien, qu'y pourrait-on ?

Treadles pria pour que cela ne fût pas son véritable sentiment. Elle avait prononcé ces mots avec un détachement désespérant.

Fowler se pencha légèrement en avant.

— Êtes-vous consciente, mademoiselle Holmes, que lord Ingram est épris de vous ?

Mme Watson émit un petit hoquet de surprise.

Mlle Holmes, qui savait cela depuis des jours – sinon des années, comme l'avait affirmé lord Ingram –, demeura imperturbable.

— Il a une certaine affection pour moi, mais de l'amour ? J'aurais tendance à penser qu'il a eu sa dose d'amour romantique pour toute une vie.

Fowler s'adossa à son siège en la regardant comme s'il songeait à la remarque de lady Avery sur son excentricité. *Excentricité ?* Le mot était faible pour décrire une femme qui ne semblait pas tout à fait humaine !

— Vous êtes dans une situation difficile, mademoiselle Holmes, insista Fowler.

— Ah bon ?

Sa réaction parut désarmer Fowler. Elle ne se comportait pas du tout comme une femme en détresse. Il y avait son extraordinaire aplomb, pour commencer. Et même Mme Watson, sa bienfaitrice, semblait vouer une certaine admiration à sa « dame de compagnie ».

— Le résultat de vos choix, c'est que vous avez perdu votre famille.

— Vous ne connaissez pas mes parents, inspecteur en chef. Peu de gens auraient envie de vivre indéfiniment chez eux.

— Et votre sœur ?

— Vous m'avez contactée grâce à un code que j'ai créé rien que pour elle et moi. J'en déduis que vous l'avez déjà rencontrée ?

— En effet.

— Vous a-t-elle donné l'impression d'être fâchée contre moi, à cause de ce qui s'est passé ?

— Non.

— Alors en quoi serais-je dans une situation difficile, monsieur ?

Fowler ne sut que répondre à cela.

— Vous aurez peut-être du mal à le comprendre, mais ma disgrâce m'a ouvert tout un nouveau monde. J'apprécie ma vie bien plus qu'autrefois. J'ai la liberté d'agir à ma guise. Et grâce à cette chère Mme Watson ici présente, je ne manque de rien. À vrai dire, de mon point de vue, je suis plutôt dans une situation enviable.

Fowler tourna sa cuillère dans son thé.

— Dans ce cas, très bien. Mais votre position ne serait-elle pas plus favorable si vous épousiez lord Ingram ?

— En quoi le serait-elle ? La société ne m'intéresse pas. Je n'ai pas envie de tenir une maison, et encore moins de faire des enfants. À présent, je suis maîtresse de ma vie. Qu'ai-je à faire d'un époux qui deviendrait mon seigneur et maître ?

— Lord Ingram ne vous plaît donc pas ?

— Que si ! J'ai tenté à trois reprises de lui faire des propositions.

Fowler en demeura bouche bée.

— Des propositions... indécentes ? Et non pas *une* proposition respectable ?

— Exact. Je pensais alors, et je le pense toujours, que ce serait une bonne idée de le prendre comme amant.

— Mais vous ne voulez pas l'épouser, ce qui serait pourtant la façon la plus sûre qu'il devienne votre amant ?

— Non. Je le veux pour une chose, et rien d'autre. Ce n'est pas une raison suffisante pour épouser un homme.

Fowler se racla la gorge.

— Le sait-il ?

Lord Ingram le savait sans le moindre doute. Par contre, Treadles brûlait d'entendre ce qu'*elle* avait à répondre à cela.

— Mieux que quiconque. Mais peu importe que je veuille ou non l'épouser, puisque lui ne veut pas m'épouser.

— Parce que vous lui avez fait des propositions à trois reprises ?

Un léger sourire étira les lèvres de Mlle Holmes.

— Parce qu'il ne croit pas que je l'aimerai. Et il a raison sur ce point. L'amour romantique est un concept que j'ai le plus grand mal à saisir. Du moins en ce qui concerne le mariage. Les gens changent. Les sentiments changent. Et on vous demande de vous engager pour la vie sur la base d'émotions passagères.

— Le mariage, ce n'est pas cela ! s'entendit protester Treadles. On y entre en sachant que les changements sont inévitables. Le but est d'affronter ensemble les vicissitudes de l'existence.

— Vraiment, inspecteur ? N'y entre-t-on pas plutôt en espérant que tout restera comme au premier jour ? La plupart des mariages que j'ai vus de près ne m'ont pas inspiré confiance ; il y a toujours au moins l'un des deux époux pour déplorer les changements que le temps apporte.

Elle le regarda dans les yeux, comme si elle avait deviné le nouveau lien, encore fragile, qui l'unissait à Alice. Comme si elle avait perçu sa peur de ne pas réussir à le renforcer, et de le voir un jour se rompre.

Il détourna les yeux, honteux de ne pouvoir en dire plus pour la défense de son propre couple, ou du bonheur conjugal en général.

Elle reporta son attention sur Fowler.

— Non, inspecteur en chef. Lord Ingram ne demandera pas ma main, même par amour.

Elle réfléchit quelques instants.

— Surtout pas par amour, ajouta-t-elle.

— Trois fois ? *Trois fois ?* s'exclama Mme Watson une fois qu'elles furent dans sa voiture.

Charlotte lissa ses jupes.

— Deux fois et demie, à proprement parler. L'une des fois, la deuxième, je cherchais seulement un moyen de me débarrasser de ma virginité. Il n'a pas voulu me rendre ce service.

C'est Roger Shrewsbury qui s'en était chargé, à sa façon globalement incompétente.

Mme Watson poussa un soupir, comme si elle avait du mal à croire qu'elles avaient cette conversation... même si c'était elle qui l'alimentait.

— Si vous pardonnez ma déplorable indiscrétion, qu'en a-t-il été des deux autres fois ?

Une enquête pour meurtre était vraiment un phénomène particulier. Il y avait actuellement à Londres deux inspecteurs très bien informés sur l'histoire d'amour – qui pendant longtemps n'en avait pas été une – entre Charlotte et lord Ingram. Et maintenant, il y avait aussi Mme Watson, qui avait bien le droit d'en savoir un peu plus sur son amie et protégée.

— La dernière fois, c'était au 18 Upper Baker Street – avant que vous ayez la brillante idée de monnayer les talents de Sherlock Holmes. Il m'a proposé d'assumer mes frais d'émigration en Amérique, où personne ne me connaît et où j'aurais pu étudier et trouver un emploi respectable. Je lui ai répondu que j'étais d'accord s'il voulait me prendre pour maîtresse. Il a refusé.

Même si, à ce moment-là, il n'avait plus eu à craindre de la compromettre puisqu'elle l'était déjà. Cet homme pouvait se montrer ridiculement têtu.

— Et la première fois ? demanda Mme Watson, le souffle coupé.

— C'était un peu avant mon dix-septième anniversaire. Nous nous connaissions déjà depuis un moment et j'avais décidé qu'il ferait un bon amant – ou, à tout le moins, un amant intéressant.

— Vous étiez si jeunes ! Pratiquement des enfants !

Pour une femme qui avait mené une vie plutôt scandaleuse, songea Charlotte, Mme Watson s'offusquait bien facilement.

— Il n'est pas rare que des jeunes femmes se marient à seize ans. Et il avait déjà perdu son pucelage. Ce n'est pas comme si j'avais menacé sa virginité.

Mme Watson pouffa de rire.

— Et il a refusé cette absence de menace.

— Alors que j'avais tenté de le convaincre avec une capote anglaise magnifiquement emballée, qui plus est.

De nouveau choquée, Mme Watson porta les mains à ses lèvres.

— Où vous êtes-vous procuré une telle chose ?

— Je crois vous avoir dit que ma sœur et moi allions fureter dans le bureau de notre père dès que l'occasion s'en présentait, n'est-ce pas ?

Mme Watson acquiesça d'un coup de menton.

Sir Henry et lady Holmes n'avaient jamais révélé à leurs enfants la moindre information d'importance, telle que la quasi-banqueroute familiale. Leurs deux cadettes, qui avaient toujours été les meilleures alliées, avaient pris l'habitude de tout découvrir par elles-mêmes.

— Je lisais toujours l'agenda de mon père. Un jour, il a noté le nom et l'adresse d'un commerce où il s'était procuré une capote. J'ai écrit à cette boutique et demandé si l'on pouvait acheter par correspondance. Ils ont répondu qu'ils se feraient un plaisir de rendre ce service. Alors j'ai envoyé une commande postale et suis allée chercher mon achat à notre bureau de poste.

— Et vous avez fait cela alors que vous n'aviez que seize ans ?

— L'année d'avant. J'en avais quinze.

— Je suis surprise, et soulagée, que vous n'ayez pas fait d'avances à lord Ingram dans la foulée.

— J'y ai pensé, mais j'ai décidé que ma curiosité n'était pas encore assez forte.

— Même si vous aviez déjà acheté une capote ?

— Une capote, une éponge et une seringue pour évacuer le sperme qui n'aurait pas été bloqué par la capote et l'éponge, si vous voulez la liste complète. Pour le prix, la boutique m'avait envoyé gratis un exemplaire de *Fanny Hill*[1].

Mme Watson étouffa un petit cri de stupeur.

— Et qu'avez-vous fait de *cela* ?

— Je l'ai lu. Ensuite, je l'ai revendu à Roger Shrewsbury pour le double de ce que cela lui aurait coûté s'il l'avait acheté dans le commerce.

Les lèvres de Mme Watson bougèrent, mais aucun son n'en sortit.

— Je sais, dit Charlotte, consternée. M. Shrewsbury n'a jamais eu le sens des affaires.

— Lord Ingram est-il au courant de ceci ? s'enquit Mme Watson d'une voix étranglée.

— C'est lui qui a négocié la vente. Et il a prélevé sa commission au passage.

Charlotte sourit.

— Il n'a pas toujours été aussi collet monté.

Elle ne nourrissait aucune nostalgie de quelque version mythique de lui – il avait peut-être été plus

1. *Mémoires de Fanny Hill, femme de plaisir,* de John Cleland, publié à Londres vers 1748 et considéré comme le premier roman érotique. *(N.d.T.)*

aventureux autrefois, mais il avait aussi été naïf et arrogant. L'adversité ne changeait pas toujours les gens en mieux – sinon, le monde aurait été plein d'hommes et de femmes au caractère sans défaut et à l'intelligence admirable. Lord Ingram, toutefois, avait enduré son infortune avec grâce et stoïcisme, et il avait choisi de devenir un homme meilleur.

Quand Charlotte émettait des commentaires sur son côté guindé, ce n'était pas en regrettant celui qu'il avait été – elle l'aimait tel qu'il était – mais parce qu'elle désirait sincèrement qu'il s'autorise à être heureux.

Ou, en tout cas, moins accablé.

Et elle ne savait pas du tout si cela arriverait un jour.

— Et le fait qu'il vous aime, cela ne change vraiment rien ? demanda Mme Watson d'une voix douce mais fervente.

Charlotte soupira.

— La question n'est pas que l'amour change quoi que ce soit, c'est que nos attentes dans la vie sont diamétralement opposées. Il est plus facile d'aimer quelqu'un quand on veut la même chose que lui que de *continuer* à l'aimer quand on veut autre chose. Mais cela arrive.

Mme Watson en eut le souffle coupé.

— Seriez-vous… seriez-vous en train de dire, mademoiselle Holmes, que vous *êtes* amoureuse de lui ?

Charlotte ne répondit pas.

Elle avait déjà donné assez de réponses.

Livia était fière d'elle-même. Si fière qu'elle en avait le cœur qui battait.

Elle avait profité de la confusion dans laquelle la découverte de la bombe avait plongé Mme Newell pour refuser que sa bonne la raccompagne chez elle.

« Vous aurez plus besoin de son aide que moi. J'ai effectué ce trajet si souvent que j'ai perdu le compte, et il n'y a jamais eu le moindre problème dans les compartiments des dames. N'ayez crainte, mes parents n'en sauront rien. »

Et, pour une fois, elle avait eu le dernier mot.

Toutefois, à présent que son cabriolet de location approchait de Moreton Close, elle commençait à perdre un peu de sa belle confiance. Le jardin s'était fané depuis sa précédente visite et ressemblait peu à l'endroit ensoleillé et bien tenu dont elle avait gardé le souvenir. Tous les volets étaient fermés – en pleine journée ! – et pas la moindre lumière ne filtrait derrière, comme cela aurait été le cas si des lampes ou des bougies avaient été allumées.

Personne ne lui ouvrit quand elle sonna. Elle tira le cordon de la sonnette à plusieurs reprises et fit un vacarme à réveiller la Belle au bois dormant.

Sans la moindre réponse.

Se souvenant de l'allée qui menait au portail en fer forgé, elle la remonta d'un pas rapide, poussa le portail et frappa à la porte du cottage voisin. Enfin, quelqu'un lui répondit, une femme aux mains pleines de farine.

— Bonjour, mademoiselle, la salua-t-elle d'un ton intimidé.

— Bonjour. Pourriez-vous me dire où sont tous les gens de la grande maison, madame…

— Garnet. Tout le monde est parti passer l'hiver dans le sud de la France.

Le sud de la France ? Livia avait toujours rêvé d'y aller ! L'espace d'un instant, elle fut terriblement jalouse de Bernardine. Jusqu'à ce qu'elle s'interroge. Quelle était la probabilité que, pour la modique somme que versaient ses parents, Bernardine profite de ce voyage à l'étranger ?

— Toutes les dames qui ne peuvent pas s'occuper d'elles-mêmes sont parties dans le sud de la France ?

Mme Garnet parut ne pas comprendre.

— Il n'y a qu'une seule dame dans la maison, et elle est tout à fait capable de s'occuper d'elle-même.

— Une seule ?

— Il y a aussi son mari et ses garçons, mais c'est la seule dame.

Les oreilles de Livia se mirent à siffler.

— Mais je suis venue la semaine dernière, et j'ai vu de mes yeux plusieurs dames !

— La semaine dernière, le patron et moi on était partis voir notre petit-fils. Mademoiselle a peut-être visité une autre maison ?

Mme Garnet s'exprimait avec gentillesse, mais cela ne fit qu'accroître la nervosité de Livia.

— C'était bien celle-ci, je vous assure !

— Ma foi, dit Mme Garnet d'un ton navré, la famille est partie il y a quinze jours. Je ne sais pas comment il pourrait y avoir eu plusieurs dames la semaine dernière. Je ne sais vraiment pas.

Charlotte s'arrêta devant la petite maison de St. John's Wood où elle avait rencontré Mme Farr la veille au soir et passé la nuit. D'un geste, elle dit au revoir à Mme Watson, qui continuait vers sa propre destination.

Une fois à l'intérieur, elle ôta son chapeau et sa perruque – celle d'une femme, cette fois – et s'assit à sa coiffeuse en se massant le crâne. Elle semblait plus mince dans le miroir. Était-elle redescendue à 1,2 menton ?

Un autre visage apparut dans la glace.

— Vous comptez vos mentons ?

— Moi ? Comment osez-vous m'accuser d'un si méprisable narcissisme ?

Lord Ingram sourit.

— Comment s'est passé votre rendez-vous avec la police ?

— Comme vous l'aviez prévu.

Elle se tourna vers lui. Il était tout près d'elle – l'endroit où elle le préférait.

— Vous ne devriez pas être ici.

— Je sais.

Elle poussa un soupir.

— Dites-moi ce qui s'est passé depuis mon départ. Je suppose que vous n'êtes pas venu rien que pour coucher avec moi.

Il s'approcha un peu plus.

— Eh bien, vous auriez tort sur ce point.

— Je trouve toujours étrange d'être au lit avec vous, dit lord Ingram.

— Ce que je trouve étrange, répondit Holmes, c'est d'être au lit au beau milieu de la journée. Mais cela ne me dérange pas.

Elle le couvait d'un regard si affectueux qu'il sentit son cœur battre plus vite. Ils étaient étendus tout près l'un de l'autre, lui appuyé sur un coude, elle la tête sur un oreiller, une main sous sa joue. Il lui écarta une mèche du front, prenant soin de ne pas la toucher plus que cela.

— J'ai entendu votre sœur affirmer que vous n'aimiez pas qu'on vous prenne dans les bras. Est-ce vrai ?

Elle prit le temps de réfléchir.

— Quelquefois, Livia a besoin qu'une personne la serre contre elle, et je suis le seul être humain dans les parages. Quand j'étais petite, je la repoussais et je me réfugiais dans un coin de notre chambre. Ce n'est pas tellement que je n'aime pas être dans les bras de quelqu'un, c'est plutôt que je n'aime pas que cela se prolonge. Plus tard, je me suis entraînée à compter jusqu'à trois cents pour tenir cinq minutes. Cela m'a d'ailleurs aidée à comprendre que la moitié de cette durée lui suffisait. Je peux supporter deux à trois minutes dans les bras de quelqu'un. Mais Livia est encore blessée que je l'aie repoussée.

Lui aussi, il l'aurait été.

En fait, il se sentait parfois blessé par elle, même si elle n'avait rien fait, sinon se montrer une excellente amie.

Elle leva une main et parut hésiter, comme si elle s'attendait qu'il l'écarte, puis elle poursuivit son geste et fit courir le dos de ses doigts sur sa mâchoire.

— Je suis consciente de l'avoir déjà dit, mais vous n'auriez pas dû venir.

— Je sais. J'ai perdu la tête.

Elle émit un petit claquement de langue désapprobateur.

— Cela dit, je dois reconnaître que je n'en suis pas totalement fâchée, d'autant plus que… Comment appelez-vous cette chose que vous m'avez faite ?

— Madame, je vous en ai fait plus d'une.

— Vous savez de quoi je veux parler. Je suis sûre que même à Sodome et Gomorrhe, ils ne faisaient pas ça.

— Vous devriez accorder plus de crédit à Sodome et Gomorrhe. Après avoir vécu là-bas, les filles de Loth n'ont pas reculé devant l'inceste.

Elle éclata de rire, avant de glousser de nouveau.

— Eh bien, vous êtes plus amusant quand vous êtes au lit.

Cette fois, c'est lui qui sourit.

— Peut-être suis-je seulement plus détendu après la bagatelle.

— À ce propos…

Elle roula sur lui.

— Avons-nous le temps de recommencer ?

— Je n'ai pas fait cela ! protesta Charlotte.

— Si, vous l'avez fait, insista lord Ingram, amusé. Vous m'avez dit que mon visage n'était pas symétrique. Vous avez affirmé que Roger Shrewsbury avait un visage parfait et que le mien était juste bizarre.

— Non, j'ai écrit que tous les visages me semblaient bizarres. Y compris celui de Roger, parce qu'il est d'une symétrie presque parfaite, ce qui est très rare.

— Et ce n'est pas la même chose que de dire qu'il a un visage parfait ?

Elle observa le visage de lord Ingram, tellement plus fascinant et séduisant que celui de Roger Shrewsbury !

— Vous ai-je dit, milord, qu'à côté de vous M. Shrewsbury est un pitoyable amant ?

Un sourire béat fleurit sur les lèvres de lord Ingram.

— Veuillez m'excuser, mais un millier de jardins viennent d'éclore dans mon âme.

Elle lui rendit son sourire.

— À ma propre surprise, je commence à adorer cette vanité qui n'appartient qu'à vous.

Elle n'était pas certaine d'avoir envie de connaître toute la gamme des émotions humaines – ce qu'elle n'avait pas encore exploré semblait plus ou moins douloureux – mais ce bonheur partagé, plein de chaleur et d'espièglerie, *cela*, elle voulait bien en faire l'expérience.

Hélas, ils ne pouvaient se tenir indéfiniment à l'écart des réalités. Son amant, répondant à sa demande, finit par lui raconter ce qui s'était passé à Stern Hollow jusqu'à ce qu'il en parte.

— Les choses ont évolué plus vite que je ne le pensais, murmura-t-elle.

— Si je n'avais pas choisi ce moment pour partir, c'est en prison que vous m'auriez revu.

Du bout du doigt, elle suivit le contour de son front.

— L'inspecteur en chef Fowler est convaincu que vous auriez tué votre épouse réapparaissant enceinte d'un autre homme. Qu'auriez-vous fait si lady Ingram était effectivement rentrée dans cette situation ?

— Cette seule idée me donne des cauchemars.

— Mais vous auriez accepté l'enfant, en fin de compte.

Il émit un hoquet indigné.

— Bien sûr ! Je suis moi-même un tel enfant.

Ce n'était pas comparable. Ses parents avaient conclu un accord tacite, sans rien de l'hostilité qui avait caractérisé son mariage. Toutefois, jamais il n'aurait blâmé cet enfant. Il aurait même fait de son mieux pour qu'il soit traité avec bonté et générosité.

Elle posa la main sur son bras.

— Laissez-moi vous dire quelque chose. J'ai fait la connaissance de Roger Shrewsbury un an avant de vous rencontrer. Et je me suis vaguement dit qu'un jour, peut-être, je l'embrasserais, juste pour voir. Mais quand je vous ai vu, j'ai su que ce serait vous, et jamais lui.

— Jamais ?

— Jamais. Je ne l'ai pas autorisé à m'embrasser, pas une seule fois depuis que je le connais. Et ce n'est pas tout ce que j'ai à vous dire.

Il l'embrassa lentement.

— Franchement, Holmes, je ne vois pas ce que vous pourriez dire de mieux que ce que vous m'avez déjà dit…

— Ayez un peu de foi, Ash, le gronda-t-elle. Bien. Quand je me suis dit « un jour », à l'époque je pensais que cela signifiait quand j'aurais atteint mes vingt ans, ou un âge aussi avancé. Maintenant, vous souvenez-vous de l'incident de l'encre, chez votre oncle ?

— Quel incident de l'encre ?

— Deux garçons avaient mis au point un système pour projeter de l'encre à bonne distance. Ils voulaient le tester sur une fille, mais l'affaire a mal tourné et ils se sont éclaboussés eux-mêmes de la tête aux pieds.

— Oh, *cet* incident de l'encre. Oui, je m'en souviens.

— J'avais remarqué de l'encre sur leurs mains, mais il y en avait trop pour qu'ils se soient autant tachés rien qu'en écrivant. Puis, juste avant l'incident, j'ai également vu de larges traînées d'encre sur vos mains, qui jusqu'à présent n'avaient présenté que des traces de terre à cause de vos fouilles à la villa romaine. Et quand l'incident est arrivé, alors que les garçons couraient en tous sens, pris de panique, vous avez été le seul, à part moi, à ne pas rire.

— Vous n'avez pas admiré mon flegme ?

Elle avait été désorientée quelques instants.

— J'étais trop occupée à étudier le mécanisme afin de déterminer quelle fille ils avaient visée. Saviez-vous que c'était Livia ?

— Si cela avait été vous, je ne me serais pas donné autant de peine. En modifiant leur bricolage, j'ai ruiné ma chemise.

Il poussa un soupir et ajouta :

— J'ai pensé que Mlle Olivia n'aurait pas goûté la plaisanterie.

— Non, elle aurait été humiliée et traumatisée. Quoi qu'il en soit, à mon réveil le lendemain matin, je brûlais d'envie de vous embrasser. Il me semblait impossible d'attendre une semaine de plus, et ne parlons pas de sept ans.

Il la regarda longtemps. Puis il murmura « Merci » et la prit dans ses bras.

Pendant exactement deux minutes, et pas une seconde de plus.

— Restez encore un peu, demanda-t-elle. Ne partez pas.

Lord Ingram n'était pas certain d'avoir jamais entendu Holmes parler sur ce ton. Elle semblait presque... inquiète. Il rajusta ses bretelles et prit son gilet.

— Je suis venu avec juste une tarte au citron et la chemise que j'avais sur le dos. Quelque chose me dit que les vêtements de Sherrinford Holmes ne m'iraient pas.

— Je peux faire apporter une tenue du Dr Watson. Mme Watson a conservé une bonne partie de sa garde-robe.

Il secoua la tête d'un air incrédule.

— Vous n'avez même pas demandé où est la tarte au citron. Qui êtes-vous ? Et qu'avez-vous fait de Charlotte Holmes ?

Elle se leva du lit et passa une robe de chambre.

— Bien, alors où est la tarte au citron ?

— Dans le garde-manger.

— Merci.

— Ne me remerciez pas, mes motifs étaient parfaitement immoraux. J'essaie de devenir votre fournisseur préféré en pâtisserie fine et autres cakes à la place de Bancroft.

— Les motifs de lord Bancroft n'étaient pas plus glorieux que les vôtres. Et je ne vous remerciais pas pour la tarte au citron, mais pour les choses qu'ils ne faisaient pas – ou qu'ils faisaient peut-être – à Sodome et Gomorrhe.

Ces paroles auraient pu être interprétées comme provocantes, mais ses inflexions ne l'étaient pas du tout. Et son expression était tendue et fermée.

Brièvement, il prit son visage entre ses paumes.

— Toujours folle d'inquiétude ?

Bien sûr qu'elle l'était : il avait dû lui rappeler qu'il y avait de la tarte au citron dans les parages.

Au lieu de répondre, elle arpenta la chambre pendant qu'il finissait de s'habiller.

— Tout va bien se passer, fit-il. Je rapporterai de quoi manger. Que diriez-vous d'un panier-repas de chez *Harrods* ? Ou préférez-vous que j'aille dans une gargote graisseuse ?

Elle le suivit dans le vestibule et ne répondit pas. Ils demeurèrent là quelques instants sans parler, mais le silence de la jeune femme était à présent moins tendu et plus mélancolique. Lord Ingram poussa un soupir.

— Je serai rentré avant l'heure du thé, promit-il. Voulez-vous goûter le genre de repas que préparent les élèves des écoles privées ? Œufs brouillés, haricots en boîte et toasts couverts de leur poids en beurre.

Le sourire de la jeune femme s'affaissa légèrement.

— Rapportez aussi un panier de chez *Harrods*, au cas où je n'apprécierais pas votre cuisine.

— Promis. Et vous, Holmes, vous a-t-on déjà dit que vous étiez une grande histoire d'amour à vous toute seule ?

Sur ces mots, il l'embrassa puis quitta la maison.

Ah, Londres ! Londres bruyante, malodorante et surpeuplée ! Il n'avait pas toujours aimé la vaste métropole, mais aujourd'hui il aurait pu écrire un sonnet – non, une ode en cinq chants – à ses vapeurs nauséabondes et à ses rues crasseuses.

La foule grouillante offrait un antidote bienvenu à la solitude parfois insoutenable de la campagne. Stern Hollow était devenu si petit et étouffant qu'il se délectait de cet anonymat où il n'était qu'un type vaquant à ses occupations, un visage parmi des millions.

Il gagna Abbey Road et leva la main pour héler un fiacre. Quelqu'un lui tapa alors sur l'épaule. Il pivota sur ses talons. Un inspecteur Treadles à l'air accablé se tenait là, accompagné d'un inspecteur Fowler au sourire carnassier.

— Milord ? dit Fowler, qui ressemblait à un renard à la gueule pleine de plumes de poules. Désolés d'interrompre votre promenade, mais vous allez devoir nous accompagner.

20

Stern Hollow, trois jours plus tôt

— Faites attention à ce que vous me dites. Je n'ai pas encore écarté la possibilité que vous ayez tué lady Ingram, accidentellement ou intentionnellement, quand elle est venue enlever les enfants.

Silence.

Fallait-il qu'il soit tombé bas, songea lord Ingram, pour que Holmes le soupçonne d'homicide – voire d'assassinat.

Du reste, pour elle, rien n'était impensable.

— Elle n'est pas venue enlever les enfants, et je ne l'ai pas tuée.

— Où sont-ils ?

— Exactement comme je vous l'ai dit. Avec Remington.

Elle l'observa. Il soutint son regard : il n'avait rien à lui cacher. Sauf, s'il fallait être complètement honnête, certains sentiments. Et uniquement pour sa propre dignité.

— Je suis allée dans vos appartements un peu plus tôt dans la soirée. Il y avait une paire de bottes cachées dans un coin de votre dressing-room, avec de la poussière de charbon sur les semelles. Il y a des années, dans l'une de vos lettres, vous avez évoqué un tunnel qu'on perçait sous la maison entre la cave à charbon et les chaudières des serres du potager. Que faisiez-vous…

Elle s'interrompit.

— Je vois. Vous voulez que *quelqu'un* croie que vos enfants sont toujours ici. Pourquoi ? Y a-t-il eu une tentative d'enlèvement ?

Il laissa échapper le soupir qu'il avait retenu jusque-là.

— Ceux qui ont essayé de les kidnapper ont déclenché un incendie pour faire diversion, mais ils ont échoué.

— Quand était-ce ?

— Il y a un mois.

— Et quand Remington est-il venu ?

— Quelques jours plus tard. Il m'avait déjà rendu visite à Stern Hollow un peu plus tôt, mais cette fois il est venu à ma demande.

Elle appuya son menton sur sa main.

— J'ai eu du mal à croire que vous ayez laissé vos enfants s'éloigner de vous. Je suis sûre de ne pas être la seule à avoir eu des doutes.

— C'est ce que j'espérais. J'ai fait en sorte que le cottage et le tunnel donnent l'impression que des enfants s'y étaient trouvés récemment.

Elle hocha la tête lentement, tout en faisant tourner sa cuillère dans la crème bavaroise de sa charlotte à la russe, puis elle trancha la génoise qui formait la base du gâteau. Ce n'était déjà pas de bon augure qu'elle boude son dessert, mais si elle le massacrait… Le soulagement qu'il avait ressenti s'évapora.

« Vous pouvez être effrayé, lui avait-elle dit un peu plus tôt dans la soirée. Je le suis moi-même. »

À ce moment-là, il avait déjà baigné dans la détresse et l'anxiété ; les déclarations de Holmes n'avaient peut-être pas eu l'impact qu'elles auraient dû avoir. Il commençait à comprendre que même si sa vie était en jeu, peut-être n'avait-il de la situation qu'une compréhension superficielle.

Elle leva les yeux de la charlotte à la russe désossée.

— Il reste quelque chose que vous ne me dites pas. Dans son message, Livia m'a parlé de l'épreuve que cela a été d'aller vous voir cet après-midi. Au début, elle a seulement réussi à parler de la glacière. Elle m'a rapporté que vous sembliez fatigué mais calme. C'est seulement quand elle a cité le nom de lady Ingram que vous avez paru choqué. Ce qui m'amène à vous demander : s'est-il passé autre chose à la glacière ?

C'était bien elle, de faire une telle déduction à partir de rien de plus que le compte rendu de sa sœur sur la façon dont il avait réagi ! Il lui parla alors de l'homme qui s'était présenté comme George Barr, qui était – ou non – un voleur récidiviste et qu'il avait enfermé dans la glacière, ligoté, le temps de se renseigner sur sa véritable identité.

— Lady Ingram devait déjà être dans la glacière quand je suis revenu dans la deuxième chambre en me demandant comment George Barr s'était échappé. Je ne suis pas allé plus loin, puisqu'il y a un grand loquet sur chaque porte et que celui de la porte suivante était parfaitement en place. Quand le corps a été découvert, je me suis reproché d'avoir eu la stupidité de ne pas regarder plus attentivement.

Du dos de sa cuillère, elle écrasa les ruines de la charlotte à la russe. Il la prit par le poignet.

— Arrêtez. Maintenant, c'est *moi* qui suis effrayé.

Il perçut la tension dans son bras, comme si elle allait le repousser, mais après une longue seconde, elle posa la cuillère et étira ses doigts.

Dans un soupir, il la libéra.

— Je vous ai tout dit. Maintenant, dites-moi ce que *vous* me cachez.

— Moi ?

— Oui, vous. De tout ce qui s'est passé aujourd'hui, le plus inexplicable a été votre réaction. Vous n'êtes jamais effrayée au point d'en perdre l'appétit. Que se passe-t-il ?

— Ne puis-je pas simplement m'inquiéter pour vous ?

— Holmes, vous avez mangé une demi-douzaine de macarons quand vous m'avez révélé que mon épouse était devenue un agent de Moriarty.

— Oui, en effet, n'est-ce pas ? C'étaient d'excellents macarons.

— Et ceci…

Il désigna les restes du dessert.

— … était une excellente charlotte à la russe dont vous auriez pris deux parts dans n'importe quelles autres circonstances, *après* avoir mangé du cake que M. Walsh a servi.

Elle considéra le massacre dans son assiette.

— Très bien. Il y a certaines choses que je ne comprends pas encore, mais dans les grandes lignes je dirais que quelqu'un essaie de vous faire accuser. Si le corps dans la glacière avait été n'importe quel autre que le sien, les soupçons se seraient aussitôt dirigés vers lady Ingram – du moins, parmi ceux d'entre nous qui connaissent la vérité. En fait, je suppose qu'une part de vous est convaincue que, d'une façon ou d'une autre, elle a manigancé tout ceci.

Elle avait parfaitement raison sur ce point.

— Je sais que vous vous demandez si elle vous haïssait assez pour vous jouer un aussi mauvais tour. Je suis plus que convaincue qu'elle n'aurait pas détesté vous voir mort, mais pas au point de mettre sa vie en danger. Par conséquent, nous pouvons considérer que ce n'est pas elle qui tire les ficelles.

» Elle a été un pion – qui est peut-être la pièce la plus importante de l'échiquier – mais c'est quelqu'un d'autre qui dispute cette partie. Ce qui m'amène à demander :

quel est l'objectif final dans ce jeu où lady Ingram a été sacrifiée dès l'ouverture ?

Il mangeait tout en l'écoutant – il n'avait rien avalé depuis le déjeuner – mais soudain, la tourte au gibier lui parut plus lourde qu'un pavé dans son estomac.

— Pardon ?

Elle se leva de la table. Une bouilloire pleine d'eau avait été apportée dans la chambre. Elle la posa sur l'âtre.

— Le fait que le corps trouvé dans la glacière soit celui de lady Ingram brouille les pistes. Si je devais nommer la raison de cette manœuvre, j'évoquerais M. Finch.

— M. Finch... votre frère ?

Elle hocha la tête.

Myron Finch avait autrefois travaillé pour Moriarty, mais il avait quitté son organisation. Lady Ingram, se faisant passer pour l'amante malheureuse de M. Finch, avait mandaté Sherlock Holmes pour le rechercher, en sachant qu'il était le demi-frère illégitime de Charlotte Holmes.

— Tout ceci pour tenter de retrouver un renégat ? Ne pensez-vous pas que c'est un peu excessif ?

Elle revint à la table.

— Cela dépend de ce qu'il a volé à Moriarty.

Holmes lui avait dit que d'après Stephen Marbleton, quand M. Finch était parti, il avait pris quelque chose de grande valeur à Moriarty.

— Que cela peut-il bien être ? Un projet d'assassinat de la reine lors des célébrations du jubilé l'an prochain ?

— M. Finch était le cryptographe de Moriarty. Je suppose qu'il a emporté quelque chose qu'il était en train de déchiffrer, et qui était peut-être de nature plus personnelle.

Elle prit une mèche de ses cheveux courts et la passa entre ses doigts. À cette longueur, ils commençaient tout juste à boucler. Il aurait cru, si on lui avait demandé d'imaginer à quoi elle aurait ressemblé sans sa crinière, qu'elle aurait l'air d'un garçon manqué. En fait, cette coupe ne faisait que mettre en valeur ses lèvres et ses yeux.

— Je n'ai pas encore eu l'occasion de vous en parler, poursuivit-elle, mais le jour où je vous ai vu pour la dernière fois cet été, j'ai également fait la connaissance de M. Finch.

— Vous l'avez retrouvé, finalement ?

— En fait, vous et moi avions été dans la même pièce que lui quelques jours auparavant, mais sur le moment je n'avais pas percé sa véritable identité.

Quelques jours auparavant, lord Ingram l'avait retrouvée à l'étude de l'avoué de son père. Quatre autres hommes avaient également été présents, dans le but de l'enlever par la force pour la ramener dans son insupportable famille.

— Vous parlez du cocher qui accompagnait votre père ? Celui qui vous avait aidée à échanger des lettres avec Olivia ?

— Lui-même et en personne. Je lui ai demandé ce qu'il avait volé, mais il n'a pas souhaité me répondre.

— Êtes-vous certaine qu'il est resté libre ?

— J'ai des raisons de le croire. Toutefois, le soir où nous avons parlé lui et moi, il a failli être capturé. Sans l'apparition opportune de M. Marbleton, j'ignore ce qui se serait passé.

— Vous n'allez pas me dire que vous avez été abordée par les gens de Moriarty ? Bonté divine, Holmes...

— Je vais bien. Il ne m'est rien arrivé. M. Finch est toujours en liberté, c'est le principal.

— Et depuis ? Les agents de Moriarty vous ont-ils suivie ?

— Je ne crois pas, mais...

Elle désigna ses cheveux et ses vêtements masculins.

— J'ai appris, pressée par les événements, à me faire passer pour un homme. Quant à M. Marbleton, il est venu à nous ce soir-là déguisé en femme, et de façon très convaincante.

— Je me demandais comment – et pourquoi – vous aviez développé ce savoir-faire, puisque vous n'êtes pas...

Il s'interrompit, avant de grommeler :

— Quelque chose doit m'avoir échappé. Pourquoi essaierait-on de *me* faire accuser du meurtre de ma femme pour mettre la main sur M. Finch ? Ça n'a pas de sens.

Elle ne répondit pas.

Après quelques instants, il poursuivit :

— Vous essayez de me dire qu'ils croient que vous savez où il est ? Et qu'en me mettant en danger, ils vous contraindront à leur livrer Finch ?

Elle continua de garder le silence.

— Ont-ils raison ? insista-t-il.

— Non, répondit-elle. J'ignore où est M. Finch.

— Vous savez ce que je veux dire. Ont-ils raison de penser qu'ils peuvent vous contraindre en s'en prenant à moi ?

Cette fois, son silence dura encore plus longtemps.

— Nos opposants invisibles espèrent que c'est le cas. Donc, nous devons faire deux choses. D'abord, leur confirmer que leur pari est judicieux. Dans ce but, nous devrions devenir amants dès que possible – et s'il vous plaît, croyez-moi, je ne vous propose pas cela uniquement, ni même en partie, pour profiter de vous.

Il émit un petit rire, mais elle avait parlé d'un ton si grave qu'il n'essaya pas de plaisanter.

— Ensuite, nous devrons peut-être vous sacrifier à un moment ou à un autre. En fait, il le faudra absolument. Non pas votre vie mais votre liberté, du moins provisoirement. Je ne crois pas que nos adversaires abattront leurs cartes avant que vous soyez derrière les barreaux pour le meurtre de votre épouse et possiblement de George Barr.

Il eut soudain une irrésistible envie d'une cigarette pour s'éclaircir les idées et apaiser ses nerfs. Quant à elle, dont les idées n'avaient jamais besoin d'être éclaircies ni les nerfs d'être apaisés – du moins aurait-il pu s'en persuader si elle avait dévoré cette maudite charlotte à la russe –, elle l'observait comme si elle entendait le martèlement de son cœur et le battement de son sang dans ses veines.

— J'ai longtemps redouté qu'un tel événement ne survienne, poursuivit-elle. Je n'avais pas envisagé que lady Ingram y perdrait la vie, ni que la tentative pour faire pression sur moi passerait par votre personne. Je pressentais seulement qu'elle aurait lieu, parce que j'ai été assez imprudente pour révéler l'endroit où était M. Finch, même s'il n'y était que de passage. Et si ceux qui le cherchent ne le retrouvaient pas tout seuls, je serais la dernière piste pour les mener à lui.

» Ma pire crainte, c'était qu'ils s'en prennent à mes sœurs, en particulier à Bernardine, qui ne peut pas se défendre ni même s'occuper d'elle-même. Dans ce but, je l'ai enlevée à mes parents en créant une fausse institution privée dans un lieu isolé, avec l'aide d'amis de Mme Watson qui travaillent dans le théâtre, y compris l'une d'entre eux qui a fait un mariage respectable et nous a laissé l'usage de sa maison comme décor de notre mise en scène.

Malgré l'intensité des événements de la journée, il en fut stupéfait.

— C'est *vous* qui avez Bernardine, à présent ?

— Elle est au cottage avec Mme Watson. Et je ne dois pas la laisser trop longtemps. Depuis que j'ai quitté la maison, elle ne va pas bien.

— Mlle Olivia est-elle au courant ?

— Pas encore. Si je lui disais la vérité sur Bernardine, je devrais la mettre en garde contre le risque d'être elle-même enlevée. Livia est déjà assez anxieuse comme cela ; je ne veux pas l'inquiéter encore plus.

La bouilloire se mit à siffler. Il prépara le thé et les servit tous les deux.

— Mais en définitive, ils ne se sont pas servis de vos sœurs pour faire pression sur vous.

— Ni de Mme Watson, d'ailleurs. Ce qui m'indique que nos adversaires sous-estiment les liens d'amitié ou familiaux. En revanche, ils semblent parfaitement considérer l'amour romantique – voire l'obsession sexuelle.

Il se souvint de ce qu'elle lui avait dit : Moriarty était encore à la poursuite, après toutes ces années, de l'épouse qui avait eu la témérité de le quitter.

— Moriarty est le genre d'homme à développer une obsession pour une femme ?

— M. Finch m'a dit qu'il avait été marié trois fois. Quand un homme se rend au pied de l'autel avec une telle régularité, soit il n'a pas toute sa raison, soit il accorde une certaine valeur aux relations amoureuses.

Ils burent leur thé en silence.

— Que pensez-vous de ce que je vous demande de faire ? s'enquit-elle en joignant les doigts sous son menton d'un geste pensif.

Il la dévisagea.

— Oh, pas de problème pour aller en prison, mais ce sera plus douloureux de sacrifier ma vertu, sans doute.

Elle esquissa un de ces petits sourires qui ne manquaient jamais de lui serrer le cœur. Il posa sa tasse de thé et ajouta :

— Toutefois, je pense que vous ne m'avez toujours pas tout dit. Loin de là.

Elle le regarda pendant un long moment.

— Vous avez raison. Je ne vous ai pas tout dit.

21

Londres

— Donc, vous m'avez sacrifié comme un pion dans votre jeu d'échecs, lança lord Ingram à son visiteur à l'extravagante moustache. Comment la partie progresse-t-elle ?

— Patience, milord, répondit Charlotte. Au fait, j'ai failli mourir de faim en vous attendant. J'ai dû me rendre moi-même chez *Harrods* pour chercher ce panier-repas.

Elle avait su, bien sûr, qu'il serait pincé par la police dès qu'il quitterait la maison. Il avait organisé son départ de Stern Hollow afin que l'inspecteur en chef Fowler en soit informé à temps pour faire suivre la voiture de Charlotte après leur entretien. Au début, elle avait pensé qu'il était venu trop tôt – leur plan originel prévoyait qu'il resterait à Stern Hollow aussi longtemps que possible –, mais une fois qu'il lui avait expliqué ce qui s'était passé, elle avait admis qu'il avait choisi le meilleur moment.

Et maintenant il était là, derrière les barreaux, avec le panier de chez *Harrods* comme seul compagnon pour la longue nuit à venir.

Il avait connu des environnements pires que celui-ci. La cellule n'était pas trop sale. Même l'odeur qui flottait dans l'air était tolérable. En revanche, jamais il n'avait été dans une telle situation, même s'il avait accepté de son plein gré d'être utilisé comme appât.

Il avait remis son destin entre les mains de Holmes. Mais si elle se trompait...

— N'ayez crainte, poursuivit-elle. J'ai apporté deux autres paniers-repas pour les gardiens. Ils ne devraient pas toucher au vôtre.

Comme s'il allait s'inquiéter pour de la nourriture dans un moment pareil !

— Ils peuvent prendre le mien.

— ... disait l'aristocrate qui n'a jamais goûté la cuisine de prison, ironisa-t-elle. On ne vous accordera pas de liberté sous caution, alors protégez votre repas comme si votre vie en dépendait.

Il posa une main sur le panier. Il voulait s'en aller d'ici. Il voulait retrouver ses enfants. Il refusait d'être exposé à la curiosité de tous les gardiens qui passaient par là.

— Venez ici, dit-elle.

Il se leva et s'approcha.

— Je suis inquiet.

Effrayé, même.

— Vous avez raison de l'être. Je le suis aussi. Mais n'oubliez pas, monsieur...

Passant les mains à travers la grille, elle saisit les siennes avec fermeté, le regard clair et calme.

— ... que je suis une reine sur cet échiquier. Et je ne joue pas pour perdre.

Livia saisit prestement l'enveloppe.

On était au lendemain de sa terrible découverte à Moreton Close. Elle était rentrée à la maison accablée par le désespoir, et avait dû passer le reste de la journée à parer les commentaires acerbes de sa mère sur le manque de considération de Mme Newell, qui n'avait pas fourni une bonne pour la raccompagner.

Elle avait écrit une lettre à Charlotte pour la supplier de faire quelque chose, n'importe quoi, et avait espéré parvenir à la poster à l'abri des regards curieux de lady Holmes. Mais elle savait celle-ci assez mesquine pour la priver de sortie pendant un jour ou deux.

Et voilà qu'elle venait de trouver une missive de sa sœur au courrier du matin. Le bref message était écrit dans le code qu'elles avaient créé rien que pour elles – non pas celui que Charlotte avait inventé pour qu'elle le transmette à la police, mais le code César modifié qu'elles utilisaient depuis l'enfance.

Une fois traduit, cela disait :

Chère Livia,

Mes excuses. B. est avec moi depuis le début. S'il te plaît, ne t'inquiète pas. Je t'expliquerai tout la prochaine fois que je te verrai.

C.

P-S : Jusque-là, ne prends pas de décision au sujet de M. Pierre de Lune.

L'inspecteur Treadles avait fait de son mieux pour que lord Ingram fût placé dans une cellule propre et traité avec le respect et la courtoisie qui lui étaient dus, mais il se sentait coupable. Comme si c'était à cause de lui que son ami était derrière les barreaux.

— Vous ne devez pas abandonner tout espoir, milord, dit-il.

Lord Ingram ne semblait pas trop épuisé. Pas encore. Cela ne faisait qu'une journée.

— Je n'ai pas renoncé. J'ai des amis qui s'activent pour m'aider.

— Le sergent Ellerby ne ménage pas ses efforts pour retrouver l'autre corps dont Holmes a parlé, ajouta Treadles, qui ne comprenait pas en quoi cela pourrait aider lord Ingram.

— Vous le remercierez de ma part en attendant que je puisse le faire moi-même. Il a été très bon.

Lord Ingram esquissa un petit sourire, puis enchaîna :

— Comment allez-vous, inspecteur ? Et Mme Treadles ? L'usine Cousins tourne bien, sous sa direction ?

— Je pense. Aussi bien que possible, car elle n'a pas encore beaucoup d'expérience. Mais je suis assez impressionné par tout ce qu'elle a déjà appris.

Une douceur s'était attardée sur ses lèvres. Il lui fallut quelques instants pour comprendre que c'était de la fierté. Autrefois, il avait toujours parlé de son épouse avec fierté, et voilà qu'il en était de nouveau capable.

— Je serais moi-même débordé par la gestion d'une si grande entreprise, mais elle adore cela.

— Je suis heureux de l'entendre. J'espère pouvoir vous inviter un de ces jours à Stern Hollow, tous les deux.

Treadles imagina son ami ayant recouvré la liberté. Son épouse et lui se promenant main dans la main dans sa magnifique propriété, bavardant et riant. Et lui-même excusé et pardonné – il ne l'avait guère mérité, mais il l'espérait.

Un de ces jours.

— J'en serais très honoré.

Lord Ingram sourit.

— Holmes est sur le coup. Nous n'avons rien à craindre.

Lord Ingram était en prison depuis plus de trente-six heures quand le message qu'attendait Charlotte était enfin arrivé, dactylographié sur du papier vierge et posté depuis l'un des bureaux les plus fréquentés de Londres, dans une enveloppe adressée à Sherlock Holmes.

Livrez M. Finch, et une preuve disculpant lord Ingram sera offerte. Vous pouvez faire paraître votre réponse dans les journaux en code César +10.

Elle avait écrit immédiatement.

Donnez d'abord la preuve.

La réponse parvint deux heures après la distribution des éditions du matin, cette fois directement dans la boîte aux lettres du 18 Upper Baker Street.

Vous n'êtes pas en position de négocier. Donnez votre réponse par code Vigenère. Clef : STERN.

Elle prit une profonde inspiration et envoya un message aux journaux du soir dans le code spécifié.

22 Compton Lane, Hampstead Heath.

L'homme qui se trouvait dans le salon du 22 Compton Lane s'était habitué à se sentir chez lui dans différents environnements. Il apportait toujours le même thé Darjeeling et la même paire de chaussons où il allait, afin d'ajouter une touche de confort et de familiarité, aussi étranges et inhospitaliers soient ses nouveaux logements.

Cette maison n'était pas la pire. Elle était assez proche de Londres pour être pratique, mais l'air ici était un peu plus frais et les rues moins encombrées. Non loin, il y avait une librairie dont il adorait explorer les rayonnages – d'ailleurs, il y avait dépensé trop d'argent – et les repas qu'on servait au salon de thé de la rue voisine étaient tout à fait corrects.

Il venait de s'installer dans son fauteuil, un verre d'armagnac près de lui, un roman de Mme Braddon à la main, quand il entendit des sons suspects devant la porte d'entrée. Il se leva et éteignit toutes les lumières du salon. Il ne pouvait rien faire pour la lueur des flammes dans l'âtre, bien sûr, mais il prit le tisonnier avant de se glisser derrière l'horloge.

Des hommes pénétrèrent dans la maison. Ils étaient deux. L'un se dirigea vers les profondeurs de la demeure et monta l'escalier, l'autre s'approcha du salon.

Il connaissait ce pas.

L'intrus entra dans la pièce. Il avisa le verre d'armagnac et le roman jeté en hâte… et arma son revolver.

L'occupant de la maison sortit de derrière l'horloge.

L'intrus leva son arme à feu… et son expression changea aussitôt.

La lumière qui provenait de l'âtre était faible mais suffisante pour voir à si faible distance.

— Remington, dit froidement l'intrus. Que faites-vous ici ?

Lord Remington secoua la tête. Il croyait s'être endurci, mais il était au bord des larmes.

— J'avais espéré que ce ne serait pas vous. Même après tout ce que j'ai appris, j'espérais que nous nous trompions et que ce ne serait pas vous, Bancroft.

22

Stern Hollow, plus tôt

— Que pensez-vous de ce que je vous demande de faire ? demanda Charlotte.

— Oh, pas de problème pour aller en prison, mais ce sera plus douloureux de sacrifier ma vertu, sans doute.

Elle ne put contenir un petit sourire. C'était au moins un refrain familier sur sa vertu, même si cette fois il était lancé avec une pointe d'humour plutôt que comme un refus catégorique.

Il posa de côté sa tasse de thé.

— Toutefois, je pense que vous ne m'avez toujours pas tout dit. Loin de là.

Il était confortablement assis dans son fauteuil, une épaule plus basse que l'autre – elle le voyait rarement dans une posture qui ne fût pas impeccable. La fatigue lui creusait les traits. L'inquiétude également. Le désir de *ne pas* savoir irradiait littéralement de sa personne. Il devait détester ces conversations sérieuses avec elle – jamais ils n'en avaient eu une qui ne mette pas leur amitié à l'épreuve ou, pire, ne bouleverse pas toute sa vie.

— Vous avez raison, répondit-elle à contrecœur. Je ne vous ai pas tout dit. Je ne vous ai pas dit qui je soupçonne d'être derrière tout cela.

Il se redressa, l'air dubitatif.

— Quelqu'un d'autre que Moriarty ?

— Quand j'ai pris des dispositions pour retirer Bernardine de la maison de nos parents, ce n'est pas Moriarty que je redoutais.

— Alors qui donc ?

— Lorsque M. Finch a quitté le service de Moriarty, pourquoi ne s'est-il pas tourné vers les agents de la Couronne, d'après vous ?

— Il devait savoir qu'il y avait au moins un informateur dans nos rangs.

— Il aurait pu s'adresser directement au sommet de la hiérarchie.

À présent, il semblait confus.

— Vous ne sous-entendez pas que *Bancroft* travaille pour Moriarty ?

— Non, pas cela. Jamais lord Bancroft ne se mettrait entre les mains de quelqu'un comme Moriarty. Je pense même qu'il n'a que du mépris pour l'organisation de Moriarty. Non seulement elle n'est pas dépendante d'une nation souveraine, mais elle forme des alliances mercenaires selon ses intérêts du moment. Dans un paysage déjà complexe de pouvoirs en lutte et de loyautés instables, elle n'apporte que le chaos.

Lord Ingram soupira. Son soulagement était palpable.

Toutefois, il n'était nul besoin de travailler pour Moriarty pour avoir un comportement répréhensible. Elle se mordit l'intérieur de la joue.

— En revanche, il est possible… je dirais même qu'il est probable que ce que M. Finch a volé à Moriarty concerne lord Bancroft, et que lord Bancroft le sache très bien.

Il appuya ses mains sur le rebord de la table.

— Je veux bien considérer cela comme une possibilité. Bancroft n'a pas complètement les mains propres. En mettant les choses au pire, je veux bien croire qu'il ait couché avec une personne peu recommandable, un agent d'un gouvernement étranger… ou de l'organisation de Moriarty.

» Par contre, Bancroft ne confierait pas de secrets à des maîtresses de passage. Et on ne bâtit pas un empire sans se salir les mains. Je ne vois pas en quoi les secrets que détient M. Finch pourraient mettre Bancroft en danger.

Elle réfléchit à ce qu'elle s'apprêtait à dire.

— Qu'avez-vous pensé en recevant la lettre dans laquelle lady Avery décrivait en détail notre rencontre au salon de thé de Hounslow ?

— Que c'était une remarquable malchance qu'une jeune fille qui nous ait servis dans un salon de thé choisi au hasard ait également servi, dans un hôtel choisi au hasard à plusieurs comtés de là, la seule femme qui allait écouter, retenir et répéter l'information à qui voudrait l'entendre…

Sa voix n'était plus qu'un filet. Il commençait à entrevoir la vérité.

— En effet, répondit-elle. Une coïncidence extraordinaire. Ce qui soulève une question : et si ce n'était pas une coïncidence ? Si quelqu'un avait délibérément conduit lady Avery à être informée de notre rencontre ? À part vous et moi, qui savait que nous étions dans ce salon de thé ce jour-là ?

— Je sais que vous voulez que je réponde « Bancroft », puisque c'est lui qui a envoyé Underwood, son subalterne, nous chercher. Mais pourquoi Moriarty n'aurait-il pas été au courant, lui aussi ?

À peine avait-il dit cela qu'il fit la grimace.

Elle savait exactement de quel détail il venait de se souvenir.

— Moriarty n'aurait pas pu le savoir, parce que nous avons semé ses sous-fifres quand nous nous sommes mis en route ce jour-là. Je suis certaine que par la suite, vous avez pris garde que personne ne nous suive. Et j'en ai fait autant. Sans parler du fait que le soir où M. Finch a failli être capturé, ce ne sont pas les sbires de Moriarty qui ont arrêté ma voiture. C'était M. Underwood, l'homme de lord Bancroft.

Certes, elle avait ensuite croisé M. Crispin Marbleton, le frère de Moriarty, mais leur échange tout à fait amical avait surtout porté sur les inquiétudes qu'il nourrissait pour son fils Stephen, et celles de Charlotte pour Livia. C'étaient les inquiétudes de deux personnes qui ne sont pas encore prêtes à devenir parentes par alliance, et redoutent qu'une attirance inattendue entre deux êtres qui leur sont chers ne vienne créer de dangereuses complications.

Elle n'accabla pas lord Ingram avec ce développement particulier – ils avaient des problèmes plus urgents.

Il fronça les sourcils.

— Vous savez bien que Bancroft recherchait aussi M. Finch, à l'époque. Le fait que ce soit M. Underwood qui ait tenté de le pincer ne signifie rien.

— Mais si ce n'est pas Moriarty qui est intervenu ce soir-là, c'est qu'il ignorait que je savais où trouver M. Finch. Il n'avait donc aucune raison de faire pression sur quelqu'un de mon entourage pour m'atteindre.

Il serra fort sa tasse de thé.

— Tout de même, que pourrait donc avoir commis Bancroft pour en être réduit à tendre un piège aussi diabolique, dans l'espoir d'arracher cette preuve à M. Finch ?

Elle prit enfin une bouchée de charlotte à la russe. Elle était parfaite, fraîche et veloutée au palais, mais son estomac se souleva.

Elle attendit que la nausée s'apaise.

— Qui l'a préparée ?

— Un apprenti du chef pâtissier de Bancroft – lequel travaillait autrefois dans cette maison, d'ailleurs.

— Quand nous parlions de lord Remington, Mme Watson a mentionné qu'en fait, c'est plutôt lord Bancroft qui avait été le mouton noir de la famille.

— J'ai entendu cela. Père n'avait pas confiance en lui parce qu'il était trop dépensier, mais c'était il y a longtemps.

Elle finit par repousser le gâteau.

— Quel genre d'homme engage un chef pâtissier à son service ?

Il la regarda, les yeux écarquillés d'effroi. Un effroi qui cédait peu à peu la place à la compréhension.

— Que voulez-vous dire ?

Elle prit une profonde inspiration.

— À combien estimez-vous ses revenus ? Lord Bancroft est un second fils. Il travaille pour la Couronne, qui ne verse pas des revenus astronomiques. Et pour ce que j'en sais, il n'a pas un parrain richissime dont il aurait hérité une fortune.

Il ne dit pas un mot.

— Jusqu'à cet automne, continua-t-elle, je n'y connaissais pas grand-chose en mode masculine, mais maintenant je vois bien que ses vêtements sont d'une qualité supérieure aux vôtres, toutes proportions gardées. Non pas que votre garde-robe soit de mauvaise qualité, mais la sienne est d'une qualité *exceptionnelle*.

» Et n'oublions pas la maison de Portman Square, qu'il a achetée et fait décorer dans l'espoir de m'épouser. Nous plaisantons sur la façon dont il a jeté aux orties toute notion de goût et de raffinement pour me plaire, mais vous êtes-vous demandé le coût d'une telle entreprise : une maison dans un quartier chic remplie à craquer de meubles exotiques et extravagants ?

Il pressa ses doigts sur ses tempes, toujours silencieux.

— Quand Mme Watson a fait allusion à ses habitudes dépensières, elle a eu la bonté de décréter qu'on ne devrait pas juger les gens sur leur adolescence, mais nous ne parlons pas ici des vieilles habitudes de lord Bancroft. Nous regardons son mode de vie actuel. À votre avis, d'où tire-t-il des revenus aussi considérables ?

Il enfouit son visage entre ses mains.

— Vous avez peut-être des informations sur sa façon de diriger les opérations quotidiennes de ses agents, reprit-elle. Avez-vous l'impression qu'ils sont sous-payés ou manquent des fonds nécessaires ?

Derrière ses mains, il secoua la tête.

Le souffle de Charlotte s'accéléra. Elle étira ses doigts raides et s'obligea à expirer lentement et calmement.

— Alors la possibilité qui reste, aussi terrible soit-elle, doit être la vérité.

Lord Ingram bondit de sa chaise.

Quand un homme dans la position de Bancroft disposait de revenus aussi inexplicables… s'il ne détournait pas les fonds alloués à sa mission, il ne restait qu'une hypothèse.

Il vendait des secrets d'État.

Lord Ingram avait envie de récuser cette thèse. De hurler qu'il était complètement ridicule de faire peser une telle accusation sur son frère.

Seulement, aussi absurde semble-t-elle, la vérité possède toujours un poids et une solidité indéniables. Oui, Bancroft avait été un atout de grande valeur pour la Couronne. Il était extrêmement compétent et assurait les missions qu'on lui confiait avec brio... mais c'était aussi un homme sans véritable loyauté, à part envers lui-même.

Dieu du ciel, depuis le temps que Bancroft demandait à ses subordonnés de risquer leur vie pour leur reine et leur pays...

Il ne savait plus s'il avait envie de pleurer ou de casser quelque chose. Il crispa les mains sur le manteau de la cheminée, comme si rien ne pourrait plus jamais le réchauffer.

— Je suis désolée, murmura-t-elle tout près de lui.

— Ce n'est pas votre faute, répondit-il par réflexe. Que dois-je faire ?

— Vous protéger. Et me protéger. Pouvez-vous imaginer ce qui se passerait s'il devinait que nous avons percé ses plus noirs secrets ?

Il frissonna, glacé de la tête aux pieds.

— Il reste, bien sûr, une chance que j'aie surestimé ses responsabilités, ajouta-t-elle. Qu'il n'ait qu'un rôle secondaire dans tout ceci. S'il est innocent, il fera comme il fait toujours : il restera dans l'ombre et laissera les autres s'occuper de tout.

» Toutefois, je crois qu'il n'est pas étranger à ce qui s'est déroulé à Stern Hollow. Il s'est rendu ici il y a cinq semaines. Quelle raison a-t-il donnée ? Qu'il voulait s'assurer qu'il n'y avait pas d'autre traître dans votre maisonnée ?

Il hocha la tête, l'air sombre.

— Pendant qu'il était ici, il s'est sans doute familiarisé avec la géographie des lieux. Voilà pourquoi les ravisseurs qu'il a envoyés se sont dirigés immédiatement vers la nurserie. S'il avait réussi, s'il avait pris vos enfants, il aurait été en bonne position pour récupérer M. Finch en échange. Seulement, sa tentative a échoué, et il savait que vous étiez vigilant. Alors il s'est rabattu sur son plan de secours et a fait croire que vous aviez assassiné lady Ingram.

— Mais si ses hommes ou lui l'avaient retrouvée, je l'aurais sûrement appris.

— Je ne crois pas qu'il l'ait retrouvée. Je soupçonne que la soi-disant bonne qui a parlé à lady Avery de notre rencontre au salon de thé est plus impliquée dans tout ceci qu'il n'y paraît. Elle est approximativement de la même taille et de la même corpulence que lady Ingram, avec des cheveux bruns et un grain de beauté au même endroit sur le visage. Frappez-la au visage, déposez-la dans la glacière, et pour qui ce grain de beauté permettra-t-il de la faire passer ?

— Mais ce n'est pas le corps que nous avons découvert dans la glacière. C'est bien celui de ma femme.

— Ce point m'intrigue – je ne peux que supposer que quelque chose est allé de travers – mais l'important est que si mes soupçons sont corrects et que c'est effectivement lord Bancroft qui a orchestré les choses, ou du moins une partie, alors il ne va pas rester à distance. Il devrait envoyer M. Underwood, voire venir lui-même pour enquêter. Il voudra des réponses à bien des questions. Comment la véritable lady Ingram s'est-elle retrouvée dans la glacière ? Où la fausse a-t-elle disparu ? Qui d'autre était derrière cela ? Qui en savait assez sur ses agissements pour le narguer ainsi ?

Dans l'âtre, le feu crépita. Elle poussa un petit soupir.

— Si M. Underwood ou lui se présente ici, vous devrez considérer cela comme un aveu de culpabilité et vous montrer prudent. Par-dessus tout, ne le laissez pas comprendre que vous savez.

Maintenant il comprenait, viscéralement, pourquoi elle ne pouvait rien avaler ces derniers temps. Maintenant, il avait aussi peur qu'elle. Moriarty était un spectre distant, mais son propre frère, un homme qui possédait le même pouvoir de nuire, était proche d'eux.

Elle s'absorba dans le silence. Pour sa part, l'épuisement avait raison de lui, mais il savait ce qu'il devait faire.

Il devait se protéger.

Et il allait la protéger.

Le lendemain

Les policiers quittèrent la bibliothèque. À présent, Holmes et lui étaient seuls avec Bancroft, qui les avait observés depuis la galerie.

Bancroft avait encore plus mauvaise mine que lors de sa dernière visite, songea lord Ingram. À présent, il savait que ce n'était pas parce que Holmes lui avait refusé sa main pour la deuxième fois, mais parce que M. Finch, qui détenait son secret, était toujours en liberté... et que ses stratagèmes pour le capturer n'avaient pas fonctionné.

Le regard de lord Ingram croisa celui de Holmes. Elle frotta son menton barbu.

— Dites donc, Ash, vous avez expurgé mon pangramme. Je suis consternée.

— Je n'avais aucune envie d'inscrire l'original sur le papier, quel que soit le type d'écriture.

Il ne sentait pratiquement plus un seul muscle de son corps, rien qu'une peur panique à l'idée qu'il suffise à Bancroft d'un seul regard pour tout deviner.

Puis il prit une profonde inspiration.

— Venez-vous, Bancroft, ou devons-nous vous rejoindre là-haut ?

« Ça commence ! » songea-t-il.

23

— Ça se termine, murmura lord Remington.

La bonne société se souvenait surtout de lui comme d'un jeune homme fougueux mais, pendant ses années à l'étranger, il avait gravi les échelons au service de la Couronne. Lord Bancroft était retenu dans un lieu sécurisé, le temps qu'on vérifie dans le détail tout ce qu'il avait fait pendant qu'il était en poste.

Et maintenant, lord Remington et ses hommes – qui occupaient un autre compartiment – accompagnaient Charlotte pour ce qui, elle l'espérait, serait son dernier voyage dans cette affaire. Elle était recrue de fatigue. Et le sandwich qu'elle avait dévoré avant de monter à bord du train – la mise à l'écart de lord Bancroft lui ayant rendu presque tout son appétit – contribuait à sa léthargie, en plus de l'épuisement accumulé.

Le paysage de campagne plongé dans l'obscurité défilait au son du martèlement rythmique des roues du train. Soudain, lord Remington la secoua doucement par l'épaule.

— Mademoiselle Holmes ? Réveillez-vous, nous sommes arrivés.

Après avoir quitté la gare, le petit groupe monta dans des voitures qui attendaient. Elle s'assoupissait de nouveau quand lord Remington demanda :

— Veuillez me pardonner, mademoiselle Holmes, je viens seulement de me souvenir de la bombe. Était-ce aussi un coup de Bancroft ?

Charlotte se frotta les yeux et se redressa.

— Il a décidé de laisser le corps de Mimi Duffin dans la glacière parce qu'il avait remarqué que chez lord Ingram, on n'utilisait pas beaucoup de glace. Cela semblait l'endroit parfait : le cadavre ne serait pas découvert immédiatement après son départ. Mais quand les jours ont passé sans que personne le trouve, je suppose qu'il a perdu patience.

» Lord Ingram et lui avaient rendu visite ensemble à Mme Newell, donc il savait qu'elle attendait des invités. S'il déposait une bombe, les invités devraient s'installer ailleurs. À Stern Hollow, bien sûr, dont le maître se comportait invariablement en parfait gentleman. Et une fois les invités arrivés, le garçon de cuisine devrait nécessairement aller chercher de la glace dans la glacière.

— Je vois, dit lord Remington. Ce que je ne comprends toujours pas, c'est pourquoi Moriarty s'est mêlé de tout cela ? Et pour commencer, comment a-t-il découvert ce que Bancroft manigançait ?

— Je me suis posé les mêmes questions. Peut-être Moriarty savait-il que le message que M. Finch avait subtilisé concernait lord Bancroft, mais pas ce qu'il impliquait. Peut-être avait-il d'autres informateurs qui avaient appris que lord Bancroft cherchait toujours activement M. Finch avec plus de détermination qu'il ne cherchait lady Ingram.

» Et si Moriarty faisait surveiller M. Underwood, il avait compris que lord Bancroft mijotait quelque chose. Quant à savoir pourquoi Moriarty s'est mêlé de tout cela... En définitive, ce n'est peut-être que par pure malveillance. Lord Bancroft était un adversaire puissant. Pourquoi ne pas contrecarrer ses plans ? Pourquoi ne pas voir si ceci était son talon d'Achille ?

— Moriarty a tué une femme rien que pour *ça* ?

— Il a tué quelqu'un qu'il estimait dénué de toute valeur.

L'asile était à présent en vue. De nuit, il aurait été facile de le confondre avec n'importe quel manoir isolé, s'il n'y avait pas eu le mur d'enceinte. Ils franchirent le portail et entrèrent dans la cour. Le bâtiment principal était grand et couvert de lierre. Derrière certaines fenêtres sombres munies de barreaux, des rideaux s'agitèrent.

Un homme à l'air nerveux, qui devait avoir dans les cinquante-cinq ans, se présenta comme le Dr Connelly et les conduisit à l'intérieur. On leur offrit une tasse de thé, puis on les emmena le long d'interminables couloirs dans l'une des ailes de la demeure.

Le Dr Connelly déverrouilla une porte et alluma une applique.

— Mademoiselle Greville ? Vous avez de la visite.

La pièce était monacale. Une femme était assise au bord du lit, en robe de chambre, et tenait un crayon bien taillé comme elle aurait tenu un couteau. Elle jeta un regard de pur dégoût au Dr Connelly, mais recula quand ses yeux se posèrent sur lord Remington.

— Voulez-vous nous accompagner, lady Ingram ? demanda son beau-frère. Nous avons besoin de votre aide.

— Comment m'avez-vous retrouvée ? demanda lady Ingram une fois que Charlotte, lord Remington et elle furent montés en voiture. Comment avez-vous seulement eu connaissance de cet endroit ?

Au début, Charlotte avait cru, comme tout le monde, que la femme dans la glacière était lady Ingram, mais il s'était avéré qu'elle était enceinte. Or lady Ingram n'avait jamais eu d'intérêt pour l'amour romantique. Quelle était la probabilité qu'elle prenne un amant alors qu'elle s'enfuyait pour protéger sa vie ?

Pendant quelque temps, les pensées de Charlotte s'étaient orientées vers des hypothèses diverses – une femme n'avait pas besoin d'être consentante pour être fécondée. Puis elle s'était souvenue de ses propres paroles, quand lord Ingram avait exprimé son incrédulité devant le spectacle de son épouse défunte.

« La femme dans la glacière est peut-être sa jumelle cachée. Et la véritable lady Ingram ricane dans les coulisses. »

Il avait répondu que si elle avait une telle sœur, personne n'en avait entendu parler.

Pourtant, cela existait. Charlotte elle-même avait une sœur cachée. Elle lui avait déjà parlé de Bernardine, mais avant de rencontrer Mme Watson, il était le seul étranger à la famille devant qui elle avait évoqué son existence. Pour le reste du monde, il n'y avait que trois sœurs Holmes : Henrietta, Olivia et Charlotte.

On parlait ici d'une femme qui avait vécu sous le toit familial jusqu'à ce que Charlotte la mette en sécurité. Et si la sœur jumelle de lady Ingram souffrait d'une maladie plus grave, qui exigeait qu'elle ait été placée très jeune en institution ? Les parents ne parlaient pas de tels enfants. Et avec le temps, même leurs frères et sœurs les oubliaient.

Mme Watson s'était rendue à Somerset House, aux bureaux de l'état civil, et avait découvert l'existence d'une Constantina Greville : il y avait bien son certificat de naissance, indiquant qu'elle était née le même jour que lady Ingram, mais pas de certificat de décès. Peut-être lady Ingram avait-elle compris qu'elle avait une sœur jumelle en lisant des documents de famille après le décès de leurs parents ; peut-être l'avait-elle toujours su. Et quand elle avait cherché un refuge cet été, un lieu où se cacher, elle avait dû se souvenir de cette sœur dont personne n'avait entendu parler.

— Nous le savons parce que Mlle Constantina Greville, qui vivait ici avant que vous la changiez de résidence, est à présent décédée.

— Vous mentez !

Lord Remington lui tendit un journal.

— C'est une longue histoire mais en résumé, Moriarty l'a assassinée pour faire accuser votre mari de votre meurtre.

Charlotte ne manqua pas de remarquer que le nom de lord Bancroft avait été omis.

— Mais… il avait promis de prendre soin d'elle ! s'exclama-t-elle en arrachant le journal de la main de lord Remington.

Elle le lut à la lumière de la petite lanterne, le souffle de plus en plus agité. Puis elle le roula en boule et le jeta.

Un silence douloureux s'abattit.

— Est-ce Moriarty en personne qui vous a promis de veiller sur Mlle Greville ?

— Je n'ai jamais rencontré Moriarty. Mon contact était un homme appelé de Lacy.

Charlotte se souvenait de ce nom, apparu dans son enquête de l'été dernier.

— De Lacy ne s'est pas ému quand je suis allée le trouver, poursuivit lady Ingram entre ses dents serrées. Il m'a dit que j'étais censée me débrouiller seule et ne pas avoir besoin qu'on me protège. Lord Bancroft serait toujours à mes trousses, alors comment allais-je faire ? Pour finir, il m'a lancé le défi de tenir six mois par mes propres moyens, et je l'ai relevé.

» J'ai pensé que ce serait une excellente idée de prendre la place de Constantina à l'asile. Personne ne m'y retrouverait. Quand j'ai informé de Lacy de mon plan, il a accepté de m'y faire entrer et d'en faire sortir Constantina. Il devait s'occuper d'elle pendant tout ce temps, en échange de mon collier d'émeraudes.

Elle laissa échapper un rire amer.

— Il n'y a peut-être pas le moindre honneur chez les voleurs, et je suis juste la dernière à l'apprendre.

Ils passèrent la nuit dans un hôtel près de la gare, lady Ingram sous la garde attentive des hommes de lord Remington. Au matin, ils prirent le premier train pour Londres et se rendirent à l'hôtel particulier de lord Ingram, où la garde-robe que lady Ingram avait abandonnée avant de fuir était toujours dans son dressing-room.

Ironie du sort, Charlotte jouait les chaperons pour lady Ingram depuis que son époux était en prison. Un silence quasi total régnait entre elles, mais alors que Charlotte aidait lady Ingram à passer une superbe robe de voyage, cette dernière demanda :

— C'était votre idée, n'est-ce pas, de faire de moi le bouc émissaire ?

— Non, répondit Charlotte. Pour cela, c'est lord Remington que vous devez remercier.

Pour sa part, elle considérait que les crimes de lord Bancroft auraient dû être révélés, mais la Couronne préférait éviter toute publicité sur les égarements de son agent secret.

Peut-être lady Ingram n'avait-elle que ce qu'elle méritait. M. Underwood aussi allait payer. En revanche, Charlotte n'aurait pas juré que lord Bancroft lui-même serait inquiété. Un homme tel que lui, détenteur d'innombrables secrets, pouvait très bien avoir pris ses dispositions pour que les agissements peu glorieux d'autres hommes influents soient divulgués si sa propre immunité était menacée.

— Dans la situation actuelle, vous ne pouvez pas contacter de Lacy ni Moriarty, poursuivit Charlotte, mais il y a quelque chose que vous pouvez faire pour votre sœur décédée. Cela a été dissimulé à la presse, lord Remington n'en a pas parlé non plus par délicatesse, mais Mlle Greville était enceinte au moment de sa mort. Je suppose que vous avez une assez bonne idée de celui qui pourrait lui avoir fait cela, à qui elle n'aurait jamais donné son consentement.

— Le salaud ! gronda lady Ingram. Connelly.

— A-t-il essayé avec vous ?

— Oh oui, mais un coup de crayon et il est parti en pleurant.

Un lâche qui ne s'en prenait qu'aux plus faibles.

— Alors voici ce que vous pouvez faire..., commença Charlotte.

Quand elle lui eut confié l'esquisse de son plan, lady Ingram protesta :

— Vous voulez que je parle à ces vieilles sorcières ?

— Je ne négligerais pas des alliées potentielles pour la seule raison qu'elles n'ont pas été mes alliées jusqu'à présent. Mais si cela vous répugne trop...

— Non, dit lady Ingram. Pour Constantina, je le ferai. Elle méritait mieux que cela.

Charlotte hocha la tête.

— Puis-je informer lord Remington que vous êtes prête ?

Un côté de la bouche de lady Ingram descendit, celui où s'était trouvé son grain de beauté. Une femme en fuite ne pouvait se permettre un signe particulier aussi visible. À présent, il n'en restait plus qu'une légère marque. La cicatrice sur le visage de Constantina

Greville, au même endroit, avait dû servir à dissimuler le fait que celle-ci n'avait jamais eu de grain de beauté.

— Vous n'allez pas me remercier ? demanda lady Ingram d'un ton un peu moins furieux qu'auparavant. Il ne vous trouve bien que comparée à moi.

— Je peux vous remercier si cela vous est indispensable, répondit Charlotte. Mais tout ce dont il avait besoin, c'était de temps.

Lady Ingram coiffa un chapeau à l'élégance austère.

— Vous avez une très haute opinion de vous-même.

Elle toisa son propre reflet dans la glace avec l'air de quelqu'un qui n'a pas une très haute opinion de lui-même. Qui, en vérité, ne s'est jamais aimé.

Comme Charlotte ne répondait pas, elle reprit :

— Il vous désapprouvera. Vous le savez.

Bien sûr qu'il allait désapprouver – quand il n'était pas d'accord avec elle, il le faisait toujours savoir clairement –, mais la désapprobation n'était pas la même chose que l'obstruction, et jamais il ne s'opposerait à Charlotte.

Elle eut un petit sourire.

— Je vais prévenir lord Remington que vous êtes prête.

L'invitation de Sherlock Holmes avait empli Treadles d'un pressentiment étrangement joyeux. « Je crois que l'inspecteur en chef Fowler va subir une humiliation publique, avait-il dit à Alice au petit déjeuner. Même si je ne sais pas encore comment. »

La découverte de la bombe aurait dû faire réfléchir Fowler, mais il n'en démentait pas : cette bombe ne signifiait rien, et ils avaient assez de preuves pour obtenir une condamnation devant un tribunal. Treadles avait trouvé l'argument choquant. Leur premier souci aurait dû être de servir la vérité, pas de savoir si une preuve permettrait d'envoyer un homme à la potence.

Bien qu'entravé à la fois par son rang inférieur et par son amitié avec lord Ingram – tout ce qu'il dirait risquait d'être considéré comme l'expression d'un biais personnel –, il avait suggéré avec une prudente déférence de poursuivre les recherches. Fowler avait rejeté l'idée en bloc. On pouvait donc affirmer que Treadles n'était pas fâché par la perspective que son supérieur fût ridiculisé en public. Et, heureuse circonstance, c'était Sherlock Holmes qui allait le remettre à sa place.

Quand ils arrivèrent à leur rendez-vous avec le détective privé dans un salon de thé de St. James, ils s'aperçurent qu'ils devraient s'asseoir à la même table que lady Avery et lady Somersby.

— Inspecteur en chef, inspecteur, quelle bonne surprise ! déclara lady Avery. Êtes-vous également ici à l'invitation de Sherlock Holmes ?

Fowler lui jeta un regard méfiant.

— En effet, madame.

— Excellent ! Maintenant, je suis encore plus impatiente d'entendre ce qu'il a à nous dire.

Le pouls de Treadles s'accéléra. Quelles que soient les nouvelles, Sherlock Holmes semblait résolu à ce qu'elles aient fait le tour de la ville avant la fin de la journée.

Un homme entra et prit place à une table voisine. Il semblait vaguement familier – lord Bancroft en plus grand et plus viril. Pouvait-il s'agir de l'un des frères de lord Ingram ?

Avant que Treadles ait eu le temps de poser la question aux deux commères, lady Somersby émit un petit hoquet étranglé.

— Bonté divine. Regardez, Caro. *Regardez !*

Elle désignait la porte d'entrée. Lady Avery leva les yeux. Les deux policiers se tournèrent sur leur chaise.

Lady Ingram marchait vers eux. *Lady Ingram.* Une femme tout à fait vivante, bien que pâle et tendue, une expression de dégoût sur le visage.

« Son antipathie était une sorte d'entité universelle, avait un jour dit Charlotte Holmes, elle n'était dirigée contre personne en particulier. »

Elle fit halte devant lui. Se souvenant qu'ils avaient été officiellement présentés par son mari, il sauta sur ses pieds.

— Lady Ingram, je suis... fou de joie de vous voir en bonne santé.

Elle le gratifia d'un hochement de tête altier.

— Inspecteur.

— Puis-je vous présenter mon collègue, l'inspecteur en chef Fowler, qui a mené l'enquête sur, hum... votre assassinat ?

Fowler semblait frappé de stupeur. Treadles dut lui poser une main sur l'épaule pour qu'il se lève de sa chaise. Même ensuite, il ne put qu'esquisser une courbette maladroite.

— Vous êtes enchanté, je présume, dit froidement lady Ingram. Lady Avery, lady Somersby, nous nous sommes déjà rencontrées.

Lady Somersby se ressaisit plus vite que Fowler.

— Lady Ingram ! Nous étions persuadées que votre mari vous avait assassinée.

Lady Ingram leva les yeux au plafond.

— Il est tellement irréprochable qu'il ne s'autoriserait même pas une telle idée. Non, je l'ai quitté pour un autre homme, mais comme la situation s'est... compliquée, j'ai pris la place de ma sœur jumelle dans une institution privée du Gloucestershire. Elle avait été retirée de la maison à l'âge de quatre ans, et placée en asile huit ans plus tard.

» Moriarty, l'homme pour qui j'ai quitté mon mari, devait assurer la garde de Constantina, mais il l'a assassinée pour faire accuser lord Ingram, et je ne puis tolérer cela.

Lady Avery battit des paupières d'un air abasourdi.

— Vous avez quitté lord Ingram pour un *assassin* ?

— Apparemment, répondit lady Ingram.

Elle affichait un air indifférent, mais Treadles la vit serrer le poing.

— Quoi qu'il en soit, j'ai estimé que la police devait être informée de tout cela. Et aussi charmante que soit cette réunion, je regrette de ne pouvoir rester plus longtemps. À présent que j'ai dénoncé Moriarty, je crains pour ma sécurité.

— Attendez ! Nous devons..., commença Fowler.

Lady Ingram l'interrompit :

— Au fait, mesdames, cela n'a peut-être pas été dit dans la presse, mais la police pourra confirmer que ma sœur était enceinte. Je crois savoir que vous avez à cœur de révéler les injustices et de redresser les torts. Dans ce cas, permettez-moi de vous orienter vers un certain Dr Connelly, qui sévit dans cet asile du Gloucestershire. Bonne journée.

Elle pivota sur ses talons et s'en alla.

Lord Ingram embrassa ses enfants, encore et encore. Il les emmena au parc, leur acheta des bonbons et partagea leur dîner à la nurserie. Bien sûr, ils lui racontèrent, tout excités, qu'ils avaient revu leur mère ce matin-là, même s'ils étaient tristes de devoir la quitter de nouveau.

Remington avait promis à lady Ingram que la Couronne ne la poursuivrait plus pour sa collusion avec Moriarty qui avait mené à la mort de trois agents, et l'aiderait à quitter le pays en toute sécurité – à condition qu'en retour, elle assume la responsabilité du décès de sa sœur. Après de douloureuses retrouvailles avec ses enfants, elle était partie pour une destination inconnue.

Remington avait été surpris qu'elle désigne Moriarty. Certes, c'était l'un des véritables coupables et on n'avait pas interdit à lady Ingram de mentionner son nom, mais en le divulguant elle se mettait en danger.

« Nous ne la reverrons peut-être pas vivante », avait averti Remington.

« J'espère que vous vous trompez », avait répondu lord Ingram.

Elle était toujours la mère de ses enfants, et il refusait de lui souhaiter le pire.

« Je suis encore là, leur avait-il promis. Maman viendra quand elle pourra, mais je serai toujours là pour vous. »

Après qu'ils furent couchés, il aurait voulu aller voir Holmes, mais elle n'était plus à Londres. Le corps de Mimi Duffin avait été retrouvé, et Holmes et Mme Farr étaient parties ensemble pour le Derbyshire.

Alors il rendit une visite moins plaisante.

La cellule de Bancroft était infiniment plus luxueuse que celle où il avait été retenu, mais personne ne lui avait apporté de panier de chez *Harrods*. Et s'il fallait en juger à son assiette à moitié pleine, la cuisine n'était pas à son goût.

— À ma place, vous auriez agi de la même façon, déclara Bancroft sans préambule.

Certainement pas. Pour commencer, jamais lord Ingram n'aurait vendu de secrets d'État.

Ces quelques paroles de Bancroft lui firent comprendre que son frère et lui étaient désormais des étrangers. Il ne lui restait qu'une seule question à poser.

— Quand vous avez demandé la main de Charlotte Holmes cet été après sa fugue, c'était seulement dans l'espoir de vous rapprocher de M. Finch par son intermédiaire, n'est-ce pas ?

Bancroft ne répondit pas.

Il ne niait donc pas les faits. Et quand il avait retiré sa demande, c'était probablement parce qu'il avait compris que ses secrets seraient en danger s'il épousait Holmes.

Sans un mot de plus, lord Ingram se leva et s'en alla.

Les révélations de lady Ingram – et le fait qu'elle était bel et bien vivante – ébranlèrent la bonne société. Non moins passionnante fut la demande de divorce qui s'ensuivit de la part de lord Ingram.

Toutefois, Livia fut fort surprise de recevoir une invitation à Stern Hollow : lord Ingram organisait une petite réunion avec la famille et les amis. Mme Newell la chaperonnerait, et une dame respectable serait envoyée pour l'escorter pendant son voyage.

Celle-ci n'était autre que Mme Watson, chaussée de lunettes, vêtue d'une robe informe et s'exprimant dans un épais accent du Yorkshire, mais toujours aussi charmante et chaleureuse une fois qu'elles furent seules dans leur compartiment.

Quand Livia lui demanda ce qui était réellement arrivé à lord et lady Ingram, ses réponses la stupéfièrent. Lady Ingram était devenue l'espionne d'un homme dangereux nommé Moriarty. Elle avait dû s'enfuir lorsque Charlotte avait découvert à quelles activités elle se livrait. Lord Bancroft, redoutant les secrets que pouvait détenir M. Finch, avait fait tout ce qui était en son pouvoir pour retrouver celui-ci, mais Moriarty avait contrecarré ses plans.

Cela faisait presque trop de nouvelles à assimiler.

Toutefois, ce n'était pas assez pour lui faire oublier la question qui lui importait.

— Et ce jeune homme qui prétendait être M. Finch, madame, savez-vous qui il est ? Et pourquoi il a tenté de se faire passer pour quelqu'un d'autre ?

— En ce qui le concerne, votre sœur préfère vous en parler elle-même, mais de vous à moi…

Mme Watson lui décocha un clin d'œil complice.

— … je le trouve tout à fait charmant.

Livia pria pour que ses joues n'aient pas pris une couleur écarlate.

— Alors vous le connaissez, madame ?

— Pas très bien, j'en ai peur.

— Mais ce n'est pas un escroc ou quelque chose de ce genre ?

— Je ne dirais pas cela.

— Alors…

Livia se mordit la lèvre. Comme toujours, la déception fut une véritable gifle.

— C'est un homme de ce Moriarty.

Mme Watson se pencha en avant pour prendre ses mains.

— Pas de la façon que vous pensez, ma chère.

Que cela signifiait-il ?

Elles s'arrêtèrent à Rampling Cottage, et Livia put voir Bernardine. Celle-ci avait repris du poids, semblait plus heureuse et parut presque la reconnaître. Charlotte, qui se trouvait également dans la pièce, n'avait pas beaucoup changé depuis la dernière fois que Livia l'avait vue. Toutes deux s'assirent côte à côte sans parler, regardant Bernardine totalement absorbée dans son propre monde. Après un moment, Charlotte invita Livia à se retirer au salon, où elles prirent le thé en tête à tête.

Charlotte demanda à sa sœur ce qu'elle savait. Quand celle-ci eut résumé les principaux éléments dont elle avait connaissance, Charlotte annonça :

— Mott est M. Finch.

Livia sauta sur ses pieds.

— Pardon ?

Malgré sa stupéfaction, ce n'était pas une mauvaise nouvelle. Elle avait développé de l'affection et un certain attachement pour ce demi-frère illégitime. Et de temps en temps, elle avait pensé à lui en espérant qu'il allait bien.

— Bonté divine ! La dernière fois que je l'ai vu, il était poursuivi par des gens.

— Des hommes de lord Bancroft. Pour ce que j'en sais, il est en sécurité.

— Quel soulagement !

— Et ton jeune homme est le fils de Moriarty, bien qu'ils se soient perdus de vue.

Livia se rassit lourdement sur son siège.

— Sa mère a quitté Moriarty pour le frère de celui-ci, et depuis, Moriarty pourchasse toute la famille. Il a cinq ans de moins que toi, au cas où cela compterait. Cela dit, le mari de Mme Watson avait onze ans de moins qu'elle.

Livia la regarda, perdue.

— Alors… tu approuves son âge ou pas ?

— Je n'ai pas à approuver ou à désapprouver. Je te dis seulement tout ce que je sais sur lui, afin que tu aies assez d'informations pour prendre une décision.

— Prendre une décision ? À quel sujet veux-tu que je prenne une décision ? Il m'envoie un souvenir de temps en temps, rien de plus.

— Tout ce que je peux te dire, c'est que son père – l'homme qui l'a élevé, pas Moriarty – était assez inquiet pour organiser une rencontre avec moi il y a quelques mois.

— À mon sujet ?

— Et à son sujet.

Livia ne savait pas si elle devait rougir de plaisir ou trembler de peur.

— C'est… c'est…

— Je sais, dit Charlotte en lui tendant une assiette de sandwichs. La vie ne prend pas les tournants en douceur. On est toujours secoué dans les virages.

Livia mangea deux sandwichs, dont elle aurait été incapable de dire à quoi ils étaient.

— Que vais-je faire ?

— Ce que tu as envie de faire, j'espère.

Livia posa l'assiette et leva les mains en l'air.

— Enfin, je n'ai même pas la possibilité de le contacter pour lui faire savoir que je ne veux plus de ses lettres et de ses cadeaux !

Charlotte glissa une appétissante tartelette entre ses lèvres.

— Il suffit de me le dire : je ferai passer le message.

Livia avait préparé toute une tirade sur le fait que ce jeune homme n'avait jamais demandé l'autorisation de lui écrire, qu'il n'avait pas présenté d'excuses pour s'être fait passer pour quelqu'un d'autre et que, en ce qui la concernait, il pouvait bien disparaître de la surface de la Terre.

La réponse de Charlotte la coupa net dans son élan.

— Oh, fit-elle, ne sachant plus que dire.

Charlotte lui servit une nouvelle tasse de thé.

— Tu peux attendre d'être prête pour prendre une décision. Et tu n'as pas besoin de me demander mon avis sur le sujet, sauf si tu en as envie. Si tu as d'autres questions, je me ferai un plaisir d'y répondre, mais je suis presque sûre que tu préféreras les poser à Mme Watson.

Livia prit une gorgée de thé et secoua la tête pour se clarifier les idées.

— Quand… hum… quand dois-je arriver à Stern Hollow ? Mme Newell m'attend sûrement.

— Si tu pars d'ici dans une trentaine de minutes, tu devrais être parfaitement à l'heure, répondit Charlotte en choisissant une autre tartelette. Et au fait, je le connais sous le nom de M. Marbleton. Stephen Marbleton.

Et elle mordit dans le petit gâteau d'un air gourmand.

Lord Ingram se rendit à Rampling Cottage l'après-midi suivant, pendant la sieste de Mme Watson.

— Tiens donc, c'est le retour de l'amant prodigue, murmura Charlotte en lui offrant un siège.

Il fronça les sourcils.

— Bon, bon, marmonna-t-elle dans un soupir. Le retour de l'ami loyal.

Elle avait grandement sous-estimé les réticences de lord Ingram à briser ses vœux de fidélité, même quand elle lui avait expliqué qu'ils devaient devenir amants pour détourner l'attention de lord Bancroft. « Il irait vérifier les draps. Vous savez qu'il en serait capable. »

« Je peux contribuer moi-même à salir les draps », avait-il rétorqué d'un air buté.

« Et vous pensez qu'il ne verrait pas la différence ? »

En toute franchise, elle avait une si maigre expérience dans ce domaine qu'elle ignorait alors si l'argument était valide. Lord Ingram avait fait la grimace. En fin de compte, il avait cédé… mais pas sans conditions.

« Ce sera seulement pour nous protéger contre Bancroft. Cela prendra fin dès l'instant où je serai arrêté. Et cela ne comptera pas : je n'ai pas accepté d'être votre amant, ni maintenant ni à l'avenir. »

« Bonté divine, que vous êtes guindé ! »

« Apparemment, vous avez un faible pour les hommes guindés, puisque je dois sans cesse repousser vos avances. »

Elle avait soupiré.

« Je ne suis plus une femme que l'on peut compromettre. Vous n'êtes plus un homme marié. Sans parler du fait que j'ai à ma disposition toutes les méthodes contraceptives qui existent. Alors pourquoi êtes-vous si grincheux ? »

« Vous vous contenterez peut-être de ces moments dans un lit, mais je ne peux pas en dire autant. J'ai déjà souffert pendant des années parce que je voulais plus que ce que ma femme pouvait m'offrir. Je n'ai pas envie de m'infliger de nouveau cela, et surtout pas avec vous. »

Qu'aurait-elle pu répondre à cela ?

Ce jour-là, lord Ingram accepta une tasse de thé. Ils discutèrent de ses invités à Stern Hollow, des progrès de Bernardine et des projets qu'il nourrissait d'organiser une nouvelle partie de campagne à Noël, cette fois pour ses camarades passionnés d'archéologie, dont l'inspecteur et Mme Treadles.

Une demi-heure plus tard, il se leva pour prendre congé de Charlotte.

— Si vous êtes toujours dans la région à Noël, Sherrinford Holmes et Mme Watson seront les bienvenus à la réunion des archéologues à Stern Hollow.

Elle secoua la tête.

— Je vous remercie pour cette charmante invitation, mais nous n'allons probablement pas prolonger notre séjour au cottage.

— Bien sûr, dit-il. Le gagne-pain de Sherlock Holmes est à Londres.

Un silence tomba.

Elle avait un poids sur la poitrine. Elle était… réticente à lui dire au revoir. Aussi réticente qu'elle l'avait été l'après-midi où il était sorti et s'était fait arrêter.

« Et vous pensez que cela n'aura pas de répercussions ? » lui avait-il demandé juste avant qu'ils fassent l'amour pour la première fois.

Ce jour-là, elle avait fait une réponse espiègle et insouciante, mais peut-être l'inquiétude de lord Ingram avait-elle été justifiée. Peut-être commençait-elle seulement à ressentir elle-même ces répercussions, par une impression de perte et de regret.

— J'ai quelque chose pour vous, dit-il.

Sans la quitter des yeux, il lui tendit une enveloppe.

Elle arqua un sourcil.

— Si ce sont les honoraires pour les services de Sherrinford Holmes, il faut s'adresser à ma trésorière, Mme Watson.

— C'est prévu. Ce n'est pas de l'argent.

— Oh ?

Elle prit l'enveloppe, déplia le feuillet qu'elle contenait et, après un silence éberlué, éclata de rire.

Sur la page, il avait recopié deux douzaines de fois de sa propre écriture la version originale et non expurgée du pangramme qu'elle avait composé pour lui des années auparavant, et qui faisait référence à un acte qu'on avait très certainement connu à Sodome et Gomorrhe, avant la pluie de feu et de soufre.

— Donc, vous avez consigné ceci sur le papier. Et de façon répétée, dit-elle en souriant.

— Plusieurs de mes stylos sont partis en fumée, ma bibliothèque sent fortement le soufre et je suis complètement effrayé, répondit-il en souriant à son tour.

Elle replia le feuillet avec soin.

— Je chérirai cette preuve de votre respect, dit-elle avec une absolue sincérité.

Il hocha la tête.

— Bonne journée, Holmes.

— Attendez ! s'entendit-elle l'appeler alors qu'il atteignait la porte.

Il se retourna.

Pendant un instant, elle le regarda, l'esprit vide. Puis elle sut exactement ce qu'elle voulait lui dire.

— Il faut que je m'occupe de mes sœurs, et vous de vos enfants, mais si… si un jour les circonstances s'y prêtaient, cela vous plairait-il que nous partions en voyage tous ensemble ? L'Espagne, Majorque, l'Égypte, le Levant ? Le temps que nous arrivions aux Indes, il ferait probablement une chaleur insupportable dans les plaines, mais les montagnes seraient encore agréables...

Il ouvrit des yeux ronds, comme s'il doutait d'avoir bien entendu, puis un sourire fleurit lentement sur son visage.

— Oui, dit-il. Cela me plairait.

Épilogue

Hélas, la partie de campagne chez lord Ingram ne dura que trois jours. Bien trop tôt, Livia rentra chez elle, où personne ne lui prêtait attention sauf pour souligner ses nombreux défauts.

Dont le principal, d'après sa mère, était son incapacité à trouver un mari.

Par chance, une « opportunité » se présentait. Les Holmes avaient convié à dîner le nouvel associé en affaires de sir Henry. Lady Holmes sermonna longuement Livia sur l'importance de faire bonne impression.

— Sa famille et lui ont longtemps vécu à l'étranger, ils n'auront pas entendu parler de... notre scandale. Si vous avez une once de bon sens, Olivia, vous essaierez de vous faire remarquer par ce gentleman. Dieu sait que je suis lasse de vous emmener à Londres saison après saison.

Chaque fois que son père se lançait dans une nouvelle entreprise, la famille s'appauvrissait un peu plus. Sir Henry ne possédait pas le moindre jugement. Si ce nouvel associé n'était pas un escroc, ce serait un miracle. Il rentrait de l'étranger ? La belle affaire ! Il ignorait peut-être tout du scandale de Charlotte, mais cela signifiait qu'en retour, les Holmes ignoraient tout de lui.

Et on lui demandait de sourire à cet homme ? De le flatter ?

Lady Holmes obligea Livia à passer sa plus élégante robe du soir et la harcela pendant une heure, déçue par toutes les coiffures qu'elle essayait. Quand enfin la jeune femme s'assit au salon pour attendre l'arrivée de leur invité, elle se prépara à vivre l'une des plus épouvantables soirées de sa vie.

Puis la porte du salon s'ouvrit, et Stephen Marbleton fit son entrée.

Remerciements

Kerry Donovan, Roxanne Jones et Jessica Mangicaro, avec qui il est merveilleux de travailler. Le département graphique de chez Berkley, qui crée une couverture plus splendide pour chaque nouveau volume des *Lady Sherlock*.

Kristin Nelson, pour qui je suis à court de superlatifs.

Janine Ballard, qui me pousse à donner le meilleur.

Mon mari, qui a inlassablement assuré la promotion de mes ouvrages.

14254

Composition
FACOMPO

Achevé d'imprimer en Italie
par GRAFICA VENETA
le 6 octobre 2024

Dépôt légal : novembre 2024
EAN 9782290406304
OTP L21EPSN002644-631511

ÉDITIONS J'AI LU
82, rue Saint-Lazare, 75009 Paris

Diffusion France et étranger : Flammarion